Du darfst nicht lieben

Lisa Gardner ist eine der erfolgreichsten amerikanischen Thriller-autoren der Gegenwart – ihre Bücher verkauften sich weltweit über 16 Millionen Mal. Die Autorin lebt mit ihrer Familie und zwei Hunden in New Hampshire.

Lisa Gardner

Du darfst nicht lieben

Thriller

Aus dem Englischen von
Michael Windgassen

Weltbild

Die amerikanische Originalausgabe erschien unter dem Titel *Say Goodbye*.

Besuchen Sie uns im Internet:
www.weltbild.de

Genehmigte Lizenzausgabe für Weltbild GmbH & Co. KG,
Ohmstraße 8a, 86199 Augsburg
Copyright der Originalausgabe © 2008 by Lisa Gardner, Inc.
Copyright der deutschsprachigen Ausgabe © 2014 by
Rowohlt Verlag GmbH, Hamburg
Übersetzung: Michael Windgassen
Umschlaggestaltung: *zeichenpool, München
Umschlagmotiv: www.shutterstock.com (© Leigh Prather)
Satz: Datagroup int. SRL, Timisoara
Druck und Bindung: CPI Moravia Books s.r.o., Pohorelice
Printed in the EU
ISBN 978-3-98507-346-7

Prolog

>»Zu den gefährlichsten Spinnen in den USA zählen die Braunen Witwen und die Loxosceles.«
Herbert W. und Lorna R. Levi: *Spiders and Their Kin*

Er stöhnte und krallte seine Finger in ihre Haare. Sie drückte mit den Lippen fester zu. Er stemmte ihr die Hüfte entgegen und faselte das dumme Zeug, das junge Männer in solchen Momenten gern von sich geben.

»O ja, Wahnsinn. Hör nicht auf. Du bist so schön. O Gott, o Gott. Du bist der absolute Hammer! Oh, Ginny, Ginny, Ginny. Süße Ginny ...«

Sie fragte sich, ob er sich selbst hören konnte, ob er wusste, was er da von sich gab. Dass er sie mit Heiligen gleichsetzte. Dass er ihr sagte, sie sei phantastisch, schön, eine dunkle Georgia-Rose. Dass ihm einmal sogar herausgerutscht war, dass er sie liebe.

In solchen Momenten sagte ein Kerl alles Mögliche.

Der Schaltknüppel drückte ihr in die Hüfte und fing an weh zu tun. Mit der rechten Hand zog sie ihm die Jeans ein Stück weiter herunter. Der Typ gab jetzt gurgelnde Geräusche von sich, die so klangen, als läge er in den letzten Zügen.

»Oh Mann, Ginny. Schöne, schöne Ginny. Süße ... Verdammt, Baby ... Du machst mich fertig! Du bringst mich um!«

Um Himmels willen, dachte sie, *mach doch endlich.* Sie

presste ihre Lippen fester zusammen, übte mit der Hand noch ein bisschen mehr Druck aus ...

Tommy war ein keuchender, glücklicher Junge.

Und die kleine Ginny durfte sich auf eine Belohnung freuen.

Sie rückte von ihm ab und drehte den Kopf ein wenig zur Seite, damit er nicht sah, wie sie sich mit dem Handrücken den Mund abwischte. Der Jim Beam, den sie im Fußraum vom Beifahrersitz abgestellt hatten, war umgekippt. Sie hob sie auf, nahm einen Schluck und reichte Tommy die Flasche.

Der Kapitän der Highschool-Footballmannschaft hatte immer noch die Hose auf Halbmast hängen und sah aus, als könne er das alles noch nicht ganz fassen.

»Mensch, Ginny, jetzt willst du mich wohl tatsächlich umbringen.«

Sie lachte und nahm selbst noch einen Schluck. Ihre Augen brannten. Sie redete sich ein, dass es einzig und allein am Whiskey lag.

Tommy nestelte an seinen Sachen. Er zog die weiße Unterhose hoch, die Jeans und schnallte den Gürtel wieder zu. Das tat er wie selbstverständlich, nichts verriet die Befangenheit, die Mädchen in solchen Momenten meist verspüren. Aus diesem Grund war es Ginny lieber, einem Kerl schnell einen zu blasen, statt auf der Rückbank das volle Programm durchzuziehen. Das dauerte länger und war komplizierter. Bei Blowjobs behielt man die Kontrolle.

Tommy wollte jetzt doch auch von dem Fusel. Sie reichte ihm die Flasche und beobachtete seinen Adamsapfel, der beim Schlucken über dem Kragen seiner College-Jacke auf und ab ging. Er fuhr sich mit der Hand über den Mund und gab ihr die Flasche zurück.

»Sex und Whiskey. Wie will man das noch toppen?«, sagte er grinsend.

»Nicht schlecht für einen Dienstagabend«, meinte sie.

Er streckte den Arm aus, schob die Hand unter ihr Hemd und umfasste ihre Brust. Seine Finger fanden die linke Brustwarze und kniffen experimentierfreudig zu.

»Wie wär's ...?«

Sie stieß ihn zurück. »Geht jetzt nicht. Ich muss nach Hause. Meine Mutter hat mir damit gedroht, mich auszusperren, wenn ich noch einmal zu spät komme.«

»Deine Mutter? Ausgerechnet ...«

Ginny ging auf seine Anspielung nicht ein. »Außerdem wartet bestimmt schon deine Clique auf dich. Und müsstest du nicht noch kurz bei Darlene vorbeischauen? Sie wird bestimmt nicht einschlafen können, ohne ihren Loverboy noch mal gesehen zu haben.«

Ihr stichelnder Einwurf klang zum Ende hin scharf. Zu wissen, welchen Platz man in der Welt einnahm, bedeutete nicht, darüber auch glücklich zu sein.

Tommy war still geworden. Er streckte die Hand aus und streichelte ihr mit seinem Daumen über die Wange. Es war eine seltsame, fast zärtliche Geste.

»Ich hab da was für dich«, sagte er plötzlich, zog seine Hand zurück und griff in die Hosentasche.

Ginny runzelte die Stirn. Natürlich hatte er etwas für sie. So lief der Hase. Die kleine Schlampe holt dem reichen, hübschen Quarterback einen runter und bekommt glitzernde Geschenke dafür. Schließlich hatten alle Jungs

7

Bock, aber nicht alle Jungs bekamen von ihren zugeknöpften Freundinnen, was sie brauchten.

Tommy starrte sie an. Als Ginny etwas verspätet hinschaute und bemerkte, dass er seinen Absolventenring in der Hand hielt, erschrak sie regelrecht.

»Was soll das?«, platzte es aus ihr heraus.

Tommy zuckte zusammen, hatte sich aber schnell wieder gefangen. »Jetzt bist du baff, was?«

»Darlene wird dir mit einem Löffel das Herz ausschaben, wenn sie das Ding an meinem Finger sieht.«

»Darlene kann mich mal.«

»Seit wann das denn?«

»Hab Samstagabend Schluss gemacht.«

Ginny starrte ihn an. »Was hat dich denn da geritten?«

Tommys Miene verdüsterte sich. Er hatte mit dieser Reaktion nicht gerechnet und musste sich wieder zusammenreißen. »Ginny, Herzchen, ich fürchte, das wirst du nicht verstehen ...«

»Und ob ich verstehe. Darlene ist wunderschön. Sie hat schicke Klamotten, einen reichen Daddy und einen Lippenstift, der so teuer ist, dass sie ihn nicht am Schwanz ihres Freundes verschmieren möchte.«

»Das ist nicht sehr nett gesagt«, entgegnete Tommy gereizt.

»Ach ja? Ist es nicht so, dass die kostbare kleine Darlene nicht schlucken will? Und dass du dir jetzt womöglich einbildest, in die kleine Miss Drecksgöre verknallt zu sein?«

»Sag so was nicht ...«

»Was soll ich nicht sagen? Die Wahrheit? Ich weiß, wer ich bin. Der einzige Spinner hier in dieser Karre bist du. Ich wollte ein Goldkettchen. Du hast es mir versprochen.«

»Darum geht's also. Um die Kette.«

»Na klar.«

Er musterte sie aufmerksam und ließ die Kaumuskeln spielen. »Weißt du, Trace hat mich vor dir gewarnt. Er sagt, du wärst eine Schlange, ein mieses Stück. Aber ich habe ihm widersprochen und dich in Schutz genommen. Du bist nicht wie deine Mutter, Ginny. Du bist ... was Besonderes. Zumindest« – er straffte seine Schultern – »für mich.«

»Du hast sie doch nicht mehr alle!« Sie hatte genug von ihm gehört, stieß die Tür auf und sprang hinaus. Wie sie hörte, versuchte er, auf der anderen Seite auszusteigen, vielleicht, um sie aufzuhalten, bevor sie eine Dummheit machte.

Der Wagen stand auf einem Fuhrweg im Wald, fernab von den nächsten Häusern. Der Boden unter ihren Füßen war hart und uneben. Einen Moment lang dachte sie daran, einfach abzuhauen durch den langen blauen Tunnel zwischen den hohen Sumpfkiefern. Wegzurennen.

Sie war jung und sportlich. Mädchen wie sie machten so schnell nicht schlapp. Und sie hatte weiß Gott Übung im Davonlaufen.

»Ginny, sprich mit mir.«

Tommy stand hinter ihr, hielt aber Abstand. Himmel hilf, dachte sie, der Junge hatte womöglich an einem Poesiekurs teilgenommen. Vielleicht hörte er seit Neustem Songs von Sarah McLachlan oder ähnlichen Mist. Zurzeit schienen alle besonders tiefschürfend sein zu wollen.

Sie holte tief Luft, legte den Kopf in den Nacken und schaute zu den Sternen auf. *Wenn dir das Leben eine*

Zitrone gibt, dachte sie, *mach Limonade draus.* Am liebsten hätte sie laut aufgelacht, aber vielleicht war ihr auch zum Weinen zumute. Also tat sie, was sie am besten konnte. Sie ballte ihre Hände zu Fäusten. Was immer auch andere sagen mochten, fest stand, eine junge Frau wie sie konnte es sich nicht leisten, billig zu sein.

»Also gut, Tommy«, sagte sie. »Um ganz ehrlich zu sein, du hast mich überrascht.«

»Na ja. Im Grunde war ich selbst nicht darauf gefasst.«

»Ist dir klar, was passiert, wenn ich diesen Ring trage? In der Schule wird man sich das Maul zerreißen.«

»Sei's drum.«

»In vier Monaten machst du deinen Abschluss. Sei vernünftig, Tommy. Du kannst diesen Scheiß jetzt nicht gebrauchen.«

»Ginny –«

Sie legte ihm ihren Zeigefinger auf die Lippen. »Ich nehme den Ring an, Tommy.«

»Tatsächlich?« Er klang hoffnungsvoll. Ernst. Verfluchte Sarah McLachlan.

»Hast du die Kette mitgebracht?«

»Ja, habe ich, für alle Fälle, aber –«

»Gib sie mir. Ich werde den Ring als Anhänger tragen, unter meinem Shirt. Er bleibt unser Geheimnis, wenigstens so lange, bis wir von der Schule sind. Ich weiß auch ohne große Show, was du für mich empfindest. Das hast du mir jetzt schon unter Beweis gestellt ...« Ihre Stimme wurde wieder schärfer. Sie bemühte sich um einen milderen Ton. »Dass du daran gedacht hast, bedeutet mir viel.«

Tommy strahlte übers ganze Gesicht. Er griff in seine

Tasche und holte eine kleine Plastiktüte daraus hervor, in der eine Kette lag. Wahrscheinlich hatte er sie im Wal-Mart gekauft. Vierzehn Karat. Ihr Hals würde sich darunter grün verfärben.

Und dafür dieser ganze Aufstand? Verdammt.

Sie nahm die Kette, streifte den Ring darüber und schenkte ihm ein Lächeln.

Er fiel über sie her und küsste sie stürmisch. Sie ließ ihn gewähren. Doch dann fummelte er an ihr herum, offenbar mit dem Ziel, ihre neue Beziehung mit einem kleinen Fick im Wald zu besiegeln.

Himmel, war sie müde.

Mit leichtem Nachdruck schob sie achtzig Kilo Testosteron zurück. »Tommy«, keuchte sie. »Ich muss nach Hause. Du willst doch nicht, dass mir gleich zu Beginn unserer Beziehung Hausarrest aufgebrummt wird.«

Er grinste breit. »Natürlich nicht. Aber ...«

»Ist ja gut. Zurück in den Wagen, mein großer Junge. Zeig mir doch mal, wie schnell du fahren kannst.«

Tommy konnte sehr schnell fahren. Trotzdem erreichten sie ihr Ziel erst um zehn nach elf. Auf der Eingangsterrasse brannte Licht, doch hinter den Fenstern war es dunkel.

Vielleicht hatte sie Glück, und ihre Mutter war unterwegs. Nach diesem Abend hatte Ginny eine kleine Verschnaufpause verdient.

Tommy wollte warten, bis sie die Haustür hinter sich zugezogen hatte, doch sie erklärte ihm, dass alles nur noch schlimmer würde, wenn ihre Mutter herauskäme und eine Szene machte. Es dauerte weitere fünf wertvolle Minuten, bis sie ihn endlich abgewimmelt hatte.

Mein Held, dachte sie spöttisch und wandte sich dem Haus zu.

Es war klein und grau und hatte nicht mal einen Alibi-Vorgarten. Von außen trostlos, im Inneren noch trostloser. Aber es war immerhin ein gemauertes Zuhause und kein Wohnwagen. Ginny hatte einmal einen Vater gehabt. Er war ein großer, gut aussehender Mann mit dröhnendem Lachen und dicken, kräftigen Armen gewesen, mit denen er sie in die Luft geworfen hatte, wenn er nach einem langen Arbeitstag nach Hause zurückgekehrt war.

Doch eines Tages hatte es diesen Unfall gegeben. Er war von irgendeiner Baustelle gekommen und mit seinem Wagen auf Glatteis geraten.

Mit der Versicherungssumme hatten sie das Haus bezahlen können. Ihre Mutter war anderen Tätigkeiten nachgegangen, um das Geld für alles Weitere aufzubringen.

Ginny versuchte, die Tür zu öffnen. Sie war verschlossen. Achselzuckend ging sie um das Haus herum, doch auch die Hintertür war zu. Sie rüttelte an den Fenstern, obwohl ihr klar war, dass es nichts nützte. Ihre Mutter machte immer alles dicht. Die Nachbarschaft hatte bessere Zeiten erlebt, doch die lagen zehn Jahre und mehrere Wirtschaftskrisen zurück.

Ginny klopfte an die Tür. Sie klingelte. Nichts.

Ihre Mutter machte ernst. Ginny war zu spät gekommen, und ihre verfluchte Mama, anscheinend überzeugt davon, ihre Tochter mit Strenge erziehen zu müssen, hatte sie ausgesperrt.

Verdammt. Sie war wohl ausgegangen. In ein oder zwei Stunden, wenn sie der Meinung war, ihren Standpunkt klargemacht zu haben, würde sie vielleicht zurückkehren.

Ginny schlenderte die dunkle Straße entlang, vorbei an einem winzigen Einfamilienhaus nach dem anderen, deren Bewohner früher ihr Auskommen gehabt hatten. Heute lebten viele von der Stütze.

Als sie die Kreuzung der Landstraße erreichte, fuhr mit hohem Tempo ein schwarzer Geländewagen vorbei. Wie Drachenaugen leuchteten die Bremslichter auf. Nach zwanzig Metern hielt der Wagen mit quietschenden Reifen an. Der Fahrer steckte den Kopf zum Fenster hinaus. Im Dunkeln waren nur die Umrisse einer Baseballkappe zu erkennen. Eine tiefe Stimme fragte: »Kann ich dich mitnehmen?«

Ginny brauchte nicht lange, um eine Entscheidung zu treffen. Das Fahrzeug sah teuer aus, die Stimme klang sonor. Vielleicht wurde ja noch was aus der angebrochenen Nacht.

Fünf Minuten später schwante ihr, dass sie einen Fehler gemacht hatte. Sie war eingestiegen, hatte sich auf einen weichen Ledersitz fallen lassen und dem Mann am Steuer, einem geschniegelten Mittvierziger, kichernd zu verstehen gegeben, dass sie ihren Tank leergefahren habe. Sie kicherte immer noch, als sie ihn bat, sie einmal um den Block zu fahren.

Er sagte nicht viel, bog einmal links ab, dann nach rechts, blieb schließlich hinter einem riesigen Mietlager stehen und schaltete den Motor aus.

Nun wurde ihr doch mulmig. In Gegenwart eines völlig Fremden gab es immer einen solchen Moment, der einem fast Angst machte, auch wenn man sich einredete, keine

Angst haben zu müssen, weil es im Grunde nichts gab, was ein Arschloch von einem verlangen konnte, das man nicht längst zu geben bereit war.

Aber dann wandte er sich ihr zu, und sie starrte in ein flaches, unfreundliches Gesicht mit kantigen Kieferknochen, zusammengepressten Lippen und tiefschwarzen Augen.

Und dann, als hätte er gewusst, wie sie reagieren würde, als wollte er diesen Moment ihrer Irritation genießen, hob er den Schirm seiner Baseballkappe an und zeigte ihr seine Stirn.

Ginny schloss in ihrer Jackentasche die Hand um Tommys Ring, denn ihr war auf den ersten Blick gleich einiges klar: Ihre Mutter würde ihr nicht mehr wegen ihres Zuspätkommens in den Ohren liegen, und Tommy würde sich ihretwegen vor seinen Freunden nicht schämen müssen.

Denn dieser Mann würde sie nicht mehr nach Hause zurücklassen.

Manche Mädchen waren schlau, andere schnell auf den Beinen, wiederum andere überdurchschnittlich stark. Ginny, die arme Ginny Jones, hatte schon vor vier Jahren, als der Freund ihrer Mutter zum ersten Mal in ihrem Schlafzimmer aufgekreuzt war, lernen müssen, dass ihr nur eines blieb, um sich zu retten.

»Na schön«, sagte sie forsch. »Bringen wir es hinter uns. Du erzählst mir, was du von mir willst, und ich ziehe mich aus.«

Kapitel 1

Es gibt Dinge, die einem niemand beibringen kann und nur aus eigener Erfahrung zu lernen sind:

Anfangs tut es einfach nur weh. Du schreist. Du schreist und schreist, bis dir die Kehle rau wird, die Augen geschwollen sind und dir ein Geschmack auf der Zunge liegt, der so bitter ist wie Galle, vermischt mit Erbrochenem und Tränen. Du weinst und rufst nach deiner Mutter. Du betest zu Gott. Du verstehst nicht, was da geschieht. Du kannst es nicht glauben.

Und doch geschieht es.

Und so verstummst du nach und nach.

Der Schrecken dauert nicht ewig. Das kann er nicht. Ihn aufrechtzuerhalten würde zu viel Kraft erfordern. Schrecken wird ausgelöst durch die Konfrontation mit dem Unbekannten. Aber was einen schon über jedes Maß der Erträglichkeit gequält und eingeschüchtert hat, ist irgendwann nichts Fremdes mehr. Vielmehr wird das, was dich einmal in Schock versetzt hat, dir weiter weh tut und dich in seiner Perversion beschämt, irgendwann zur Normalität, zur Alltäglichkeit, zu einem Teil deines Lebens, ja, zu einem Teil deiner selbst.

Es ist ein Ding unter vielen.

Kapitel 2

>»Spinnen sind immer auf Beute aus und dabei selbst perma-
nent in der Gefahr, ihren Fressfeinden zum Opfer zu fallen.
Geschickte Tarnung und schnelles Reaktionsvermögen helfen
ihnen zu überleben.«
Herbert W. und Lorna R. Levi: *Spiders and Their Kin*

»Wir haben ein Problem.«

»Eins? Mir fallen auf Anhieb gleich ein paar ein: Unmengen an Meth ist in Umlauf, die Mittelschicht löst sich
auf, ganz zu schweigen von den Folgen der globalen Er-
wärmung ...«

»Nein, nein. Ich meine ein *reales* Problem.«

Kimberly seufzte. Seit nunmehr drei Tagen kämmten sie
den Unfallort durch. Den Gestank von Kerosin und ver-
kohlten Leichen nahm sie schon gar nicht mehr wahr. Ihr
war kalt, sie war dehydriert und hatte Seitenstiche. In ihrer
Verfassung musste ein *reales Problem* einiges zu bieten haben, um von ihr ernst genommen zu werden.

Sie nahm den letzten Schluck Wasser aus der Flasche,
kehrte der Zeltstadt, die nun das provisorische Komman-
dozentrum darstellte, den Rücken und wandte sich ihrem
Teampartner zu. »Na schön, Harold. Was ist das für ein
Problem?«

»Du musst es dir ansehen, sonst glaubst du es nicht.«

Ohne ein weiteres Wort zu verlieren, trabte er davon
und ließ Kimberly keine andere Wahl, als zu folgen. Er

joggte an der Absperrung des Unfallorts entlang, der bis vor kurzem eine idyllische Aue inmitten dichter Wälder gewesen war. Die Bäume am Rand des Feldes waren bis zur Hälfte abrasiert, und durch die grüne Weidefläche zog sich ein tiefer Graben, an dessen Ende ein verrußter Flugzeugrumpf, das Wrack eines John-Deere-Traktors und eine verbogene Tragfläche lagen.

Es gab kaum etwas Schlimmeres als die Ermittlungsarbeit an Absturzstellen, die meist enorm weitflächig waren, von Schadstoffen kontaminiert und übersät mit scharfkantigen Metallfragmenten und Glasscherben. Solche Einsatzgebiete machten selbst denen, die schon seit vielen Jahren Spuren sicherten, schwer zu schaffen. Gegen Ende des dritten Tages hatte Kimberlys Team die Wo-sollen-wir-eigentlich-anfangen-Phase abgeschlossen und war dazu übergegangen, den Befund zu dokumentieren in der Hoffnung, am Abend des nächsten Tages nach getaner Arbeit wieder zu Hause zu sein. In dieser Phase konnte man sich mal eine Verschnaufpause gönnen, anstatt einfach bloß die nächste Aspirin mit einem Schluck Kaffee runterzuspülen, wenn man am Limit war.

Umso rätselhafter war es, dass Harold sie nun von der Kommandozentrale mit ihren knatternden Generatoren und dem Gewusel Dutzender Ermittler weglockte …

Er lief immer noch an der Absperrung entlang. Fünfzig Meter, einhundert, einen halben Kilometer weit …

»Harold, wohin?«

»Halt durch, du schaffst es. In fünf Minuten sind wir da.«

Harold legte noch einen Schritt zu. Kimberly biss die

Zähne zusammen und blieb ihm auf den Fersen. Am Ende der Absperrung bog Harold nach rechts in den Waldabschnitt ein, durch den das abstürzende Flugzeug eine Schneise geschlagen hatte. Zerfetzte Baumkronen ragten in den bedeckten Winterhimmel auf.

»Wehe, es lohnt sich nicht.«

»Wart's ab.«

»Wenn du mir irgendein seltenes Moos oder eine gefährdete Pilzsorte zeigen willst, gibt's Saures.«

»Daran zweifle ich nicht.«

Er lief im Zickzack um Baumstümpfe herum und zwängte sich durch dichtes Unterholz. Dann blieb er endlich stehen, so abrupt, dass Kimberly ihn fast umgerannt hätte.

»Sieh mal nach oben«, sagte Harold.

Kimberly gehorchte. »Oh, Scheiße. Wir haben ein Problem.«

FBI Special Agent Kimberly Quincy war nicht nur schön und mit einem klugen Kopf gesegnet, sondern auch eine geborene Polizistin, und zwar im wahrsten Sinne des Wortes, denn ihr Vater war ehemaliger FBI-Profiler und hatte sich als solcher einen Ruf erworben, der dem eines Douglas oder Ressler in nichts nachstand. Sie hatte schulterlanges dunkelblondes Haar, hellblaue Augen und ein geradezu edel geschnittenes Gesicht, das sie ihrer verstorbenen Mutter verdankte. Um Letztere rankten sich Gerüchte, die Kimberly vermutlich bis ans Ende ihrer beruflichen Laufbahn begleiten würden.

Kimberly war eins achtundsechzig, schlank, athletisch

gebaut und als ungemein ausdauernd bekannt, treffsicher im Umgang mit Schusswaffen und heikel bis schwierig im persönlichen Umgang. Jedenfalls gehörte sie nicht zu jenen Teamkollegen, die Liebe auf den ersten Blick zu wecken vermochten, aber dafür wusste sie sich Respekt zu verschaffen.

Sie stand vor dem vierten Jahr ihrer Anstellung im FBI-Büro von Atlanta, war seit einiger Zeit mit Schwerverbrechen befasst und leitete eines der drei Evidence-Response-Teams vor Ort, die vor allem mit kriminaltechnischen Aufgaben betraut waren. Bis vor ungefähr fünf Monaten hatte sie berechtigte Aussicht auf eine steile Karriere gehabt. Von einem Karriereknick konnte aber auch nicht die Rede sein. Denn abgesehen davon, dass sie am Schießtraining nicht mehr teilnehmen durfte, hatte sich, was ihren Dienst anging, nichts geändert. Das FBI-Büro von heute betrachtete sich schließlich als eine aufgeklärte, den Tugenden der geschlechtlichen Gleichstellung und Fairness verpflichtete Behörde. Jedenfalls war es, wie die Agenten zu scherzen beliebten, nicht mehr das FBI ihres Vaters.

Momentan sah sich Kimberly allerdings vor weitaus größere Probleme gestellt. Drei Schritte außerhalb der abgesteckten Unglücksstelle hing in einem riesigen Rhododendronbusch ein abgetrenntes Bein.

»Dass du das überhaupt gesehen hast. Wie zum Teufel hast du das entdeckt?«, fragte Kimberly, als sie mit Harold zur Kommandozentrale zurückeilte.

»Vögel haben mich drauf aufmerksam gemacht«, antwortete er. »Ich sah immer wieder Schwärme aufflattern und dachte, sie würden von einem Raubtier aufgeschreckt. Und dann fragte ich mich, was ein Raubtier dort zu suchen haben mochte. Tja ...« Er zuckte mit den Achseln. »Den Rest kannst du dir denken.«

Kimberly nickte, obwohl sie sich als Stadtmensch auf das Verhalten wilder Tiere nicht besonders gut verstand. Harold hingegen war in einem Blockhaus aufgewachsen und hatte früher für den Forstdienst gearbeitet. Er konnte die Spuren von Rotluchsen lesen, Hirsche häuten und anhand des Wachstums von Moosen an Bäumen das Wetter vorhersagen. Seiner Statur nach – eins fünfundachtzig bei gerade mal knapp achtzig Kilo – erinnerte er allerdings weniger an einen Holzfäller als an einen Telegraphenmast. Aber man durfte sich nicht täuschen: Zwanzig Meilen waren für ihn locker an einem Tag zu schaffen. Als im Zuge der Ermittlungen gegen den Bombenleger im Olympiapark von Atlanta alle drei ERTs einen entlegenen Zeltplatz in den Bergen hatten aufsuchen müssen, war Harold auf steilem, dicht bewaldetem Gelände eine Stunde vor allen anderen am Ziel gewesen.

»Wirst du Rachel informieren?«, fragte er jetzt. »Oder soll ich?«

»Ich finde, du solltest das Verdienst für deine Entdeckung ganz allein für dich in Anspruch nehmen.«

»Ach was. Du leitest das Team. Und sie wird dich schon nicht fressen.«

Er betonte den letzten Satz deutlicher als nötig. Kimberly verstand ohnehin. Und natürlich hatte er recht.

Sie massierte ihre Seite und gab sich unbeeindruckt.

Das Problem hatte am Samstagmorgen seinen Anfang genommen, als eine Boeing 727 um 6:05 Uhr vom Flughafen Charlotte, North Carolina, abgehoben war. Mit drei Besatzungsmitgliedern und einem Frachtraum voller Postsendungen sollte sie um 7:20 Uhr in Atlanta landen. Die Luft war feucht und neblig, es drohte Eisschlag.

Was sich im Einzelnen zugetragen hatte, würde die Nationale Behörde für Transportsicherheit, kurz NTSB, feststellen müssen. Jedenfalls hatte die Maschine kurz nach 7:15 Uhr beim Anflug auf die Landebahn mit der rechten Tragfläche ein paar Baumwipfel gestreift, war auf eine Weide gestürzt, hatte sich einmal im Kreis gedreht, einen Mähdrescher, zwei Lastwagen und einen Traktor mitgerissen und war nach einer knapp achthundert Meter langen Rutschpartie in Flammen aufgegangen, nachdem sie eine Wolke von Trümmerteilen hatte abregnen lassen.

Als die Rettungsfahrzeuge eintrafen, gab es nichts mehr zu retten. Übrig geblieben waren nur auf weiter Fläche verstreute Bruchstücke samt der Leichenteile dreier Personen, vier zerstörte landwirtschaftliche Nutzfahrzeuge und der Niederschlag von U. S. Mail im Umfang eines Schneesturms. Experten der NTSB rückten an und übernahmen das Kommando über die Aufräumarbeiten gemäß einem zwischen der NTSB und dem FBI geregelten Abkommen. Die drei ERTs aus Atlanta wurden hinzugezogen, um bei der Spurensicherung zu assistieren.

Rachel Childs, die dienstälteste FBI-Vertreterin vor Ort, hatte als Erstes die Unglücksstelle absperren lassen. Bei Explosionen und Flugzeugabstürzen wird einer Faustregel entsprechend der Abstand zwischen den am weitesten auseinanderliegenden Trümmerteilen mit dem Faktor eins Komma fünf multipliziert. Im vorliegenden Fall ergab sich nach dieser Berechnung eine Fläche von vier Kilometern Länge und achthundert Metern Breite – also nicht gerade das, was Spurensicherungsexperten jeden Tag vorgesetzt bekommen.

Es war der perfekte Einsatzort für das neuste Spielzeug des FBI: die Totalstation, ein modifizierter Tachymeter, wie er von Vermessungstechnikern verwendet wurde, ausgestattet mit einer speziellen Software, die aus den Messdaten blitzschnell millimetergenaue 3-D-Modelle entwickelte, über die Ermittler am Ende ihrer Schicht brüten konnten.

Das Verfahren war relativ einfach, die Auswertung umso arbeitsintensiver. Zuerst mussten Dutzende von Kriminaltechnikern sämtliche Beweisstücke klassifizieren und markieren. Handelte es sich um Wrackteile, menschliche Überreste oder Wertgegenstände? Als Nächstes versah ein sogenannter *rod man* – also derjenige, der bei üblichen Landvermessungen die Messlatte hielt – jedes Beweisstück mit einem Glasreflektor. Auf die richtete dann der Kollege die Laserkanone, mit der sich bis auf eine Entfernung von fünf Kilometern optische Daten einholen ließen. Das Ganze überwachte der sogenannte *spotter/recorder,* der für die Zählung und Dokumentation der einzelnen Beweisstücke zuständig war.

Alle Beteiligten arbeiteten hart, mit dem Ergebnis, dass sich in relativ kurzer Zeit das Chaos auf dem Feld in ein übersichtliches Computermodell verwandelt hatte, das der Laune des Schicksals fast so etwas wie einen Sinn verlieh.

Krankhaft ordnungsfixierte Kontrollfetischisten hätten ihre helle Freude daran, und Kimberly musste sich in beiden Punkten schuldig bekennen. Allzu gern wäre sie der *rod man* gewesen, hatte sich aber diesmal mit den Aufgaben des *spotters/recorders* begnügen müssen.

Nach ihrem Abstecher in den Wald eilten Kimberly und Harold nun wieder auf die Kommandozentrale zu, wo sich ein Rudel von weiß behemdeten Anzugträgern gebildet hatte – NTSB-Vertreter, die über einer großen Planzeichnung einer Boing 727 brüteten. Vorort waren außerdem sechs Kriminaltechniker, die immer noch ihre blaue Schutzkleidung trugen, und schließlich ein Streichholz mit feuerrotem Kopf: Rachel Childs, die Aufsicht führende FBI-Frau und Perfektionistin schlechthin.

Kimberly und Harold tauchten unter dem Absperrband hindurch.

Harold flüsterte: »Viel Glück.«

Special Agent Childs hatte eigentlich eine berühmte Architektin werden wollen, sich aber letztlich anders entschieden und eine FBI-Laufbahn vorgezogen. Sie war Assistentin eines der fähigsten Kriminaltechniker Chicagos und hatte über ihn zu ihrer Bestimmung gefunden. Dass sie am Detail interessiert war, maßstabsgerechte Skizzen anfertigen und pedantisch genau Buch führen konnte, ließ sich auf dem Gebiet der Spurensicherung besser nutzen als in dem Versuch, die Skyline Chicagos zu verschönern.

Die Entscheidung für den Polizeidienst hatte sie vor fünfzehn Jahren getroffen, doch zurück blickte sie nie. Sie war knapp über eins fünfzig, wog kaum fünfzig Kilo und war in etwa so entspannt wie Rumpelstilzchen. Bei ihrem ersten Mordfall war sie vermutlich vor Freude in die Luft gesprungen.

»Wie um Himmels willen konnte dieses Bein übersehen werden?«, kläffte sie.

Zusammen mit Kimberly und Harold hatte sie sich aus der Menge hinter einen lärmenden Generator zurückgezogen. Rachel las ihren Teamkollegen, die für sie so etwas wie Familienmitglieder waren, nur unter vier Augen oder im kleinen Kreis die Leviten. Es reichte, wenn sie wusste, wer Bockmist gebaut hatte, und wenn sie dem Betreffenden die Meinung geigte. Andere hatte das nicht zu interessieren.

»Das Bein hängt versteckt in einem Busch«, entgegnete Harold. »Unter einem Baum. Ziemlich versteckt.«

»Es ist Februar. Die Bäume sind kahl. Es muss doch deutlich zu erkennen gewesen sein.«

»Nicht zwischen immergrünen Kiefern«, warf Kimberly ein. »Ich habe es auch erst gesehen, als Harold mit dem Finger darauf gezeigt hat. Mich wundert, dass es ihm überhaupt aufgefallen ist.«

Harold warf ihr einen dankbaren Blick zu. Kimberly zuckte mit den Achseln. Er hatte recht. Mit ihr würde Rachel nicht allzu hart ins Gericht gehen. Vielleicht gelang es ihr sogar, sie zu beruhigen.

»Unsinn«, knurrte Rachel. »Nach drei Tagen Arbeit sollten wir doch allmählich hier fertig sein. Aber nein, jetzt können wir von vorn anfangen. Stümperei ist das ...«

»So was kommt vor. Ich erinnere nur an Oklahoma City oder an den Absturz bei Nashville. Ist doch wirklich erstaunlich, dass wir mit solchen Unfallorten überhaupt zurande kommen«, sagte Kimberly.

»Trotzdem ...«

»Wir erweitern den Umkreis und konzentrieren unsere Suche auf den westlichen Abschnitt. Es wird uns einen weiteren Tag kosten, und wenn wir Glück haben, haben wir nur dieses eine Bein übersehen.«

Rachel runzelte die Stirn. »Augenblick. Seid ihr eigentlich sicher, dass es sich um ein Menschenbein handelt?«

»Ich weiß doch, wie Menschenbeine aussehen«, meinte Harold entschieden.

Kimberly pflichtete ihm bei.

Rachel drückte beide Hände an ihre Schläfen. »Verdammt! Uns fehlen keine Körperteile. Die drei Leichen, die aus dem Cockpit geborgen wurden, sind komplett. Ich habe mich selbst davon überzeugt und bin mir absolut sicher, dass wir nicht weniger als sechs Beine gefunden haben.«

Harold schaute beide Frauen an. »Ich sagte doch: Wir haben ein Problem.«

Sie packten eine Kamera, Taschenlampen, Handschuhe, einen Rechen und eine Plane zusammen. Ein Minisortiment zur Spurensicherung. Rachel wollte das Fundstück mit eigenen Augen sehen. Was Harold und Kimberly gesehen hatten, konnte schließlich auch ein Stofffetzen sein, das abgerissene Bein eines Dummys oder der Hinterlauf eines Hirschs, dem irgendein humorbegabter Jäger ein Hosenbein übergezogen hatte. In Georgia waren schon seltsamere Dinge vorgekommen.

Weil es nur noch zwei Stunden hell bliebe, beeilten sie sich, um an den Fundort zu kommen.

Vorsichtig näherten sie sich durch dichtes Gestrüpp und achteten darauf, nicht aus Versehen auf mögliche Spuren zu treten. Harold und Kimberly richteten schließlich ihre Taschenlampen auf den von Kiefern überschatteten Rhododendronbusch. Rachel schoss ein paar Fotos und machte sich dann mit Maßband und Kompass daran, den Busch zu vermessen, den nächsten Fixpunkt zu bestimmen und den Abstand zum bisherigen Grenzverlauf der Unfallstelle zu ermitteln.

Als sie bis auf den Schrei einer Schleiereule und den Wind, der sie im Nacken kitzelte und ihnen unter die Tyvek-Anzüge zu kriechen versuchte, alles dokumentiert hatten, hob Harold den Rechen und zog das Fundstück aus dem Busch. Es fiel auf die von Rachel am Boden ausgebreitete blaue Plane.

»Verdammt«, kommentierte Rachel.

Es war tatsächlich ein Bein, genauer gesagt ein knapp oberhalb des Kniegelenkes abgetrennter Unterschenkel. Der Oberschenkelknochen ragte weiß aus dem Fleischgewebe hervor. Er steckte in einem Hosenbein aus blauem Jeansstoff und gehörte, der Größe nach zu urteilen, zu einer männlichen Person.

»Du bist sicher, dass alle drei Absturzopfer vollständig sind?«, fragte Kimberly. Sie hatte im Laufe des gegenwärtigen Einsatzes selbst keine Spuren zusammengetragen, worüber sie sich ein wenig ärgerte, vor allem jetzt, da es schien, dass etwas Wichtiges übersehen worden war. »Ich meine, das Cockpit ist völlig ausgebrannt, und die Leichen sind bestimmt in keinem guten Zustand.«

»Vom Piloten stammt das Bein jedenfalls nicht«, sagte Harold. »Piloten tragen keine Jeans.«

»Von einem Bauern vielleicht? Einem Feldarbeiter?«, dachte Kimberly laut nach. »Als die Maschine auf den Traktor traf ...« Sie unterbrach sich, als ihr wieder einfiel, dass der Besitzer des Traktors an der Unfallstelle aufgetaucht war, um den Schaden zu begutachten und sein Fahrzeug zu betrauern. Wenn er einen Gehilfen vermisste, hätten sie es längst erfahren.

»Ich verstehe das nicht.« Rachel hob den Kopf und schaute sich um. »Wir sind hier an der Stelle, wo die Maschine zum ersten Mal mit einem Widerstand kollidiert ist.« Sie zeigte nach oben auf die hellen Splitterenden abgescherter Baumkronen. »Und zwar mit der rechten Tragfläche. Sie wurde abgerissen. Die Maschine kippt nach rechts. Der Pilot steuert dagegen und übersteuert. Nach hundert Metern ...« Sie drehte sich um und deutete auf eine Stelle, die zu weit entfernt war, als dass man Genaueres hätte sehen können. »Dahinten am Rand des Feldes ist die Furche, die die Spitze der linken Tragfläche gezogen hat ...«

»Es kam also erst dort zum eigentlichen Absturz«, ergänzte Kimberly. »Mit anderen Worten, hier, an dieser Stelle ...«

»War die Maschine noch in der Luft und wird mit Sicherheit keine Körperteile von Menschen verloren haben. Wir sind eine Meile vom Cockpit entfernt. Selbst wenn es in die Luft geflogen wäre, was, wie wir wissen, nicht der Fall war – nein, ausgeschlossen, dass ein Bein bis hierher zurückgeschleudert worden wäre.«

Harold drehte eine kleine Runde und musterte das Unterholz. Auch Kimberly setzte sich in Bewegung. Den Kopf im Nacken schaute sie zu den Bäumen auf.

Wie es der Zufall wollte, machte sie wenig später eine weitere Entdeckung. Nur fünf Meter entfernt und fast auf gleicher Augenhöhe, so nah, dass sie stolz auf sich sein konnte, nicht laut aufgeschrien zu haben. Der scharfe, an Rost erinnernde Geruch hatte sie vorgewarnt. Zuerst sah sie nur einen Fetzen aus orange fluoreszierendem Material. Dann einen zweiten, und noch einen. Bis sie schließlich ...

Der Kopf fehlte. Ebenso der linke Arm und das Bein. Übrig geblieben war nur eine seltsame, vornübergebeugte Gestalt, die in den Ästen eines Baums hing.

»Ich fürchte, wir werden morgen noch nicht nach Hause kommen«, sagte sie, als Rachel und Harold zu ihr aufgeschlossen hatten.

»Ein Jäger?«, fragte Rachel ungläubig. »Aber die Jagdsaison ist doch längst vorbei.«

»Auf Rotwild darf seit Anfang Januar nicht mehr geschossen werden«, erklärte Harold. »Aber kleineres Wild kann bis Ende Februar gejagt werden. Und dann gäbe es ja auch noch Wildschweine, Bären, Alligatoren. Mensch, wir sind hier in Georgia. Irgendwas findet sich immer, worauf man schießen kann.«

»Armer Teufel«, murmelte Kimberly. »Man stelle sich vor. Da sitzt jemand auf einem Baum, hält Ausschau nach ...«

»Opossums, Moorhühnern, Schnepfen, Kaninchen, Eichhörnchen«, führte Harold weiter aus.

»Nur um sich am Ende von einer Sieben-zwei-sieben den Kopf absäbeln zu lassen. Wie unwahrscheinlich ist das?«

»Wenn deine Zeit gekommen ist, ist sie gekommen«, kommentierte Harold.

Rachel schien immer noch unter Strom zu stehen. Doch dann seufzte sie ein letztes Mal und riss sich zusammen. »Also gut, in einer Stunde wird es dunkel. Wir sollten keine Zeit verlieren.«

Es stellte sich heraus, dass die NTSB an einem Bein im Wald kein Interesse hatte. In der Welt der Flieger war ein toter Jäger nicht mehr als ein Kollateralschaden. Das FBI sollte sich darum kümmern.

Rachel orderte per Telefon ein mobiles Labor, weitere Fachkräfte und Freiwillige für einen Suchtrupp. Fünfzehn Minuten später waren etliche Hilfssheriffs und FBI-Kollegen zur Stelle. Harold verteilte lange Sonden und wies alle darauf hin, nicht nur nach unten, sondern auch nach oben zu schauen. Als Einsatzleiter hatte er darauf zu achten, dass die Reihen geschlossen blieben, was unter den gegebenen Verhältnissen alles andere als leicht sein würde.

Laut Auskunft des zuständigen Sheriffs war am Vormittag ein gewisser Ronald »Ronnie« Danvers als vermisst gemeldet worden, ein Zwanzigjähriger, der vor drei Tagen zur Jagd aufgebrochen und nicht mehr zurückgekehrt war. Seine Freundin hatte zunächst angenommen, dass er zu Besuch bei irgendwelchen Freunden war, sich dann selbst auf die Suche gemacht und am frühen Morgen dann endlich einsehen müssen, dass irgendetwas nicht stimmen konnte.

»Und dafür brauchte sie drei Tage?«, fragte Kollege Tony Coble. »Wie langmütig ist doch wahre Liebe.«

»Anscheinend hat es zwischen den beiden Schwierigkeiten gegeben«, berichtete Harold. »Die Freundin ist schwanger und soll launisch sein.«

Als er dies sagte, vermied er wohlweislich, Kimberly in die Augen zu schauen. Alle anderen aber taten es.

»Was glotzt ihr so? Ich bin nicht launisch«, sagte sie. »Im Gegenteil, ich bin immer mies drauf.« Der Krampf in ihrer linken Seite hatte sich ein wenig gelöst. Stattdessen spürte sie eine Art Schluckauf unter den Rippenbögen. Die Empfindung war neu für sie und entsprechend rätselhaft. Sie hielt ihre Hand auf den Bauch gedrückt, was, wie ihr peinlich bewusst war, als mütterliche Geste ausgelegt werden konnte.

Die Kollegen grinsten sie an. Sie hatten bereits einen Klapperstorch an die Wand über ihrem Schreibtisch geheftet. Als sie letzte Woche nach der Mittagspause in ihr Büro zurückgekehrt war, hatte sie den Posteingangskorb voller Schnuller vorgefunden. Cops seien besonders taff, hieß es. Seit neuestem brauchte Kimberly nur einmal tief einzuatmen, und schon eilten Kollegen mit einem Glas Wasser herbei, einem Stuhl oder einem Glas saure Gurken. Sie war umgeben von einem Haufen Softies. Nun ja, sie mochte jeden Einzelnen, sogar Harold, den ewigen Besserwisser.

»Hört mal alle her«, sagte Rachel. »Daraus, dass wir heute Abend abrücken, wird nichts. Bevor es dunkel wird, müssen wir den Fundort hier kartographiert, systematisch durchkämmt und sämtliche Beweismittel in die Kommandozentrale geschafft haben, um sie dort im Licht der Scheinwerfer vor den Zelten zu dokumentieren. Mit anderen Worten: Ihr könnt mir wieder einmal für kurzweilige Unterhaltung danken.«

Die Freiwilligen stöhnten im Chor.

Rachel lächelte nur. »Okay, Leute. Bringt mir Ronnies Kopf.«

Kapitel 3

>»Die Loxosceles reclusa spinnt ein mittelgroßes, engmaschiges Netz, das sich ohne erkennbares Muster oder Plan nach allen Seiten hin ausdehnt.«
>
> Julia Maxine Hite, William J. Gladney, J. L. Lancaster, Jr. und W. H. Whitcomb: *Biology of the Brown Recluse Spider*

Kurz nach Mitternacht war Kimberly endlich zu Hause. An späte Stunden und trübes Licht gewöhnt, bewegte sie sich mit Leichtigkeit durch die dunkle Wohnung. Nachdem sie Tasche, Mantel und Schuhe auf der Bank in der Diele abgelegt hatte, ging sie kurz in die Küche, um ein Glas Wasser zu trinken, dann warf sie einen Blick auf den Anrufbeantworter.

Mac hatte auf seinem Schreibtisch die Lampe brennen lassen. Im Lichtkegel lag ein kleiner Stapel Post, auf dem eine violette Haftnotiz mit einem Smiley klebte.

Ein leerer Pizzakarton ließ darauf schließen, dass Mac zu Hause gegessen hatte. Sie schaute im Kühlschrank nach, fand darin eine halbe Käsepizza und wägte ihre Optionen ab. Halbfettjoghurt mit Vanillegeschmack, kalte Käsepizza. Die Wahl war schnell getroffen.

Kauend stand sie in der Küche und ging ihre Post durch. Sie entdeckte einen Katalog von Pottery Barn Kids, gönnte sich ein zweites Stück Pizza und musterte alle Artikel, die aus rosa-weiß karierter Baumwolle gemacht waren.

Kimberly war überzeugt davon, ein Mädchen zu be-

kommen. Denn zum einen wusste sie über kleine Jungs
herzlich wenig, und zum anderen hatte sie vor zehn Jahren
ihre Mutter und ihre Schwester verloren, die einem Psy-
chopathen zum Opfer gefallen waren. Sie fand, dass der
Herr im Himmel ihr etwas schuldig war, nämlich eine
Tochter.

Mac spekulierte natürlich auf einen Jungen, den er nach
Dale Murphy von den Atlanta Braves benennen und ausschließlich mit Baseball-Liga-Trikots einkleiden wollte.

Kimberly war überzeugt davon, dass ihr kleines Mädchen *(Abigail, Eva, Ella???)* Macs kleinen Jungen problemlos
würde ausstechen können. Aber noch ging es zwischen ihnen hin und her. Die Entscheidung sollte um den 22. Juni
herum fallen.

Kimberly und Mac hatten sich vor fast fünf Jahren in
der FBI-Akademie kennengelernt. Sie war für das Ausbil-
dungsprogramm junger Agenten eingeschrieben gewesen,
er als Special Agent für das GBI – Georgia Bureau of In-
vestigation. Während ihrer ersten Begegnung hatte sie ihn
mit einem Messer bedroht, was er mit dem Versuch beant-
wortete, ihr einen Kuss abzuluchsen. Damit waren die
Eckpunkte ihrer Beziehung festgelegt.

Vor einem Jahr hatten sie geheiratet. Die meisten logis-
tischen Fragen waren inzwischen geklärt – wer den Müll
nach draußen trug, die Einkäufe besorgte, den Rasen
mähte –, gleichzeitig sahen sie als relativ jung vermähltes
Paar dem jeweils anderen noch gewisse kleinere Mängel
und Nachlässigkeiten großzügig nach.

Mac war der Romantiker. Er schenkte ihr Blumen, erinnerte sich an ihren Lieblingssong und gab ihr einfach so

einen Kuss in den Nacken. Sie war der Typ-A-Workaholic, hatte jeden Tag eine Agenda und jede Stunde etwas zu tun, das zu Ende gebracht werden musste. Sie arbeitete allzu viel, entspannte sich nie und riskierte mit spätestens vierzig einen Nervenzusammenbruch, was Mac aber mit Sicherheit zu verhindern wissen würde. Er war ihr Fels in der Brandung, sie für ihn wahrscheinlich das Ticket in den Heiligenstand.

Kein Zweifel: Mac würde eine ausgezeichnete Mutter abgeben.

Kimberly seufzte und schenkte sich noch ein Glas Wasser ein. Die ersten drei Monate waren glimpflich verlaufen. Manchmal hatte ihr Müdigkeit zugesetzt, sie aber nie in den Seilen hängen lassen, und gelegentliche Übelkeitsattacken waren mit einem Pudding zu kurieren gewesen. Normale Frauen nahmen gut zehn Kilo zu, doch zum Glück war sie athletisch gebaut und hatte einen Stoffwechsel, der auf Hochtouren lief. Sie hatte gerade einmal vier Kilo zugelegt, und erst jetzt, zu Beginn der zweiundzwanzigsten Woche, konnte man ihr ansehen, dass sie schwanger war.

Sie war gesund, ihr Baby war gesund, und ihr hübscher, dunkelhaariger Mann war aus dem Häuschen.

Vielleicht drängten sich ihr deswegen in Nächten wie dieser Zweifel auf.

Von einer traditionellen Ehe zwischen ihr und Mac konnte keine Rede sein. Sie waren sich an einem Tatort nähergekommen und miteinander ausgegangen zu einer Zeit, als sie einen Serienkiller festzunageln versuchten. In den vergangenen Jahren waren sie nur einmal mehrere Tage am Stück zusammen gewesen, nämlich in Oregon,

34

wo sie einen anderen Fall zu bearbeiten hatten – die Entführung von Kimberlys Stiefmutter.

Dass sie freitagabends mal ins Kino gingen, kam kaum vor, und sonntagmorgens noch ein bisschen im Bett zu kuscheln war ebenfalls eine Seltenheit, denn meist piepte entweder ihr Pager oder seiner. Wenn einer von ihnen wegmusste, hatte der andere immerhin Verständnis dafür, weil er oder sie wusste, dass er oder sie das nächste Mal dran war. Sie liebten ihren Job und ließen dem anderen genügend Raum. Darum hatte es bisher wohl mit ihnen funktioniert.

Kimberly war aber natürlich klar, dass Babys freitagabends nicht allein, sonntagmorgens bekuschelt und überhaupt rund um die Uhr betreut sein wollten.

Welcher Elternteil würde kürzertreten? Er oder sie? Oder sollten sie Macs Mutter in Anspruch nehmen? Aber welchen Zweck hatte es, ein Kind in die Welt zu setzen, um es dann einer dritten Person zur Pflege zu überlassen?

In letzter Zeit wurde Kimberly von Albträumen geplagt, von schrecklichen Vorstellungen, in denen Mac mit dem Wagen verunglückte, im Dienst erschossen oder über den Haufen gefahren wurde beim Versuch, ihnen irgendwo schnell noch Abendessen zu besorgen. Die Träume endeten immer damit, dass ihr jemand am Telefon sagte: *Wir müssen Ihnen leider mitteilen ...*, während nebenan ein Neugeborenes mit schriller Stimme zu weinen anfing.

Dann schreckte sie schweißgebadet und am ganzen Körper zitternd auf. Ausgerechnet sie, der einmal in einem Hotelzimmer von einem Killer eine Pistole wie der Kuss eines Liebhabers an die Schläfe gedrückt worden war.

Sie war stark, sie war intelligent und zäh. Und sie wusste mit absoluter Sicherheit, dass sie es als Mutter nicht allein schaffen würde.

In solchen Nächten rückte sie im Bett zur Seite, weg vom warmen, festen Körper ihres Mannes. Sie zog dann die Beine an und umfasste ihren Bauch mit beiden Händen, starrte auf die dunkle Wand und vermisste ihre Mutter.

Kimberly schlug den Katalog zu, stellte das Wasserglas ab und ging ins Gästebad, wo sie sich leise die Zähne putzte. Ihre Haare rochen immer noch nach Kerosin, Kleider und Haut wie nach einem ordentlichen Barbecue. Sie warf ihre Sachen in den Wäschekorb und tappte nackt durch den Flur ins Schlafzimmer.

Mac hatte auch die Lampe auf dem Nachttischchen brennen lassen. Er war an ihr spätes oder auch frühes Nachhausekommen gewöhnt und ließ sich nicht stören, als sie duschte und anschließend in den Schubladen nach einem Pyjama suchte.

Erst als sie zu ihm unter die Decke schlüpfte, drehte er sich zu ihr auf die Seite und hob schlaftrunken einen Arm zur Begrüßung.

»Alles okay?«, flüsterte er.

»Wir haben Ronnies Kopf gefunden.«

»Schön.«

Sie schmiegte sich rücklings an seinen warmen Körper, legte seine Hand auf ihren Bauch, unter dem sich die Bewegungen des Babys wie die Flügelschläge eines Schmetterlings ausnahmen. Kimberly war selig.

Im Traum hörte sie Stimmen:

»Komm schon, Sal. Als würdest du das nicht besser hinkriegen. Herrje, es ist drei in der Früh. Das Mädchen hat Kimberly bestimmt noch nie gesehen. Es will wahrscheinlich nur wieder auf freien Fuß. Das kennt man doch.«

Der Klang ihres Namens holte sie aus dem Schlaf. Sie öffnete die Augen und sah Mac mit einem Handy am Ohr auf der anderen Seite des Schlafzimmers stehen. Als er ihren Blick auf sich gerichtet sah, wurde er vor Verlegenheit rot.

Dann kehrte er ihr demonstrativ den Rücken und sprach weiter: »Und warum schaltet sich das FBI ein? Ach ja? Verstehe. Aber das bringt nichts. Außerdem sind wir am Ball und nicht das FBI.«

Kimberly war inzwischen hellwach. Und verärgert.

Mac fuhr sich mit der Hand durchs Haar. »Oh Mann, kann man ihr glauben, oder macht sie euch etwas vor? Ja, ich weiß, dass es nicht deine Sache ist. Tu's trotzdem!«

Sal wollte offenbar nicht mitspielen. Mac seufzte. Zauste sich wieder das Haar. Dann drehte er sich zögernd zu seiner Frau um und legte mit niedergeschlagener Miene seine Hand mit dem Handy auf die Schulter.

Er kam ihrer Tirade mit einem Präventivschlag zuvor: »Es ist Special Agent Salvatore Martignetti. Kollegen haben eine Prostituierte in Sandy Springs hoppgenommen. Sie behauptet, eine Informantin von dir zu sein, kann aber weder deine Visitenkarte vorlegen noch nähere Einzelheiten über dich angeben. Trotzdem hält sie an ihrer Geschichte fest. Die Kollegen sind zusammen mit Sal im VICMO-Programm und haben ihn informiert, weil sie wissen, dass er mit uns befreundet ist.«

VICMO stand für Violent Crimes and Major Offenders. Das Programm zielte darauf ab, Polizeiermittler des ganzen Staates zusammenzuführen und über bestimmte Verbrechensmuster aufzuklären. In Wahrheit aber stand der bürokratische Versuch dahinter, die einzelnen Strafverfolgungsbehörden zur Kooperation zu bewegen.

»Hey, wenn Sal mir etwas sagen will, soll er mich anrufen. Das müsste er doch in eurem Programm inzwischen gelernt haben, oder? Wir sind schließlich eine große glückliche Familie und haben alle die Kurzwahl jedes Kollegen gespeichert.«

Mac warf ihr einen seiner Blicke zu. »Komm schon. Diese junge Prostituierte gibt sich aus als Delilah Rose. Sagt dir das was?«

»Nur dass das wahrscheinlich ein Pseudonym ist.«

»Keine Sorge, du musst dich nicht weiter darum kümmern. Du hast schließlich anderes zu tun und musst, wenn ich mich nicht irre, schon um sechs wieder am Unfallort sein, stimmt's?«

»Was bietet sie an?«

»Hat bisher nicht damit rausgerückt. Sie sagt, das sei nur für deine Ohren bestimmt.«

»Aber Sal hat doch bestimmt eine Ahnung.«

Mac zuckte mit den Schultern. »Es scheint, dass sie Informationen über eine andere vermisste Prostituierte hat.«

Kimberly zog eine Braue in die Stirn. »Und dafür seid *ihr* am Ball, wie du es so hübsch formuliert hast?«, fragte sie trocken.

»Ich kenne die Statuten des GBI.«

»Nicht wenn Staatsgrenzen überschritten werden.« Kimberly warf die Decke beiseite und verließ das Bett.

»Kimberly ...«

»Statt Baumwollfelder zu pflügen, werde ich jetzt mit diesem Mädchen reden. Glaub mir, das schafft selbst eine Schwangere.«

Mac wusste inzwischen längst, wann er die Segel zu streichen hatte. Er hielt wieder das Handy ans Ohr. »Sal? Hast du's gehört? Ja, sie stattet ihr einen Besuch ab. Kannst du mir einen Gefallen tun? Sieh zu, dass ihr auf eurer Wache genug Mineralwasser habt.«

»Oh bitte«, rief Kimberly über die Schulter, »warum sorgt er nicht gleich auch für ein Gläschen mit sauren Gurken?«

Sal hatte sie offenbar gehört. »Nein, nein, nein«, wiegelte Mac ab. »Aber wenn ich dir ein Geheimnis verraten darf: Für Vanillepudding macht sie alles. Ich habe in meinem Wagen Leckereien gehortet. Wahrscheinlich bin ich nur deshalb noch am Leben. Und noch was: Gib ihr nur Plastikbesteck. Anderenfalls könnte es zu hässlichen Verletzungen kommen. Ja, danke. Bye.«

Kimberly spritzte sich Wasser ins Gesicht, um wach zu werden. Als sie aus dem Badezimmer kam, war Mac wieder im Bett. Er hatte sich das große Kissen ins Kreuz geschoben und beobachtete sie aus seinen dunklen Augen. Sie nahm eine Hose aus dem Kleiderschrank. Er sagte immer noch kein Wort.

Es war immer dasselbe. Kimberly hatte eine Zahl von Fällen zu bearbeiten, die selbst für FBI-Standards überdurchschnittlich hoch war. In der Welt nach dem elften September war die National Security auf Kosten der Kriminalpolizei aufgeblasen worden. Das FBI-Büro von Atlanta hatte von ehemals sechzehn Agenten sieben einbüßen müssen, und aus der Fünfzigstundenwoche war ein Siebzigstundenmarathon geworden. Normale Arbeitstage begannen um neun und endeten nicht selten erst tief in der Nacht.

Und als wäre das nicht schon genug, hatte Kimberly in ihrem ERT auch noch sogenannte außerplanmäßige Aufgaben zu erfüllen, das heißt, sie musste sich für vierzig bis fünfzig zusätzliche Einsätze im Jahr bereithalten, wenn zum Beispiel ein Flugzeug abstürzte, ein Bankraub mit Geiselnahme geschah, wenn Menschen verschleppt wurden oder irgendwelche Bandenkriege ausbrachen. Agenten wurden für diese zusätzlichen Aufgaben zwar ausgebildet, aber nicht besser entlohnt. Man ging offenbar davon aus, dass sie einer Berufung folgten und ihnen die Arbeit als solche Lohn genug war.

Kimberly war erst vier Wochen schwanger, als Mac die Frage aufgeworfen hatte, ob sie tatsächlich noch der Anerkennung wegen so viel arbeiten müsse. Sie könne sich doch an einen Schreibtisch versetzen lassen oder, besser noch, zusammen mit Rachel Childs Betrügereien im Gesundheitswesen nachgehen. Rachel bearbeitete nur fünf Fälle im Jahr, die zwar aufwendig dokumentiert werden mussten, wofür aber in der Regel jede Menge Zeit blieb. Rachel, so Mac, hätte genügend Spielraum für die Leitung ihres ERTs, und sie, Kimberly, könne sich entspannt auf das Kind freuen.

Die zur Bekämpfung von Korruption im Gesundheitswesen zuständige Abteilung leistete wichtige Arbeit, und wenn Mac in Fahrt war, behauptete er gern, dass Betrug das Herz und die Seele des Büros seien.

Um ihn zum Schweigen zu bringen, drohte Kimberly dann damit, der Antiterrortruppe beizutreten und sich für sechs Monate nach Afghanistan zu verabschieden.

Für das FBI standen »die Bedürfnisse des Büros« an erster Stelle. Warum durften sich junge Agenten nicht selbst ihre erste Dienststelle aussuchen, ja, warum wurde ein Neuling aus Chicago mit großer Wahrscheinlichkeit nach Arkansas geschickt, obwohl das Büro in Chicago die meisten Rekruten brauchte? Weil die Verantwortlichen allen Mitarbeitern von Anfang an eines unmissverständlich klarmachen wollten: Die Bedürfnisse des Büros gingen in jedem Fall vor. Dass man der US-Regierung diente und das amerikanische Volk zu schützen hatte, hatte beim FBI dasselbe Gewicht wie bei allen anderen bewaffneten Einheiten.

Das Büro brauchte Kimberly zur Aufklärung von Gewaltverbrechen. Sie war fleißig und erfahren. Außerdem käme ein Antrag auf Versetzung einer Beleidigung ihrer männlichen Teamkollegen gleich, von denen die meisten selbst Kinder hatten.

Sie hatte ihr Hemd angezogen und schlüpfte nun in ein schwarzes Jackett, das sie schon nicht mehr zuknöpfen konnte, aber auch offen getragen recht schick aussah. Sie betrachtete sich im Spiegel. Von vorn sah man ihr die Schwangerschaft nicht an. Doch wenn sie sich zur Seite drehte ...

Wieder dieses Flattern. Sie presste ihre Hand in die Seite und sah auf ihrem Gesicht im Spiegel ein klägliches Lächeln. Sie liebte ihren Job, liebte aber weiß Gott auch schon das da ...

Sie kehrte ans Bett zurück und gab Mac einen Kuss auf die Wange.

»Ich habe recht, du irrst«, stellte sie fest.

»Ich habe doch kein Wort gesagt.«

»Oh, doch.«

Er legte seine Hand um ihren Hinterkopf, zog sie an sich und küsste sie auf den Mund. Sie beide wussten, wie wichtig es war, das Haus nie im Groll zu verlassen.

»Es hat sich einiges verändert«, sagte er leise.

»Das weiß ich selbst, Mac. Schließlich bin ich es, die eine Hose mit Gummibündchen trägt.«

»Ich mache mir Sorgen.«

»Ist aber nicht nötig. Der Check von letzter Woche bestätigt: Mommy und Baby sind wohlauf.« Sie seufzte und ließ sich ein klein wenig erweichen. »Noch acht bis zwölf Wochen, Mac. Mehr nicht. Aber diese kleine Frist brauche ich noch. Danach bin ich kugelrund und gehorche dir aufs Wort, weil ich mir dann nicht einmal mehr die Schuhe allein anziehen kann.«

Sie gab ihm einen letzten Kuss und spürte, dass er ungehalten war.

Auf dem Weg zur Tür hörte sie ihn noch etwas sagen, etwas, das er ihr gegenüber nicht aussprechen würde, aber immer zwischen ihnen in der Luft hing.

Auch für ihren Vater hatte das Büro immer an erster Stelle gestanden. Und darüber war ihre Familie zerbrochen.

Kapitel 4

»Der erste Biss ist für gewöhnlich schmerzlos.«
Michael F. Potter: *Brown Recluse Spider*

Sandy Springs liegt im Großraum Atlanta, rund zwanzig Kilometer nördlich der City an der Interstate 285 und der Georgia State Route 400. Die Satellitenstadt brüstet sich mit vier Krankenhäusern, mehreren Unternehmen, die laut *Fortune* zu den Top 500 der USA zählen, und natürlich, wie schon der Name sagt, ein paar Süßwasserquellen. Sandy Springs will ein familienfreundlicher Wohnort sein, ist aber vor allem für sein Nachtleben bekannt, für seine Bars, die bis vier geöffnet haben, und »Massagesalons« mit einem ständigen Bedarf an neuem Personal. Ob jung, alt, männlich, weiblich, betrunken oder nüchtern – in Sandy Springs machen alle einen drauf.

Was die Bewohner zunehmend stört. Im Juni 2005 sprachen sie sich in einem Referendum mit überwältigender Mehrheit für die Einrichtung einer kommunalen Selbstverwaltung aus. Auf der Tagesordnung des neuen Stadtrats stand an erster Stelle die Gründung einer eigenen Polizei mit dem Auftrag, gegen weniger wünschenswerte Elemente hart durchzugreifen. Sandy Springs sprang auf den fahrenden Zug städtischer Erneuerung auf und konnte tatsächlich sehr bald mit einer Reihe sehr schicker neuer Restaurants aufwarten.

Bislang hatte Kimberly mit der hiesigen Polizei nichts zu

tun gehabt. Sie glaubte, sie bestünde aus milchgesichtigen Rekruten und reaktivierten Veteranen der State Police. Ganz falsch lag sie nicht.

Der Junge, der sie in Empfang nahm, sah aus, als hätte er noch drei Jahre mit dem Rasieren Zeit. Der diensthabende Sergeant hingegen, ein Mittfünfziger mit schütteren Haaren und Plauze, hatte offenbar schon einiges durchgemacht. Er schüttelte ihr die Hand, deutete mit einer Kopfbewegung auf seinen Kollegen und gab ihr augenrollend zu verstehen, was er von dem Welpen hielt. Um Missverständnissen vorzubeugen, grinste er und zwinkerte ihr zu.

Weil Kimberly keine Miene verzog, ließ es Sergeant Trevor dabei bewenden.

»Wir haben die junge Frau kurz nach eins aufgegriffen«, berichtete er. »Sie hielt an der MARTA-Station Ausschau nach Kunden ...«

»Am Bahnhof?«, platzte es aus ihr heraus. Sie hatte angenommen, das Mädchen sei bei einer Razzia in einem der Massagesalons festgenommen worden. Prostituierte waren in der Regel nur in Rotlichtvierteln anzutreffen, auf dem Fulton Industrial Boulevard zum Beispiel, und so etwas gab es im schicken Sandy Springs eigentlich nicht.

»Soll vorkommen«, entgegnete Trevor. »Vor allem seit wir den einschlägigen Etablissements regelmäßig Besuch abstatten. Manche Mädchen glauben anscheinend, sie würden unter den anderen Gästen nicht auffallen, aber das tun sie allein schon deshalb, weil sie weniger Haut zeigen. Andere haben überhaupt keine Hemmungen, und es gibt auch solche, die für Frischfleisch sorgen, damit das

44

Hühnerhaus immer gut bestückt ist, wenn Sie verstehen, was ich meine.«

Trevor warf sich in die Brust. Offenbar wollte er die Kollegin vom FBI beeindrucken. Vielleicht war er früher für einen Sicherheitsdienst tätig gewesen oder in irgendeiner Anstellung, in der er eine Uniform hatte tragen dürfen.

Der Junge war verschwunden. Wahrscheinlich hatte Trevor ihn weggeschickt, um sich selbst besser in Szene setzen zu können. Kimberly befingerte ihren Nasenrücken und wünschte sich zurück an den Absturzort.

Sie bat Trevor um den Bericht von der Festnahme. Er druckte ihn aus. Der Text war knapp gehalten und enthielt die wichtigsten Details. Zeit, Ort, Fragen zur Person. In der Tasche des Mädchens waren achtundzwanzig Gramm Crystal Meth sichergestellt worden, was für eine längere Haftzeit reichte. Verständlich, dass Delilah Rose behauptete, eine Informantin des FBI zu sein.

»Ich möchte mich mit ihr unterhalten«, sagte Kimberly.

»Wegen der Drogen?«, fragte Trevor. »Ja, quetschen Sie die Kleine aus. Wer ist ihr Dealer? Oder steckt ein Ring dahinter? Verdammt, dieses Meth-Zeug überschwemmt den ganzen Staat. Sorgen Sie dafür, dass sie singt. Und zwar richtig. Wir brauchen Ergebnisse.«

»Ich werd's mir zu Herzen nehmen«, erwiderte Kimberly trocken. »Wo ist sie?«

Trevor führte sie in ein Vernehmungszimmer. So wurden Spitzeldienste entlohnt: Statt in ihrer Zelle schmoren zu müssen, durfte Delilah in einem eigens dafür vorgesehenen Raum Audienz halten. Eine Diet-Coke hatte man ihr auch spendiert. Nicht schlecht als Gegenleistung für ein paar Auskünfte.

Kimberly blieb vor der Tür stehen. Hinter einer Spiegelglasscheibe sah sie »ihre Informantin« zum ersten Mal, musterte sie auf die Schnelle und ließ sich dabei selbst nicht das Geringste anmerken.

Delilah Rose war weiß, was Kimberly ein wenig überraschte, da in einem Staat wie Georgia die meisten Prostituierten afroamerikanischer Herkunft waren oder, wenn sie in Massagesalons arbeiteten, aus Asien kamen. Sie schien Anfang zwanzig zu sein, hatte stumpfe blonde Haare und die fleckige Haut einer Frau, die Raubbau mit sich trieb.

Sie hob den Kopf und warf einen ungeduldigen Blick auf den Einwegspiegel. Die Augen hellblau, aufeinandergepresste Lippen. Taff. Nüchtern.

Gut.

»Ich übernehme«, sagte Kimberly zu Trevor. »Danke für Ihren Anruf.«

»Kein Problem. Sie halten uns doch auf dem Laufenden ...«

»Danke für Ihren Anruf«, wiederholte sie, zwängte sich an dem dicklichen Sergeanten vorbei und betrat das winzige Vernehmungszimmer.

Kimberly ließ sich Zeit. Schloss die Tür. Rückte einen Stuhl mit Plastikschale zurecht. Nahm darauf Platz.

Aus der Innentasche holte sie einen Minirecorder hervor. Dann einen kleinen Spiralblock und zwei Stifte. Übertrieben lange schaute sie auf die Armbanduhr und notierte die Zeit am oberen Rand des Blocks.

Anschließend legte sie den Stift hin, lehnte sich zurück, faltete die Hände über dem Bauch und starrte Delilah Rose ins Gesicht. Eine Minute verstrich, dann noch eine und eine weitere. Kimberly fragte sich, ob der Sergeant immer noch vor dem Einwegspiegel stand und zuschaute. Wenn ja, würde er mit Sicherheit allmählich ungeduldig werden.

Die junge Frau war gut, aber Kimberly war besser. Delilah gab vor ihr nach und griff nach ihrer Cola, musste jedoch feststellen, dass die Dose leer war. Nervös stellte sie sie auf den Tisch zurück.

»Wollen Sie noch eine?«, fragte Kimberly ruhig.

»Nein, danke.«

Aha. Gute Manieren. Die meisten Verdachtspersonen, Informanten und Drogenabhängigen gaben sich redlich Mühe, gesittet zu erscheinen, vielleicht weil sie sich daran erinnerten, was ihnen als Kind versprochen worden war: »Wenn du das Zauberwort benutzt ...« Ja, sie waren sehr höflich. Wenigstens zu Anfang.

Kimberly verlegte sich wieder aufs Schweigen. Delilah räusperte sich und drehte die Coladose mit den Fingerspitzen im Kreis.

»Wollen Sie mich nervös machen?«, fragte sie schließlich, mürrisch und mit leichtem Vorwurf in der Stimme.

»Sind Sie high, Delilah Rose?«

»Nein!«

»Die Polizei hat Sie mit Meth erwischt.«

»Damit habe ich nichts zu tun. Ich habe diese Tüte nur für einen Freund aufbewahrt. Woher sollte ich wissen, was drin ist?«

»Trinken Sie?«

»Manchmal. Aber letzte Nacht keinen Tropfen.«

»Verstehe. Was haben Sie vergangene Nacht gemacht?«

»Was soll ich schon gemacht haben?« Die höfliche Fassade bröckelte. »Ich war in einem Club und habe ein bisschen getanzt. Danach wollte ich mit dem Zug zurück nach Hause. Ist doch wohl nicht verboten, oder?«

Delilahs Outfit hatte Kimberly nur flüchtig zur Kenntnis genommen. Unter einem dunkelblauen Jackett, das für die Jahreszeit viel zu dünn war, machte die junge Frau Werbung für Lycra. Sie trug einen kurzen, auberginefarbenen Rock in glänzender Metalloptik und ein pechschwarzes Spaghettiträgerhemdchen, so eng, dass sich die Brüste ins Freie zu zwängen versuchten. Und dann waren da noch die Pumps mit den Zehn-Zentimeter-Absätzen.

Bevor sie das hochgerutschte Hemd wieder herunterziehen konnte, bemerkte Kimberly ein Spinnennetz, das sich Delilah rund um den Bauchnabel hatte tätowieren lassen. Ein zweites Tattoo zeigte sich im Nacken: eine Spinne, die ihr nach oben ins Haar krabbelte.

»Wer hat das gemacht?«, fragte Kimberly und zeigte auf den Hals.

»Weiß ich nicht mehr.«

»Hübsch. Auch das Netz auf Ihrem Bauch. Der Ring im Bauchnabel soll wohl die Spinne sein, stimmt's? Clever.«

Die junge Frau reckte trotzig ihr Kinn und sagte nichts.

Kimberly ließ ihr eine Minute Zeit. Dann gab sie auf, räumte Minirecorder, Block und Stifte zusammen und stand auf.

»Was soll der Scheiß?«, fragte Delilah.

»Wie bitte?«, entgegnete Kimberly ruhig und steckte den Recorder in ihre Tasche.

»Wo wollen Sie hin? Sie haben mir doch noch gar keine Fragen gestellt. Was für eine sind Sie überhaupt?«

Kimberly zuckte mit den Achseln. »Sie haben ja angeblich nichts getan und behaupten, die Drogen gehörten Ihnen nicht. Schön. Sie sind sauber, und ich gehe jetzt wieder ins Bett.«

Kimberly griff nach einem der Stifte. Die junge Frau hielt sie am Handgelenk fest. Erstaunlich kräftig für ihre Statur und ihren Zustand. Kimberly wusste, woraus sich diese Kraft speiste: Verzweiflung.

Langsam richtete sie ihren Blick auf die viel zu hellen Augen der jungen Frau. »Ich kenne Sie nicht. Wir sind uns nie begegnet. Also sind Sie auch keine Informantin von mir. Von mir aus kann die hiesige Polizei mit Ihnen machen, was sie will. Und wenn Sie mich nicht sofort loslassen, setzt's was.«

»Ich muss mit Ihnen reden.«

»Ich bin seit sechs Minuten hier. Sie haben noch nichts gesagt.«

»Ich will nicht, dass der Dicke da draußen zuhört.« Die junge Frau zog ihre Hand zurück und warf einen flüchtigen Blick auf den Einwegspiegel.

»Sergeant Trevor geht Sie nichts an, und mir haben Sie noch keinen Grund genannt, warum ich bleiben sollte.« Kimberly hatte jetzt den ersten Stift weggesteckt.

»Er bringt mich um.«

»Sergeant Trevor?«

»Nein, nein. Der Mann ... ich weiß nicht, wie er heißt.

Wie er in Wirklichkeit heißt. Nennen tut er sich Mr. Dinchara. Wir, die Mädchen, nennen ihn Spiderman.«

»Mr. Dinchara?«

»Na, wegen diesem Horrorfilm, Arachnid. Er hat die Reihenfolge der Buchstaben einfach nur umgedreht.«

»Oh, bitte«, platzte es aus Kimberly heraus. Sie musterte wieder das Outfit der jungen Frau und kniff die Brauen zusammen.

»Er ist eben anders.«

»Ja, ja.« Kimberly schob ihren Stuhl an den Tisch zurück.

»Um Sex geht's ihm nicht, jedenfalls nicht am Anfang.« Delilahs Ton wurde hektischer. »Spideyman bezahlt die Mädchen dafür, dass sie mit seinen Viechern spielen. Zehn Dollar, wenn man zum Beispiel die Tarantel berührt. Dreißig, wenn man sie sich über den Arm krabbeln lässt. So was in der Art.«

»Mit seinen Viechern spielen?«

»Ja. Das Gift einer Tarantel kann einen nicht wirklich umbringen, wissen Sie.« Delilah klang jetzt sehr ernst. »Im Grunde sind sie ziemlich scheu und ... verletzlich. Man muss ganz vorsichtig mit ihnen umgehen, sonst tut man ihnen weh.«

Kimberly war sprachlos.

»Es fängt mit ihm ganz harmlos an«, fuhr Delilah fort. »Aber dann will er nicht mehr nur, dass dir die Viecher über den Arm krabbeln, sondern auch über andere Körperstellen, wenn Sie wissen, was ich meine. Das macht ihn scharf, und dann will er auch mehr. Wie gesagt, er ist anders. Darauf lassen sich nicht alle Mädchen ein. Andererseits zahlt er gut.«

»Was heißt gut?«

»Hundert für einen Handjob, hundertfünfzig für oral. Zweihundert, wenn eine seiner Spinnen zuguckt.«

»*Zuguckt?*«

»Natürlich nur vom Käfig aus. Wenn man gerade abgelenkt ist, sollte man eine Tarantel lieber nicht frei rumlaufen lassen. Sie könnte dazwischengeraten und zerquetscht werden.«

»Bewahre«, murmelte Kimberly. Kaum, dass man glaubte, alles gehört zu haben, kam irgendein Perversling daher und setzte noch eins drauf. »Okay, Sie und Dinchara haben was am Laufen.« Sie betrachtete wieder Delilahs Tattoos. »Passt ja auch ganz gut. Und außerdem ist er alles andere als knauserig, wenn ich richtig verstanden habe. Warum also sind Sie hier?«

Delilah schaute zur Seite. Mit der Gesprächigkeit war es offenbar plötzlich vorbei. Nach einer Weile flüsterte sie: »Es ist was schiefgelaufen.«

»Was Sie nicht sagen. Also los, verschwenden Sie nicht weiter meine Zeit. Warum wollten Sie mich sehen?«

Die Lippen der jungen Frau fingen zu zittern an. »Wegen Ginny. Ginny Jones. Sie hat sich von ihm abschleppen lassen. Und wurde seitdem nicht mehr gesehen.«

Kimberly setzte sich. Sie holte ihre Sachen wieder hervor und schaltete den Minirecorder ein. Die junge Frau blickte ängstlich auf das Gerät, protestierte aber nicht.

»Ich will Polizeischutz«, sagte sie plötzlich.

»Sonst noch was?«

»Ein sicheres Versteck und so. Das ganze Programm eben, wie im Fernsehen.«

»Die Wirklichkeit sieht anders aus, Delilah. Von nichts kommt nichts.«

»Was soll das heißen?«

Kimberly setzte eine ernste Miene auf. »Sie müssen uns schon was anbieten. Informationen, mit denen sich was anfangen lässt. Dann können wir ins Geschäft kommen.«

»Was wollen Sie hören?«

»Fangen wir mit einem Namen an. Ginny Jones. Ein echter Name oder ein Pseudonym?«

»Virginia«, flüsterte die junge Frau. »So heißt sie wirklich, aber alle nennen sie Ginny. Sie ist nett. Und völlig clean. Hat mit Drogen nichts am Hut. Aber ... ich weiß nicht. Irgendwas muss schiefgegangen sein.« Delilah lächelte matt. »Bleibt wohl nie aus, oder?«

»Wann haben Sie sie das letzte Mal gesehen?«

»Vor drei Monaten. An einem Mittwoch, oder vielleicht war's auch ein Donnerstag. Ich bin mir nicht mehr sicher. Sie hatte was mit diesem Typen. Über sie weiß ich von ihm. Wegen meiner Tattoos hat sie gemeint, er könnte was für mich sein. Ein bisschen abgedreht, schon, aber ich käme bestimmt klar damit. Er will gut sein —«

»Ginny kannte also diesen Dinchara.«

»Ja, davon gehe ich aus. Bestimmt.«

»Und sie hatte gegen das achtbeinige Publikum nichts einzuwenden?«

Delilah zuckte mit den Achseln. »Ginny sagte, die Spinnen machten ihr nichts aus. Ihr hat überhaupt nichts Angst gemacht. Nicht mehr.«

»Wann haben Sie sie noch einmal das letzte Mal gesehen?«

»Ist schon 'ne Weile her.«

»Delilah.«

»Vor ein paar Monaten. Es war so gegen halb zwei. Dinchara fuhr mit seinem SUV vor.«

»Beschreiben Sie das Fahrzeug.«

»Schwarz, mit Streifen. Ein Toyota, aber ziemlich aufgemotzt. Ledersitze und teure Innenausstattung. Richtig schick. Limited Edition, glaube ich.«

»Kennzeichen?«

»Weiß ich nicht.«

Kimberly musterte sie mit skeptischem Blick. Die Antwort war ihr zu schnell gekommen. Prostituierte achteten auf solche Details ziemlich genau. »War es ein Kennzeichen aus Georgia?«

»Möglich, ja.«

»Die Anfangsbuchstaben?«

»Keine Ahnung. Ehrlich.« Sie ging in die Defensive. »Ich habe mir abgewöhnt, neugierig zu sein. Mädchen, die zu viel wissen, stecken schnell in Schwierigkeiten.«

»Beschreiben Sie ihn.«

Delilah senkte ihren Blick und knabberte an der Unterlippe. »Hmm, weiß. Dreißig bis vierzig. Braune Haare. Ziemlich drahtig. Wie ein Handwerker. Und dann riecht er irgendwie seltsam, nach irgendwelchen Chemikalien. Ich glaube, er verdient sein Geld im Handel, habe aber nie danach gefragt.«

»Auffällige Merkmale?«

»Wie zum Beispiel was?«

»Narben, Tattoos, Muttermale.«

»Also, glauben Sie mir, Typen wie er ziehen sich gar nicht erst aus.«

»Hat er welche im Gesicht?«

Delilah zuckte nur mit den Schultern. »Weiß nicht. Ich finde, sie sehen alle gleich aus.«

»Sie?«

»Typen, Freier, Perverse, egal, wie man sie nennt. Sie sind sich alle gleich.«

Kimberly verzog das Gesicht.

Delilah kam wieder in Fahrt. »Ah, doch, da war was. Er trägt immer eine rote Baseballkappe. Ohne habe ich ihn nie gesehen. Er nimmt sie nicht einmal ab, wenn ... Na, Sie wissen schon. Eine rote Baseballkappe. Ist doch was, oder?«

»Ein Anfang, ja.« Kimberly machte sich eine Notiz. »Was trägt er sonst noch so?«

»Jeans«, antwortete Delilah. »Langärmelige Hemden à la Eddie Bauer. Outdoor-Klamotten von der teuren Sorte. Ich schätze, er hat Geld.«

»Wie kommen Sie darauf?«

»Das Auto, die Kledage, was er für eine Stunde springen lässt. Das kann sich nicht jeder leisten.«

»Beschreiben Sie mir seine Stimme.«

»Hmmm, normal.«

»Hat er einen Akzent?«

Delilah dachte kurz nach. »Er klingt wie jemand aus dem Süden, nuschelt halt, aber nur ein bisschen.«

»Woher stammen Sie, Delilah?«

Darauf wollte sie offenbar nicht antworten.

»Wie drückt er sich aus? Glauben Sie, er ist gebildet?«

»Er weiß eine Menge über Spinnen.«

»Darüber wissen Sie auch einiges, wie mir scheint.«

Delilah wurde ein wenig rot. »Mein Bruder hatte mal

54

eine. Das ist lange her. Er nannte sie Eve. Ich habe ihm geholfen, Heuschrecken für sie zu fangen. Sie sah hübsch aus. Aber so verrückt auf Spinnen wie Spideyman war er nicht. Der Typ hatte mal diese weiße Spinne. Als ich sagte, das sei wohl eine Vogelspinne, wurde er fuchsteufelswild. Er brüllte mich an: ›Das ist nicht bloß eine Vogelspinne. Das ist eine *Grammostola rosea* ...‹ Eine chilenische Tarantelart oder so was Ähnliches. Dass ich den Unterschied nicht kannte, hat ihn richtig wütend gemacht. Er hat ...«

»Was hat er?«

»Mir Angst eingejagt.«

»Wie?«

»Mit seinem Blick. Ich weiß nicht.« Sie zuckte wieder mit den Achseln. »Einen Moment lang kam ich mir selbst wie eine Spinne vor. Wie eine *Schlampa stricheria.* So was in der Art.« Delilah grinste, aber ihre Augen blieben ernst.

»Hat er Sie bedroht?«

»Nein, das brauchte er gar nicht. Sein Gesichtsausdruck sagte alles. Manche Typen sind so, wenn Sie verstehen, was ich meine. Sie wollen, dass man ihnen ansieht, wie gefährlich sie sind.«

Kimberly verzichtete auf einen Kommentar. Sie war lange genug Polizistin, um zu wissen, worauf die junge Frau anspielte. »Wie macht er sich an die Mädchen ran? In seinem Auto?«

»Nicht immer. Einen Straßenstrich gibt's bei uns ja auch nicht wirklich. Aber man kennt die Stellen, fährt dorthin, lungert ein bisschen herum, und irgendwann taucht schon ein Freier auf.«

»Sie halten sich lieber in Clubs auf, nicht wahr?«, fragte

Kimberly. »Sie zwinkern einem Typen zu, er zwinkert zurück. Was dann?«

»Dann folge ich ihm. Vielleicht in ein Auto, an irgendeinen Ort, wo's ruhig ist. Unterwegs werden ein paar Einzelheiten besprochen. Zuerst muss er mit der Kohle rausrücken. Anschließend darf er seinen Spaß haben. Und wenn er fertig ist, heißt's Goodbye, Schätzchen.«

»Und Mr. Dinchara? Wohin hat er Sie geführt?«

»In sein SUV.«

»Hatten Sie jemals Schwierigkeiten, ihn wieder loszuwerden?«

»Nein, aber ich habe mich auch immer schnell verdrückt. Wenn du dein Geld schon hast, kannst du weg, solange er noch ... glücklich ist.«

Kimberly kniff die Brauen zusammen. »Wenn er die Hosen noch zwischen den Füßen hat?«

»Einen besseren Zeitpunkt gibt's nicht.«

»Sie kennen also Mr. Dinchara, und Ginny Jones kennt ihn auch. Warum glauben Sie, dass er was mit Ginnys Verschwinden zu tun hat?«

»Weil ich sie das letzte Mal in seiner Begleitung gesehen habe. Ich sah sie aus dem Club rausgehen und die Straße runter. Darüber war ich ein bisschen sauer, im Ernst, schließlich ist 'ne Nummer mit ihm so viel wert wie eine halbe Nacht Arbeit.«

»Und?«

»Was und?«

Kimberly ließ sich einen Moment Zeit, um die Informationen in ihrem Kopf zu ordnen und eine Entgegnung zu formulieren. »Delilah, was Sie mir erzählen, ist ja recht interessant, aber eigentlich kann ich nichts damit anfangen.«

56

»Warum nicht?«

»Weil kein Verbrechen vorliegt.«

Die junge Frau verzog das Gesicht. »Sie glauben mir nicht? Aber es ist die Wahrheit. Ginny war meine Freundin. Wenn er ihr was angetan hat, wird er dafür zahlen müssen!«

»Haben Sie während der vergangenen drei Monate Spiderman noch einmal gesehen?«

Delilah wich ihrem Blick aus. »Vielleicht.«

»Haben Sie geschäftlich mit ihm verkehrt?« Sie flüsterte kaum vernehmlich. »Vielleicht.«

»Er scheint, wie Sie sagen, gut zu zahlen, und Sie sind bereit, mit ihm allein zu sein. So gefährlich kann er dann doch wohl nicht sein.«

Die junge Frau sagte lange nichts. Als sie widersprach, musste sich Kimberly vorbeugen, um sie zu verstehen. »Das letzte Mal mit ihm war ich auf den Knien und habe – Sie wissen schon. Und kurz bevor es so weit war, ist er mir an die Gurgel gegangen. Ich habe keine Luft mehr gekriegt und mit beiden Fäusten auf ihn eingedroschen. Und dann hörte ich ... wie er Ginnys Namen flüsterte. Zum Glück hat er irgendwann von mir abgelassen, und ich bin Hals über Kopf davon.

Das Verrückte ist, ich glaube, ihm war gar nicht bewusst, was er sagte. Er schien irgendwie weggetreten zu sein. Aber vielleicht hat er sich später daran erinnert, vielleicht weiß er jetzt, dass ich Bescheid weiß. Und jetzt mache ich mir Sorgen. Was, wenn er Ginny was angetan hat? Wenn er auch sie gewürgt und es übertrieben hat? Wenn ich die einzige Person bin, die gegen ihn aussagen könnte?

Sie müssen mir helfen. Nicht nur wegen Ginny. Auch wegen dem, was ich weiß. Ich brauche Polizeischutz.«

Kimberly seufzte und massierte sich den Nasenrücken. »Wenn Sie wollen, dass ich Ihnen vertraue, sollten Sie mir zuerst einmal Ihren richtigen Namen verraten.«

»Delilah Rose. Das können Sie überprüfen. Ihre Kollegen haben's schon getan.«

»Name, Geburtsdatum.«

»Was soll der Mist? Warum muss ich mich immer ausweisen? Ich habe Ihnen soeben ein perverses Arschloch auf dem Silbertablett serviert. Zur Abwechslung könnten Sie mir ja mal zeigen, was *Sie* auf dem Kasten haben.«

»Das bringt mich auf meine zweite Frage: Warum wollten Sie unbedingt mit mir sprechen? Woher haben Sie überhaupt meinen Namen?«

Delilah brauchte für die Antwort diesmal länger und machte auf Kimberly plötzlich einen durchtriebenen Eindruck. »Sie haben doch den Öko-Killer geschnappt. War in den Nachrichten zu sehen. Sie als blutjunge Agentin. Ich dachte, wenn Spideyman Ginny umgebracht hat, sind Sie genau die Richtige für den Fall.«

»Es gibt keinen Fall, Delilah, keinerlei Anzeichen eines Verbrechens. Und selbst wenn, wäre nicht ich zuständig, sondern die Polizei von Sandy Springs.«

»Nein. Nur Sie kommen in Frage. Sie haben den Öko-Killer geschnappt und müssen mir auch im Fall Ginny helfen.«

»Delilah –«

»Ich hätte da was für Sie.«

Kimberly hielt inne und musterte ihr Gegenüber mit kritischem Blick. »Und das wäre?«

58

»In der Nacht, als er mir an den Hals gegangen ist, habe ich zufällig auf den Boden geguckt, unter den Sitz. Da lag was. Als er nicht hinsah, hab ich es mir gekrallt.« Delilah schaute sich um, als wollte sie sichergehen, dass niemand zusah. Dann griff sie unter ihr Shirt und zog aus dem linken BH-Körbchen einen schweren Goldring.

»Der gehört Ginny«, hauchte sie und ließ den Klunker auf den Tisch fallen. »Sie hat ihn immer an einer Kette um den Hals getragen und nie abgenommen. *Nie,* verstehen Sie? Das beweist, dass Ginny in Spideymans SUV war.«

Kimberly zog eine Braue in die Stirn und schob den Ring mit ihrem Stift näher zu sich heran, um ihn nicht zu berühren. Für sie sah er aus wie ein Absolventenring. Er hatte einen blauen Stein und eine Gravur auf der Innenseite, die aber, weil verschmiert, unleserlich war.

»Wer außer Ihnen könnte sonst noch bezeugen, dass Ginny diesen Ring immer trug?«

Delilah zuckte die Schultern. »Keine Ahnung.«

»Hat sie Ihnen erzählt, von wem sie den Ring hat?«

Kopfschütteln.

»Weiß jemand, dass Sie ihn im Wagen von Mr. Dinchara gefunden haben?«

»Verdammt, nein! Ihre Fragen nerven –«

»Schon gut. Ich habe verstanden.« Kimberly musterte den Ring mit gekrauster Stirn. Dann lehnte sie sich auf ihrem Stuhl zurück. »Kann ich ihn eine Weile behalten?«

»Klar, sicher, deshalb habe ich ihn ja mitgebracht. Sie werden die Ermittlungen jetzt aufnehmen, oder?«

»Leider nein, Schätzchen.«

Diesmal verzog Delilah wieder das Gesicht. »Hey, Sie wollten einen Beweis, und den haben Sie jetzt.«

»Der Ring beweist nichts. Jedenfalls würde er von keinem Gericht der Welt als Beweismittel anerkannt. Ob er Ginny tatsächlich gehört hat, müsste erst einmal nachgewiesen werden, ebenso Ihre Behauptung, er habe im Wagen einer Verdachtsperson gelegen. Vorläufig ist er nicht mehr als ein ziemlich verschmutzter Absolventenring.«

»Ich mag Ihre Art nicht«, erklärte Delilah.

»Seien Sie versichert, das beruht auf Gegenseitigkeit.« Kimberly klopfte mit dem Stift dreimal schnell hintereinander auf den Tisch. »Wir gehen folgendermaßen vor, Delilah. Wie schon gesagt, von nichts kommt nichts. Betrachten wir den Ring als eine Art Vorschuss.« Sie zog eine Visitenkarte aus der Tasche und malte einen Kringel um die Telefonnummer ihres Büroanschlusses. »Bringen Sie mir weitere Informationen. Zeiten, Orte, Namen von Personen, die bestätigen können, dass Ginny Jones in dieser Gegend anschaffen ging, diesen Ring trug und seit drei Monaten verschwunden ist. Wenn Sie Glück haben, könnten solche Hinweise am Ende dazu führen, dass die hiesige Polizei Ermittlungen aufnimmt. Ich würde Ihnen helfen, will aber ehrlich sein. Wenn überhaupt, ist dies ein Fall für die Kollegen vor Ort und nicht für das FBI.«

Sie sammelte ihre Sachen zusammen. Delilah hinderte sie diesmal nicht daran. Stattdessen verschränkte sie die Arme vor der Brust und schmollte.

Erst als sich Kimberly erhob, ließ sie wieder etwas von sich hören.

»Wie lange noch?«

60

»Pardon?«

Die junge Frau starrte auf Kimberlys Bauch. »Wann sind Sie fällig?«

Kimberly war einen Moment lang von den Socken. Dann fasste sie sich wieder. Dass sie schwanger war, konnte man ihr offenbar inzwischen tatsächlich ansehen. »Im Sommer«, antwortete sie.

»Wie geht es Ihnen damit?«

»Gut, danke der Nachfrage.«

»Mir geht auf den Wecker, dass alles anders riecht«, sagte die junge Frau wie beiläufig. »Außerdem bin ich ständig müde. Von Alkohol und Drogen lasse ich jedenfalls die Finger. Ich bin vielleicht eine Hure, kann aber durchaus aufpassen auf mein Baby.«

Sie öffnete die Jacke und zeigte Kimberly darunter einen Bauch, der ebenso leicht gewölbt war wie der ihre. Delilah griff nach dem Minirecorder.

»Kann ich den haben?«

»Nein. Der gehört mir nicht. Kaufen Sie sich selbst einen.«

Delilah legte das Gerät zurück auf den Tisch. »Aber wenn ich mehr Informationen sammle und Spideyman dazu bringe, dass er was über Ginny ausspuckt, was ich dann auf Band aufnehme, werden Sie mir da wohl weiterhelfen, oder?«

Kimberlys Blick war immer noch auf den Bauch der jungen Frau gerichtet. Sie bedauerte plötzlich, nach Sandy Springs gekommen zu sein. Mit einer jungen, sehr verwundbaren, schwangeren Nutte wollte sie eigentlich nichts zu tun haben.

Ihre Visitenkarte lag immer noch auf dem Tisch. Sie nahm sie in die Hand und schrieb ihre Handynummer auf die Rückseite.

»Wenn Sie was auf Band haben, erreichen Sie mich über diese Nummer.« Und dann sagte sie noch: »Delilah, seien Sie vorsichtig.«

Kapitel 5

Mein älterer Bruder sagte immer: »*Tu, was man dir sagt, sonst holt dich der Burgerman.*«

»*So was wie einen Burgerman gibt's doch gar nicht*«, *sagte ich dann laut.*

»*Und ob. Er ist groß, über zwei Meter, und ganz in Schwarz gekleidet. Er schleicht sich nachts ins Haus, holt böse Jungs aus ihrem Bett und bringt sie in seine Fabrik, wo er Hackfleisch aus ihnen macht und Supermärkte damit beliefert. All die billigen Burger, die da vor sich hingammeln – das ist das Fleisch von bösen Jungs. Da kannst du fragen wen auch immer.*«

Ich glaubte ihm nicht, bis ich eines Nachts erwachte und tatsächlich der Burgerman am Fußende meines Bettes stand.

»*Pssst*«, *sagte er.* »*Wenn du die Klappe hältst, lasse ich dich vielleicht am Leben.*«

Ich hätte ohnehin keinen Laut herausbringen können. Bewegen konnte ich mich auch nicht. Ich starrte nur auf diesen Riesenkerl, der über zwei Meter groß und ganz in Schwarz gekleidet war. Mein Bruder hatte also doch recht. Dann fing ich zu zittern an, mein Herz hämmerte wie wild, und ich glaube, ich habe ins Bett gemacht.

»*Steh auf!*«, *verlangte der Burgerman von mir.* »*Beweg deinen kleinen Arsch, wenn du deine Familie retten willst, Kleiner.*«

Aber ich war vor Angst wie gelähmt und bibberte am ganzen Leib.

Er riss mir die Decke weg, packte mich beim Arm und zerrte mich aus dem Bett. Fast hätte er mir die Schulter ausgerenkt.

Meine Beine folgten wie von selbst. Ehrlich, so war's. Denn von mir aus wäre ich nie mitgegangen.

Im Flur blieb er kurz stehen, um sich zu orientieren, wie es schien. Ich sah die Tür zum Zimmer meines Bruders einen Spaltbreit offen stehen und konnte meinen Vater im Zimmer nebenan schnarchen hören.

Schlag Alarm, *dachte ich.* Mach was, irgendetwas.

Ich spürte, wie mich der Burgerman im Dunklen musterte. Er war überhaupt nicht nervös.

Im Gegenteil, er grinste. Ich sah seine Zähne blitzen.

»Siehst du, Junge? Siehst du, wie wenig sie sich um dich kümmern? Ich bin dabei, dein verdammtes Leben zu ruinieren, und deine Familie schert sich einen Dreck darum. Denk daran, Junge, du bist ihr egal. Von jetzt an existiert sie für dich nicht mehr.

Du gehörst mir.«

Er nahm mir meine Sachen weg und warf mich mit dem Gesicht nach unten auf das Hotelbett. Ich wehrte mich. Aber was konnte ich mit meinen neun Jahren schon groß ausrichten? Er presste mein Gesicht so fest auf die Matratze, dass ich keine Luft mehr bekam. Ich dachte, er brächte mich um. Vielleicht betete ich sogar, dass er es tun würde, wenn er erst einmal fertig wäre.

Als es so weit war, drehte er sich weg. Und rauchte eine Zigarette.

Ich wusste nicht, was ich machen sollte, lag reglos auf dem Bauch und war überall nass.

Ich schlief schließlich ein.

Er weckte mich auf, schlug mich und brüllte, bis ich tat, was er wollte. Und nach der Zigarette danach ging es wieder von vorn los.

Ich verlor jedes Gespür für Zeit und existierte in einem Dämmerzustand. Mir war innerlich heiß und äußerlich kalt. Aber er gab mir nicht einmal eine Decke.

Manchmal brachte er was zu essen. Burger, Pizza. Als ich das erste Mal aß, musste ich kotzen. Er lachte und meinte, ich würde mich daran gewöhnen. Dann gab er mir einen Löffel, zeigte auf mein Erbrochenes und sagte, wenn ich wieder was essen wollte, müsste ich mich ranhalten.

Und so ging es in einer Tour. Der Burgerman setzte dem bösen Buben schrecklich zu.

Eines Tages öffnete er die Hotelzimmertür. Das Sonnenlicht blendete mich. Ich musste mir die Augen zuhalten. Es roch nach Regen, und unwillkürlich holte ich tief Luft. Der Regen war das Erste, was ich wieder schmeckte, und er lag mir nicht wie Asche auf der Zunge.

Burgerman lachte. »Siehst du, Junge, trotz allem hängst du noch am Leben. Scheint dir also doch irgendwie Spaß gemacht zu haben.«

Er warf mir meine Sachen zu. Nicht die alten, sondern neue, die er mir irgendwo gekauft hatte. Ich solle mich anziehen, brüllte er. »Verdammt noch mal, hast du denn kein Schamgefühl, Junge, dass du immer nur nackt rumläufst? Was bezweckst du damit? Willst du mich anmachen?«

Hastig zog ich mich an, war aber nicht schnell genug.

Als er diesmal fertig war, grunzte er: »Na also, sag ich doch. Es gefällt dir.«

Er fuhr mit mir in ein anderes Hotel. Er kaufte mir An-

ziehsachen. Einen dunkelblauen Trainingsanzug, zwei Nummern zu groß. Ich versank fast darin und kam mir vor wie ein
Gespenst. Ich muss ausgesehen haben wie ein Kriegsflüchtling,
total erschöpft, mit glasigen Augen und ausgelaugt.

Die Empfangsdame betrachtete mich mit sorgenvollem
Blick.

Burgerman vertraute ihr mit leiser Stimme an: »Ich bin
vom Sozialdienst und musste den Jungen aus seiner Familie
holen. Schwerer Fall, sehr schwerer Fall. Was seine Eltern getan haben … Na ja, zum Glück ist er tapfer und wird, so Gott
will, darüber hinwegkommen. Ich bringe ihn jetzt in ein gutes Heim, wo er einen Neustart versuchen kann.«

»Oh, das arme Kerlchen«, sagte die Frau.

Darauf fing ich plötzlich an zu schreien. Ich schrie und
schrie und schrie, um der Welt mit diesem herzzerreißenden
Ausbruch meinen Schrecken kundzutun. Ich brüllte so sehr,
dass mir der Kopf zu zerspringen drohte.

»Wie gesagt, seine Eltern sind Monster«, erklärte Burgerman.

»Oh, das arme Kerlchen«, wiederholte die Frau.

Er brachte mich in ein kleines Apartment. Es gab dort ein Telefon, das aber nur mit einer Kreditkarte funktionierte. Den
Schlüssel zur Tür hielt er in Verwahrung.

Immerhin ließ er mich manchmal für ein paar Stunden
allein. Ich schaute dann Bugs Bunny, bis ich diesen albernen Hasen zu hassen anfing, und wenn ich schließlich
den Fernseher ausmachte, blieb mir nichts anderes übrig,
als auf die schäbige graue Wand zu starren. Ich starrte
und starrte und hatte den Eindruck, immer kleiner zu
werden.

Bei einer solchen Gelegenheit fiel mir zum ersten Mal eine Spinne auf. Ich fing sie ein, steckte sie unter ein Glas und sah dabei zu, wie sie verzweifelt zu fliehen versuchte.

Vielleicht hatte der Burgerman am Ende recht.

Es hat mir wohl letztlich doch gefallen.

Kapitel 6

»Loxosceles reclusa leben im Verborgenen und sind deshalb schwer unter Kontrolle zu halten.«
Michael F. Potter: *Brown Recluse Spider*

Rita konnte nicht schlafen. Es gehörte wohl zu den kleinen Ironien des Schicksals, dass sie ausgerechnet jetzt, da sie endlich Zeit dazu gehabt hätte, einfach keinen Schlaf mehr fand. Die Nächte kamen ihr vor wie ein ewig gleicher, grauer Dämmer. Sie sah das Mondlicht über die Wand streichen, sah, wie sich die Gardinen bauschten, wenn der kalte Wind durch die Ritzen der verzogenen Fenster drang, und lauschte den knarrenden und knackenden Geräuschen im Gebälk ihres winzigen, alten Hauses, dem der Frost ebenso zusetzte wie ihren eigenen Gelenken.

Wenn die Sonne schließlich hinter den Bergen aufstieg, fragte sie sich immer wieder, warum sie nicht wie so viele ihrer Freunde nach Florida umzog. Oder nach Arizona, wo das Klima sehr viel bekömmlicher war.

Aber sie würde nicht wegziehen, und das wusste sie. Sie war in diesem Haus zur Welt gekommen, zu einer Zeit, in der Geburten eben noch zu Hause stattfanden, ohne Arzt, allenfalls mit Hilfe einer Hebamme. Mit ihren Geschwistern – vier Schwestern und drei Brüdern – hatte sie im Freien herumgetollt und die Blumen zertrampelt, die von ihrer Mutter in ihrem geliebten Garten gepflanzt worden waren.

Von ihrer Familie war allein sie übrig geblieben, eine alte, gebrechliche Frau, von der alle erwarteten, dass sie bald in einem Seniorenheim verschwinden würde, so wie ihre Mutter damals auch. Aber Rita war aus härterem Holz geschnitzt. Sie litt weder an Diabetes noch an hohen Blutfettwerten oder an einem Gehirntumor wie so viele andere Mitglieder ihrer Familie, die daran gestorben waren. Sie war gertenschlank und federleicht und hackte jedem Herbst noch ihr Brennholz für den Winter. Sie bestellte ihren Garten, putzte ihre Bohnen, kehrte ihre Veranda und klopfte ihre Teppiche aus.

Sie hielt sich auf den Beinen und wartete auf etwas, das nicht einmal sie wirklich verstand. Vielleicht lag es an ihrem Alter, dass ihr nichts anderes mehr übrig blieb, als zu warten.

Vor langer, langer Zeit, da hatte ihr Highschool-Schwarm sie nach Atlanta entführt. Donny hatte etwas von der großen weiten Welt sehen wollen. Doch viel mehr als den Luftraum über Deutschland bekam er nicht zu Gesicht, denn schon bald wurde er vom Himmel geschossen. Und so wurde aus der jungen Braut Rita in weniger als zwei Jahren eine junge Witwe. Mit ihr weinten viele andere junge Dinger in ihren Kaffee oder, genauer gesagt, in ihr Likörchen. Aber dann war der Krieg vorbei, und eine Heerschar hübscher Männer kehrte nach Hause zurück, die die meisten dieser Mädchen im Sturmwind ihres Gott-sei-Dank-wir-leben-noch-Überschwangs eroberten.

Rita musste sich entscheiden. Mit zwanzig war sie noch zu jung, um jeden Abend allein ins Bett zu gehen, und obwohl sie an ihrem Sekretärinnenjob durchaus Gefallen fand, schien Donnys Wanderlust irgendwie auf sie abgefärbt zu haben. Auch sie wollte sich in der Welt umschauen. Einen schneidigen jungen Mann kennenlernen. Abenteuer erleben.

Es funktionierte nicht. Sie fand keinen Geschmack an den Abenteuern, die sich ihr boten, und hatte, um ehrlich zu sein, kein allzu großes Interesse an ungeschicktem Sex auf Rückbänken. Rita wollte einfach nur Rita sein. Also kaufte sie sich von Donnys Sterbegeld ihr kleines Elternhaus, und als die Einsamkeit überhandnahm, wurde sie, was man am allerwenigsten von ihr erwartet hatte: eine Pflegemutter.

Fast zwanzig Jahre lang kümmerte sie sich um Kinder, egal ob sie noch plärrten oder schon schmollten. Sie las sie vom Parkplatz der nächsten KFC-Filiale auf, kleine Waisen, die nicht mehr besaßen als das, was in eine schwarze Mülltüte passte.

Es gab ein paar Grundregeln in ihrem Haushalt. Wer sie befolgte, kam gut zurecht mit ihr. Auf Zuwiderhandlung folgten Strafen. Manche Kinder passten sich leicht an, andere mussten ihre Lektion erst lernen.

Ein paar Kinder machten ihr Angst, was sie sich aber nie anmerken ließ. Andere liebte sie von Herzen, doch auch das zeigte sie nicht. Das Leben war schwer genug; man musste sich nicht auch noch einbilden, dass eine Pflegemutter über Wohl und Wehe entscheiden konnte.

Die Kinder bekamen bei ihr ein Dach über dem Kopf, drei Mahlzeiten am Tag, ein Gefühl von Geborgenheit und, wie sie hoffte, die berechtigte Aussicht darauf, später einmal auf eigenen Füßen stehen zu können. Rita mochte die Vorstellung, dass Leute durch Atlanta gingen, die lächelten, wenn sie sich daran erinnerten, mit einer Frau zusammengelebt zu haben, die sogar die Zierdeckchen gebügelt und darauf bestanden hatte, dass vor dem Schlafengehen ein Gebet aufgesagt wurde. Vielleicht gab es sogar unter denen, die sich mit ihr schwergetan hatten, einige, die sie ein bisschen liebten – was sie sich natürlich nicht würden anmerken lassen.

Es wäre romantische Verstiegenheit gewesen, ernsthaft zu glauben, seinen Schützlingen als Pflegemutter ein glückliches Leben garantieren zu können. Von den fast dreißig Kindern, die Rita betreut hatte, waren mindestens fünf unter die Räder gekommen. Drogen, Gewalt, Selbstmord. Hätte sie sie davor schützen können?

Donny lebte nicht mehr, und auch von ihrer Familie war einer nach dem anderen gestorben: Vater, Mutter, Brüder, Schwestern. Nun war sie, eine Woche vor ihrem neunzigsten Geburtstag, allein zurückgeblieben, noch so scharf bei Verstand, dass ihr der langsame Ablauf der Zeit und die sehr reale Gegenwart von Geistern voll bewusst waren.

Sie verließ das Bett, als sich am Himmel ein etwas hellerer Grauton zeigte. Sie schlüpfte mit den Füßen in ihre blauen Schlappen und streifte den Frottémantel über den Schlafanzug aus dickem Flanell. Die Schlafmütze, die sie trug, war zwar alles andere als modern, aber recht nützlich, wenn die Haut immer dünner wurde und das Blut so langsam kreiste, dass sie manchmal sogar dann fror, wenn sie vor dem heißen Radiator im Wohnzimmer stand.

Sie ging nach unten, gemächlich und ohne Eile. In der

Küche setzte sie den Wasserkessel für ihren Tee auf und holte Eier aus dem Kühlschrank. Jeden Morgen aß sie zwei, in der Pfanne verrührt und mit einer Scheibe Toast. Die Proteinzufuhr stärkte sie, und es verging kein Frühstück, ohne dass sie sich an ihre Jugend erinnerte.

Noch immer hörte sie die Bodendielen knarren, wenn sich Bruder Joseph von hinten herangeschlichen hatte, um ihr den Stuhl unterm Hintern wegzuziehen.

»Na, na«, schalt sie ihn dann, ohne sich umzudrehen. »Ich werde allmählich zu alt für solche Spielchen. Beim letzten Mal hätte ich mir beinahe die Hüfte gebrochen.«

Wieder knarrte es. Sie schaute hinter sich und sah einen Schatten über die Wand huschen. Sie dachte, es sei Michael oder vielleicht Jacob. Beide suchten sie häufiger heim. Wahrscheinlich gefiel ihnen der Aufenthalt in der Küche ihrer Kindheit ebenso sehr wie ihr.

Ihre Eltern sah sie nicht so oft, wenn überhaupt, dann meist nur die Mutter, die, über die Spüle gebeugt und mit irgendeiner Melodie auf den Lippen, Gemüse putzte. Einmal war sie ihrem Vater begegnet, mitten im Wohnzimmer an seiner Tabakspfeife paffend. Doch kaum hatte sie das Zimmer betreten, war er, anscheinend in Verlegenheit gebracht, auch schon wieder verschwunden.

Die Alteingesessenen behaupteten, es liege am Gold und an den Kristallen in den Bergen ringsum, dass die Geister so aktiv seien. Ein indianischer Schamane wurde in der Zeitung mit den Worten zitiert, dass Gold die am stärksten vibrierende Substanz auf Erden sei, Energie konzentriere. Überall dort, wo Gold und Kristalle in Mengen vorkämen, würde man mit Sicherheit auch Geister antreffen.

Rita nahm so was sehr ernst. Ihr Haus war fast hundertfünfzig Jahre alt und hatte fünf Generationen ihrer Familie beherbergt. Dass es darin spukte, konnte natürlich nicht ausbleiben.

Die Rühreier waren fertig, die Weizentoastscheibe geröstet und der Tee – eine Earl-Grey-Mischung – gezogen. Sie deckte den kleinen Holztisch, schaute sich noch einmal um, um sicherzugehen, dass Joseph ihr nicht wieder einen Streich spielte, und setzte sich.

Die Sonne war über dem grandiosen Massiv der Blue Ridge Mountains aufgegangen und tauchte alles, worauf ihre Strahlen fielen, in ein helles Rosarot. Ein schöner Morgen, dachte sie.

Mit anderen Worten: Zeit zu tun, was getan werden musste. Sie stand auf und schlurfte zur Hintertür. Zwei- oder dreimal musste sie heftig daran zerren, ehe sie aufsprang. Dann steckte sie den Kopf durch die Tür und sprach mit einer Stimme, auf die dreißig Pflegekinder zu hören gelernt hatten: »Du kannst jetzt rauskommen, Sohnemann.«

Nichts rührte sich.

»Ich weiß, dass du da bist, mein Kleiner. Keine Angst. Wenn du mit mir reden willst, sei höflich und sag hallo.«

Rita lebte nun schon so lange mit Geistern, dass sie ihren Augen kaum traute, als ihr ein Kind aus Fleisch und Blut auf der Veranda entgegentrat, ein Junge, der höchstens acht oder neun Jahre alt sein konnte. Er war völlig durchgefroren, hatte die mageren Schultern eingezogen und den strohblonden Kopf scheu gesenkt. Seit zwei Wochen kreuzte er dann und wann in der Nähe des Hauses auf, um sofort wieder zu verschwinden, sobald sie einen Blick auf ihn warf. Diesmal aber rührte er sich nicht vom Fleck.

»Hallo«, flüsterte er.

»Herrje, mein Kleiner, du holst dir in dieser Kälte noch den Tod. Komm rein und mach die Tür zu. Ich heize schließlich nicht, damit es draußen wärmer wird.«

Er zögerte ein wenig, aber sein Hunger war wohl größer als die Angst, und sein Gesicht verkrampfte sich beim Anblick des gedeckten Frühstückstischs. Er folgte ihr und drückte vorsichtig die Tür ins Schloss. Seine Schulterblätter waren so scharf wie Rasierklingen.

»Wie heißt du?«

»Ich weiß nicht –«

»Wie ist dein Name, mein Junge?«

»Alle nennen mich Scott.«

»Nun, Scott, mein Name ist Rita. Und ich werde dann mal gleich noch ein paar Eier in die Pfanne hauen.«

Wortlos nahm er in der warmen Küche am Tisch Platz, geradezu hypnotisiert vom Duft des Rühreis und des frisch gerösteten Brots.

Rita briet die Eier. Sie gab ihm zu essen und briet dann noch mehr. Als er sich satt gegessen hatte und unter dem verschossenen gelb gestreiften Shirt das kleine Bäuchlein kugelrund angeschwollen war, schob er den leeren Teller beiseite und fragte:

»Rita, was weißt du über Spinnen?«

Kapitel 7

»Die von einer Spinne gesponnenen Fäden sind anfangs flüssig, härten aber schnell aus und erreichen eine erstaunliche Festigkeit.«
Christine Morley: *Freaky Facts About Spiders*

Special Agent Sal Martignetti wartete in einem unmarkierten Fahrzeug vor der Polizeistation auf Kimberly. Sie deutete auf ihre Armbanduhr, was so viel heißen sollte wie: Ich bin müde, habe Hunger und keine Lust mehr auf dienstliche Angelegenheiten. Dann aber ging sie doch auf ihn zu, vor allem, weil sie Macs Rat folgen wollte und weil Sal mit Vanillepudding lockte.

Im Wagen lief die Heizung auf Hochtouren, was eine willkommene Abwechslung war zur kühlen Morgenluft, die selbst in Atlanta durch Haut und Knochen gehen konnte. Sie nahm den Sechserpack Vanillepudding und einen Plastiklöffel entgegen. Außerdem reichte Sal ihr eine Flasche Wasser. Nach einem kurzen stummen Streitgespräch mit sich selbst bot sie Sal einen der sechs Becher an, doch der winkte ab.

»Nein, nein, die sind alle für Sie. Für mehr hat's leider nicht gereicht.«

Er hatte Radio gehört. Irgendein konservativer Talkshow-Gastgeber beklagte sich über die Amerikanische Bürgerrechtsunion, die seiner Meinung nach das Land in den Ruin stürzen werde. Sal schaltete das Radio aus.

»Warten Sie schon lange?«, fragte Kimberly und tauchte den Löffel in den ersten Pudding. Sie kannte Sal nur flüchtig. Wie im Fall der meisten Agenten des GBI hatte sie seinen Namen schon gehört, bevor ihr auf irgendeinem Grillfest von Kollegen auch ein Gesicht dazu vorgestellt worden war.

Er war dunkelhaarig, relativ klein und drahtig, der Statur nach jemand, der nicht weit von den Straßen aufgewachsen war, auf denen er nun patrouillierte. An diesem Morgen trug er einen hellgrauen Anzug, sah aber auch darin eher wie ein Halbstarker aus.

»Seit zwanzig Minuten«, antwortete er und hob eine zerknüllte braune Papiertüte in die Höhe. »Habe gefrühstückt.«

»Auf der Wache wär's bequemer gewesen«, meinte Kimberly.

»Da bin ich mir nicht so sicher«, entgegnete er und runzelte die Stirn mit einer Kopfbewegung in Richtung auf die Polizeistation von Sandy Springs, womit er offenbar auf das eigentliche Thema überzuleiten versuchte.

Kimberly löffelte den ersten Becher leer und öffnete den zweiten. Sie hatte ein ungutes Gefühl. Dass ein GBI-Agent mitten in der Nacht bei ihr anrief und darauf drängte, dass sie sich um eine aufgegriffene Prostituierte kümmerte, kam ihr irgendwie suspekt vor, zumal dieser Agent nach dem Gespräch auf sie wartete.

»Sal«, eröffnete sie schließlich, »vielen Dank für den Pudding, aber ich würde mich nicht einmal für ein Königreich voller Leckereien um den Finger wickeln lassen. Wenn Sie etwas von mir wollen, sagen Sie es mir. In einer halben Stunde bin ich verabredet.«

Sal lachte. Seine Augen leuchteten, und der harte Gesichtsausdruck löste sich ein wenig. Es stünde ihm gut, wenn er häufiger lachte. Ihr vielleicht auch.

»Okay, kommen wir zur Sache. Wissen Sie, dass ich im VICMO-Programm mitmache?«

Kimberly nickte.

»Dann wissen Sie auch, dass es bei VICMO darum geht, Ermittler aus allen Teilen des Staates zusammenzuführen, um mit ihnen bestimmten Verbrechensmustern auf die Spur zu kommen.«

»Ich bin FBI-Agentin und weiß, was die Abkürzungen bedeuten. Alle. Wir werden jeden Freitag geprüft.«

»Wirklich?

»Nein.«

Er lachte wieder, und die dunklen Augen blitzten. »Nun, ich verfolge eine Theorie, aus der sich ein solches Muster entwickeln ließe, und glaube, dass irgendjemand Prostituierte aus dem Verkehr zu ziehen versucht.«

Kimberly krauste die Stirn und löffelte weiter. »Was meinen Sie mit Theorie? Mädchen werden als vermisst gemeldet oder auch nicht. Das schlägt sich so oder so auf die Statistik nieder.«

»Die Mädchen, von denen ich spreche, werden nicht als vermisst gemeldet. Es sind Ausreißerinnen, Drogenabhängige, die anschaffen gehen. Wenn sie verschwinden, kräht kein Hahn danach.«

»Und sie sind ständig auf Achse«, führte Kimberly weiter aus. »Wenn sie doch einmal vermisst werden, sind sie womöglich einfach nur in den Bus gestiegen und weggefahren.«

»So ist es. Mit anderen Worten, aus unserer Zielgruppe wird wahrscheinlich niemand den Fragebogen der Volkszählung ausfüllen. Aber hören Sie sich einmal unter den Kollegen von der Streife um. Von denen hat mit Sicherheit jeder in der letzten Zeit das ein oder andere Mädchen aufgegriffen, das sich bei seiner Vernehmung nach einer Soundso erkundigt hat und nach einer verschwundenen Freundin, Mitbewohnerin oder Komplizin sucht. Doch dabei bleibt es dann meistens auch. Sie haben recht, solche Mädchen geben keine Vermisstenmeldung auf. Aber auch für sie stellt sich irgendwann die Frage: ›Sag mir, wo die Huren sind.‹«

»Sehr poetisch, Sal.«

»Im Wildcat stehe ich jeden Donnerstag vor dem offenen Mikro ...«

Kimberly starrte ihn an.

»Ach, Ihr Kompliment war wohl auch nicht ernst gemeint.«

»Ich werde jetzt noch einen Pudding essen«, erklärte Kimberly und riss den dritten Becher auf, nicht weil sie noch Hunger hatte, sondern beschäftigt sein wollte.

»Wenn ich richtig verstanden habe«, fuhr sie fort, »machen sich unsere Prostituierten um ihre Sicherheit Sorgen. Aber gibt es irgendwelche Hinweise darauf, dass da jemand ist, der sie aus dem Verkehr zu ziehen versucht? Ist schon irgendwo eine Leiche aufgetaucht und als eines der verschwundenen Mädchen identifiziert worden?«

»Danach haben wir uns bereits erkundigt. Fehlanzeige.«

Sie musterte ihn von der Seite. »Ihre Theorie scheint sich also schon in Luft aufgelöst zu haben. Wenn es ein Täter auf Prostituierte abgesehen hat, wird er ja wohl irgendwo ihre Leichen ablegen. Auf Müllhalden, in dunklen Gassen oder entlang der Autobahn. Wo sie dann letztlich gefunden würden.«

Sal zuckte mit den Schultern. »Wie viele Opfer Ted Bundys sind unentdeckt geblieben? Er hat sie bevorzugt in Schluchten geworfen. Und Schluchten gibt's auch bei uns jede Menge. Oder Hühnerfarmen, Moore, ausgedehnte Wildnis. Wer eine Leiche verstecken will, findet in Georgia beste Voraussetzungen. Natürlich könnte ein Täter mit seinem Opfer auch die Staatsgrenze überqueren. Möglichkeiten gibt's immer, aber das wissen Sie wahrscheinlich besser als ich.«

Kimberly hörte seiner Stimme Skepsis an. Eine in Georgia verschleppte und in Louisiana getötete Prostituierte war definitiv ein Fall für das FBI, doch Sal schien zu glauben, dass er der Sache nachgehen musste. Allein schon aus diesem Grund konnte der Täter nur innerhalb der Staatsgrenzen Georgias operieren.

Kimberly musterte ihn mit scharfem Blick und stellte eine Rechnung auf, deren Ergebnis nicht zu seinen Gunsten sprach. »Von Trevor weiß ich, dass Delilah kurz nach eins aufgegriffen worden ist. Ihr Anruf erreichte mich aber erst nach drei. Können Sie mir das erklären, Special Agent?«

Sal versuchte gar nicht erst, sich zerknirscht zu geben. Er grinste einfach nur. »Dass Sie schlau sind, ist mir schon zu Ohren gekommen.«

»Ich kann auch zuschlagen. Lassen Sie sich von meinem Bauch nicht täuschen.«

Sein Grinsen wurde breiter. »Na schön, zugegeben, ich habe sie mir vorher zur Brust genommen.«

»Hmmmmm.«

»Falls es Sie tröstet: Das Herzchen bestand darauf, nur mit Ihnen zu sprechen.«

»Wie finden Sie ihre Tattoos?«

Sal ging auf ihre Frage nicht ein. »Woher kennen Sie sie?«, wollte er wissen. »Für das FBI ist sie doch eigentlich eine viel zu kleine Nummer.«

»Sie machen sich von unseren Informationsquellen keine Vorstellung, Sal.« Ihre Augen zogen sich zu Schlitzen zusammen. »Aber was haben Sie an ihr gefressen? Sie wildern in fremden Revieren und klingeln eine Kollegin vom FBI mitten in der Nacht aus dem Bett, obwohl es scheint, dass Sie nicht einmal einen Fall haben. Was treibt Sie dazu?«

Sal antwortete nicht. Er schaute zum Fenster hinaus und lächelte nicht mehr. Sein finsterer Blick hatte wahrscheinlich schon so manchen Informanten verschreckt.

»Ich habe vor ungefähr vierzehn Monaten ein Päckchen bekommen«, sagte er. »Ohne Absender, ohne Begleitschreiben. Nur drei in Georgia ausgestellte Führerscheine in einem weißen Umschlag, der hinterm Scheibenwischer meines Wagens klemmte. Nicht mehr, nicht weniger.«

»Führerscheine? Echt oder gefälscht?«

»Echt. Mit den Adressen und Fotos von Bonita Breen, Mary Back und Etta Mae Reynolds. Alles weiße Frauen Anfang zwanzig aus dem Großraum Atlanta. Ich habe ein paar Nachforschungen angestellt, und jetzt raten Sie mal.«

»Vermisste Prostituierte.«

»So ist es. Sie wurden seit Monaten nicht gesehen. Aus einschlägigen Kreisen ist zu hören, dass Mary nach Texas wollte und Etta Mae mit irgendeinem Barkeeper durchgebrannt sei. Ich habe nach beiden fahnden lassen, ohne Erfolg. Für mich gelten sie deshalb als vermisst, auch wenn mein Chef anders darüber denkt.«

Kimberly musste lächeln. Von Meinungsverschiedenheiten mit Vorgesetzten konnte sie ein Lied singen.

»Dann«, fuhr Sal fort, »vor drei Monaten etwa, klemmte wieder ein Umschlag unter meinem Scheibenwischer, darin drei weitere Führerscheine, ausgestellt auf Beth Hunnicutt, Nicole Evans und Cyndie Rodriguez. Aber diesmal hatte ich Glück. Beth Hunnicut wurde tatsächlich als vermisst gemeldet, und zwar von ihrer Mitbewohnerin *Nicole Evans*.«

»Augenblick. Von derselben Nicole Evans, deren Führerschein in dem Umschlag steckte?«

»Exakt. Kurz vor ihrem Verschwinden hatte Hunnicutt angeblich die Aussicht auf einen ›großen Job‹. Ihre Mitbewohnerin Evans gab zu Protokoll, dass Hunnicutt nie und nimmer aus dem gemeinsamen Apartment ausgezogen wäre, ohne ihre Stereoanlage und ihre CD-Sammlung mitzunehmen. Ich habe natürlich auch in diesem Fall Nachforschungen angestellt und erfahren, dass Evans ebenfalls seit Monaten nicht mehr gesehen wurde. Wie die dritte Mitbewohnerin Cyndie Rodriguez übrigens auch. Drei weitere Führerscheine, drei weitere vermisste Mädchen.«

»Klingt nicht gut.«

»Sagen Sie. Mein Chef ist, wie gesagt, anderer Meinung.«

»Sechs vermisste Frauen, und Sie haben noch keine Sonderkommission eingerichtet?«, fragte Kimberly ungläubig.

»Es gibt keinerlei Hinweise auf Straftaten. Von den sechs jungen Frauen wurde nur eine offiziell als vermisst gemeldet. Die anderen sind einfach verschwunden. Und unser Büro hat Wichtigeres zu tun. Das Crystal-Meth-Problem wächst uns über den Kopf, ganz zu schweigen von den Bandenschießereien oder den neuen Bestimmungen unserer Sicherheitsbehörden.«

Kimberly seufzte. Sie hätte gern behauptet, mit all diesem Kram nichts zu tun zu haben, doch das wäre gelogen. Die Bürokratie beherrschte nicht zuletzt die Strafverfolgung.

»Zurück zu dem Umschlag«, sagte sie. »Jemand versucht nicht nur einmal, sondern zweimal mit der Polizei Kontakt aufzunehmen. Das ist doch schon was.«

»Die Umschläge waren unversiegelt und bieten keinerlei Spuren. Ich habe trotzdem einen befreundeten Psychologen zu Rate gezogen, der uns manchmal in ungeklärten Fällen berät. Sein erster Gedanke war: Na klar, viele Täter stehen gern wie Promis im Rampenlicht und suchen die Aufmerksamkeit von Polizei oder Presse. Interessiert hat ihn vor allem der Umstand, dass die Umschläge Führerscheine enthielten. Das gab's ja schon mal im Fall dieses Serienkillers aus Kansas, der die Führerscheine seiner Opfer der Presse zukommen ließ. Wir hätten also ein klassisches Beispiel einer Nachahmungstat nach dem Motto: Was der kann, kann ich auch.

Aber solche Typen suchen letztlich Anerkennung. Sie geben an und hinterlassen in der Regel eine Nachricht, ein

Gedicht vielleicht, oder sie melden sich per Telefon. Aber was wir hier haben, scheint anders gelagert zu sein. Für Jimmy, den Psychologen, sieht die Sache so aus, als verschickte jemand eine Einladung, ohne anzugeben, wo die Party steigen soll. Er vermutet, die Papiere kommen von einer dritten Person.«

»Was soll das heißen?«, fragte Kimberly. »Von der Putzfrau des Täters etwa?«

»Stellen Sie sich Folgendes vor: Eine Frau räumt auf und findet in einer Schublade zwischen den Socken ihres Mannes mehrere Führerscheine von jungen Frauen. Dafür kann es keine *guten* Gründe geben. Weil sie Angst hat, ihn damit zu konfrontieren, steckt sie die Papiere in einen Umschlag und beschert sie dem ersten Cop, der ihr über den Weg läuft. So erleichtert sie ihr Gewissen und hält gleichzeitig Abstand.«

»Bis sie drei weitere Führerscheine findet«, meinte Kimberly trocken.

»Tja, vielleicht sollte auch mal Ordnung in die Unterhosenschublade des Gatten gebracht werden.«

Kimberly zog die Brauen zusammen und dachte nach. Das Szenario beschäftigte sie in so vielerlei Hinsicht, dass sie nicht wusste, wo sie anfangen sollte. Sechs vermisste junge Frauen, nur eine davon offiziell als vermisst gemeldet. Keine Leichen, nicht einmal Hinweise auf eine Straftat, dafür aber anonym zugespielte Umschläge mit den »Trophäen« eines Serientäters. Womöglich waren sie von einer Person hinterlegt worden, die dem Täter nahe stand und sich scheute, direkt mit der Polizei Kontakt aufzunehmen. Und sie war so schlau, keine Fingerabdrücke oder sonstige verräterische Spuren auf den Führerscheinen zu hinterlassen.

Natürlich kam ihr in diesem Zusammenhang Delilah Rose wieder in den Sinn, eine junge Prostituierte, die in der Nacht zuvor aufgegriffen worden war, unbedingt mit ihr, Kimberly, hatte sprechen wollen und behauptete, beweisen zu können, dass eine andere verschwundene Hure einer Gewalttat zum Opfer gefallen war.

Delilah machte ihr am meisten zu schaffen. Es gefiel Kimberly ganz und gar nicht, dass das Mädchen ausgerechnet sie ins Visier genommen hatte, angeblich nur, weil sie ihm im Fernsehen aufgefallen war. Die Sache mit dem Öko-Killer lag weit zurück und war für sie letztlich eine Niederlage gewesen, obwohl die Medien sie zur Heldin stilisiert hatten.

Sal dachte offenbar auch an das Mädchen. »Hat Delilah Ihnen irgendwelche Hinweise geben können? Hat sie Namen erwähnt? Wenn ja, könnten wir vielleicht dafür sorgen, dass eine Sonderkommission eingerichtet wird. Mein Chef würde mir vielleicht endlich grünes Licht geben, wenn auch das FBI Interesse signalisierte.«

»Von ihr war leider nichts Konkretes zu erfahren. Ihre Geschichte klingt ziemlich wirr. Ihr ist nicht einmal zu glauben, dass sie tatsächlich Delilah heißt.«

»Haben Sie Zweifel daran? Verdammt, hat man sie auf der Wache wenigstens erkennungsdienstlich behandelt?«

»Scheint so. Man will mich anrufen, wenn Ergebnisse vorliegen. Also in fünf bis sechs Wochen.«

»Was hat sie gesagt? Sie waren fast eine Stunde mit ihr zusammen und werden doch wohl nicht nur übers Wetter gesprochen haben.«

Kimberly bedachte den GBI-Agenten wieder mit einem kritischen Blick. Ihre Hand steckte jetzt in der Tasche und befingerte den Ring von Ginny Jones. Mit Auskünften von Informanten war diskret umzugehen. Nicht einmal der Ehepartner sollte davon erfahren, geschweige denn ein Kollege von der Strafverfolgung. Obwohl er sich kooperativ gab, glaubte Sal offenbar, dass ihm der Fall gehörte. Aber wenn sich Delilah ihm anvertraut hätte, wäre sie nicht aus dem Bett geklingelt worden.

»Es sind jedenfalls nicht die Namen gefallen, die auf Ihren Führerscheinen stehen«, erklärte Kimberly wahrheitsgemäß. »Von mehreren verschwundenen Mädchen war auch nicht die Rede. Aber es scheint, dass Delilah in Ihre erste Kategorie fällt, nämlich die einer Prostituierten, die nach einer Freundin sucht. Nach Virginia ›Ginny‹ Jones. Seit drei Monaten spurlos verschwunden. Sagt Ihnen der Name etwas?«

Sal schüttelte den Kopf. Er griff nach einem Stück Papier und notierte sich den Namen. »Nein, aber mir sind drei weitere Namen von verschwundenen Mädchen untergekommen, die sich von denen auf den Führerscheinen unterscheiden. Ob das was zu bedeuten hat, weiß ich noch nicht. Kann sein, dass diese Mädchen einfach die Stadt verlassen haben, oder aber unsere ordnungsliebende Ehefrau hat die Schublade mit den T-Shirts noch nicht aufgeräumt.«

»Seit wann arbeiten Sie an dieser Sache, Sal?«

»Seit ungefähr einem Jahr«, antwortete er. »Seit mir der zweite Umschlag zugespielt worden ist.«

»Das wird Ihrem Chef gefallen.«

»Ein Mann braucht schließlich sein Hobby.«

»Verschwundenen Prostituierten auf die Spur kommen?«

»Verschwundenen Frauen«, korrigierte er mit scharfer Stimme. »Schwestern, Töchtern, Müttern. Können Sie sich vorstellen, wie deren Angehörigen zumute ist, wenn sie jeden Abend mit der quälenden Frage zu Bett gehen, ob die Vermisste noch lebt oder tot ist?«

Kimberly antwortete nicht. Sie schaute auf die Uhr und öffnete die Tür. In ihrer Hand hielt sie immer noch den Ring. »Ich muss gehen.«

»Hey, wo wurde diese Virginia zum letzten Mal gesehen?«

»In irgendeinem Club hier in Sandy Springs.«

»In welchem? Haben Sie eine Beschreibung von Ginny?«

»Wie gesagt, von Delilah war nichts Konkretes zu erfahren.«

»Werden Sie mit ihr in Verbindung bleiben?«

»Sie will sich bei mir melden. Danke für den Pudding, Sal. Bye.«

Kapitel 8

»Spinnen ernähren sich ausschließlich von Insekten.«
B. J. Kaston: *How to Know the Spiders*

Henrietta tat sich schwer. Sie lag schon fast drei Tage auf dem Rücken und schien den Kampf zu verlieren. Er hütete sich, sie zu berühren, weil er wusste, dass in ihrem Zustand selbst die kleinste Aufregung zur Katastrophe führen könnte.

Sie war alt, fast fünfzehn, was die Sache natürlich noch verschlimmerte. Als die ersten Anzeichen der Häutung zu erkennen waren, hatte er sie auf die Intensivstation verlegt, wo sie unter günstigen Bedingungen – in feuchter Dunkelheit – ausruhen konnte. Mit einem kleinen Malerpinsel hatte er ihr sogar Glyzerin auf die Beine getupft und dabei besonderes Augenmerk auf die Gelenke zwischen Femur und Patella beziehungsweise Patella und Tibia gelegt. Das Glyzerin sollte sie geschmeidiger machen und Henrietta helfen, sich freizustrampeln.

Leider war es dazu bislang nicht gekommen. Jetzt stand er vor ihr und erwog drastischere Maßnahmen. Vielleicht war es an der Zeit, ein Bein zu opfern.

Während der Häutung ist eine Vogelspinne sehr gefährdet. Um wachsen und ein größeres Außenskelett ausbilden zu können, muss sie einmal im Jahr das alte abstoßen. Im Grunde befindet sie sich fast das ganze Jahr über in einem Zustand der Zwischenhäutung, das heißt, ihr wächst ständig langsam unter dem alten Panzer ein neuer heran. Nach ungefähr zwölf Monaten scheidet sie zwischen der alten und der neuen Hülle eine Flüssigkeit aus, die eine Schicht des alten Außenskeletts, die Endocuticula, zersetzt, während an dem neuen Härchen sprießen, die die alte Hülle abstoßen.

Wenn sich die neue, noch ungeschützte Haut von hellbraun nach schwarz verfärbt, tritt die Phase der eigentlichen Häutung ein. Dazu legt sich die Vogelspinne auf den Rücken. In manchen Fällen ist der Prozess schon nach zwanzig Minuten abgeschlossen; er kann allerdings auch bis zu zwei oder drei Tage dauern.

Es sei denn, die Spinne stirbt.

Henrietta litt offenbar sehr. Vom Alter geschwächt, hatte sie nicht die Kraft, ihre Beine zu befreien. Die Stunden vergingen. Unter der alten Exuvie härtete das neue Außenskelett bereits aus, und so wurde es ihr fast unmöglich, sich zu häuten.

Wenn er jetzt nicht eingriff, würde die Spinne in ihrer alten Hülle gefangen bleiben.

Er mochte ihr ein oder zwei Beine amputieren, was mit einer entschlossenen Ruckbewegung geschehen wäre. Eine Spinne konnte das durchaus verkraften.

Eine andere Möglichkeit bestand darin, sie zu operieren.

Er hatte so etwas noch nie getan, aber in einschlägigen Chatrooms Erfahrungsberichte von anderen Sammlern gelesen. Über die medizinische Versorgung von Vogelspinnen war leider wenig bekannt. Es kam nur äußerst selten vor, dass tote Spinnen obduziert wurden. Wahre Liebhaber bestatteten ihre Schätzchen oder präparierten sie für einen

Schaukasten. Weniger engagierte warfen sie einfach in den Müll.

Über die Jahre hatte er sich einiges an Wissen angeeignet und Vorkehrungen getroffen. Seine Intensivstation bestand aus einem großen Joghurtbecher, den er mit einem Bleichmittel gründlich gesäubert und dann mit einem in der Mikrowelle sterilisierten und in ausgekochtem Wasser angefeuchteten Papiertuch ausgefüttert hatte. Die Intensivstation, in der Henrietta nun bei Zimmertemperatur lag, war mit dem Originaldeckel verschlossen, in den er vorher Atemlöcher gestochen hatte.

Er konnte undurchsichtige Behältnisse wie diese eigentlich nicht leiden, weil er seine Lieblinge lieber beobachtet hätte. Aber Vogelspinnen waren wie die meisten Spinnen von Natur aus scheu. Sie mochten es dunkel, vor allem in Stressphasen.

So hatte er auch jetzt im Badezimmer, wo er arbeitete, die Vorhänge zugezogen. In der feuchten Luft hing ein Hauch von frischer Erde mit einer Spur Verwesung. Das Licht einer heruntergedrehten Nachtlampe reichte gerade, um Henrietta sehen zu können, ohne ihr Angst einzujagen.

Sie rührte sich nicht und versuchte offenbar gar nicht mehr, ihre Beine freizubekommen. War sie tot?

Nein, befand er. Noch nicht. Aber sie lag im Sterben, und allein der Gedanke daran war unerträglich. Sie war sein allererstes Exemplar gewesen und das ihm liebste von allen, die er über die Jahre gesammelt hatte – seltene Spinnen in exotischen Farben.

An einer Operation führte kein Weg vorbei.

89

Er trug zusammen, was er dazu brauchte: ein Stück feste Pappe als OP-Tisch, eine Pinzette, eine Lupe, eine Pipette und Q-Tips. Mit der Pinzette ging er nach unten in die Küche, um sie in kochendem Wasser zu sterilisieren und um ein weiteres Papiertuch anzufeuchten.

Der Junge saß auf der Couch. Statt zu ihm aufzublicken, ließ er den Fernseher nicht aus den Augen. Gescheites Bürschchen.

Während die Pinzette abkühlte, legte er das angefeuchtete, keimfreie Papiertuch auf die Rückwand einer Cornflakes-Schachtel. Dann löste er zwei Tropfen Spülmittel in einem Becher mit kochendem Wasser, das er anschließend auf Zimmertemperatur abkühlen ließ.

Auf dem Weg zurück nach oben passierte er wieder das Wohnzimmer. Diesmal zuckte der Junge zusammen, als er seine Schritte hörte.

Der Mann grinste.

Nach oben zurückgekehrt, musste er nun Henrietta sehr, sehr vorsichtig aus der Intensivstation herausholen. Er legte sie auf die Pappe, rückte damit näher an die Nachtlampe heran und nahm die Lupe zur Hand.

Bei näherer Betrachtung bestätigte sich, dass sie hilflos in ihrem Außenskelett feststeckte. Es war fast unversehrt, und kein einziges Bein hatte sich befreien können. Der Befund war noch schlimmer als erwartet und so niederschmetternd, dass er unwillkürlich nach Luft schnappte.

Aber bald hatte er sich wieder gefasst. Er tauchte ein Q-Tip in die Seifenlösung und betupfte damit die Exuvie, ganz vorsichtig, damit nur ja keine Flüssigkeit in Henriettas Buchlungen geriet und sie ertränkte.

Während er darauf wartete, dass die Lösung das Außenskelett aufweichte, rang er sich dazu durch, Sternum und Carapax, also die Platten an der Unter- beziehungsweise Oberseite der Prosoma, vollständig zu entfernen.

Der Eingriff war leichter als erwartet, und bald hatte er den Vorderleib freigelegt.

Die langen, feingliedrigen Beine aber steckten immer noch in den festen Hülsen des alten Panzers fest, und solange sie nicht zu gebrauchen waren, würde sich Henrietta nicht von allein häuten können.

Er nahm wieder die Lupe zur Hand und dachte über weitere Schritte nach.

Plötzlich war zu hören, wie unten die Haustür auf- und zuging. Dann flüsternde Stimmen, anscheinend im Streit miteinander. Darüber, ob man wagen konnte zu stören oder nicht. Das Obergeschoss war sein Allerheiligstes und seinen ganz besonderen Gästen vorbehalten. Andere hatten hier nichts zu suchen.

Die Treppenstufen knarrten. Jemand kam herauf und näherte sich dem Badezimmer.

Die Tür öffnete sich. Durch ihren Ausschnitt fiel helles Licht in den Raum.

»Zumachen!«, knurrte er.

Die Tür wurde geschlossen.

»Bleib, wo du bist, und sei still.«

Der Eindringling gab keinen Mucks von sich.

Schon besser.

Wenn es ihm gelänge, die Gelenkhäute zwischen den einzelnen Segmenten zu entfernen, ohne das weiche, ungeschützte Bein darunter zu verletzen, hätte Henrietta eine

Chance. Sieben Segmente je Bein. Acht Beine.

Er machte sich an die mühsame Arbeit, wobei ihm bewusst war, dass das Mädchen hinter ihm stand. Es rührte sich nicht und würde geduldig warten, bis er es aufforderte zu sprechen.

Aus fünf Minuten wurden zehn, aus dreißig Minuten fünfundvierzig. Eine Stunde. Langsam und vorsichtig löste er mit der sterilen Pinzette eine Pleura nach der anderen. An einem Bein nach dem anderen.

Als er schließlich wieder aufblickte, war er selbst überrascht festzustellen, dass sein Hemd schweißnass auf der Haut klebte. Und obwohl er nur, bei trübem Licht und über einen Tisch gebeugt, im Badezimmer gestanden hatte, atmete er so schwer wie nach stundenlangem Marsch.

Alle acht Beine waren befreit, auch wenn nun zwei oder drei leicht verletzt zu sein schienen. Doch zu seiner großen Erleichterung sah er, dass sich zuerst eins, dann ein weiteres bewegte. Henrietta lebte und kämpfte.

»Wie schön du bist«, schmeichelte er seinem Liebling. »So ist's recht, mein Mädchen.«

»Ist … ist alles in Ordnung mit ihr?«, fragte eine zaghafte Stimme im Hintergrund.

Er antwortete kurz angebunden, ohne sich umzudrehen. »Weiß nicht. Es gibt noch Probleme mit der Mundöffnung und dem Abdomen. Wahrscheinlich wird sie morgen tot sein.«

»Oh.«

»Aber wenigstens bekommt sie eine Chance.« Zufrieden mit diesem Zwischenergebnis, schaltete er die Nachtlampe aus und ließ Henrietta ihren Kampf so führen, wie sie es am liebsten tat – allein und im Dunkeln.

Endlich drehte er den Kopf. Seine Augen hatten sich schnell an die Dunkelheit gewöhnt. Er sah die junge Frau an der Tür stehen. Sie gab sich trotzig, hatte das Kinn erhoben und präsentierte das Spinnentattoo an ihrem Hals. Auf ihn machte das keinen Eindruck.

»Hast du's?«, fragte er sofort.

Wortlos reichte sie ihm die Visitenkarte.

Er riss sie ihr aus der Hand und las die auf die Rückseite gekritzelte Handynummer. Zum ersten Mal an diesem Morgen lächelte er.

»Erzähl! Wie hast du's angestellt?«

Und die junge Frau, gut dressiert, wie sie inzwischen war, stand gehorsam Rede und Antwort.

Kapitel 9

»Für Laien ist das auffälligste Merkmal einer Loxosceles reclusa ein dunkler Fleck auf der Oberseite. Er hat die Umrisse einer Geige, deren Hals auf den Hinterleib (Abdomen) weist.«
Michael F. Potter: *Brown Recluse Spider*

Der Anruf erreichte sie drei Tage später. Kimberlys Team hatte seine Arbeit am Unfallort abgeschlossen. Sie saß mit Mac am Esstisch. Er hatte zur Feier des Tages einen Schinken mit Honigkruste gekauft. Dazu gab es Weißkohlsalat und Brot.

Er aß den Schinken, sie das Brot.

»Ich habe den Ring gründlich sauber gemacht«, berichtete sie aufgeregt. »Du glaubst nicht, was unter dem Dreck zum Vorschein kam. Um den Stein in der Mitte herum ist der Name Alpharetta Highschool eingraviert. Dann, auf der rechten Seite, das Wort ›Raiders‹ – das ist deren Maskottchen – mit einem Football, dazu die Zahl sechsundachtzig und darunter die Initialen QB.«

»Na bitte«, entgegnete Mac und schenkte sich ein frisches Bier ein. »Dann kennst du also jetzt den Namen der Highschool und weißt, dass der ursprüngliche Besitzer des Rings Quarterback war und die Nummer sechsundachtzig auf seinem Trikot trug.«

»Es wird noch besser. Auf der anderen Seite steht ein Name – Tommy –, außerdem ist dort ein Emblem der Klasse von 2006.«

»Das habe ich auf meinem Schulring nicht«, sagte Mac.

»Hast du überhaupt einen?«

»Natürlich.«

»Den habe ich noch nie an dir gesehen.«

»Er ist ja auch nicht so cool wie der von Tommy.«

Kimberly verdrehte die Augen, verzichtete zum Wohle ihres Babys auf ein weiteres Stück Brot und nahm stattdessen von dem Weißkohlsalat. »Ich hätte dann also jetzt einen Vornamen, die Highschool und das Jahr des Abschlusses. Wenn ich demnächst einmal in der Gegend bin, könnte ich in der Schule vorbeischauen, mit einem der Betreuungslehrer reden, und das Rätsel wäre im Handumdrehen gelöst. Aber ich bin ja ein schlaues Mädchen und kenne noch andere Wege.«

»Keine Frage. Was hast du gemacht?«

»Ein bisschen gegoogelt.«

»Genial, mein Schatz.«

»Hey, für deinen Sarkasmus handelst du dir nur eine weitere Nachtschicht Windelwechseln ein.«

»Ich werde mich hüten.«

Sie musterte ihn stirnrunzelnd.

Er zuckte mit den Achseln. »Ehrlich, ich interessiere mich für die Sache. Ich habe den ganzen Tag in einem Transporter gesessen und zwei mutmaßliche Dealer belauscht, die sich ernsthaft darüber unterhielten, ob Keanu Reeves nicht womöglich der am meisten unterschätzte Schauspieler unserer Tage sei.«

»Ging es um seine Rolle in *Speed*?«

»Wohl eher um seinen Verzicht auf *Speed 2*.«

»Gute Entscheidung, wenn du mich fragst.«

»Sei's drum. Zurück zum Geschäft.«

»Also gut. Die Alpharetta Highschool ist beängstigend groß.«

»Verstehe.« Sie hatten vor einiger Zeit mit dem Gedanken gespielt, ein Haus in Alpharetta zu kaufen, einer vielversprechenden Boomtown südlich von Atlanta. Was sie letztlich davon abgehalten hatte, war eben dieser Boom. Von dreitausend Bewohnern im Jahr 1980 war die Zahl inzwischen auf über fünfzigtausend angewachsen. Die Stadt platzte aus allen Nähten, was natürlich negative Auswirkungen auf Versorgung und Verkehr nach sich zog.

»Sie hat fast zweitausend Schüler«, berichtete Kimberly. »Ich habe mir eigentlich keine Hoffnungen gemacht, diesen Jungen ausfindig zu machen. Aber dann hatte ich den Einfall, auf der Sportseite nachzusehen. Und jetzt rate einmal, wen ich dort entdeckt habe?«

»Delilah Rose?«, fragte er.

»Nein. Tommy Mark Evans. Quarterback der 2006er-Mannschaft. Sein Foto, Spielergebnisse und, und, und. Sogar Bilder und Namen sämtlicher Cheerleader, jede Menge Auskünfte über andere Sportteams, Theatergruppen, ja, sogar über einen Schachclub. Ich liebe Google: Du gibst den Namen des Jungen ein und bekommst alle Informationen, die du brauchst. Kein Grund mehr, seinen Schreibtisch zu verlassen.«

»Wir werden nicht zulassen, dass unser Sohn jemals einen Computer bekommt«, erklärte Mac.

»Unsere Tochter wird wahrscheinlich gar keinen Computer mehr nötig haben«, entgegnete Kimberly. »Wenn sie mal so weit ist, läuft wahrscheinlich alles nur noch über Smartphones. Und da kann man als Eltern jede Kontrolle vergessen.«

»Dann bekommt sie eben auch kein Smartphone.«

»Du willst den ultrastrengen Daddy geben, der mit einer Flinte im Arm nach dem Rechten sieht?«

»Absolut. Ein Pony würde ich ihr kaufen, ehm, ich wollte sagen, er bekommt von mir einen Baseballschläger.«

Kimberly grinste. »Es könnte also auch ein Mädchen werden ...«

»Ob Junge oder Mädchen, Hauptsache, unser Kind ist gesund und munter.«

»Dann solltest du schon einmal für einen kleinen Vorrat an hübschen rosaroten Kleidchen sorgen.«

»Was kann ich dafür, dass die Mädchensachen, die in der Kinderabteilung angeboten werden, niedlicher sind als die für Jungs?«

Kimberly lachte bei der Vorstellung, wie ihr großer, stattlicher Mann Strampler für ein kleines Mädchen aussuchte. Wahrscheinlich gefielen ihm rosafarbene Kleidchen tatsächlich. Und es war ihm auch durchaus zuzutrauen, dass er ihrem Kind ein Pony schenken würde. Zusammen mit einer Faustfeuerwaffe samt Grundkurs zum Thema Sicherheit.

»Genug gespottet?« Er mimte verletzte Eitelkeit und stand auf, um die Pappteller fortzuräumen. Wie willst du jetzt weiter vorgehen?«

»Du meinst, in einem Fall, der noch gar keiner ist?«

»Das war mein Gedanke.«

Kimberly wusste selbst keine Antwort darauf. »Was hältst du von Sal?«

»Guter Mann. Es heißt, er hat Biss.«

»Mit anderen Worten, er ist ein Eigenbrötler und eckt gern bei seinen Vorgesetzten an. Hab ich recht?«

»Das würde wohl eher auf dich zutreffen, Liebes.«

Kimberly nickte.

Ein Handy piepte.

Mac blickte auf. »Das ist deins.«

Seufzend erhob sie sich. »Wusste ich doch, dass es keine gute Idee ist, über die Arbeit zu sprechen. Es beschwört Unheil herauf.«

Sie hatte ein bisschen zu viel gegessen, rieb sich den Bauch und bat Baby McCormack, dass es mit seinen Fußtritten den Magen schonen möge, während sie ihre Ledertasche aufhob und darin herumwühlte.

Auf dem Display war die 1-800er-Nummer der FBI-Außenstelle von Atlanta, was sie stutzig machte. Sie erhielt manchmal Anrufe von ihrem Vorgesetzten oder von Kollegen, aber keine Weiterleitungen von der zentralen Vermittlung. Achselzuckend klappte sie ihr Handy auf. »Special Agent Quincy.«

Und dann ...

Wie aus weiter Ferne, ein Flüstern nur: »Helfen Sie mir.«

»Mit wem spreche ich?«

»Helfen Sie ... mir ...«

Kimberly warf einen Blick auf Mac und signalisierte ihm mit hektischen Bewegungen, ihr Papier und Stift zu bringen. Er kramte in der Küchentischschublade.

»Bitte nennen Sie mir Ihren Namen. Ich werde tun, was ich kann.«

»Ich weiß nicht ... er hat's mir abgenommen. Wenn ... wenn ich's wiederfinde, könnte ich vielleicht ...«

»Wer hat Ihnen was abgenommen? Reden Sie mit mir.«

Mac kam mit Papier und Bleistift und schaute sie fragend an.

»Sie werden es bald verstehen«, war von der flüsternden Stimme zu hören.

Dann brach die Verbindung ab. Kimberly versuchte zurückzurufen, doch der Anschluss war besetzt.

Verdutzt legte sie ihr Handy auf den Tisch. Mac stand neben ihr und wartete darauf, dass sie ihm die Nachricht des Anrufers diktierte.

»Delilah Rose?«, fragte er.

»Ich glaube nicht«, antwortete sie. »Der Stimme nach war's eher ein Junge.«

Kurz nach zwei piepte das Handy wieder. Kimberly hatte irgendwie damit gerechnet und war sofort hellwach. Neben ihr rührte sich Mac, der ebenfalls darauf gewartet zu haben schien.

Sie richtete sich auf und machte Licht. Auf dem Nachttischchen lagen das Handy, ein Notizblock, ein Stift und ihr Minirecorder. Wieder leuchtete die gebührenfreie Nummer des FBI-Büros von Atlanta auf dem Display. Aber diesmal war Kimberly vorbereitet.

Sie nickte Mac kurz zu und schaltete den Recorder ein. Dann nahm sie den Anruf an und drückte die Lautsprechertaste, damit auch Mac zuhören konnte.

»Special Agent Quincy.«

Zuerst blieb es still am anderen Ende. Kein Gruß, nicht einmal ein Knistern, das auf eine schlechte Verbindung hingedeutet hätte. Aber dann war wieder dieses ferne Flüstern zu hören: »Pssst ...«

Kimberly schaute Mac in die Augen. Sie legte das Handy zwischen ihm und sich aufs Bett und rückte mit dem Ohr nahe an den kleinen Lautsprecher heran.

Dann waren Laute zu vernehmen. Gestöhn, Gekeuche, das Klatschen von Haut auf Haut. Ein unterdrückter Schmerzensschrei.

»Gefällt dir das? Ist doch genau das Richtige für dich, oder? Antworte!«

Jemand wimmerte leise.

»Na bitte, dacht ich's mir doch.«

Kimberly schlug eine Hand vor den Mund, um nicht laut zu protestieren. Neben ihr war Mac still geworden. Auch er ahnte, worum es ging. Sie belauschten einen sexuellen Übergriff. Kimberly wusste Bescheid, denn ihr waren solche Geräusche und Aussprüche schon früher zu Ohren gekommen, auf Tonbändern, die ihr Vater mit nach Hause gebracht hatte, als ihm noch nicht aufgefallen war, dass seine Tochter in seinem Büro herumschnüffelte.

War womöglich auch dieser Übergriff aufgezeichnet? Oder passierte es live? Sie wusste es nicht, konnte sich aber bildlich vorstellen, was da ablief, und das war kaum zu ertragen.

Wieder war von nahem dieses Flüstern zu hören: »Pssst ...«

Gleich darauf ein Klirren. Hart und metallisch. Als zerrte jemand an Handschellen, die an ein metallenes Bettgestell gekettet waren. Dann ein leises, unmissverständliches Schaben. Das Geräusch einer Klinge, die an einem Wetzstein geschärft wurde.

Kimberly ahnte, dass sich der Schrecken noch steigern würde.

Hektisch und mit zitternder Hand schrieb sie auf ihren Notizblock: ANRUFER ERMITTELN!!!

Mac warf die Decke zur Seite, sprang aus dem Bett und eilte zum Telefon.

»Du weißt, was ich will.«

»Mmm, mmm, mmm.«

»Ich will einen Namen hören. Ist das so schwer? Du musst sie einfach nur gern haben, mehr nicht. Nenn mir jemanden, dem du vertraust, mit dem du befreundet bist oder den du bewunderst. Mehr verlange ich nicht. Einen einzigen Namen. Dann verspreche ich dir einen schnellen Tod.«

»Hier ist Special Agent Michael McCormack. Ich muss mit Special Agent Lynn Stoudt sprechen und brauche dringend Unterstützung –«

Ein kurzer, scharfer Laut. Klebeband, von einem Mund gerissen.

Wimmern. Ein lang gezogener, dünner Schrei des Entsetzens. Kimberly presste ihre Faust vor die Lippen und spürte, wie ihr dieser klägliche, erschöpfte Schrei durch Mark und Bein ging.

Die flüsternde Stimme schien noch näher an das Telefonmikro herangerückt zu sein. »Pssst ...«

»Raus mit der Sprache!«

»Bitte ...«

Und wieder schabte Metall über Stein. Ein kehliger Schrei wurde laut.

»Willst du mit ansehen, wie ich dir bei lebendigem Leib die Haut abziehe?«

»Lieber Gott, lieber Gott, lieber Gott ...«

»Herzchen, hat dir deine Mama nicht verraten, dass es keinen Gott gibt? Es gibt nur mich. Ich bin für dich Erlöser und Verdammnis zugleich, und wenn du mich nicht glücklich

machst, schneide ich dir die Bäckchen aus deinem dünnen weißen Gesicht. Nenn mir einen Namen!«

»Ich weiß nicht —«

»EINEN NAMEN!«

»Bitte, nein, o Gott, nein, bitte, bitte …«

Das Mädchen schrie wie am Spieß. Der Mann brüllte und verlangte immer wieder, dass es ihm einen Namen nannte. Und zwischendurch waren schreckliche klatschende und schmatzende Geräusche zu hören.

Kimberly spürte, wie sie sich aufzulösen begann, wie sie aus der Haut zu schlüpfen versuchte in diesem Moment, da ein junges Mädchen um sein Leben bettelte und ein Wahnsinniger mit einem Messer zu Werke ging.

Die Stimme an ihrem Ohr: »Pssst …«

Mac am anderen Ende des Schlafzimmers: »Lynn, ihr müsst einen Anruf auf dem Handy meiner Frau zurückverfolgen. Sofort. Die Nummer ist —«

»Na, wie fühlt sich das an? Und das ist noch nicht alles. Es wird schlimmer, immer schlimmer, wenn du mir nicht einen Namen nennst.«

»Lieber Gott, lieber Gott …«

»Hast du mich nicht verstanden? Es gibt keinen Gott!«

»AAAAAH.«

»Rück mit einem Namen raus!«

»Karen. K-K-K-Karen.«

»Karen, wie weiter? Wie ist ihr Nachname? Woher kennst du sie?«

»Ich weiß nicht, ich weiß nicht.«

Und wieder gellte ein Schrei. Wieder schien etwas Schreckliches passiert zu sein.

»Du lügst! Wenn sie dir was bedeutet, kennst du auch ihren Nachnamen. Mach mir nichts vor!«

»Bitte, bitte, bitte ...«

»Du hast eine letzte Chance, mich zufriedenzustellen, und wenn dir das nicht gelingt, schneide ich dich da, wo's sich echt lohnt. Ich zähle. Eins ... zwei ...«

»Virginia!«, schrie das Mädchen. *»Sie heißt Virginia. Ginny Jones.«*

»Und warum liebst du sie?«

»Sie ist meine Tochter.«

Eine Pause.

»Ausgezeichnet«, sagte der Mann.

Und das nächste Geräusch bedurfte keiner Erklärung mehr.

Mac rüttelte an ihren Schultern. War sie ohnmächtig geworden? Kann nicht sein, dachte Kimberly. Sie war noch nie in Ohnmacht gefallen. Bestürzt blickte sie auf das Bett. Das Handy lag immer noch da. Das Display war dunkel.

Hatte sie alles nur geträumt?

Als sie aufschaute, blickte sie in Macs ernstes, besorgtes Gesicht.

»Der Anrufer hatte aufgelegt«, sagte er leise. »Es ist vorbei.«

Aber sie schüttelte den Kopf. »Nein, Mac. Es hat gerade erst begonnen.«

Kapitel 10

> »Die meisten Spinnenarten sind nicht wählerisch und fressen
> einfach, was ihnen über den Weg läuft.«

B. J. Kaston: *How to Know the Spiders*

Zur Vorbereitung auf ihren morgendlichen Gast wollte
Rita etwas zu essen einkaufen. Aber bei ihr dauerte alles etwas länger. Zuerst stieg sie in die alte, auf Löwenfüßen ste-
hende Badewanne und ließ lauwarmes Wasser über sich
laufen, nur ein wenig, denn Verschwendung war ihr zuwi-
der, gerade so viel, dass sie sich mit dem abgemagerten
Block Kernseife einseifen konnte.

Die Haare hatte sie sich bis vor kurzem von einem netten Mädchen aus der Stadt schneiden lassen, doch das war
ihr zu teuer geworden, nicht zuletzt wegen der Fahrtkos-
ten. Darum ließ sie ihre Haare wachsen. Wie ein sprödes
Spitzengewebe fielen sie lang und dünn bis auf die Schultern herab.

Sie zog sich die lange Flanellhose ihres Pyjamas an, darüber eine der alten schwarzen Hosen ihrer Mutter, die sie
in der Taille mit einem Gürtel festzog. Das rot karierte
Hemd ihres Vaters reichte bis zu den Knien, war aber ta-
dellos und wärmte gut. Nach all den Jahren hing darin immer noch der Geruch von Pfeifentabak.

Auch seine Socken trug sie auf, wollene, die die Füße
selbst bei klirrender Kälte warm hielten.

Dann zog sie ihren schweren Cabanmantel an, Hut,

Schal und die Handschuhe ihres Bruders. Unter dem Gewicht der Kleidung geriet sie fast ins Taumeln, als sie in die Küche ging und den kostbaren Inhalt der Keksdose zählte. Die Sozialversicherung zahlte ihr monatlich 114,52 Dollar. Im Sommer, wenn sie ihr eigenes Gemüse anbaute und die Beeren der Sträucher am Wegrand pflückte, kam sie damit über die Runden. Im Winter reichte es oft nicht. Sie kaufte dann nur Brot vom Vortag, Fleisch, dessen Haltbarkeitsdatum schon abgelaufen war, und überfälliges Gemüse. Wenn man es nur lange genug kochte, konnte man es bedenkenlos essen.

Sie nahm sich elf Dollar und fünfundvierzig Cent aus der Dose. Mehr würde sie nicht brauchen.

Dann schlurfte sie zur Haustür.

»Joseph«, sagte sie, bevor sie ging. »Mach keine Dummheiten, wenn ich weg bin. Ich weiß genau, wo meine Haarbürsten und das Silberbesteck liegen. Wenn du jemanden ärgern willst, geh nach nebenan. Mrs. Bradford ist ohnehin jenseits von Gut und Böse.«

Rita lachte über ihren eigenen Scherz, öffnete die Tür und hangelte sich am Holzgeländer entlang, um die Eingangsstufen zu bewältigen.

Sie und ihre Brüder hatten Mrs. Bradford nie leiden können. Sie hatte sie einmal in ihrem Apfelbaum erwischt und ihnen die Leviten gelesen. Tja, wenn sie nicht wollte, dass Kinder von ihren Äpfeln naschten, warum holte sie sie nicht selbst vom Baum? Was sollte man von einem Nachbarn halten, der nicht einen oder zwei Äpfel abgeben konnte? Vermutlich spielte Joseph ihr jetzt im Jenseits seine Streiche. Sie hätte es verdient.

Rita hatte die Stufen hinter sich gelassen und schaukelte auf die Straße zu, die zur nahegelegenen Stadt führte.

Früher hatten in dieser Gegend kleine, aber schmucke Sommerhäuser auf großen Grundstücken gestanden. Das alte viktorianische Haus, in dem sie wohnte, war von ihrem Ururgroßvater gebaut worden, der seiner Familie Erholung von der heißen Großstadt Atlanta hatte bieten wollen. Die Zeiten änderten sich. Eigentum wurde verkauft und aufgeteilt. Von den Sommerhäusern in der Umgebung verschwand eins nach dem anderen. Jetzt lebte sie auf einem seltsamen Flickenteppich aus Fertighäusern im Kolonialstil, Mobile Homes und Blockhütten.

Die Nachbarn waren junge Paare, Leute, die im Sommer und Herbst, wenn es hier zehnmal so viele Touristen wie Einwohner gab, in Restaurants und Hotels arbeiteten. Dann, so hieß es, war es kaum einmal mehr möglich, ein Brot zu kaufen.

Aber davon wusste Rita nichts. Sie verließ nur selten ihr Haus und mied die Begegnung mit Nachbarn.

Trotzdem glaubte sie zu wissen, woher der Junge kam, nämlich aus dem Haus weiter oben an der Straße, das alle anderen überragte. Es war eine der ehemals prächtigen Villen. Aber inzwischen blätterte die Farbe von den Wänden, die Fenster hingen schief, und das Verandadach drohte einzubrechen. Manchmal sah sie Licht im Innern brennen, mitten in der Nacht, wenn ehrbare Menschen tief und fest schliefen und nicht, wie sie so häufig, mit geöffneten Augen im Bett lagen. Die Bewohner dieses Hauses hatten offenbar einen ganz eigenen Tagesablauf.

Es passte zu ihrem Bild von diesen Leuten, dass sie einen halb verhungerten Jungen hatten, der seine Zeit damit verbrachte, Spinnen zu fangen.

Kurz vor ihrem Ziel musste sie sich zwischen eingeschneiten LKWs und Zapfsäulen hindurchschlängeln, um in den Laden zu gelangen, in dem es immer nach Diesel und Zigaretten roch.

Im Laden nahm sie zuerst einmal Bestand von den Dingen in der Auslage auf. Brot, Eier, Milch. Auch Speck gab es. Sie hatte sich schon lange keinen Speck mehr gegönnt und würde auch diesmal darauf verzichten müssen; er war zu teuer. Jungen mochten Cornflakes. Himmel, was für eine Auswahl an verschiedenen Marken! Gezuckerte kamen nicht in Frage.

Sie nahm eine Schachtel nach der anderen in die Hand und las Zutaten und Inhaltsstoffe sorgfältig durch. Unerhört, wie viel inzwischen eine Packung Weizenpops kostete. Früher …

Am Ende entschied sie sich für die drei Sorten, die sie immer kaufte. Das musste reichen.

Mel saß an der Kasse. Er war fast immer im Laden, wenn sie kam, das heißt, sie sah ihn alle zwei Wochen. Er nickte ihr zu und lächelte über ihre seltsame Aufmachung.

»Ziemlich kalt draußen, nicht wahr, Rita?«

»Nicht, wenn man in Bewegung bleibt.«

»Was fürs Frühstück eingekauft, wie ich sehe.«

»Yup.«

»Fehlt nur noch eine Wurst. Ich hätte da ein Sonderangebot. Zwei für eine.«

Sie überlegte. Ein bisschen Eiweiß würde dem Jungen guttun. Und wie herrlich würde es duften, wenn sie eine Wurst in der alten Eisenpfanne ihrer Mutter briete.

Seufzend zählte sie ihr Geld. »Nein, eher nicht, aber danke für das Angebot, Mel.«

»Keine Ursache, Rita.«

Er packte ihren Einkauf ein und blickte besorgt auf ihre dünne Stofftasche. »Na, ob die wohl hält? Du willst doch sicher wieder zu Fuß zurück, oder?«

»Na klar.«

»Ich könnte dich nach Hause fahren.«

»An den Beinen, die mir Gott gegeben hat, ist nichts auszusetzen.«

»Nun, dann sollte ich vielleicht mal im Lager nach einem festeren Karton suchen. Wäre schade, wenn die Eier kaputtgingen.«

»Wie du meinst.«

Wenig später kehrte Mel mit einem kleinen Karton zurück, den er in eine größere Plastiktüte steckte. Die konnte sie an den Griffen bequem nach Hause tragen. Rita nickte ihm zum Abschied noch einmal zu.

Auf halber Strecke legte sie eine kleine Pause ein und warf einen Blick in den Karton. Mel hatte ihr zwei Wurstpäckchen dazugelegt und eine Schachtel Earl Grey. Die Aussicht auf frischen Tee überwältigte sie fast. Den letzten Beutel hatte sie drei oder sogar viel Mal aufgegossen, bevor sie ihn schließlich entsorgte.

Demnächst würde sie sich wieder einmal bei Mel bedanken müssen, was aber nicht bedeutete, dass sie guthieß, was er tat. Damit kamen sie und er schon eine Weile klar.

Der Weg nach Hause zog sich in die Länge. Jeder Schritt fiel ihr zunehmend schwer, und sie geriet immer mehr ins Wanken.

Umso mehr freute sie sich auf eine Tasse Earl Grey, heiß, schwarz und kräftig. Sie würde sich, wie es ihr Vater früher immer getan hatte, in das kleine Wohnzimmer zur Straße hin setzen und die Füße hochlegen. Vielleicht ein Nickerchen halten.

Aber als sie die Haustür öffnete, sah sie, dass sie einen Gast hatte. Der Junge war zurückgekehrt, wartete aber diesmal nicht auf der hinteren Veranda, sondern stand in der Diele und hielt ein gerahmtes Foto ihrer Familie in der Hand.

Die beiden standen sich für eine Weile schweigend gegenüber und betrachteten sich. Dann trat Rita über die Schwelle, zog die Tür hinter sich zu und nahm ihren Schal ab.

»Mein Sohn, es gehört sich, dass man anklopft und um Einlass bittet. Hast du angeklopft, hast du um Einlass gebeten?«

»Nein, Ma'am.«

Nachdem dies geklärt war, zog Rita ihren Mantel aus und nahm den Hut vom Kopf. »Ich wollte mir eigentlich einen Tee machen, aber du hättest bestimmt lieber eine heiße Schokolade, nicht wahr?«

Seine Augen leuchteten auf.

»Marshmellows habe ich leider keine«, meinte sie. »Die sind zu teuer und außerdem ungesund.«

Er nickte.

Sie schlurfte an ihm vorbei in die Küche und tat, als

würde ihr nicht auffallen, dass er mit hinterhältigem Blick nach ihr schielte und ein Messer in der Gesäßtasche seiner Jeans versteckt hielt.

Rita wusste: Irgendwann war für einen jeden Menschen die Zeit gekommen, dass er sterben musste. Aber sie war ein zäher alter Vogel und entschlossen, dem Jungen klarzumachen, dass ihre Zeit noch längst nicht gekommen war.

Kapitel 11

»Spinnen verzehren ihre Beute auf zweierlei Weise. Vertreter jener Arten, deren Mundwerkzeuge nur schwach ausgebildet sind, durchbohren das Insekt mit der Giftklaue, injizieren ihm eine Verdauungsflüssigkeit und saugen dann das aufgelöste Gewebe ein, bis nur noch eine leere Schale zurückbleibt [...] Andere mit kräftigen Mundwerkzeugen zermalmen das Insekt und vermengen es mit Verdauungsflüssigkeit.«
B. J. Kaston: *How to Know the Spiders*

»Ich rekapituliere: Sie haben sich mit einer potenziellen Informantin getroffen, ein mögliches Beweisstück unter die Lupe genommen und zwei verstörende Anrufe erhalten, die, wie es scheint, von unserer Telefonzentrale aus getätigt wurden.«

»Laut Auskunft von GBI-Special Agent Lynn Stoudt«, warf Kimberly ein, »ist es mit der guten alten Anruferkennung nicht mehr weit her, seit es ›ID-Spoofing‹ gibt. Diverse Websites verkaufen für zehn Dollar gebührenfreie Nummern, über die man anrufen und die eigene Rufnummer verschleiern kann. Das ist billig, leicht und kann selbst von einem Siebenjährigen mit einem Laptop praktiziert werden.«

»Schöne Aussichten.«

»Da wir jetzt wissen, wie's funktioniert, werden unsere Experten wahrscheinlich bald herausgefunden haben, wie der Anrufer trotzdem identifiziert werden kann —«

»Das kostet nur wieder«, konterte Special Agent Larry Baima, der in ihrer Abteilung die Aufsicht führte. »Weitere Ausgaben für einen Fall, der gar keiner ist.«

»Vielleicht doch.«

»Leider. Um Himmels willen, Kimberly, wie wollen Sie in Ihrem Zustand damit fertigwerden?«

Baima seufzte schwer. Weil seine Frage nur rhetorisch gemeint sein konnte, verzichtete Kimberly auf eine Antwort. Beide hatten großen Respekt voreinander, was gut war, denn ein anderer Chef hätte sie wahrscheinlich schon abgeschrieben.

»Noch mal«, sagte Baima. »Was genau haben Sie bislang in Erfahrung gebracht?«

»Special Agent Martignetti glaubt, dass es ein unbekannter Täter auf gefährdete Personen abgesehen hat – Prostituierte, Drogenabhängige, Ausreißerinnen und dergleichen. Martignetti hat eine Liste von neun jungen Frauen, von denen jede Spur fehlt. Außerdem sind ihm anonym sechs Führerscheine von jungen Frauen zugeschickt worden. Und nun erzählt mir eine gewisse Delilah Rose von ihrer Freundin Ginny Jones, einer Prostituierten, die zum letzten Mal vor drei Monaten in Gesellschaft eines gewissen Dinchara gesehen wurde, der angeblich einen Fetisch für Arachniden hat. Delilah behauptet, im Fußraum seines SUVs einen Ring gefunden zu haben, der Ginny gehört. Ich konnte diesen Ring auf einen gewissen Tommy Mark Evans zurückführen, der 2006 an der Alpharetta Highschool seinen Abschluss gemacht hat. Eine seiner Mitschülerinnen war Virginia Jones.

Was die ganze Sache zusätzlich verkompliziert, sind zwei Anrufe, die ich auf meinem Handy erhalten habe. Der erste war vermutlich nur ein Test, um auszuprobieren, ob der anonymisierende Schaltweg funktioniert, und gewissermaßen die Generalprobe für den zweiten Anruf, der letzte Nacht erfolgte. Aber das ist, wie gesagt, nur eine Vermutung.«

»Aber der Anrufer war männlich? Und nicht Delilah Rose?«

Sie zögerte. »Von Special Agent Stoudt weiß ich, dass über die Website, die ID-Spoofing anbietet, auch Stimmenmodulatoren zu haben sind. Mit deren Hilfe kann man als Frau so klingen wie ein Mann und umgekehrt.«

Baima kniff sich in den Nasenrücken. »Ich hasse das Internet.«

»Aber ihm verdanken wir eBay und Amazon.«

»Ich hasse es trotzdem.«

Kimberly widersprach ihm nicht. »Wenn ich's mir recht überlege, wird der Anrufer wohl tatsächlich Delilah Rose gewesen sein. Ich habe ihr meine Telefonnummer gegeben. Vielleicht wollte sie mich davon überzeugen, dass ihre Geschichte ernst zu nehmen ist.«

»Das dürfte ihr gelungen sein.« Baima hatte sich am Morgen, gleich nachdem er ins Büro gekommen war, die von Kimberly mitgebrachte Aufzeichnung des Anrufs zweimal angehört. Es war kein schöner Tagesauftakt gewesen.

»Wir hätten also da einen Mann«, fasste er knapp zusammen, »einen Unbekannten, der eine Frau sexuell missbraucht, sie foltert, bis sie ihm einen Namen nennt, und anschließend tötet. Der genannte Name lautet Ginny Jones. Sie ist angeblich die Tochter des Opfers. Können Sie diese Behauptung bestätigen?«

»Ich habe soeben die Vermisstenstelle eingeschaltet«, antwortete Kimberly und gestand nach kurzem Zögern: »Allerdings konnte ich ihr nur eine vage Beschreibung der gesuchten Person bieten. Ich fürchte, es wird dauern.«

Ihr Chef schien zu zweifeln. »Nun, wie schätzen Sie den Anruf ein? War er glaubhaft, inszeniert, in Echtzeit, aufgezeichnet? Es gibt etliche Möglichkeiten. Worauf tippen Sie?«

Kimberly gab sich entschieden. »Ich glaube, er war glaubhaft. Aber es könnte natürlich sein, dass er mich zeitverschoben erreicht hat.«

»Erklären Sie mir das.«

»Was im Hintergrund zu hören war, klang so eindeutig nach Gewalt und Totschlag, dass es unmöglich gespielt worden sein kann.«

Baima nickte bestätigend und gleichzeitig mit Vorbehalt, wie es für einen Mann in seiner Position typisch war.

»In Echtzeit oder aufgezeichnet?«, stocherte er weiter.

»Als ich es hörte, hatte ich keinen Zweifel, dass das Geschehen im Hintergrund simultan ablief, aber inzwischen glaube ich eher, die ganze Sache war aufgezeichnet.«

Kimberly beugte sich vor und versuchte, ihre Einschätzung zu begründen. »Die Führerscheine aus dem zweiten Päckchen, das Sal zugespielt wurde, gehören drei Frauen, die zusammengewohnt haben und verschwunden sind, eine nach der anderen. Der Anruf gibt einen Hinweis darauf, wie der Täter vorgeht. Er lässt sich von seinem aktuellen Opfer den Namen einer Person nennen, die ihm nahesteht und für ihn als nächstes Opfer in Betracht kommt. Ginny Jones verschwand vor drei Monaten. Was wir gehört haben, muss sich also noch vor Dezember zugetragen haben.«

»Zuerst wurde Ginnys Mutter entführt. Sie gibt den Namen ihrer Tochter preis, die als Nächste an die Reihe kommt«, konstatierte Baima.

»Theoretisch, ja.«

»Keine Frage, Spekulationen machen Spaß. Aber falls es Ihnen noch nicht aufgefallen sein sollte: Wir haben jede Menge zu tun. Bevor wir uns noch mehr Arbeit aufhalsen und einen neuen Fall aufmachen, müssten handfeste Anhaltspunkte vorliegen und – nebenbei bemerkt – die Zuständigkeiten geklärt werden.«

»Aber ich habe eine Aufzeichnung dieses Anrufs –«, rechtfertigte sich Kimberly.

»Das reicht nicht. Möglicherweise kam der Anruf sogar von Band. Alles vage.«

»Und der Ring?«

»Reicht auch nicht.«

»Die Aussage von Delilah Rose –«

»Gibt nicht viel her.«

Kimberly krauste die Stirn. »Ich bitte Sie. Sie haben den Anruf doch selbst gehört. Wir können nicht so tun, als wäre nichts. Eine Frau hat um ihr Leben gebettelt und wurde getötet. Wie können Sie –«

»Ist nicht unser Bier.«

Kimberly musterte ihren Vorgesetzten mit skeptischem Blick. »Habe ich richtig verstanden?«

»Soll sich das GBI darum kümmern. Special Agent Martignetti hat die Sache angeleiert. Soll er doch die verschwundenen Huren ausfindig machen. Vielleicht stößt er auf eine Straftat oder – der Himmel bewahre – auf eine Leiche. So oder so, zuständig sind nicht wir, sondern das GBI.«

»Aber Delilah weigert sich, mit Martignetti zu reden –«

»Vielleicht sollte man sie artig bitten. Solange keine Hinweise darauf vorliegen, dass der Fall Staatsgrenzen überschreitet, hat das FBI nichts damit zu tun. Punkt. Auf Ihrem Schreibtisch liegen achtzehn aktuelle Ermittlungsakten. Mein Vorschlag: Machen Sie sich an die Arbeit.«

Kimberly zog die Brauen zusammen und kaute an ihrer Unterlippe. »Und wenn das GBI beschließen sollte, mein Handy anzuzapfen?«

Baima blickte zu ihr auf. »Dann sollten Sie sich vorsehen, mit wem Sie telefonieren. Und an Ihrer Stelle würde ich mir eine geeignetere Möglichkeit der Kooperation ausdenken.«

»Verstehe.«

Kimberly stand auf und achtete darauf, sich ihren Triumph nicht anmerken zu lassen.

»Wie geht es Ihnen überhaupt?«, fragte Baima.

»Gut.«

»Sie stehen ziemlich unter Druck, Kimberly. Solange es Ihnen gut geht, sollten Sie vielleicht ein paar Vorbereitungen treffen für die Übergangszeit danach.«

»Ist das ein Befehl?«

»Nennen Sie es eine freundliche Empfehlung.«

»Immer zu Diensten.«

Baima verdrehte die Augen, was Kimberly zum Anlass nahm, schleunigst abzutreten. Ihr Chef hatte ihr erlaubt, mit dem GBI zusammenzuarbeiten. Sie würde sich also auch auf die Suche nach Tommy Mark Evans machen dürfen.

Kimberlys Vater war nach einem kurzen Zwischenspiel bei der Polizeizentrale von Chicago ins Büro versetzt worden, zu einer Zeit, da Ermittler noch dunkle Anzüge getragen, Hoover Treue geschworen und die oberste Regel beherzigt hatten, das Büro niemals in Verlegenheit zu bringen.

Kimberly war damals noch zu jung gewesen, als dass sie sich an Einsätze ihres Vaters hätte erinnern können, doch es gefiel ihr, sich ihn als Anzugträger vorzustellen, der mit seinen dunklen Augen und unleserlicher Miene vor einem kleinen Gangster stand und dessen Alibi nur mit einem leichten Anheben einer Braue zunichtemachte.

Nachdem er, von seinem Job allzu sehr in Anspruch genommen, seine Ehe in den Sand gesetzt hatte, war er als Profiler einer Einheit in Quantico überstellt worden, die sich damals Behaviorial Science Unit nannte. Theoretisch hatte er sich auf die Forschung verlegt, um mehr Zeit für seine Tochter zu haben; tatsächlich aber war er ständig unterwegs und hatte jährlich über hundert Fälle zu bearbeiten, von denen jeder noch grausamer und verwickelter war als der vorausgegangene.

Über seine Arbeit hatte er nie ein Wort verloren, nicht als Ermittler und erst recht nicht als Profiler. Aus Neugier und um an der Welt ihres Vaters teilhaben zu können, war

Kimberly oft nachts in sein Büro geschlichen, wo sie sich in seiner Fachliteratur festgelesen und Akten aufgeschlagen hatte, in denen Tatortfotos, Diagramme von Blutspritzern und Obduktionsberichte zu finden gewesen waren, Texte gespickt mit Begriffen wie »petechiale Hautblutungen«, »Abwehrverletzungen« oder »postmortale Verstümmelungen«.

Kimberly war erst seit vier Jahren beim FBI, hatte sich aber im Grunde schon ihr ganzes Leben lang für Gewaltverbrechen interessiert – anfangs in der irrigen Annahme, dass sich ihr, wenn sie die Arbeit ihres Vaters verstünde, die Welt der Menschen erschließen würde; dann aber auch, weil sie sich selbst als Opfer betrachtete und versuchte, den emotionalen Morast trockenzulegen, in dem sie seit dem gewaltsamen Tod ihrer Mutter steckte, die, wie sie wusste, in ihrem eleganten Stadthaus in Philadelphia brutal ermordet worden war.

War Bethie in ihren letzten Minuten vor Angst wie gelähmt gewesen? Oder hatte sie sich voller Wut zur Wehr gesetzt? Oder hatte sie so schreckliche Schmerzen erleiden müssen, dass sie ihren Tod dankbar annahm? Mandy war ein Jahr früher gestorben. Vielleicht hatte Bethie daran gedacht, wie schön es doch wäre, ihre Tochter wiederzusehen.

Natürlich gab es für Kimberly keine Antworten auf diese Fragen.

In den Stunden nach Mitternacht verschlug es sie jedenfalls in Gedanken immer wieder an jene dunklen Orte, die andere, normale Menschen, so Gott will, nie zu Gesicht bekamen.

Am Ende hatte sie sich mit ihrem Vater überhaupt nicht mehr über ihre jeweiligen Jobs unterhalten, zumal sie nichts miteinander gemein hatten. Kimberly arbeitete für ein FBI, das noch an den Folgen des elften September laborierte, in einem schönen Bürokomplex inmitten eines renaturierten Industrieparks. Der Altersdurchschnitt der Belegschaft lag bei fünfunddreißig, der weibliche Anteil bei fünfundzwanzig Prozent. Und die Männer hatten keinen Sinn mehr für pastellfarbene Hemden.

Kimberly und ihr Vater aber teilten ein tiefes Verständnis darüber, wie es sich anfühlte, Tag für Tag anderer Leute Leben zu retten und ausgerechnet in dem wichtigsten Fall gescheitert zu sein, in dem es gegolten hätte, einen geliebten Menschen zu schützen.

Vor allem wussten beide, Kimberly und ihr Vater, dass es ganz wesentlich darauf ankam, den Blick nach vorn zu richten, um sich nicht von Schuldgefühlen niederdrücken zu lassen.

Kurz nach elf setzte sich Kimberly in ihren Wagen. Sie hatte vorher im Georgia Navigator den Straßenzustandsbericht angeklickt und erfahren, dass die GA 400 frei war. Alpharetta war nur gut dreißig Kilometer von ihrer Dienststelle entfernt, und Kimberly hatte ihr Ziel schnell erreicht.

Zurzeit fiel Football flach. Trainer Urey gab stattdessen Sportunterricht und scheuchte einen Haufen schlaksiger, ungelenker Neuntklässler mit interessanten Piercings durch die Turnhalle. Als Kimberly die Halle betrat, brauchte sie sich gar nicht erst auszuweisen. Ihre Erscheinung war für ihn Anlass genug, den Unterricht zu unterbrechen.

Sie versuchte, ihn mit den üblichen Nettigkeiten für sich zu gewinnen – erkundigte sich nach der abgelaufenen Football-Saison, fragte, was er von der neuen Highschool halte, und äußerte sich lobend über seine Schüler.

Urey war ungefähr so breit wie hoch, hatte einen Bierbauch und den standardmäßigen Bürstenschnitt. Er tat locker und meinte, dass seine Mannschaft eigentlich schon in der Oberliga hätte mitmischen sollen. Seine Jungs hätten das Zeug dafür, seien allerdings noch zu jung und unerfahren. Aber, bei Gott, nächstes Jahr würden sie es packen.

Während sie miteinander sprachen, gingen sie in einem Flur auf und ab. Urey bot ihr einen Schluck aus seiner Wasserflasche an. Sie lehnte dankend ab. Sein Blick fiel auf ihren Bauch, und sie sah förmlich, wie er mental mit sich rang. War diese Frau nun schwanger oder nicht? Durften FBI-Agentinnen überhaupt schwanger werden? Am Ende entschied er sich für das einzig Vernünftige und fragte nicht.

»Ich versuche, einen Ihrer ehemaligen Schüler ausfindig zu machen«, erklärte sie fast beiläufig, als sie an einem riesigen Umkleideraum voller Spinde vorbeikamen. »Keine Sorge, er hat nichts verbrochen. Ich bin nur zufällig bei Ermittlungen in einer anderen Sache auf einen Gegenstand gestoßen, der ihm gehört, und dachte, er würde ihn vielleicht zurückhaben wollen.«

»Einen Gegenstand?«

»Seinen Absolventenring. Mit eingraviertem Football und seiner Trikotnummer. Das hat mich hierhergeführt.«

»Ja, die Jungs lassen sich allerhand einfallen für ihre Ringe. Hätte ich damals all die Möglichkeiten von heute gehabt ...«

Kimberly nickte verständnisvoll, während sich Urey darüber ausließ, was sie auch schon von Mac gehört hatte. Männern waren ihre Absolventenringe offenbar sehr wichtig.

»Wie ist sein Name?«, erkundigte sich Urey. »Oder sagen Sie mir, welche Nummer er hatte. Vielleicht komme ich von selbst drauf.«

»Dem Ring nach hat er seinen Abschluss 2006 gemacht«, erwiderte Kimberly. »Und wenn ich die Symbole richtig deute, war er Quarterback. Mit der Nummer sechsundachtzig.«

Urey blieb stehen. Im Neonlicht wirkte sein Gesicht fast grau. Dann schien er sich zu fassen und straffte seine Schultern.

»Tut mir leid, Special Agent Quincy. Hätten Sie mich angerufen, hätten Sie sich die Fahrt hierher sparen können. Der Ring gehört Tommy Mark Evans. Netter Junge. Einer der besten QBs, die ich je hatte. Enorm wurfstark und sehr robust. Hält größtem Druck stand. Er hat mit Bestnoten abgeschlossen und bekam ein Stipendium für die Penn State.«

»Er wohnt also gar nicht mehr in der Stadt?«, fragte Kimberly erstaunt. »Sondern in Pennsylvania?«

Urey schüttelte den Kopf. »Nicht mehr. Tommy war über Weihnachten zu Hause und hat sich dann vom Acker gemacht. Vielleicht um zu reisen. Genaueres weiß niemand. Jedenfalls scheint es, dass er zur falschen Zeit am falschen Ort war. Jemand hat ihm zwei Kugeln durch die Stirn gejagt. Seine Eltern haben sich immer noch nicht erholt von dem Schock. Dass ein gesunder, hübscher Kerl so früh und auf solche Weise sterben muss, ist schwer zu verwinden.«

Kapitel 12

Burgerman nahm mich mit in den Park.

Kleinere Kinder hatten sämtliche Schaukeln, Wippen und Karussells in Beschlag genommen. Die Kinder meines Alters spielten auf einem eingezäunten Platz Basketball.

Burgerman gab mir einen Stoß in den Rücken. »Geh! Spiel mit! Damit du ein bisschen Farbe im Gesicht bekommst. Mann, du siehst aus wie Scheiße, weißt du das eigentlich?«

Zuerst konnte ich kaum glauben, dass er mich wirklich gehen lassen wollte. Aber er stieß mich noch einmal an, so fest, dass ich mich fast der Länge nach hinlegte. Also machte ich mich auf den Weg und schloss mich der Mannschaft mit den Hemden an. Mit freiem Oberkörper zu spielen hätte zu viele Fragen aufgeworfen.

Anfangs hielt ich mich zurück. Ich kam mir seltsam vor unter all den anderen Jungs, die lachten und dribbelten und fluchten, wenn jemand danebengeworfen hatte. Ich rechnete damit, dass sie stehen blieben und mich begafften. Dass sie mich fragten: »Was ist denn mit dir passiert?« Ich wollte, dass jemand sagte: »Hey, Buddy, wach auf! Du hast nur schlecht geträumt. Das ist jetzt vorbei, und das Leben ist gut.«

Aber das sagte keiner. Sie spielten Basketball.

Und das tat ich dann auch.

Ich konnte frisch geschnittenes Gras riechen. Fröhliche Stimmen von Kindern hören, die noch einmal richtig Gas ga-

ben, bevor es zu heiß werden würde und nur das Schwimmbad in Frage käme. Es gab Vögel. Und Blumen. Einen großen blauen Himmel und ... einfach alles.

Die Welt drehte sich.

Ich schaffte es, einen Korb zu werfen. Jemand schlug mir auf die Schulter.

»Nette Bogenlampe.«

Ich strahlte und tat alles, um weitere Komplimente einzuheimsen.

Ich hatte kein Zeitgefühl mehr. Zeit gehörte den anderen, den Jungen, über die der Burgerman keine Gewalt hatte. Ich bin einfach nur für mich da, bis man mir was anderes sagt, und dann gibt es mich nicht mehr.

Also spielte ich, bis mir der Burgerman sagte: »Aufhören.« Und dann spielte ich nicht mehr.

Burgerman führte mich an den Rand des Spielplatzes. Die Sonne ging unter. Einige der anderen Jungen gingen davon. Moms und ältere Mädchen sammelten die Kleinen ein, die ihnen wie Küken über die Straße folgten.

Mir fiel auf, dass einer der kleinen Jungen im Sandkasten zurückblieb.

Dem Burgerman fiel das ebenfalls auf.

Er schaute mich an. »Hol den Bengel her.«

Geschrei. In einer Tour. Schrilles, dünnes Geschrei, schrecklich nervend. Ich hielt mir die Ohren zu. Burgerman hörte kurz auf, um mir den Kopf in die Höhe zu reißen. Er stieß mich vor die Wand und rammte mir die Faust in den Magen, so heftig, dass ich in der Mitte einknickte. Dann gab er mir einen Kinnhaken.

»*WILLST DU WOHL AUFPASSEN?! SIEH GEFÄL-
LIGST HIN!*«

*Und dann setzte das Geschrei wieder ein. Bis der Burgerman
endlich genug hatte, sich wegdrehte und nach einer Zigarette
suchte, wie jedes Mal danach.*

*Ich schmeckte Blut. Ich hatte mir in die Zunge gebissen.
Und aus einer Platzwunde im Gesicht, die mir der Ring des
Burgermans gerissen hatte, sickerte es feucht.*

*Der kleine Junge wehrte sich nicht mehr. Er lag mit völlig
entgeisterter Miene und glasigen Augen auf dem Bett.*

Ich fragte mich, ob auch ich früher so ausgesehen hatte.

*Er bemerkte, dass ich ihn musterte. Unsere Blicke trafen sich.
Er starrte mich an und schien sagen zu wollen: Bitte, bitte.*

*Ich rannte nach draußen und schaffte es gerade noch recht-
zeitig bis vor die Kloschüssel, wo sich mir der Magen umdrehte. Ich kotzte und kotzte, doch der Ekel ließ nicht nach.
Er hatte sich unter mein Blut gemischt und kam nicht raus.
Ich wurde ihn nicht los. Stattdessen erbrach ich Wasser und
Galle, bis nichts mehr nachkam und ich erschöpft in mich zusammensackte.*

*Dann wurde mir schwarz vor Augen. Auf eine größere
Gnade konnte ich nicht hoffen.*

*Als ich wieder zu mir kam, hörte ich ihn schnarchen. Aber
damit hatte es bald ein Ende. Nach einer, höchstens zwei
Stunden.*

*Der Burgerman würde dann wach werden, weil er Hunger
hatte.*

*Ich schlich durch die Diele zurück. Riskierte einen Blick ins
Zimmer. Ich konnte nicht anders, musste hinsehen, obwohl
mir klar war, dass ich es bereuen würde.*

Der Junge hatte sich zu einem Knäuel zusammengerollt. Er regte sich nicht, war aber wach und stierte auf die Wand. Ich wusste, was er tat. Er machte sich klein. Denn wenn er ganz klein wäre, würde ihn der Burgerman vielleicht übersehen.

Und ich wusste auch, was ich zu tun hatte.

Burgerman hatte seine Hose auf dem Boden liegen lassen. Ich schlich hin, griff vorsichtig in die Tasche und fand den Schlüssel. Er lag schwer und hart in meiner Hand. Ich bewegte mich, ohne nachzudenken.

Zur Bettseite, wo der Junge lag. Den Finger vor die Lippen gedrückt. Pssst!

Ich hielt ihm seine Sachen hin. Der Junge, fünf oder sechs Jahre alt, lag einfach nur da.

Vielleicht sollte ich mit ihm sprechen, dachte ich, wusste aber nicht was. Er war noch nicht so weit, dass er verstanden hätte. Das waren wir beide nicht.

Ich tätschelte ihn und zog ihn an, als wäre er ein Baby.

Dann ließ ich ihn für einen Moment allein, weil ich die Tür aufsperren musste. Sie quietschte in den Angeln. Ich hielt inne. Das Geschnarche ging weiter. Gut. Ich schaute hinaus in den langen grauen Flur. Er war leer. Es kam mir vor, als würde sich in diesem Wohnkomplex nie jemand aufhalten.

Jetzt oder nie, dachte ich.

Und aus irgendeinem Grund, ich weiß selbst nicht warum, erinnerte ich mich an die Nacht, in der der Burgerman zum ersten Mal vor meinem Bett aufgetaucht war. Ich erinnerte mich an die Schnarchlaute meines Vaters aus dem Zimmer nebenan und daran, wie ich zu weinen angefangen hatte, obwohl es für Tränen schon zu spät gewesen war.

Heulend schlich ich zurück ins Schlafzimmer, packte den Jungen bei den Schultern und schüttelte ihn.

Langsam richtete er seine dunklen Augen auf mich. Für einen Moment schien es, als würde er Kenntnis von mir nehmen, doch dann verlor er den Faden wieder. Ich gab ihm einen Klaps, rüttelte an seinen Schultern und zerrte ihn von der Matratze.

Der Burgerman hörte zu schnarchen auf. Das Bett knarrte. Er bewegte sich.

Mit der Hand hielt ich dem Jungen den Mund zu und drückte ihn an mich, damit er stillhielt.

Betete ich? Hatte ich noch für Gebete etwas übrig? Mir fiel keines ein.

Wieder knarrte das Bett. Der Burgerman wälzte sich hin und her. Dann ... Stille.

Was nicht hätte geschehen dürfen, geschah. Die Bestie rührte sich.

Ich packte den Jungen unter den Achseln und schleifte ihn in Richtung Tür. Zehn Schritte. Acht. Sieben. Sechs. Fünf.

Der Junge wollte nicht gehen. Warum nicht? Verflixt, er sollte sich endlich in Bewegung setzen. Aufwachen und zu zittern aufhören. Laufen, verdammt, laufen. Was hatte er nur?

Was zum Teufel hielt ihn davon ab, sich zu wehren? Wie konnte man nur so blöd sein und diesen Scheiß mit sich machen lassen, anstatt Reißaus zu nehmen?

Und plötzlich brüllte ich den Jungen an. Ich weiß auch nicht, es passierte einfach. Ich stand vor ihm und brüllte so laut, dass mir Spucke aus dem Mund spritzte: »Beweg endlich deinen Arsch! Glaubst du etwa, er schläft ewig? Blödmann, steh auf! Lauf, verdammt, lauf. Ich bin doch nicht dein verfluchter Daddy!«

Der fünfjährige Knirps hatte sich wieder zu einem Knäuel zusammengerollt, die Arme um den Kopf geschlungen und wimmerte.

Und dann fiel mir auf, dass kein Geschnarche mehr zu hören war.

Unwillkürlich wandte ich mich der offenen Tür zu, die so nah war und gleichzeitig so weit weg. Und das jüngste Spielzeug des Mannes lag zusammengerollt vor meinen Füßen.

Der Burgerman stand hinter mir.

Er grinste.

Und sein Grinsen verriet mir, was jetzt zu erwarten war.

Die Zeit gehört den anderen Jungen. Jungen, die keine Prügel bezogen, die nicht hungern mussten und nicht vergewaltigt wurden. Jungen, die nicht dastehen und mit ansehen mussten, wie ein erwachsener Mann mit bloßen Händen ein Kind umbrachte.

Jungen, denen nicht eine Schaufel in die Hand gedrückt wurde, damit sie halfen, ein Grab auszuheben.

»Lebensmüde, Söhnchen?«, fragte der Burgerman. Er stand zwei Schritte neben dem Loch, gestützt auf seinen Spaten.

»Nur zu«, sagte er. »Steig ins Loch und leg dich neben deinen kleinen Freund. Ich werde dich nicht aufhalten.«

Ich rührte mich nicht. Nach einer Weile fing der Burgerman zu lachen an.

»Na bitte, du willst also immer noch leben. Dafür musst du dich nicht schämen.«

Er gab mir einen Klaps auf den Kopf, fast liebevoll. »Nimm die Schaufel, Söhnchen. Ich zeige dir, wie man den Rücken schont. Mit geradem Kreuz und immer schön aus den Beinen heraus. Siehst du? Und jetzt mach's mir nach.«

Der Burgerman brachte mir bei, wie man ein Grab aushebt. In die Wohnung zurückgekehrt, packten wir unsere Sachen und machten uns aus dem Staub.

Kapitel 13

>>Spinnen scheinen unersättlich. Das Abdomen weitet sich, um noch mehr Nahrung aufnehmen zu können.<<

B. J. Kaston: *How to Know the Spiders*

Kimberly fand Sal in einer Filiale der Atlanta Bread Company. Er aß ein Sandwich und hatte Mayonnaise auf der rechten Wange kleben. Obwohl er sie um das Gespräch gebeten hatte, zeigte er sich argwöhnisch, als sie auf seinen Tisch zusteuerte.

>>Sprossen?<<, fragte sie mit Blick auf sein Mittagessen. >>Dass Sie Sprossen mögen, hätte ich nicht gedacht.<<

>>Ich mag's vegetarisch und esse nur zum Frühstück Sausage McMuffins.<<

>>Kochen Sie auch selbst, Sal?<<

>>Nur wenn es unbedingt sein muss.<<

>>Ist auch meine Devise.<<

Sie nahm Platz, streifte die braune Ledertasche von der Schulter und kramte darin nach ihrem Lunchpaket.

>>Essen Sie wieder Pudding?<<, wollte Sal wissen.

>>Hüttenkäse mit Blaubeeren. Ich brauche Proteine.<<

>>Wie lange noch?<<

>>Noch gut drei Monate.<<

>>Man sieht ja kaum was.<<

>>Liegt am Pudding<<, erwiderte sie. >>Haben Sie Kinder?<<

Er schüttelte den Kopf. >>Nicht mal eine Frau.<<

>>Das hindert andere Männer nicht an ihrer Fortpflanzung.<<

»Mag sein, aber ich bin Traditionalist. Oder Zauderer. Weiß noch nicht. Bewegt es sich?«

»Was, das Baby?«

»Den Hüttenkäse meine ich nicht.«

»Ja, es hat zu strampeln angefangen. Wird schlimmer, wenn ich esse oder zu schlafen versuche. Wenn ich mich ruhig verhalte, rührt sie sich nicht.«

»Sie?«

»Ich vermute, dass es ein Mädchen ist. Mac wünscht sich einen Jungen. Eine Sportskanone, glaube ich. Typisch, oder?«

»Kann sein. Sport ist unsereins wichtig«, antwortete Sal ernsthaft. »Was gäbe es für uns sonst an einem Montagabend?«

Kimberly nahm einen Löffel Käse. Sie hatte eine Menge zu berichten, fand es aber fairer, Sal den Vortritt zu lassen. Wahrscheinlich musste er sich abreagieren. Und tatsächlich, er kam gleich zur Sache.

»Wirklich prima, Quincy. Mir einfach nur einen Namen hinzuwerfen, gerade mal so viel an Information, dass ich heiß werde, ohne dass Sie sich die Finger verbrennen. Ich muss schon sagen, das hat was.«

»Sie meinen, ich hätte Ihnen von dem Ring erzählen sollen, nicht wahr?«

»Wäre vielleicht nett gewesen.«

Kimberly breitete die Arme aus. Sie hatte längst darüber nachgedacht und konnte ihm nur Folgendes anbieten: »Hören Sie, wir könnten die nächste Viertelstunde damit verbringen, dass Sie deswegen beleidigt sind und ich mich darüber ärgere, dass Sie sich über eine Informantin hergemacht haben, die sich nur mir anvertrauen will. Wir könnten uns aber auch darauf einigen, dass wir als tüchtige Ermittler, die wir sind, den Fall vorantreiben.«

»Wir trauen uns gegenseitig nicht über den Weg, aber vielleicht ist das die beste Voraussetzung, gut miteinander klarzukommen.«

»Exakt.«

Sal dachte nach. »Einverstanden. Legen Sie los.«

Er steckte sich den letzten Bissen in den Mund und betupfte die Lippen mit einer Serviette. Den Mayonnaiseklecks an der Wange erreichte er nicht. Unwillkürlich langte Kimberly mit der Hand über den Tisch und entfernte ihn mit ihrem Finger, worüber sie sich plötzlich selbst am meisten wunderte. Verlegen lehnte sie sich zurück.

»Hmmmm, nun ja –«, sie suchte in ihrem Hüttenkäse nach einer Blaubeere, »Delilah Rose hat mir einen Absolventenring gegeben und gesagt, er gehöre einem gewissen Tommy Mark Evans, der 2006 von der Alpharetta Highschool abgegangen ist. Ginny Jones war eine seiner Klassenkameraden.«

»Waren die beiden ein Paar?«

»Coach Urey meint nein. Tommy sei, wie er sich erinnerte, längere Zeit mit einem Mädchen namens Darlene Anger zusammen gewesen, hätte sich aber anscheinend kurz nach dem Schulabschluss von ihr getrennt. Genaueres weiß er nicht. Ich habe dann auch die Schulsekretärin um Auskunft gebeten. Sie will uns ein bestimmtes Jahrbuch zukommen lassen. Ich hoffe, es trifft Ende der Woche ein. Davon abgesehen hat sie sich für mich schon einmal schlau gemacht über Virginia Jones —«

»Ohne richterlichen Beschluss?«, fragte Sal überrascht.

»Ich habe sie höflichst darum gebeten. Außerdem sind Sekretärinnen doch wohl für solche Auskünfte da. Wofür haben sie denn ihre Listen?«

»Verstehe.«

»Ginny war vier Jahre lang an der Alpharetta, hat ihren Abschluss aber nicht gemacht. Sie ist im Februar abgegangen und nicht mehr zurückgekehrt. Laut Personalakte wurde mehrmals versucht, sie zu Hause zu erreichen. Vergeblich. Auf einem gelben Aufkleber steht handschriftlich vermerkt: ›Familie scheint Stadt verlassen zu haben.‹ Ich schätze, damit war die Sache für die Schule abgeschlossen.

Für Ginny war nur ein Elternteil als Vormund eingetragen. Ihre Mutter Veronica L. Jones. Ich habe mich gleich ans Telefon gesetzt und herausgefunden, dass sie als Kellnerin im Hungryman Diner gearbeitet hat und plötzlich nicht mehr zu ihrer Schicht erschienen ist. Der Manager hat nie mehr von ihr gehört, obwohl sie noch Anspruch auf Lohn hatte. Der Scheck liegt immer noch für sie bereit.«

Sal zog eine Augenbraue hoch. »Sie ist gegangen, ohne ihren Lohn einzukassieren? Das klingt nicht gut.«

»Ja. Ihr gehörte ein Haus in Alpharetta. Die Stadt hat es im Frühjahr 2007 pfänden lassen, weil seit über einem Jahr keine Grundsteuer abgeführt wurde. Es kommt wohl unter den Hammer. Wie dem auch sei, weder Veronica noch Virginia Jones gelten als vermisst, obwohl sie offenbar verschwunden sind, ohne dass jemand etwas über sie wüsste.«

»Was war im Februar 2006?«, hakte Sal nach.

Kimberly zuckte mit den Achseln. »Im Februar ist Ginny nicht mehr zur Schule gekommen. Sie scheint also irgendwann in dieser Zeit abgetaucht zu sein.«

»Aber ihre Freundin Delilah Rose behauptet doch, Ginny sei erst vor drei Monaten verschwunden. Im November 2007. Auch wenn Sie mich für beschränkt halten – wie passt das zusammen?«

»Tja, an dieser Stelle wird der Anruf interessant. Nehmen wir einmal an, die Frau auf dem Band ist Ginnys Mutter Veronica Jones.«

»Was durch nichts bewiesen ist.«

»Gehen wir trotzdem mal davon aus, dass sie im Februar 2006 gekidnappt wurde. Ginny kommt nach Hause, aber das Haus ist leer. Und es bleibt leer. Statt das einzig Richtige zu tun und sich an die Polizei zu wenden, nimmt sie Reißaus. Vielleicht hat sie Freunde in Sandy Springs. Oder aber sie hofft, in Clubs gehen und ein wildes Leben führen zu können, ohne dass die Mutter auf die Uhr schaut.«

»Und in dieser Szene versumpft sie dann.«

»Ja. Die Mutter wäre also Opfer Nummer eins.«

»Und fast zwei Jahre später«, ergänzte Sal skeptisch, »wird Ginny Opfer Nummer zwei?«

»Genau genommen«, korrigierte Kimberly, »ist Ginny Opfer Nummer drei.«

»Tommy Mark Evans machte im Juni 2006 seinen Abschluss an der Alpharetta Highschool, mit Bestnoten und als gefeierter Held. Mit einem Stipendium in der Tasche schrieb er sich im Herbst an der Penn-State-Universität ein. Die Weihnachtsfeiertage verbringt er im Elternhaus. Am 27. Dezember hat er Lust auf eine kleine Spritztour. Er kehrt nie zurück.

Drei Tage später fand man seinen Wagen am Rand einer Schotterstraße. Tommy hing mit zwei Kugeln im Kopf über dem Lenkrad.«

Sal runzelte die Stirn. »Da hat jemand offenbar *The Sopranos* gesehen. Liegen Hinweise darauf vor, dass Drogen im Spiel waren? Konsumiert oder gehandelt? Vielleicht gab's, als er weg war, einen Machtwechsel, und der neuen Nummer eins gefiel es nicht, dass er zurückgekommen ist.«

»Coach Urey hält das für ausgeschlossen. Für ihn war Tommy ein Musterknabe. Wie dem auch sei, die Polizei von Alpharetta hat ermittelt. Laut Urey gab es allerdings keinerlei Spuren oder Hinweise. Die Eltern sind immer noch nicht darüber hinweg, ihren Sohn verloren zu haben.«

»Wir haben also einen verschwundenen Elternteil und einen toten Klassenkameraden, die beide in Verbindung zu Ginny Jones standen. Gab es in Alpharetta weitere Tragödien, von denen ich wissen sollte?«

Kimberly zuckte mit den Achseln. »Die Stadt ist groß. Erkundigen Sie sich doch bei der Polizei vor Ort.«

»Ich?«

»Ihnen wird sie eher Auskunft geben als mir. Außerdem bin ich für diesen Fall offiziell noch gar nicht zuständig. Ich ermittele nur aus Herzensgüte.«

Sal zeigte sich wieder misstrauisch. Kimberly nahm es ihm nicht übel. Welcher überarbeitete FED hätte je aus

135

Herzensgüte einen Finger gerührt? Trotzdem wäre ein Dankeschön ganz nett, dachte sie.

Doch das blieb aus.

»Ich will den Ring«, erklärte Sal. »Ich kümmere mich um die Sache, also gehört das Beweisstück mir.«

»Er liegt in der Asservatenkammer«, versicherte sie ihm. »Ich werde dafür sorgen, dass Sie ihn bekommen.«

»Sonst noch etwas, das Sie mir verschwiegen haben?«

Kimberly wollte gerade verneinen, als ihr einfiel, dass sie tatsächlich ein wichtiges Detail unterschlagen hatte. Sie seufzte. »Hmmm, Delilah Rose hat noch erwähnt, dass Ginny Jones das letzte Mal in Begleitung eines Freiers gesehen wurde, der sich Mr. Dinchara nennt.«

»Mr. Dinchara?«

»Ein Anagramm von ›Arachnid‹. Der Gute scheint ein Faible für Spinnen zu haben und lässt sich, wenn er ausgeht, von seiner Lieblingstarantel begleiten.«

Sals Gesichtsausdruck hatte etwas Dämliches. »Kein Scheiß?«

»Nein. Ganz im Ernst. Eigentlich sollte man annehmen, dass ein solcher Spleen die Runde macht, oder?«

»Hätte ich davon gehört, würde ich mich erinnern. Was macht er mit seinen Spinnen?«

»Oh, er lässt sie über verschiedene Körperteile seiner Gespielinnen krabbeln, oder er bezahlt die Mädchen extra dafür, dass sie hinschauen.«

»Wie bitte?«

»Haben Sie nicht auch das Gefühl, dass die Welt immer verrückter wird?«

»Nur wenn ich mir eine Reality-TV-Show ansehe. Dieser Mr. Dinchara ist also ein Spinnenfreund. Jemand, der seine Tarantel spazieren führt, dürfte doch nicht allzu schwer ausfindig zu machen sein. In welchem Verhältnis stand er zu dieser Jones?«

»Er war ein Freier. Es scheint, dass ihr die Spinnen nichts ausgemacht haben. Miss Rose wohl auch nicht; sie hat offenbar eine Schwäche für Achtbeiner. Delilah will Ginny nicht nur zuletzt mit Mr. Dinchara gesehen haben, sondern behauptet auch, Tommys Absolventenring in Dincharas SUV gefunden zu haben. Ginny trug den Ring an einer Kette um den Hals, als eine Art Talisman. Delilah meint, dass sich ihre Freundin von dem Ring niemals freiwillig getrennt hätte.«

Sal runzelte die Stirn. »Wenn Ginny Tommys Ring am Hals trug, darf man wohl davon ausgehen, dass die beiden mehr als Klassenkameraden waren, oder?«

»Könnte man meinen.«

»Dann wäre Tommy Mark Evans wohl nicht der Musterknabe gewesen, als den ihn Coach Urey gesehen hat.«

»Liegt auf der Hand. Aber wenn Ginny und Tommy so dicke miteinander waren, warum ist Ginny dann durchgebrannt? Man sollte doch meinen, ein stämmiger, gut aussehender Quarterback als Freund wäre für ein junges Mädchen Grund genug zu bleiben. Damit lässt sich doch toll angeben –«

»Ach, wir drehen uns im Kreis«, sagte Sal seufzend.

»Wir wissen halt zu wenig.«

»Unterm Strich haben wir zehn verschwundene Frauen, einen toten Quarterback, seinen Absolventenring, der ihn mit einer vermissten Herumtreiberin in Verbindung bringt, und nicht zuletzt einen geheimnisvollen Exzentriker mit einer Vorliebe für Krabbeltiere. Fehlt noch was?«

»Zehn Leichen.«

Sal kniff die Brauen zusammen. »Sonst noch was?«

Kimberly zuckte mit den Achseln. »Die einzige Spur, der wir folgen könnten.«

»Als da wäre?«

»Delilah Rose.«

Kapitel 14

»... das Gift soll die Beute lähmen; sie bleibt noch bis zu fünf Tage am Leben. Die Spinne kann sich also mit dem Verzehr Zeit lassen.«
Julia Maxine Hite, William J. Gladney, J. L. Lancaster, Jr. und W. H. Whitcomb: *Biology of the Brown Recluse Spider*

Es war kurz nach sechs, als Kimberly ihr Büro verließ. Auf dem Highway stockte der Verkehr. Sie dachte schon daran, umzukehren und sich wieder an den Schreibtisch zu setzen. Zu tun gab es weiß Gott genug: Dutzende von Telefonaten waren noch zu führen, Vollzugsbescheide zu bearbeiten und Berichte Korrektur zu lesen. Doch die konnten auch noch warten.

Sie fuhr nach Alpharetta.

Sie kannte sich kaum aus in der Gegend. Der Großraum von Atlanta war so weitläufig, dass man sich auch nach Jahrzehnten dort nicht wirklich zurechtfand. Sie kam sich darin vor wie in einem Spinnennetz, das von Tag zu Tag größer wurde und immer mehr Fläche umstrickte. An Landstraßen, die vor einem Jahr noch über Felder und durch idyllische Haine geführt hatten, waren Shopping-Malls entstanden. Der Staat hatte die rasante Entwicklung jedoch insgesamt relativ leicht verkraftet. Die Berge im Norden waren in zwei, die Küsten im Süden in drei Stunden erreicht. Für Mac gab es auf der ganzen Welt keinen Ort, an dem er lieber leben würde.

Kimberly hatte sich in der Frage noch nicht festgelegt.

Sie war mit einer Straßenkarte, einem Handy und einem nahezu fotografischen Gedächtnis ausgestattet. Wie sollte sie sich da noch verfahren?

Nach Ginny Jones' Haus musste sie dann auch nicht lange suchen. Der Wohnbezirk, in dem es stand, zeichnete sich schon von weitem als kleine, schmutzige Silhouette vor dem abnehmenden Licht des Abendhimmels ab. Das Haus stand leer. Die Fenster waren vernagelt, ringsum wucherte Unkraut, und doch war es nicht das am meisten verwahrloste Haus des Viertels.

Kimberly steuerte gleich darauf ihr nächstes Ziel an. Die Grundstücke wurden großer, die Häuser stattlicher und die Vorgärten gepflegter. Sie bog ein paarmal falsch ab, erreichte aber nach zwanzig Minuten die zweite Adresse auf ihrer Liste: die von Tommy Mark Evans' Familie.

Das Ziegelhaus im Kolonialstil thronte auf einem kleinen Hügel über einem halben Hektar frisch gemähtem, smaragdgrünem Rasen. In der von formgeschnittenen Buchsbaumhecken gesäumten Einfahrt stand ein silberner BMW-SUV. Alles klar, dachte Kimberly.

Ginny war das arme, vaterlose Mädchen gewesen, Tommy ein Football-Held und Sohn reicher Eltern. Hatten sich Aschenputtel und Prinz Charming getroffen oder die Lady und der Tramp in umgekehrten Rollen?

Kimberly ließ sich mögliche Konsequenzen daraus durch den Kopf gehen. Vielleicht hatte Tommy sein Verhältnis verschwiegen, weil er sonst von seinen Eltern und Freunden Gegenwind zu erwarten gehabt hätte. Und wahrscheinlich war Ginny davon nicht gerade erbaut gewesen. Möglich, dass sie deshalb weggelaufen war, als sich auch Mommy nicht mehr zurückmeldete.

Kimberly wollte sich noch eine letzte Stelle ansehen. Es war inzwischen so dunkel geworden, dass sie die Karte am Steuer nicht mehr lesen konnte. Also machte sie auf ihrer Irrfahrt durch ein Gewirr von Seitenstraßen und Wohngebieten immer wieder Halt, um nachzuschauen, wo sie sich befand. Sie glaubte schließlich, wieder in der Nähe von Ginnys Nachbarschaft zu sein, war sich aber nicht sicher. An der hohen Eiche ging es rechts ab, an der Birke links.

Der Asphaltbelag wechselte in Schotter über. Sie befuhr einen der letzten Ackerwege weit und breit. Wahrscheinlich würde auch er in einem Jahr ausgebaut worden sein, und alle Spuren wären von dem Tatort verwischt, an dem ein junger Mann getötet worden war.

Problemlos fand sie die genaue Stelle, denn sie war mit einem weißen Kreuz markiert, das in der Dunkelheit schimmerte. Davor lag ein vertrockneter Kranz mit roter Schleife, die im Wind ein wenig flappte.

Kimberly stellte ihren Wagen zwanzig Meter dahinter ab, schnappte sich ihre Jacke und ging zurück.

Es war nach halb acht. Bäume schirmten den Blick auf die Stadt mit ihren Lichtern ab, so auch die Verkehrsgeräusche. Das einzige Licht kam von den noch eingeschalteten Scheinwerfern ihres Wagens. Es war vollkommen still.

Unwillkürlich fing sie zu zittern an.

Tommy Mark Evans, stand auf dem vertikalen Kreuzbalken, und auf dem horizontalen: *Geliebter Sohn.*

Kimberly schaute sich um. Ihr Blick streifte ein Dickicht aus Rhododendren, die ein wenig größer waren als sie selbst, und eine Reihe hoch aufragender Kiefern. Ihre Füße ertasteten die tiefen Fahrspuren im Weg. Als sie ihre Taschenlampe einschaltete, konnte sie eine Vielzahl von Reifenspuren unterscheiden.

Dass ein junger Mann mit seinem Geländewagen hier entlangbretterte, das Gaspedal bis zum Anschlag durchtrat und *Yeah!* schrie, sooft er abhob, konnte sie sich vorstellen. Sie konnte sich auch vorstellen, wie ein junger Mann und seine Freundin am Wegesrand parkten und so heftig aneinander herumfummelten, dass die Scheiben beschlugen.

Unvorstellbar war ihr allerdings, dass ein junger Student ganz allein hierhergekommen war, grundlos angehalten und sich nichtsahnend zwei Pistolenschüsse eingefangen hatte.

Tommy Mark Evans hatte seinen Mörder gekannt. Daran zweifelte Kimberly keinen Augenblick.

Eine Eule schrie. Ein Eichhörnchen huschte vorüber. Kimberly sah es im hohen Gras auf der anderen Seite des Wegs verschwinden, das sich noch eine Weile bewegte. Die Eule schwebte über sie hinweg.

Plötzlich schreckte sie zusammen, als ihr Baby, das anscheinend gerade aufgewacht war, ihr einen Tritt versetzte. Die Hand auf den Bauch gedrückt, in dem sich kraftvoll Leben regte, und die Tragödie im Kopf, die sich an diesem Ort ereignet hatte, überkam Kimberly ein Gefühl unsäglicher Traurigkeit. Sie fragte sich, wie Tommys Eltern die Feiertage ausgehalten hatten. Hatten sie sich mit Fotos ihres Sohnes umgeben oder den Schrecken zu verdrängen versucht?

142

Wie war es ihrem Vater ergangen, der so viele Tatorte hatte aufsuchen müssen, an denen junge Frauen und Männer heimtückisch getötet worden waren? Wie war ihm zumute gewesen, wenn er die Fotos all dieser Opfer betrachtet hatte und dann abends zu seiner Familie nach Hause gekommen war? Wie tröstete man ein Kind, das sich weh getan hatte, wenn man an ein anderes Kind denken musste, dem sämtliche Finger abgetrennt worden waren? Wie sollte man einem Kind die Angst vor Monstern nehmen, wenn man ihnen bei der Arbeit tagtäglich begegnete?

Und wie hatte er, Kimberlys Vater, empfunden, als er mitten in der Nacht aus dem Bett geholt worden war mit der Nachricht: *Sir, wir bedauern, Ihnen mitteilen zu müssen, dass ihre Tochter ...*

Kimberly erinnerte sich kaum an ihre Schwester. An ihre Mutter wohl. Aber Mandy ... Wie sich ihr Verlust auf sie ausgewirkt hatte, konnte Kimberly bis heute nicht erklären. Darauf, dass die Eltern einmal sterben mussten, war ein Kind irgendwie vorbereitet. Doch mit einer Schwester glaubte man alt zu werden. Man rechnete fest damit, an ihrer Hochzeit teilzunehmen wie sie an der eigenen, dass man sich einander in Erziehungsfragen beriet und sich irgendwann später einmal Gedanken über die bestmögliche Pflege des alten Dad Gedanken machte.

Früher einmal die jüngere Schwester, war Kimberly nunmehr das einzige Kind.

Man hätte meinen sollen, dass sie mittlerweile daran gewöhnt sein müsste, doch dem war nicht so.

Kimberly drehte sich um und ging, die Arme um den Leib geschlungen, zurück zum Wagen.

Sie hatte noch keine zwei Schritte zurückgelegt, als ihr Handy klingelte.

Sie ließ es klingeln. Es war stockdunkel, und sie war mutterseelenallein. Außerdem gingen ihr allzu viele verstörende Gedanken durch den Kopf. Veronica Jones' letzte, verzweifelte Schreie. Ihre eigene Schwester auf dem Krankenhausbett mit bandagiertem Kopf, als der Arzt den sprichwörtlichen Schalter umlegte und sie und ihre Eltern zusehen musste, wie Mandy starb. Und dann, nur ein Jahr später, das Haus des Schreckens, in dem ihre Mutter ihren letzten Kampf führte.

Mandy war es erspart geblieben, noch erfahren zu müssen, dass der Überfall auf sie auch das Schicksal ihrer Mutter besiegelt hatte. Und Veronica Jones? War ihr tatsächlich bewusst gewesen, was sie mit dem unter Folter abgelegten Geständnis ihrer Tochter antun würde?

Wieder meldete sich das Handy. Am liebsten hätte sie es ignoriert, doch sie war die Tochter ihres Vaters und konnte einfach nicht nein sagen, auch wenn sie gute Gründe dazu hatte.

»Special Agent Quincy«, antwortete sie.

Nichts.

»Melden Sie sich. Haben Sie Angst, dass man uns hört? Geben Sie einen Laut von sich, ein Räuspern als Ja.«

Doch es blieb still am anderen Ende.

Kimberly ging nervös in engen Kreisen umher.

»Sind Sie in Gefahr?«

Immer noch nichts.

»Vielleicht kann ich Ihnen helfen. Aber Sie müssten erst einmal mit mir reden.«

Dann endlich war eine dünne Stimme zu hören, die eines Kindes, das mit einem Zischlaut zur Ruhe gebracht wurde.

»Bitte, ich will helfen ...«

»Das weiß er längst.«

»Wer weiß das?«

»Er weiß alles.«

»Können Sie mir einen Namen nennen?«

»Ist alles nur eine Frage der Zeit.«

»Hören Sie –«

»Sie werden das nächste Exemplar der Sammlung sein.«

»Können wir uns treffen? Nennen Sie mir Zeit und Ort, und ich werde da sein.«

»Pssst. Halten Sie Ihren Blick immer schön nach oben gerichtet.«

Die Verbindung brach ab. Kimberly stand wie erstarrt auf dem Feldweg und hielt noch ihr Handy ans Ohr gepresst. Dann blickte sie, weil sie nicht anders konnte, nach oben.

Über ihr weitete sich der Nachthimmel. Sterne funkelten. Über der Stadt hing ein diffuser Schein. Von den Bäumen, den Sträuchern und vom fernen Horizont waren nur schwarze Umrisse zu erkennen. Es rührte sich nichts, rein gar nichts.

Doch plötzlich knackte es im Gebüsch zur Rechten. Sie zögerte keine Sekunde lang und rannte in Richtung Wagen, fummelte in der Tasche nach den Schlüsseln. Sie riss die schwere Tür auf und sprang hinters Steuer, zog die Tür zu, drückte auf die Zentralverriegelung und startete den Motor.

145

Im letzten Moment jedoch, ehe sie wie die kopflose Heldin aus einem Slasher-Movie für Teenager mit Vollgas Reißaus nahm, hatte sie sich wieder im Griff. Um Himmels willen, sie war schließlich ein Profi. Und schwer bewaffnet.

Sicher verschanzt in ihrem Wagen, zwang sie sich, ruhiger zu atmen, und spähte zum Fenster hinaus. Es bewegte sich immer noch nichts. Kein kopfloser Reiter, der auf sie zugaloppiert kam.

Nur ein schlichtes weißes Kreuz, auf das ihre Scheinwerfer zielten.

Langsam fuhr sie zurück in die Stadt und versuchte, sich auf die Warnung des Anrufers einen Reim zu machen.

Mac war zu Hause. Sie stellte ihren Wagen neben seinem SUV ab und zog den Zündschlüssel. Mit einem aufgesetzten Lächeln ging sie auf die Tür zu.

In der Diele brannte Licht. Auch in der Küche. Sie ließ ihre Umhängetasche von der Schulter fallen, schälte sich aus der Jacke und ging in die Küche. Mac meldete sich nicht. Sie schaute im Wohnzimmer nach mit seinem großen Flachbildschirm und dem schwarzen Ledersessel, in dem er gern saß. Aber auch dort war er nicht.

Sie kehrte in die Küche zurück, suchte nach einer Notiz und spürte, wie sich ohne nachvollziehbaren Grund Panik in ihr breitmachte. Vielleicht stand er unter der Dusche, vielleicht war er nach nebenan gegangen. Es gab jede Menge logische Erklärungen.

Trotzdem war sie zutiefst verunsichert. Der Anrufer

hatte ihre Handynummer. Was wusste er sonst noch von ihr?

»Kimberly.«

Sie schreckte zusammen und fuhr herum. Ihre Hand schnellte automatisch auf das Schulterholster zu. Mac stand in der Tür. Er trug seinen Lederblouson. Seine dunklen Haare waren vom Wind zerzaust. Anscheinend hatte er einen Spaziergang gemacht.

»Mann, hast du mich erschreckt«, sagte sie und ließ die Hand sinken. Sie schämte sich.

Mac betrachtete sie mit ernstem Blick. Dann ging er auf sie zu und gab ihr einen Kuss auf die Wange.

»Es ist spät«, sagte er schließlich.

»Tut mir leid, es gab noch so viel zu tun.«

»Ich habe im Büro angerufen.«

»Ich war unterwegs.« Sie legte die Stirn in Falten, weil ihr sein Ton nicht gefiel. »Was war denn? Wenn es was Dringendes gab, warum hast du mich nicht auf dem Handy angerufen?«

»Das wollte ich nicht«, antwortete er nur.

Die Falten vertieften sich. »Was hast du, Mac? Dass ich lange arbeiten muss, ist doch nicht ungewöhnlich. Tust du auch. Seit wann nehmen wir uns gegenseitig ins Verhör?«

»Du verbeißt dich in diesen Fall.«

»Welchen Fall?«

Er trat wieder einen Schritt auf sie zu. »Das weißt du genau, Kimberly. Delilah Rose. Dieser Spinnentyp. Du hast dich einspannen lassen. Um Himmels willen, du bist im fünften Monat schwanger und willst dir trotzdem diesen Mist antun?«

»Natürlich. Dafür werde ich bezahlt.«

»Nein, für diese Drecksarbeit gibt's andere. Das GBI hat Dutzende qualifizierter Ermittler, die sich darum kümmern können. Zum Beispiel Sal, dein Freund Harold oder Mike, John oder Gina. Sie alle sind bestens ausgebildet, engagiert und nicht weniger taff als du. Aber nein, sie sind wahrscheinlich damit überfordert. Also musst du ran, stimmt's?«

»Hey, damit du's weißt: Ich habe den Fall heute Morgen an Sal Martignetti abgetreten und sogar schon dafür gesorgt, dass ihm der Ring zugestellt wird. Ab sofort ist das GBI am Ball. Bist du jetzt zufrieden?«

»Wo bist du dann gewesen?«, fragte er so ruhig, dass ihr mulmig wurde.

Himmel hilf, dachte sie und machte sich auf eine Auseinandersetzung gefasst, die sie am Ende womöglich beide bereuen würden. Aber das war dann, und jetzt war jetzt, und sie konnte es einfach nicht ertragen, in die Defensive gedrängt zu werden.

»Seit wann muss ich dir Rechenschaft darüber ablegen, wie ich meine Zeit verbringe?«, fragte sie.

»*Verdammt*«, explodierte Mac. »Für wie blöd hältst du mich? Ich habe mit Sal telefoniert. Nebenbei bemerkt, er will sich mit dir über seinen Besuch bei Tommy Mark Evans Eltern unterhalten. Du hast auf eigene Faust ermittelt, gib's zu. Du glaubst, Sal schafft es nicht. Nein, er hat in den vergangenen zehn Jahren ja auch nur fünfzig bis sechzig Mordfälle aufgeklärt. Wie könnte der mit dieser Sache zurechtkommen? Wo hast du dich herumgetrieben? In Clubs, auf dem Straßenstrich? Hast du dich an den

148

Bordstein gestellt und gerufen: ›Hey, Spiderman, schau her, ich bin neu im Geschäft‹?«

»Das traust du mir zu? Ich bin nach Alpharetta gefahren und habe mir angesehen, wo Ginny und Tommy gewohnt haben. Das war alles andere als gefährlich. Nicht mehr als eine Besichtigungstour.«

»Und dein Handy? Hat es sich nicht zufällig gemeldet?«

Sie presste die Lippen aufeinander, was einer Antwort gleichkam.

Mac schlug mit der flachen Hand auf die Anrichte. »Das reicht. Ich habe dir nie irgendwelche Vorschriften gemacht, aber genug ist genug. Ich will, dass du die Finger von dem Fall lässt. Für dich ist Schluss damit. Fini. Damit befasst sich nunmehr Sal.«

»Reg dich nicht künstlich auf. Es war nur einer dieser obszönen Anrufe, sonst nichts, völlig harmlos. Du glaubst doch nicht etwa, dass ich mich von so was einschüchtern lasse. Schäm dich, wenn du so von mir denkst.«

»Kimberly, hast du immer noch nicht begriffen?«

»Was?«, blaffte sie irritiert.

»Es geht nicht mehr nur um dich, sondern auch um unser Baby, das du im Bauch trägst. Es ist schon so weit, dass es mitkriegt, was passiert. Unser Kind kann hören. Das weiß ich aus dem Buch, das du mir gegeben hast. Mit zweiundzwanzig Wochen haben Ungeborene schon ein ausgebildetes Gehör. Und was hat unser Kind letzte Nacht zu hören bekommen?«

Es dauerte einen Moment, bis sie schaltete und dann unwillkürlich die Hand schützend auf den Bauch legte. Sie hatte nicht daran gedacht, ganz vergessen, dass ...

Ja, sie war im fünften Monat schwanger. Der Fötus hatte Ohren, und wirklich fürsorgende Mütter würden ihm Mozart und Beethoven vorspielen, damit sich sein Genie entfaltete. Für solchen Unsinn aber hatte Kimberly weder Zeit noch Geduld. Stattdessen ließ sie ihr ungeborenes Kind die Geräusche einer sterbenden Frau mit anhören.

»Ich bin mir sicher ...«, hob sie an, unterbrach sich aber gleich wieder.

Mac ließ die Schultern hängen. Seine Wut schien zu verpuffen. Er wirkte einfach nur noch niedergeschlagen. Sie fand, dass es wohl angebracht wäre, auf ihn zuzugehen, die Arme um ihn zu schlingen und den Kopf an seine Brust zu lehnen. Wenn er spürte, wie sich das Baby bewegte, würde er vielleicht einsehen, dass es dem Kind gut ging. Babys konnten einiges vertragen.

Aber sie bewegte sich nicht vom Fleck.

Ihr Baby konnte hören. Und was hatte es letzte Nacht mit anhören müssen?

Mac hatte recht. Das Leben hatte sich für sie verändert.

»Kimberly«, sagte er, mit weicherer, müder Stimme jetzt. »Wir schaffen das schon.«

»Vorausgesetzt, ich hänge meinen Job an den Nagel?«, fragte sie leise. »Ich soll meinen Dienst quittieren, nicht mehr in Arbeit versinken, aufhören, ich selbst zu sein?«

»Du weißt, dass ich so etwas nie von dir verlangen würde.«

»Aber das tust du gerade.«

»Nein«, entgegnete er, wieder eine Spur lauter. »Ich habe nicht verlangt, dass du den Dienst quittierst, sondern bitte dich lediglich, vorläufig nicht mehr in Gewaltsachen zu ermitteln. Es ist doch wohl ein Unterschied, ob ich sage, bleib zu Hause, oder arbeite bitte nicht mehr als vierzig Stunden in der Woche, ob ich sage, schmeiß die Brocken hin, oder dir den Rat gebe, auf einen Fall zu verzichten, für den das FBI nicht einmal zuständig ist. Ich verlange nichts Unmögliches und will doch nur, dass du vernünftig bist.«

»Vernünftig?«

»Vielleicht kann man's auch besser sagen.«

»Was ist anders geworden, Mac? Sag mir, was sich wirklich verändert hat.«

Jetzt wirkte er verwirrt. »Das Baby?«

»Meine Schwangerschaft! Es ist nicht das Baby, worüber wir reden, sondern mein Körper. Derselbe Körper, mit dem ich die vergangenen vier Jahre zur Arbeit gegangen und unbeschadet wieder nach Hause gekommen bin.«

»Das stimmt so nicht ganz –«

»Und ob! Du willst vernünftig mit mir reden? Dann verlass dich bitte darauf, dass ich selbst auf mich aufpassen kann. Das ist mir über die letzten vier Jahre ganz gut gelungen. Ich tapse nicht blindlings in die nächstbeste Schießerei und werde riskante Einsätze tunlichst vermeiden. Mensch, ich verzichte sogar auf Schießübungen, weil mir die Luft am Schießstand zu bleihaltig ist. Ich habe die letzten sechs Tage an einem Unfallort zugebracht und mich die ganze Zeit auf der sicheren Seite jenseits der gelben Bänder aufgehalten. Ich betreibe Mutterschaftsvorsorge, verzichte auf Alkohol und achte darauf, ausreichend frischen Fisch zu mir zu nehmen. Wenn das kein verantwortungsvoller Umgang mit mir und dem Baby ist ... Aber kaum klingelt mein Handy, bläst du dich auf. ›He, kleines Frauchen, das bekommt dir nicht, ruh dich lieber aus.‹«

»Das habe ich nicht gesagt.«

»Aber so was in der Art.«

»Was hast du nur?«, schnauzte er sie wieder an. »Sei nicht so verdammt stur! Es geht um unser Baby. Es kann dir doch nicht egal sein.«

Sie wusste, dass ihm dieser letzte Satz nur herausgerutscht war und dass er ihn am liebsten wieder zurückgenommen hätte. Aber er hatte ihn gesagt, er hatte ausgesprochen, was seit Beginn ihrer Schwangerschaft unausgesprochen in der Luft lag. Seine Sorgen. Ihre Sorgen. Sie hatte damit gerechnet, dass es weh tun würde. Und es tat weh.

»Kimberly –«

»Ich finde, wir sollten es für heute gut sein lassen.«

»Du weißt, dass ich das so nicht gemeint habe.«

»Doch, genau so hast du es gemeint, Mac. Deine Mom ist, als du zur Welt kamst, zu Hause geblieben, genauso wie deine Schwestern mit ihren Kindern. Im Grunde bist du Traditionalist. Der Mann arbeitet, die Frau bleibt zu Hause. Und wenn sie ihre Familie liebt, macht sie das auch gerne.«

»Du hast recht, wir sollten es für heute gut sein lassen.«

Sie drehte sich um und marschierte auf das Schlafzimmer zu.

Sie rechnete damit, dass er ihr folgen würde, wie immer. Sie war stolz, sturköpfig und aufbrausend, aber er schaffte es meist, mit einem Kuss die Wogen zu glätten und sie zum Lächeln zu bringen.

Sie brauchte ihn zum Herunterkommen. Sie brauchte ihn, damit er sie in den Arm nahm, ihr Mut machte und sagte, dass sie eine gute Mutter sein würde, dass sie nicht selbstsüchtig und selbstzerstörerisch sei, denn das kam ihr nun gerade so vor.

Aber Mac folgte ihr nicht. Stattdessen hörte sie, wie die Eingangstür aufging und ins Schloss fiel. Sie war allein.

Kapitel 15

Der Burgerman nahm mir meinen Geburtstag. Sagte, den bräuchte ich nicht mehr. Gefeiert wurde stattdessen der Tag, an dem er mich gekidnappt hatte. Er nannte ihn den Tag der Heimkehr.

An meinem vierten Heimkehrtag schenkte er mir einen Kasten Bier und eine Hure.

»Ich weiß nicht«, protestierte sie. »Ist er nicht noch viel zu jung?«

»Was kümmert's dich?«, fragte der Burgerman. »Ich bin sein Vater und will ihm was Gutes tun. Freu dich doch, endlich mal wieder einen frischen Prügel zu bekommen, statt immer nur schlaffe Schwänze. Na los, ist doch ein hübscher Bengel. Geil dich an ihm auf.«

Seltsam, aber ich sah wirklich ganz ordentlich aus. Mit dem Leben hatte ich zwar abgeschlossen, aber davon schien mein Körper nichts zu wissen. Ich war gewachsen, hatte breite Schultern bekommen und muskulöse Arme. Im Gesicht sprossen mir sogar schon Haare.

Ich wurde älter, so alt, dass der Burgerman seinen Gefallen an mir verlor.

Er hatte jetzt eine andere Verwendung für mich.

Gehorsam kam das Mädchen auf mich zu. Der Burgerman holte seine Kamera hervor.

»Entspann dich«, sagte die Hure. Sie berührte meine Wange. Ich zuckte zusammen.

»Ich sag dir was, Herzchen, blende den da einfach aus. Tu so, als wäre er gar nicht hier. Wir sind allein, du und ich, ein

hübscher Junge und ein hübsches Mädchen.« Sie kicherte und
ließ erkennen, dass ihr zwei Zähne fehlten. »Wär doch gelacht, wenn zwei so hübsche Dinger wie wir keinen Spaß aneinander hätten.«

Sie griff nach meiner Hand und schob sie unter ihr Shirt.
»Wie fühlt sich das an, Schätzchen? Nett, oder? Die meisten
Jungs finden mich jedenfalls toll. Zumindest die, die auf Tit-
ten und Ärsche stehen.«

Sie fühlte sich weich an, ein bisschen wabbelig. Ich wusste
nicht, was ich mit meinen Fingern anstellen sollte. Ich schaute
weg, was aber nichts nützte.

Sie rückte mir auf den Pelz und fuhr mit der Zunge über
meine Lippen, während sie meine Hand an ihre wabbelige
Brust presste. »Komm, Herzchen, streichle meinen Nippel.
Kannst ruhig fester zupacken, tut mir nicht weh. Ja, Herzchen, das kommt der Sache schon näher. Stell dir vor, ich wär
deine Mama und du hättest Durst.«

Entsetzt zog ich meine Hand zurück. Sie leckte mir noch
immer die Lippen. Aus dem Bund ihres kurzen Lederrocks
quoll eine dicke Speckrolle.

Lass mich in Ruhe, wollte ich schreien. Verzieh dich!

»He«, sagte der Burgerman. »Du sollst dem keine Angst
machen. Besorg's ihm einfach.«

Die Frau zuckte mit den Achseln, ging in die Knie und
machte sich an meiner Hose zu schaffen. Bevor ich protestieren konnte, hatte sie meinen Penis herausgeholt und in den
Mund genommen.

Ich wand mich, aber sie hielt mich mit beiden Händen bei
den Hüften gepackt. Der Burgerman kam mit seiner Kamera
dicht heran.

Er gab mir eine Ohrfeige.

»Willst du nicht mal'n bisschen stöhnen, du Flasche? Kamera läuft. Mach was aus der Szene.«

Mir brannte die Wange von der Ohrfeige, was mir zu stöhnen half. Es sollte alles echt aussehen. Das hatte er so von mir verlangt, und ich wusste, wie ich zu funktionieren hatte, wenn man mich zu etwas aufforderte. Mein Körper bestand mit Fleisch und Blut darauf zu wachsen, während ich in Wirklichkeit nichts anderes war als ein Roboter. Gehorsam. Passiv. Programmierbar.

Der Burgerman schien mich zu durchschauen. Er brüllte Kommandos, was die ganze Sache abkürzte.

Als ich es hinter mich gebracht hatte, war der Burgerman offenbar auf Touren gekommen. Ich dachte schon, er würde an mir rummachen und die Frau zugucken lassen. Nicht dass ich mich geschämt hätte — darüber war ich längst hinaus —, aber es störte mich. Vielleicht lag es daran, dass sie meine erste Frau war, und ich wollte, dass sie mich für einen Mann hielt.

Doch der Burgerman rührte mich nicht an. Er machte sich über die Hure her.

Sie protestierte. Das sei nicht im Preis inbegriffen, sagte sie, worauf er mit der Kamera auf sie eindrosch, bis sie Ruhe gab. Dann tat er, worauf er es abgesehen hatte, während ihre Augen anschwollen und die Lippe blutete.

Später warf er ihr noch etwas Geld zu. Ich sah ihr an, dass sie froh war, weil es auch anders hätte kommen können. Sie schnappte sich ihre Sachen und haute ab.

Selbst Huren sind gescheiter als ich.

Der Burgerman reichte mir ein Bier, öffnete sich selbst eine Dose und prostete mir zu.

»Keine schlechte Vorstellung, Sohnemann. Wusste ich doch, dass ich mit dir eine gute Wahl getroffen habe. Du wirst mich reich machen.«

Er nahm die Kassette aus der Kamera und ging pfeifend an den Wandschrank, wo er sie in den Safe zu all den anderen Dreckvideos und Fotos legte, die er seit kurzem verhökerte.

Wir rauchten ein paar Joints. Tranken mehr Bier. Irgendwann machte ich schlapp.

Als ich wieder wach wurde, schlief der Burgerman auf dem Sofa und schnarchte laut.

Die Tür war nicht abgeschlossen. Aber an Flucht dachte ich schon lange nicht mehr.

Ich stand auf und stieg ins Bett.

Ich träumte von meiner Mutter, aber als ich erwachte, konnte ich mich nicht mehr an ihr Gesicht erinnern.

Dunkle Haare, helle Haut, braune Augen, wie ich sie hatte?

Ich weiß noch, dass sie immer ein paar Spaghetti an den Kühlschrank klatschte, um zu sehen, ob sie gar waren. Mein Bruder und ich kicherten und konnten uns schließlich nicht halten vor Lachen. Im Sommer trank sie krügeweise Sangria und fläzte sich am Pool.

Ich erinnere mich, dass ich vor Urzeiten auf ihrem Schoß gesessen, die Arme um sie geschlungen und mich wohlgefühlt hatte.

Aber an ihr Gesicht kann ich mich nicht mehr erinnern.

Mal sehen, vielleicht versuche ich's morgen wieder.

Kapitel 16

»Bei den meisten Spinnenarten spinnen die Weibchen einen Kokon um ihre Eier und passen sehr gut darauf auf.«
www.insected.Arizona.Edu/Spiderrear.htm: *Spider Rearing*

»Tommys Eltern sind überzeugt davon, dass er von jemandem getötet wurde, den er kannte«, sagte Sal. »Sie glauben, es sei Eifersucht im Spiel gewesen.«

»Zwei Schüsse in die Stirn von einer Ex-Freundin? Kaltblütig?«

»Sicher sind sie sich natürlich nicht, aber Tommy hat in seinem letzten Highschool-Jahr anscheinend nichts anbrennen lassen. Er ging häufig aus, angeblich mit Freunden, aber ebendiese Freunde riefen manchmal an und wollten wissen, wo er sei. Seine Mutter hat ihm gelegentlich Fragen gestellt, die er aber immer nur abtat. Oh, Otis hat angerufen? Tja, ich war mit Kevin unterwegs. Kevin hat angerufen? Pech, diesmal war ich mit Perrish aus. Die Mutter machte sich zu dem Zeitpunkt keine Gedanken darüber. Alles war schließlich im grünen Bereich – Schulnoten, Football-Training, alles prima. Sie hat sich darauf verlassen, dass er von sich aus das Gespräch suchen würde, wenn irgendetwas nicht stimmte. Heute bedauert sie natürlich, ihn nicht nachdrücklicher zur Rede gestellt zu haben.«

Die beiden saßen vor dem Nightclub Foxy Lady in Sals Wagen. Über Sals Gesicht flackerte im Sekundenabstand rötliches Neonlicht, ausgehend von einer Leuchtstoffröhre in den Umrissen einer spärlich bekleideten Cancan-Tänzerin.

»Seltsam«, sagte Kimberly schließlich. »Wie kommen die Eltern darauf, dass Tommy von einer Freundin erschossen worden sein könnte?«

»Aus Verzweiflung. Weil sie nach Antworten suchen. In Tommys letztem Schuljahr muss irgendwas passiert sein. Er war missmutig, zog sich zurück und ging am Ende nicht einmal mehr aus. Sein Vater dachte, er hätte vielleicht Bammel vor den Abschlussprüfungen oder vor dem Wechsel auf die Penn State gehabt. Für seine Mutter stand jedoch fest, dass ein Mädchen dahintersteckte, allerdings nicht Tommys langjährige Freundin Darlene, denn mit der habe er sich überhaupt nicht mehr getroffen, und er sei nicht der Typ für Doppelspielchen gewesen.«

»Nehmen wir also an, er war mit Ginny Jones zusammen«, meinte Kimberly. »Und nach ihrem Verschwinden im Februar blieb er mit gebrochenem Herzen zurück und weinte in seinen Kaffee.«

»Möglich. Jedenfalls scheint die Sache den Bach runtergegangen zu sein. Tommy schmollte und verzog sich ins College. Als er über Weihnachten nach Hause zurückkehrte, schien es ihm wieder besser zu gehen. Sein Vater berichtet, dass er die letzte Spielzeit aussetzen musste, was er aber sportlich genommen habe. Daddy ist selbst ziemlich Footballverrückt. Ich glaube nicht, dass Tommy so verwöhnt worden wäre, wenn er, sagen wir, Schach gespielt hätte.«

»Oder sein Vater hätte sich ihm zuliebe für Schach interessiert.«

159

Sals Miene verriet, was er von dieser Variante hielt. Vier weitere Mädchen schlenderten über die Straße. Kimberly hatte noch nie so viele schwarze Lederstiefel und Netzstrümpfe an einem Ort gesehen. Sie fühlte sich in die Eröffnungsszene von Pretty Woman versetzt. Fehlte nur, dass Richard Gere in einem Lotus Esprit vorfuhr. Völlig ausgeschlossen war das nicht. Sie hatten schon drei Porsche und einen Noble gesehen.

Aber von Delilah Rose keine Spur.

»Am Abend des siebenundzwanzigsten Dezember erhielt Tommy einen Anruf auf seinem Handy«, sagte Sal. »Er zog sich auf sein Zimmer zurück, sehr geheimnisvoll. Als er wieder herauskam, erklärte er, sich mit einem Freund treffen zu wollen. Er hätte extrem aufgeregt gewirkt, sagt seine Mutter, und wäre grinsend aus dem Haus gerannt. Sie glaubte natürlich nicht an einen Freund und war überzeugt davon, dass er sich mit einem Mädchen traf. Tommy war aber seit vier Monaten nicht in der Stadt gewesen. Wenn ihn also eine junge Frau aus dem Haus gelockt hatte, wird er sie aller Wahrscheinlichkeit nach gekannt haben. Da frage ich mich …«

»Ob es nicht vielleicht das mysteriöse Mädchen aus seinem letzten Schuljahr war.«

»Anwohner bestätigen, dass der Feldweg, auf dem Tommy starb, ein beliebtes Ziel für junge Liebespärchen ist, die sich dort im Auto vergnügen. Also wird er wahrscheinlich auch von Tommy und seinem Schwarm zu diesem Zweck aufgesucht worden sein.«

»Einer Femme fatale, die dann zweimal auf ihn abgedrückt hat?«

»Vielleicht hat das Mädchen ihre wahre Liebe für den Jungen erst durch seine Abwesenheit bemerkt. Und war nicht so begeistert, dass er auf dem College nicht wie ein Mönch gelebt hat. So was in der Art.«

»Das hieße, unsere mysteriöse junge Frau gibt ihm zuerst den Laufpass, will ihn dann zurückhaben und knallt ihn ab, weil er keinen Bock mehr hat?«

»Könnte doch sein«, meinte Sal. »Frauen machen die verrücktesten Sachen.«

»Ach, und Männer sind immer vernünftig und lammfromm, was?« Kimberly klang schärfer als beabsichtigt und stierte wieder zum Seitenfenster hinaus.

Sal schwieg. Er schien nur zwei Betriebsarten zu kennen, Essen und Reden. Beides ging ihr in diesem Moment auf den Wecker.

Sie sah eine junge Frau aus dem Etablissement kommen. Ein Wust von blonden Haaren, schockierend kurzer Rock und mit ellenlangen Highheels. Sie hatte sich bei einem Schnauzbartträger mit quer über den Schädel gekämmten Haarfransen untergehakt, der dreimal so alt war wie sie. Das Mädchen kicherte und ließ Kaugummiblasen platzen, während sie davonschlenderten.

Von einem solchen Typen wäre eigentlich zu erwarten gewesen, dass er sich ein Hotelzimmer leisten konnte. Doch ihm kam es anscheinend nur auf einen phantasiebeflügelnden Blowjob in seinem Porsche an.

Kimberly hatte es Mac einmal während einer nächtlichen Fahrt über die Interstate mit der Hand gemacht, wobei er fast von der Straße abgekommen war. In den Titelgeschichten von *Cosmo* stellten sich solche Aktionen meist weniger gefährlich dar. Zu Hause klappte es dann besser.

Das war zu Anfang ihrer Beziehung, als sie noch frisch verliebt und wunderbar überschwänglich gewesen waren.

Ob sich dahin zurückfinden ließ? Oder war's das? Würden sie stattdessen nur noch mehr oder weniger lieblos aufeinander herumrutschen und sich immer mehr von Alltagsproblemen bestimmen lassen, bis sie es schließlich ganz aufgaben?

Ihre Mutter Bethie hatte ihrem Mann nie verziehen, dass er ständig Überstunden machte. Es war eine permanente Kränkung für sie gewesen, und er hatte deswegen immer ein schlechtes Gewissen gehabt.

Wie konnte einem die Arbeit und das Schicksal anderer wichtiger sein als die eigene Familie?

»Woran denken Sie?«, fragte Sal.

Kimberly warf ihm einen Blick zu. »An Föten«, antwortete sie spontan. »Sie können schon ab der achtzehnten Woche Geräusche wahrnehmen, obwohl ihre Innen-, Außen- und Mittelohren erst nach der sechsundzwanzigsten Woche voll ausgebildet sind. Meiner ist jetzt zweiundzwanzig Wochen alt. Ich frage mich, was und wie er wohl hört. Die Gebärmutter ist wahrscheinlich ein lauter Ort. Das Herz klopft, das Blut rauscht, und die Verdauung läuft auch nicht ganz geräuschlos ab. Was kann das Baby hören? Alles oder nur das, was besonders laut ist? Was wäre schlimmer?«

Verwundert starrte Sal auf ihren Bauch. »Sie meinen, er oder sie könnte womöglich hören, was wir sagen?«

»Das würde ich ja selbst gern wissen.«

»Echt cool«, sagte er.

»Was soll das heißen?«

»Ich stelle mir gerade vor, ich mähe den Rasen, während Sie ein Kind austragen, das eines Tages Mama und Papa sagt und, wer weiß, vielleicht irgendwann einmal einen besseren Rasenmäher entwickelt. Eine Frage: Wenn es sich wieder bewegt, könnte ich dann wohl mal fühlen? Nur ganz kurz?«

Kimberly ließ sich mit der Antwort eine Weile Zeit. »Na ja, Sie haben mir schließlich einen Pudding spendiert.«

»Erstaunlich«, sagte Sal.

»Sie sollten sich einen Hund zulegen, Sal.«

»Von wegen. Ich bin allergisch.«

»Wie wär's dann mit einem Bonsai? Oder da ist doch diese nette Kollegin –«

Sie stockte, als sie plötzlich sah, was Sal im selben Augenblick bemerkte.

»Zielperson, Punkt drei Uhr«, murmelte er.

»Showtime.« Sie sprangen aus dem Wagen und eilten auf Delilah Rose zu.

Delilah versuchte abzuhauen. Sal packte sie beim Arm und wirbelte sie herum. Kimberly versperrte ihr den Weg. Als sie begriff, dass sie festsaß, nahm Delilah Abwehrhaltung an.

»Man darf mich nicht mit Ihnen sehen. Um Himmels willen, verschwinden Sie!«

»Sie wirken ein bisschen nervös, Delilah. Beruhigen Sie sich. Seit der Einrichtung einer neuen Polizeizentrale in Sandy Springs ist es doch nicht ungewöhnlich, dass Prostituierte zur Vernehmung geladen werden.«

»Scheiß-Polizei. Was die anderen Mädchen denken, ist

mir egal. Sorgen mache ich mir wegen Dinchara. Wenn er glaubt, dass ich singe, bin ich morgen tot.«

»Na schön.« Sal zeigte auf seine nicht markierte Limousine. »Kommen Sie mit in mein Büro. Wir fahren ein paar Mal um den Block und fallen niemandem auf.«

»Bitte. Die Karre schreit doch geradezu nach Fahndung.«

»Na, dann machen wir vielleicht lieber einen Spaziergang.« Kimberly hatte ihr schon einen Arm um die Taille gelegt und setzte sich mit ihr in Bewegung. »Hier müsste es doch irgendwo auch ein familienfreundliches Lokal geben, in dem Mr. Dinchara für gewöhnlich nicht verkehrt. Da wären wir vor ihm sicher und könnten eine gesunde Mahlzeit einnehmen, während Sie uns mit Ihrer Schlagfertigkeit beeindrucken.«

»Ich hasse Cops«, murmelte Delilah, hielt aber Schritt. »Sie ruinieren mein Leben.«

»Sehen Sie, der freie Meinungsaustausch hat schon begonnen. Kann man in diesen Schuhen tatsächlich laufen?«

Mit Delilah in ihrer Mitte gingen sie zügig die Straße entlang und brauchten nicht lange, bis sie ein italienisches Restaurant gefunden hatten, das ihnen für ein Gespräch geeignet erschien. Sie nahmen, von speisenden Familien umgeben, in einer Sitznische Platz und ließen sich die Karte bringen. Sal hatte Hunger und entschied sich für eine Lasagne. Kimberly nahm eine Suppe und Salat. Delilah grummelte und fluchte leise vor sich hin. Als ihr endlich klarwurde, dass andere zahlten, bestellte sie sich Fettuccine Alfredo mit Putenbruststreifen.

Sal und Kimberly warteten, bis das Essen kam und die

heiße Pasta auf dem Teller ihrer Informantin für auskunftsfreudige Stimmung sorgte.

»Bekomme ich für meine Ausfallzeit eine Entschädigung?«, wollte Delilah wissen und blickte auf ihre Uhr.

»Nein, aber wenn von den Nudeln noch etwas übrig bleibt, können Sie sich den Rest einpacken lassen und mit nach Hause nehmen«, erwiderte Kimberly.

Die junge Frau verdrehte die Augen. »Wie stellen Sie sich das vor? Soll ich mir das Doggybag in den BH stopfen und so den Rest der Nacht anschaffen gehen?«

»Ich wette, der eine oder andere Freier würde dafür noch was drauflegen«, meinte Sal durchaus ernst.

Delilah warf ihm einen giftigen Blick zu. »Sie sind doch der Typ, der schon vorher mit mir reden wollte. Ich kann Sie nicht leiden.« Sie wandte sich an Kimberly. »Er soll verschwinden.«

»Ich habe schon versucht, ihn abzuwimmeln«, erwiderte Kimberly. »Aber er ist wie eine Klette. Sie sollten sich an ihn gewöhnen.«

»Kommt gar nicht in Frage, dass ich mich ...«

Kimberly würgte ihre Tirade ab, indem sie ihre Hand ergriff und sie auf den Tisch klatschte. »Mund halten und zuhören. Sie haben Informationen anzubieten. Wir sind hier, um sie Ihnen abzukaufen. Also verschwenden wir nicht länger unsere Zeit. Reden Sie!«

Delilah betrachtete sie voller Argwohn. »Küssen Sie mit dem Mund auch Ihre Mutter?«

»Meine Mutter ist tot, trotzdem, danke der Nachfrage.«

Betroffen schaute Delilah auf den Tisch, und Kimberly ließ ihre Hand los. Sal hatte sich an den Rand der auberginefarbenen Sitzbank verzogen. Vielleicht war er am Ende ja doch ein ganz guter Teamplayer.

»Warum haben Sie mich angerufen, Delilah?«

Die junge Frau schaute sie verwirrt an. »Sie angerufen? Das habe ich nicht. Nach unserem letzten Gespräch habe ich Spideyman nicht mehr gesehen, deshalb habe ich auch nichts Neues zu berichten.«

»Wem haben Sie von unserem Treffen berichtet?«

»Berichtet? Sind Sie bescheuert? Ich bin doch nicht lebensmüde.«

Kimberly taxierte sie und versuchte einzuschätzen, ob sie die Wahrheit sagte. Delilah hatte ihre aschblonden Haare zu einem Pferdeschwanz zusammengefasst, sodass die dunkelblaue Spinne auf der Schulter deutlich zu sehen war. Sie schien den Hals hinaufzukrabbeln und am linken Ohrläppchen knabbern zu wollen.

»Hat er Ihnen dieses Tattoo aufgeschwatzt? Vielleicht sogar dafür bezahlt? Wie viel? Hundert Dollar, tausend? Für wie viel lässt man sich freiwillig den Hals verschandeln?«

Delilah wich ihrem Blick aus und gab Kimberly damit zu verstehen, dass sie auf der richtigen Spur war.

»Wie lange kennen Sie ihn?«

»Seit ein paar Wochen«, murmelte Delilah, ohne sie anzusehen.

»Sie sagten, Ginny Jones sei vor drei Monaten verschwunden. Da kannten Sie Mr. Dinchara bereits. Nach meiner Rechnung sind das mehr als ein paar Wochen.«

»Wenn Sie's genau wissen wollen, sechs Monate oder so. Vielleicht acht. Ich habe nicht mitgezählt.«

»Sie kannten ihn also schon, als Sie schwanger wurden.«

Die junge Frau sperrte die Augen auf. Sie erstarrte und fixierte den Rest ihrer Pasta, die Arme seitlich ausgestreckt.

»Delilah?«

»Dinchara ist *nicht* der Vater«, erklärte sie entschieden. »Ich habe einen Freund. Jemanden, den ich liebe, kapiert? Von dem ich glaube, dass er auch mich liebt. Also kommen Sie mir nicht auf die Tour, ja?«

»Wie wär's damit? Sie kennen Dinchara seit fast einem halben Jahr. Warum verpfeifen Sie ihn jetzt?«

»Das habe ich doch schon gesagt. Er hat Ginny irgendwas angetan —«

»Was ist mit Bonita Breen? Oder Mary Back oder Etta Mae Reynolds? Klingelt da was, wenn Sie diese Namen hören?«, fragte Sal, der damit Delilahs Aufmerksamkeit auf sich lenkte. Er war wieder näher gerückt und drängte sie in die Ecke, vielleicht um ihr so zu verstehen zu geben, dass ihr auch im übertragenen Sinn nicht viel Platz zum Lavieren blieb.

»Was? Wer?«

»Oder Nicole Evans, Beth Hunnicutt, Cyndie Rodriguez? Mitbewohnerinnen, Partnerinnen, Komplizinnen?«

Delilah runzelte die Stirn und zeigte sich verwundert. »Cyndie ist schon vor Monaten abgehauen. Was hat sie mit der Sache zu tun?«

»Wohin wollte sie?«

»Keine Ahnung. Sie wollte einfach nur weg.«

»Wie gut kannten Sie sich?«

»Wir sind uns ab und zu über den Weg gelaufen. Sie war gern auf Partys, wenn Sie wissen, was ich meine.«

»Drogen?«

»Ja. Die zieht sich alles rein, von Sekundenkleber bis Koks. Besonders wählerisch ist sie jedenfalls nicht.« Delilah hatte sich in die Brust geworfen und ließ wieder Trotz erkennen.

»Wann haben Sie sie das letzte Mal gesehen?«

»Wenn ich das wüsste. Wie gesagt, wir sind uns nur gelegentlich über den Weg gelaufen. Dicke waren wir nicht.«

»Kennen Sie die Frauen, mit denen sie zusammengewohnt hat?«

Delilah dachte nach, die Stirn in Falten. »Moment. Sie hat mit zweien zusammengewohnt, stimmt's? Einer Brünetten und einer mit schrecklich blond gefärbten Haaren? Ja, jetzt, wo Sie's sagen. Ich habe sie ein paarmal mit denen zusammen gesehen. Einmal, als sie stockbesoffen von den beiden nach Hause geschafft wurde. Schätze, die drei haben sich eine Wohnung geteilt.«

»Haben Sie die beiden in letzter Zeit gesehen?«

»Nein, nicht wirklich.«

»Passiert das in Ihren Kreisen öfter? Dass Mädchen auftauchen und wieder verschwinden?«

»Na klar, ständig. Irgendwann hast du hier die Schnauze voll und machst die Biege.«

»Um stattdessen was zu tun?«, hakte Kimberly nach.

»Dasselbe, nur woanders«, antwortete Delilah schulterzuckend. »Die meisten versuchen's in Miami oder Texas. Jede hat dort mindestens eine Freundin und behauptet, die würde tausend Schleifen pro Nacht machen. Also versucht man da sein Glück, ohne dass sich groß was ändert.

Ist doch komisch, oder? Im Grunde sind wir Mädchen von der Straße unverbesserlich optimistisch.«

»Kommen auch manche wieder hierher zurück?«, wollte Sal wissen.

»Manchmal. Keine Ahnung. Nach ein, zwei Jahren vielleicht. Es sei denn, sie hängen an der Nadel und finden nicht zurück«, antwortete Delilah unumwunden.

»Cyndie, Beth, Nicole. Was ist mit denen?«

Wieder zuckte sie mit den Achseln. »Nie mehr gesehen. Warum interessiert Sie das?«

»Warum machen Sie sich Sorgen um Ginny Jones?«, fragte Kimberly. »Warum glauben Sie nicht, dass auch sie ihr Glück woanders versucht?«

»Weil sie nicht gegangen wäre, ohne mir wenigstens auf Wiedersehen zu sagen.«

»Sind Sie miteinander befreundet?«

»Ginny ist nett. Aber das sieht niemand. Alle halten sie für verrückt. Aber sie hat Pläne, Träume, Hoffnungen. Nur dumm, dass sie nichts erreicht.«

»Hat sie jemals von ihrer Mutter gesprochen?«

Das Schulterzucken war diesmal nur angedeutet. Delilah starrte wieder auf ihre Pasta. Kimberly glaubte, ihr ansehen zu können, dass sie nach einer Ausflucht suchte.

»Ich glaube, ihre Mutter ist tot«, antwortete Delilah leise.

»Hatte sie Ihnen das gesagt?«, fragte Sal.

»Sie hat ... so was angedeutet. Sie wär allein auf der Welt, hat sie gesagt.«

»Was hat Sie eigentlich hierhergebracht, Delilah?«, fragte Kimberly ruhig.

Die junge Frau zuckte zusammen wie nach einer Ohrfeige. Dann schnellte ihr Kopf in die Höhe, ihre Augen brannten. »Das würden Sie wohl gern wissen. Typisch, wenn man die Cops braucht, sind sie nicht zur Stelle.«

»Wenn Sie eine Straftat anzeigen möchten ...«

»Fuck you!«

»Delilah –«

»Nein, ich habe es satt. Okay? Ihr seid nicht besser als all die Freier, die hier rumlaufen. Ihr benutzt und missbraucht mich, und wenn ihr habt, was ihr wollt, gebt ihr mir einen Tritt in den Arsch – ohne zu zahlen. Ihr könnt mich mal!«

Delilah ließ ihren Blick zwischen Kimberly und Sal hin und her pendeln, schien dann ihre Wahl getroffen zu haben und stieß urplötzlich Sal mit beiden Händen mit Wucht zur Seite und stürmte über ihn hinweg Richtung Ausgang. Die Gäste ließen ihre Gabeln sinken und schauten dem Wirbel nackter Beine ungläubig hinterher.

Der Kellner kam besorgt zu ihnen an den Tisch und machte den Mund auf, ohne etwas herauszubringen.

»Die Rechnung bitte«, sagte Kimberly kühl, und der Kerl verzog sich wieder.

»Ein bisschen sehr temperamentvoll«, meinte Sal, der sich mittlerweile wieder gesetzt hatte.

Kimberly knallte ein paar Scheine auf den Tisch und stand auf.

»Auf geht's. Unser Vögelchen hat Angst. Mal sehen, wohin es flattert.«

Kapitel 17

> »Eine Spinne vertilgt im Jahr ungefähr zweitausend Insekten.
> Ohne Spinnen wäre unsere Welt voller Ungeziefer.«
> Christine Morley: *Freaky Facts About Spiders*

Für eine Schwangere auf zwölf Zentimeter hohen Absätzen war Delilah erstaunlich schnell. Obwohl sie behauptet hatte, wieder an die Arbeit zurückzumüssen, lief sie an fünf einschlägigen Bars vorbei und schlängelte sich geschickt um alles herum, was sich ihr in den Weg stellte. Sie kannte sich bestens aus auf dem Kiez.

Kimberly und Sal blieben ihr keuchend auf den Fersen und hüteten sich davor, den Türstehern vor den diversen Etablissements aufzufallen. Immer wieder wurden sie vom Gedränge der Passanten aufgehalten, die vor Delilah ausgewichen waren und sich hinter ihr wieder zusammengeklumpt hatten.

Den schäbigen blauen Mantel mit beiden Händen zusammenhaltend, hastete Delilah mit geducktem Kopf voran, blieb aber manchmal jäh stehen und schaute sich gehetzt nach allen Seiten um.

Am Ende des Straßenzugs angekommen, rannte sie über die Fahrbahn und hastete auf der anderen Seite zurück. Was hatte sie vor? Kimberly wurde allmählich schwindlig von dem Versuch, sie im Auge zu behalten und sich gleichzeitig bedeckt zu halten, als Delilah schließlich auf einen verbeulten Mazda zusteuerte, der eingekeilt zwischen zwei Geländewagen parkte.

Die junge Frau langte mit der Hand unter das Fahrgestell und holte etwas zum Vorschein, was dort offenbar mit einem Magneten deponiert gewesen war: einen Schlüssel.

»Mist, sie hat einen Wagen«, stöhnte Kimberly.

»Hat die Polizei sie nicht an einer MARTA-Haltestelle aufgegriffen?«

»Tja, vielleicht war ihr das eine Lehre. Jetzt scheint sie jedenfalls motorisiert zu sein.«

Delilah hatte die Tür geöffnet und rutschte auf den Fahrersitz.

»Und was jetzt?«, murmelte Kimberly. Sie hielt sich die linke Seite, die vor Erschöpfung schmerzte.

Sal musterte ihren runden Bauch. »Sie holen den Wagen. Ich bleib an ihr dran. Hier steht doch an jeder Ecke eine Ampel … Zu Fuß ist man fast genauso schnell wie mit dem Auto. Vielleicht kann ich sie zumindest im Blick behalten, bis Sie mich mit meinem Wagen einsammeln.«

Er warf ihr seine Schlüssel zu, als Delilah gerade aus der Parklücke ausscherte. Sal folgte und rannte zur nächsten Kreuzung. Kimberly nahm die entgegengesetzte Richtung und lief, so schnell sie konnte, obwohl sich ihr der Magen umzudrehen drohte.

Mac hatte recht, verflixt. In einem Monat würde sie nur noch watscheln können.

Sie presste ihre Hand in die Seite und versprach Baby McCormack ein Pony, wenn es sich noch ein paar Minuten gedulden würde. Aber offenbar entwickelte es schon Macs Sinn für Humor, denn es trat nun heftig aus.

Sie schaffte es bis zu Sals Wagen, ohne kotzen zu müssen, schwang sich hinters Steuer und suchte nach dem

172

Zündschloss. Dann kämpfte sie mit dem Gurt und versuchte, aus den ungewohnten Armaturen schlau zu werden. Sie zitterte und keuchte und war definitiv weit entfernt von ihrem coolen, ruhigen Normalzustand. Als sie den Wagen auf die Straße lenkte, schnitt sie ein anderes Fahrzeug, wofür sie sich plärrendes Gehupe und einen deftigen Fluch einhandelte.

Sie fuhr nach Norden und kramte, nur mit einer Hand am Steuer, ihr Handy aus der Tasche. Sal lotste sie zu einer Kreuzung, doch als sie ihn einsteigen ließ, war Delilahs Mazda nicht mehr zu sehen.

»Wohin?«, fragte Kimberly.

»Richtung Highway«, keuchte Sal. »Schnell. Wissen Sie, wo das Gaspedal ist?«

Das wusste sie, und Sal flog in die Lehne zurück, noch bevor er sich angeschnallt hatte.

Gleich nach der Auffahrt auf die GA 400 schoss sie auf die mittlere Spur und drückte das Pedal bis zum Anschlag durch. Sal behielt die rechte Seite im Auge, Kimberly die linke.

Fast wären sie in ihren blauen Mazda gerast, der gemächlich vor ihnen auf der mittleren Spur fuhr. Kimberly sah ihn im letzten Moment, trat auf die Bremse und ließ sich zurückfallen. Sie wechselte auf die Spur nach rechts und steuerte wie ein Tourist, der nicht wusste wohin, auf die Ausfahrt zu, fädelte sich aber kurz davor wieder in die nach Norden fließende Blechlawine ein, zwei Fahrzeuge hinter Delilahs Wagen.

»Wo will sie wohl hin?«, rätselte Sal.

»Keine Ahnung. Haben Sie sich von den Kollegen in Sandy Springs ihre Adresse geben lassen?«

»Klar. Ich war auch schon da, aber als ich klingelte, hat mir ein dicker Latino die Tür aufgemacht und gesagt, von einer Delilah Rose noch nie gehört zu haben. Ich wage die Vermutung, dass unsere Freundin die Unwahrheit gesagt hat.«

»Was ist mit ihren Fingerabdrücken?«

»Nicht registriert.«

»Hmmm«, knurrte Kimberly. »Mit anderen Worten, wir wissen nichts von ihr. Cleveres Mädchen.«

Sal zeigte ihr seinen Notizblock. »Tja, aber wir können jetzt ihr Kennzeichen durchgeben.«

»Gute Arbeit, Sal. Gute Arbeit.«

Delilah hatte den Blinker gesetzt. Das musste man ihr lassen: Sie war eine gewissenhafte Verkehrsteilnehmerin. Fuhr nicht zu schnell, hielt sich an die Regeln. Ihr zu folgen war leicht. Und es half auch, dass sich Kimberly auf der GA 400 auskannte wie in ihrer Westentasche. Atlanta, Sandy Springs, Roswell und Alpharetta bildeten eine gerade Kette entlang der Schnellstraße. An manchen Tagen glaubte Kimberly, ihr halbes Leben mit sämtlichen anderen Bewohnern von Atlanta auf der 400 zugebracht zu haben.

Delilah fuhr ab, Kimberly folgte.

Der kleine blaue Mazda passierte den Park eines Bürokomplexes und steuerte auf ein Wohngebiet zu. Die Gegend kam Kimberly irgendwie bekannt vor, doch sie konnte sich nicht erinnern, wann sie das letzte Mal hier gewesen war. Die breite, vierspurige Straße war in der Mitte von Leitplanken unterteilt. Delilah hielt sich rechts. Kimberly blieb dran.

So kurz vor Mitternacht waren nur noch wenige Fahrzeuge unterwegs, ein Dutzend vielleicht, von denen aber eins nach dem anderen abbog, bis schließlich nur noch Delilahs Wagen vor ihnen war.

»Mist«, murmelte Sal.

»Es ist dunkel«, versuchte ihn Kimberly zu beruhigen. »Sie kann nur unsere Lichter sehen. Solange wir Abstand halten, sind wir auf der sicheren Seite.«

Delilah bremste ab, und auch Kimberly reduzierte das Tempo. Sie schaute zum Fenster raus und hätte schwören können, schon einmal hier gewesen zu sein. Die von Ranken überwucherte Buschreihe, die knorrigen Bäume.

Und plötzlich ging ihr ein Licht auf. Kein Zweifel, sie näherte sich nur von der anderen Seite.

Tatsächlich bog Delilah Rose wenig später in den Feldweg ein, auf dem Tommy Mark Evans getötet worden war.

Kimberly fuhr an dem Abzweig vorbei, schaltete dann das Licht aus und hielt an. »Aussteigen«, flüsterte sie drängend. »Zeit für einen kleinen Spaziergang.«

Sal hatte das Handschuhfach geöffnet, kramte darin herum und holte eine Taschenlampe heraus. »Warum sollten wir ihr nicht weiter mit dem Wagen folgen?«

»Auf dem Feldweg würde sie uns bemerken. Außerdem glaube ich, dass sie ihr Ziel erreicht hat. Es ist ein Tatort.«

Sal zog eine Augenbraue hoch. »Die Stelle, an der Tommy Mark Evans erschossen wurde? Aber was hat sie hier verloren?«

»Tja, das ist die große Frage. Wenn wir uns beeilen, finden wir vielleicht eine Antwort darauf.«

Sie steckten beide ihre Taschenlampen in die Ärmel und beleuchteten möglichst unauffällig den Weg unmittelbar vor ihren Füßen. Sal trabte los. Kimberly hielt sich wieder die Seite und folgte zähneknirschend.

Der Weg war holprig und voller Steine, die die Regengüsse im Herbst freigespült hatten. Und obwohl sich die beiden sehr in Acht nahmen und leise aufzutreten versuchten, verstauchte sich Sal fast den Knöchel, und Kimberly stolperte über eine Baumwurzel.

Weiter vorn war ein trüber Lichtschein auszumachen: die Scheinwerfer eines Autos mit laufendem Motor. Es war anzunehmen, dass sich Delilah mit jemandem traf, womöglich mit dem Mörder von Tommy Mark Evans. Und wenn das der Fall war, würde dieser Jemand bewaffnet und gefährlich sein und die überraschende Ankunft zweier Cops mit Sicherheit nicht gut aufnehmen.

Was hatte Kimberly Mac erst gestern Nacht gesagt? Dass sie nicht blindlings in die nächstbeste Schießerei tapsen und riskante Aktionen tunlichst vermeiden werde. Er dürfe sich darauf verlassen, dass sie auf sich selbst aufpassen könne, was ihr während ihrer vierjährigen Dienstzeit ja auch ganz gut gelungen sei.

Tja, dachte sie, die Wahrheit kam wohl immer zur falschen Zeit und in ungünstigen Momenten ans Licht. Sie sollte lieber schleunigst umkehren.

Sie zögerte, konnte aber nun nicht mehr zurück. Sal rannte voraus und vertraute darauf, dass sie ihm den Rücken freihielt.

Kimberly zog ihre Waffe und betete.

Fünfzig Schritte, vierzig, dreißig. Es wurde jetzt deutlich, dass nur ein Wagen auf dem Feldweg stand. Seine Scheinwerfer zielten auf das weiße Kreuz, wie Kimberly ihre in der vergangenen Nacht darauf gerichtet hatte.

Mit ausgeschalteten Taschenlampen schlichen sie und Sal näher, Schulter an Schulter, um sich per Berührung miteinander verständigen zu können.

Zwanzig Schritte. Zehn.

Delilah Rose trat in Erscheinung. Von den Scheinwerfern beleuchtet, stand sie vor dem Kreuz. Sie schien die Hände vor sich gefaltet zu haben. Die Schultern gingen auf und ab.

Sal tippte an Kimberlys Arm und zeigte auf die andere Seite des Feldwegs. Sie nickte und verzog sich mit ihm hinter Sträucher, die ihnen ein wenig Deckung boten. Langsam schlichen sie weiter. Zwei Spürhunde auf der Fährte.

Kimberly schaute sich nach allen Seiten um. Da war nichts.

Ein letzter Blick zurück.

Der Feldweg war ein langer schwarzer Tunnel aus Nacht, die alle Zivilisation verschluckte, kein Ort, an dem man sein Leben beschließen wollte.

Sal zählte den Countdown an den Fingern seiner Hand ab. Fünf, vier, drei, zwei, eins.

Er trat in den Lichtkegel. Die Waffe hielt er noch gesenkt, aber er hatte den Finger am Abzug.

Delilah schreckte auf und drehte sich um. Sie schlug sich die Hände vor das tränennasse Gesicht.

»Delilah«, sagte Sal ruhig.

Das Mädchen fing zu weinen an, und mit ihrem herzzerreißenden Schluchzen kam Kimberly endlich die Erkenntnis.

»Sal«, sagte sie. »Darf ich Ihnen Ginny Jones vorstellen.«

»Sie verstehen gar nichts«, blaffte die junge Frau. »Und nennen Sie mich nicht bei diesem Namen. Ich bin Delilah Rose, und das ist der einzige Grund, warum ich noch lebe.«

Sal und Kimberly hatten Delilah in deren Mazda Platz nehmen lassen, doch diesmal saß Kimberly am Steuer. Sie waren zur Straße zurückgefahren, wo Sal in seinen Wagen umgestiegen war, und hatten dann auf dem Parkplatz eines rund um die Uhr geöffneten Drugstores eine Pause eingelegt, wo sie unter all den anderen parkenden Fahrzeugen nicht weiter auffielen.

Delilah saß jetzt auf der Rückbank von Sals Crown Vic, bedrängt von den Fragen der beiden, die sich, vorn sitzend, zu ihr umdrehten. Normale Vernehmungszimmer waren größer, aber weniger effektiv.

»Warum haben Sie mir weismachen wollen, dass Ginny Jones vermisst wird?«, fragte Kimberly. »Wenn Sie nicht wollen, dass wir den Namen kennen, warum bringen Sie ihn dann selbst ins Spiel?«

Delilah/Ginny mied den Blickkontakt mit Kimberly. Sie starrte auf ihre Knie und knetete den Saum ihrer Jacke.

»Ich bin als Einzige noch am Leben«, flüsterte sie. »Eine nach der anderen ist ...« Sie schaute plötzlich auf. »Ich habe nicht gelogen. Ich will mein Baby beschützen. Ich will ... Das Ganze muss ein Ende haben. Deshalb hatte ich gehofft, es würde sich jemand darum kümmern, uns ernst nehmen. Aber jetzt bin ich einfach nur noch müde.«

»Was soll das?«, bohrte Sal mit sanftem Druck weiter. »Fangen Sie doch bitte noch einmal von vorn an, Delilah. Erklären Sie uns, was passiert ist und wie wir Ihnen helfen können.«

»Es ist alles meine Schuld«, plapperte die junge Frau drauflos. »Er hielt an, und ich stieg in seinen Wagen. Völlig ahnungslos. Manche Typen werden grob, wie Sie ja wahrscheinlich wissen. Sie schlagen auf ein Mädchen ein, um sich in Stimmung zu bringen. Aber dieser Kerl ... Er hat damit nichts im Sinn. Er will einen besitzen, zerstören und dann töten. Das macht ihn glücklich. Einen kaputt zu machen.«

Sal und Kimberly tauschten Blicke. Sal schaltete seinen Recorder ein. Kimberly übernahm die Gesprächsführung.

»Wann sind Sie zu ihm in den Wagen gestiegen?«

»Das ist unendlich lange her«, antwortete Delilah vor sich hin.

»Winter, Frühling, Sommer, Herbst?«

»Winter. Im Februar. Meine Mutter hatte mich ausgesperrt, zumindest glaubte ich das, und mir war schrecklich kalt. Er rollte in seinem schicken SUV an. Ich dachte: Was für'n Glück.«

»In welchem Jahr, Delilah?«

Sie runzelte die Stirn und schien nachdenken zu müssen. »Wie gesagt, es ist lange her. An die zwei Jahre. Noch vor Abschluss meiner Lehre. Ich habe in einem Schönheitssalon gelernt. Alle dachten, aus mir würde nichts werden, aber ich hatte Pläne. Ich wollte Hairstylistin werden.«

»Im Februar 2006 also«, stellte Kimberly fest. »Und es war später Abend ...«

»Nach elf.«

»Sie waren wo?«

»In der Gegend, wo ich wohnte. Spazieren. Auf der Hauptstraße.«

»Ihre Mutter hatte Sie ausgesperrt?«

Die junge Frau verzog das Gesicht. »Ich war vorher bei Tommy und kam zu spät zurück.« Ihre Lippen zitterten. Es schien, dass sie wieder kurz davor war, in Tränen auszubrechen. »Meine Mom hatte mich gewarnt. Wenn ich noch einmal zu spät käme, würde ich es bereuen. Ich bin nach Hause, und da war alles dicht. Ich dachte, sie hätte sich aus dem Staub gemacht. Also bin ich losgezogen.«

»Sie sind spazieren gegangen, es war kalt, und dann tauchte dieser Wagen auf. Was für ein Wagen?«

»Habe ich Ihnen doch schon gesagt. Ein schwarzer Toyota FourRunner mit silbernem Dekor. Limited Edition.«

»Und der Fahrer?«

»Auch das wissen Sie: Dinchara. Rotes Baseball-Cap, Klamotten von Eddie Bauer, Luxusschlitten. Wieso kommen eigentlich immer alle darauf, dass eine Frau, die auf den Strich geht, auch automatisch lügen muss?«

Kimberly ignorierte die Frage. Ginny hatte sie schon mehrfach belogen. »Sie sind ihm also vor zwei Jahren das erste Mal begegnet.«

»Ja.«

»Als er Sie mit dem Wagen mitnahm.«

»Ja.«

»Was war dann, Ginny?«

180

Der Blick der jungen Frau kehrte sich nach innen. Sie zitterte in Anbetracht der Bilder, die nur sie sah. »Er ließ ein Band laufen.«

»Ein Band?«

»Ja, in seinem Auto. Es war eine Aufnahme ... Von meiner sterbenden Mom. Ich musste sie mir immer und immer wieder anhören. Ihre schrecklichen Schreie. Und wie sie ihm meinen Namen nennt, die verfluchte Schlampe. Bis zu ihrem bitteren Ende hat sie immer nur alles verpfuscht. Verfluchte, elende, arme Schlampe.«

Ginny schniefte und wischte sich mit ihrem Handrücken die Nase. Die andere Hand lag auf ihrem Bauch. Mit dem Daumen streichelte sie das ungeborene Baby. Machte sie ihm im Stillen Versprechungen? Fragte sie sich, ob sie ihm eine bessere Mutter sein würde?

»Was ist Ihrer Mutter widerfahren, Ginny?«

Die junge Frau krauste die Stirn. »Habe ich doch gesagt. Er hat sie umgebracht.«

»Haben Sie irgendetwas gesehen? Wo er sie umgebracht hat? Was ist mit ihrer Leiche geschehen?«

»Keine Ahnung. Ich habe nur diese Aufnahme gehört. Und das hat gereicht, glauben Sie mir.«

»Was war dann?«

»Dann hat er gegrinst und gesagt: ›Du bist als Nächste dran. Willkommen in meiner Sammlung.‹«

»Wie haben Sie darauf reagiert, Ginny?«

»Ich geredet und geredet«, fauchte sie. »Ihm den besten Blowjob aller Zeiten versprochen, aber er hat nur gelacht. ›Na klar, dazu kommen wir auch noch‹, hat er gesagt. ›Du wirst dafür sorgen, dass alle meine Träume wahr werden.

Danach ziehe ich dir die Haut von deinem dünnen weißen Hals und verfüttere sie an meine Lieblinge.‹

Dann zeigte er mir dieses Messer. So eins hatte ich vorher nie gesehen. Es war lang, schmal und ganz aus Metall. Ein Filetiermesser, sagte er. Und als er mir Arme und Beine damit aufritzte, mir höllisch schmerzhafte kleine Schnittwunden zufügte, gütiger Himmel, ja, da habe ich alles getan, was er von mir verlangte. Schließlich holte er eine Art Einmachglas hervor.

Darin war eine schwarze Spinne mit langen Beinen und einem hellroten Fleck auf dem Rücken. ›Eine schwarze Witwe‹, sagte er. ›Fünfzehnmal giftiger als eine Klapperschlange‹. Der Biss selbst tut nicht weh. Manche spüren ihn nicht einmal. Anfangs. Aber dann geht's los, zuerst mit Magenkrämpfen, die es in sich haben. Dann bricht einem der Schweiß aus, und gleichzeitig wird der Mund trocken. Die Augen schwellen an, die Fußsohlen glühen, und die Muskeln fangen Feuer.

Das geht so über mehrere Tage. Man kann nicht mehr aufrecht stehen, wird von Krämpfen geschüttelt, muss die ganze Zeit kotzen und wünscht sich nur noch den Tod herbei.‹ Dann sagte er: ›Man kann was dagegen machen, aber nur dann, wenn ich es mir anders überlege und dich ins Krankenhaus bringe. Aber wie wahrscheinlich ist das?‹ Er grinste. ›Schwarze Witwen sind im Grunde harmlos, abgesehen davon, dass das Männchen nach der Paarung vom Weibchen gefressen wird. Ich habe aber herausgefunden, dass der Geruch von Blut sie ganz wild macht. Willst du mal sehen?‹

Er hat dann dieses Glas aufgeschraubt, und ich … ich

habe gebettelt. Ich würde alles tun, was er von mir will. Wirklich alles. Aber dann wurde mir schlagartig klar, dass ich eigentlich schon tot war. Meine Mutter hatte nämlich genau dasselbe gesagt, und es hat ihr nicht geholfen.

Als er das Glas aufmachte, kam mir plötzlich die Idee. Ihn anzubetteln bewirkte nur das Gegenteil. Je mehr ich schrie, desto mehr hatte er davon. Also habe ich mich zusammengerissen. Und als die Spinne über den Glasrand kletterte, hielt ich meine Hand hin, damit sie draufkrabbeln konnte. Ich habe mit ihr gesprochen und bin mit ihr umgegangen wie mit einem Schoßtier, und wissen Sie was ... Es hat funktioniert. Sie krabbelte mir über die Arme und berührte mit den Beinen meine Lippen. Ganz vorsichtig, wissen Sie. Fast neugierig.«

Wie in Erinnerung daran legte Ginny ihre Finger auf den Mund.

»Dann habe ich sie ganz cool wieder in das Glas gesetzt, diesen Mann angesehen und gesagt: ›Sie ist wunderschön. Zeig mir noch eine.‹

Er hat mich auf den Rücken geworfen und durchgevögelt, so verdammt heftig, dass ich dachte, er bricht mir die Rippen. Als er fertig war, hat er eine geraucht, und ich wusste, dass er mich am Leben lassen würde. Ich musste nur so tun, als hätte ich Spinnen wirklich gern.

Wir sind dann ins Geschäft gekommen. Ich sollte anschaffen gehen, ihm fünfzig Prozent abtreten und den Mund halten. Dafür würde er mich leben lassen.« Ginny verzog die Lippen zu einem sauren Lächeln. »Und so geht das nun schon eine Weile. Er lässt sich einmal im Monat blicken, fickt mich, kassiert ab und verschwindet wieder.«

»Er ist Ihr Zuhälter?«, fragte Kimberly ungläubig.

Ginny blickte zu ihr auf. »Zuhälter bieten Schutz. Dinchara leistet nichts. Manche Typen prügeln einen windelweich, und was macht er? Ich würde sagen, er ist so was wie ein Vollstrecker, der mich einmal im Monat ausnimmt. Ich arbeite, komme aber keinen Schritt weiter. Und aus dieser Falle komme ich nicht aus. Er hat sein Versprechen wahr gemacht. Ich bin ein Exemplar in seiner Sammlung. Mein Terrarium ist vielleicht ein bisschen größer als ein Einmachglas, aber es ist trotzdem ein Käfig, den ich nie verlassen werde.«

»Kann jemand bezeugen, dass er bei Ihnen abkassiert?«, wollte Sal wissen.

»Natürlich nicht. Er ist kein Idiot.«

»Hat man Sie jemals mit ihm gesehen?«

Ginny zuckte mit den Achseln. »Er kommt in die Clubs. Da findet er mich. Wie jeder andere Kunde auch. Er lässt sich also blicken, aber ich bezweifle, dass ihn jemand wirklich *sieht*, wenn Sie verstehen, was ich meine.«

»Hat er noch andere Mädchen?«, fragte Kimberly ruhig.

Ginny zögerte und wich dann mit ihrem Blick aus. »Ich bin mir nicht sicher.«

»Nicht sicher, oder wollen Sie es uns nicht sagen? Kommen Sie, Ginny. Wer A sagt, muss auch B sagen.«

»Hey, schon vergessen, wie der Deal aussieht? Überleben heißt Maul halten.«

»Zu spät. Sie haben bereits zu reden angefangen. Es wäre jetzt in Ihren besten Interesse, uns genug an die Hand zu geben, dass wir Ihnen auch wirklich helfen können.«

»Die Mädchen haben nie was gesagt. Sie sind einfach ... verschwunden.« Ginny blickte wieder auf. »Wie kommt's, dass die Polizei davon nichts weiß? Wieso entgeht Ihnen, was da draußen vor sich geht? Monat für Monat verschwindet ein Mädchen, und niemand schert sich darum. Man könnte wirklich meinen, wir sind nichts anderes als Insekten, und er reißt sich so viele unter den Nagel, wie er will, ohne dass es auffällt. Wieso auch? Täglich sterben Millionen von Fliegen, und gleichzeitig kommen Millionen zur Welt. Sie sollten das eigentlich wissen. Sie sollten sich um uns kümmern!«

»Wie viele Mädchen?«, hakte Sal nach.

»Eine Menge.«

»Können Sie Namen nennen? Daten? Ich brauche Genaueres.«

»Dann hören Sie sich doch um! Ich werde Ihnen doch nicht die Arbeit abnehmen. Wer bezahlt mir das? Von einer Gefahrenzulage ganz zu schweigen.«

»Was passiert mit den Mädchen?«, fragte Kimberly eine Spur lauter im Ton, um Ginny gar nicht erst zur Ruhe kommen zu lassen.

»Ich weiß nicht.«

»Liest er sie immer mit seinem SUV auf?«

»Vermutlich.«

»Nimmt er sie mit zu sich nach Hause?«

»Ich weiß es nicht. Ich war noch nie bei ihm zu Hause. Immer nur in seinem FourRunner. Trotzdem weiß ich wahrscheinlich schon zu viel über ihn.«

»Aber die Leichen, Ginny«, fuhr Kimberly fort. »Wo bleiben die Überreste der Mädchen, die, wie Sie behaupten, von diesem Mann einkassiert werden?«

»Keine Ahnung!«, schrie Ginny, wich aber wieder mit

ihrem Blick aus. »Ist es nicht Ihr Job, das herauszufinden? Ich kann doch nicht alles wissen.«

»Schon gut«, sagte Kimberly. Sie drehte sich um und verschränkte die Arme vor der Brust. »Sie haben also keinen Schimmer.« Und an Sal gewandt: »Fahren wir zurück. Es bringt nichts mit ihr. Wir setzen sie vor dem Club ab. Wenn sie Glück hat, wird es niemand bemerken.«

»Unterstehen Sie sich!«

»Sie kann nicht einmal gut lügen.«

»Hey!« Ginnys Augen waren rot unterlaufen. »Was soll das? Immerhin lebe ich noch. Ist das gar nichts?«

Kimberly warf sich ihr plötzlich entgegen und zwang sie, nach hinten auszuweichen. »Wir lassen uns nicht verarschen, Ginny. Verschwundene Mädchen? Spinnen? Das wäre vielleicht Stoff für Stephen King, aber wir kaufen Ihnen das nicht ab. Was soll man davon halten? Sie rufen ständig bei mir an und weigern sich, Informationen auszuspucken, mit denen wir etwas anfangen könnten.«

»Ich rufe ständig bei Ihnen an?« Ginny schüttelte den Kopf. »Wieso sollte ich das? Noch mal: Seit unserem letzten Gespräch habe ich Dinchara nicht mehr gesehen.«

»Geben Sie's doch zu, Sie rufen mich an und spielen mir das Band vor, auf dem Ihre Mutter —«

»Sie haben das Band gehört?« Die junge Frau schien tatsächlich überrascht zu sein. »Dann wissen Sie also Bescheid. Sie wissen, dass ich Ihnen nichts vormache. Er ist ein Mörder. Das Band beweist es, und Sie könnten ihn festnehmen.«

»Wem haben Sie meine Nummer gegeben, Ginny?«

»Niemandem. Ich schwöre es. Wenn man die Visitenkarte eines FEDs bei mir finden würde, wäre ich geliefert.

Ich werde den Teufel tun, mit dieser Info hausieren zu gehen.«

»Wer hat mich dann angerufen?«

»Ich weiß es nicht!«

»Doch, das wissen Sie.«

»Nein, verdammt noch mal!«

»Verdammt noch mal doch!«

Kimberly setzte sich wieder. Ginny atmete schwer und warf einen frustrierten Blick auf Sal, der nun das Ruder übernahm.

»Ginny«, sagte er, »was ist mit Tommy passiert?«

Die junge Frau sackte in sich zusammen. Von ihrer Aufsässigkeit blieb nichts mehr übrig.

»Ich bin ihm passiert«, antwortete sie müde. »Jeder muss einen Namen nennen. Er verlangt es. Und es muss der Name von jemandem sein, den du liebst. Er hatte ja schon meine Mutter. Tommy war der Einzige, der mir geblieben ist.«

»Haben Sie den Mord an Tommy mit angesehen?«

»Nein, aber ich wusste sofort, wer dahintersteckt, als in den Nachrichten davon zu hören war. Wer hätte es sonst tun sollen?«

»Hat Tommy Drogen genommen?«, fragte Sal.

Ginny schaute ihn entgeistert an. »Tommy? Im Leben nicht. Er war der Saubermann schlechthin. Verdammt, er bildete sich sogar ein, mich zu lieben. Dieser Idiot.« Sie griff sich an den Hals, wo sie früher einmal die Kette mit seinem Ring getragen haben mochte.

»Haben Sie mir deshalb diesen Absolventenring gegeben?«, fragte Kimberly. »Um mich auf Tommys Spur zu bringen?«

»Sie wollten schließlich einen Beweis. Jetzt haben Sie ihn. Der Mord an Tommy ist noch nicht aufgeklärt worden. Außerdem haben Sie das Band meiner Mutter gehört. Bringen Sie diesen Dreckskerl endlich hinter Gitter.«

»Sehr gern«, sagte Sal. »Wir brauchen nur seinen Namen.«

Ginny sah ihn an. »Sie glauben doch nicht etwa, dass ich seinen wirklichen Namen kenne. So blöd ist er nicht, dass er damit herausrückt. Sie haben es noch nicht begriffen. *Er* bestimmt, was Sache ist. Er spielt seine Macht aus. Ich bin nur ein Käfer, den er noch nicht umgebracht hat.«

Kimberly betrachtete Ginny mit geschürzten Lippen und fragte sich, ob sie allein mit Blicken in Erfahrung bringen könnte, was im Kopf der jungen Frau vor sich ging. Einerseits hatte Ginny Kontakt mit der Polizei aufgenommen und behauptete, der Gerechtigkeit Genüge tun zu wollen. Andererseits hielt sie wichtige Informationen zurück. Wenn man ihr glaubte, war sie tapfer genug, eine Schwarze Witwe über ihren Arm krabbeln zu lassen, aber gleichzeitig brachte sie nicht den Mut auf, ein für alle Mal vor Dinchara davonzulaufen. Dank ihrer Cleverness hatte sie die vergangenen zwei Jahre überlebt, und doch war es ihr anscheinend nicht gelungen, Hinweise zu sammeln, die ihren Peiniger überführen könnten, das Kennzeichen seines Wagens zum Beispiel oder besondere Merkmale.

Anstatt zu helfen, war sie feindselig gestimmt, als Informantin unbrauchbar, weil sie log, war weniger Verbündete als Manipulatorin.

Und trotzdem war Ginny der einzige Trumpf, den sie hatten.

»Also«, stellte Kimberly fest. »Dieser Mann hat Ihre Mutter, Ihren Freund und vielleicht mehrere Ihrer Freundinnen umgebracht. Es scheint, Sie wollen, dass er ein bisschen dafür büßt und Sie frei von ihm werden.«

»Natürlich —«

»Es sei denn, Sie wären weiterhin bereit, ihm die Hälfte Ihres Einkommens zu überlassen. Aber was, wenn Ihr Baby zur Welt kommt? Sie glauben doch nicht, dass er babysittet, damit Sie weiter anschaffen können?«

»Hey, ich würde ihn nicht einmal in die Nähe meines Kindes lassen.«

»Und das würde er so akzeptieren?«

Ginny schien wieder den Tränen nahe.

»Es wäre doch wohl das Beste, wenn er eingelocht würde, nicht wahr?«

»Sag ich doch.«

»Aber ohne einen Namen, ohne Kennzeichen oder Personenbeschreibung ...«

Kimberly unterbrach sich, um Ginny Gelegenheit zu geben, die Lücke zu schließen, doch von der jungen Frau war nichts zu hören. Schulterzuckend fuhr sie fort: »Dann bliebe nur noch eine Möglichkeit, wenn es Ihnen wirklich ernst damit ist, dass wir diesen Kerl schnappen.«

Ginny merkte auf. »Und die wäre? Sagen Sie mir, was ich tun muss.«

»Wir verdrahten Sie. Dann verabreden Sie sich mit Dinchara, und wir werden ihn aufgrund dessen, was er von sich preisgibt, festnageln.«

Kapitel 18

Ich habe heute meinen Bruder gesehen.

Er war im Kino, drei Reihen vor mir, im Arm ein hübsches Mädchen mit glatten blonden Haaren, die ihm wie ein Seidenvorhang über den Rücken fielen. Ich hatte gerade den Mund voller Popcorn und musste husten, als ich ihn sah, und bevor er sich umdrehen konnte, um zu sehen, wer da störte, duckte ich mich weg.

Einen Moment lang kauerte ich auf dem klebrigen Teppichboden und wusste nicht, wie ich mich verhalten sollte.

Nach einer Weile beschloss ich zu tun, was ich am besten konnte – nichts.

Ich setzte mich wieder, stellte den Popcornkübel auf die Knie und sah mir den Slasher-Film an, in dem eine Kettensäge nach der anderen zum Einsatz kam, ohne dass Details zu erkennen gewesen wären. Hollywood weiß einen Scheißdreck über echtes Blut.

Das blonde Mädchen schien meinen Bruder zu mögen. Immer wenn die Filmmusik gespenstisch wurde, schmiegte es sich an ihn und drückte ihm die Stirn an die Schulter. Am Ende ließ es den Kopf einfach darauf liegen. Mein Bruder nahm sie fester in den Arm, und beide kicherten über etwas, das mit dem Blutbad auf der Leinwand nichts zu tun hatte.

Sie lachte nett, frisch und lebendig wie ein Sommertag.

So nannte ich sie dann auch. Mein Bruder ging aus mit einem Mädchen namens Summer. Ich stellte mir vor, wie sie Händchen haltend im Mondschein spazieren gingen, im Wagen meiner Eltern knutschten und zusammen den Abschiedsball besuchten, sie mit ihren festen kleinen Brüsten in einem viel zu großen Mieder.

Ich fand das unfair und schmollte. Es war nicht fair, dass ich sterben musste und er am Leben bleiben sollte.

Ich futterte noch mehr Popcorn, trank anderthalb Liter Cola und brütete vor mich hin.

Dann gingen die Lichter an. Mein Bruder und seine Freundin standen auf. Er trug ein College-Jackett – natürlich –, das er Summer über die Schultern legte.

Mein Bruder hatte die drahtige Statur meines Vaters. Er war nicht groß, aber kräftig. Wahrscheinlich spielte er Baseball. Mit seinem glatt rasierten Kinn und den kurz geschnittenen dunklen Haaren würde er bestimmt einen prima Pitcher abgeben. Dann lächelte er und zeigte ein Grübchen auf der linken Wange. Genau wie bei meiner Mutter. Die plötzliche Erinnerung an sie ließ meine Knie weich werden.

Mir schnürte sich der Hals zusammen. Ich rang nach Luft, konnte aber nicht atmen.

Und so ging ich zu Boden, geräuschlos, schlaff, ein dunkler Trenchcoat auf einem fleckigen Teppich.

Ich sah die Füße meines Bruders durch den Mittelgang gehen, hörte seine tiefe Stimme, als er Summer fragte, wann sie zu Hause sein müsse.

»Ich habe noch eine Stunde«, meinte sie.

»Perfekt«, sagte mein Bruder. »Ich weiß, wo wir hinfahren könnten.«

Ich folgte ihnen, was nicht schwer war. Mein Bruder fuhr jetzt einen Pick-up, eine riesige Kiste mit Allradantrieb, die wahrscheinlich unserem Vater gehörte. Auf der Stoßstange war ein Aufkleber mit der Aufschrift »Alpharetta Raiders«.

Meine Familie war umgezogen, zum x-ten Mal. Warum auch nicht?

Er bog in einen Feldweg ein. Dass sich junge Liebespaare gern dort zurückzogen, hatte ich mal gehört, auch wenn es wenig war, was ich so aufschnappte. Ich durfte ja nicht einmal zur Schule gehen. Für mich gab es kein College-Jackett. Auch keinen Abschlussball oder ein hübsches blondes Mädchen. Ich war bloß der verrückte Sonderling, der mit bleichem Gesicht und fettigen Haaren in seinen Armeeklamotten rumlief. Der Freak, den es wahrscheinlich in jeder Ortschaft gab.

Aus irgendeinem Grund machte ich mir Gedanken über Weihnachten. Ob meine Familie immer noch meinen Strumpf im Kamin aufhängte, das ausgeleierte Ding mit dem geflickten Zehenkäppchen, auf dessen Bund mein Name mit Silberglitzer geschrieben stand? Hielten sie am Tisch einen Platz für mich frei mit einem eingepackten Geschenk für alle Fälle?

Wenn sie wieder umgezogen waren, hatten sie aber bestimmt kein Zimmer mehr für mich. Wo waren dann meine Sachen geblieben? Meine Bücher, meine Klamotten und das ganze Spielzeug? An die Wohlfahrt verschenkt? Vielleicht hatte mein Bruder jetzt sogar eine kleine Suite. Ein Zimmer, in dem er schlief, ein anderes zum Abhängen.

Und wahrscheinlich hatte er jetzt einen Futon, einen Fernseher und eine Musikanlage. Freunde, die vorbeikamen, um ein bisschen bei ihm abzuhängen. Und kichernde blonde Cheerleader wie Summer. Er war bestimmt sehr beliebt, wurde vielleicht sogar von den Mitschülern bewundert als der Junge, der den Burgerman überlebt hatte.

Möglich aber auch, dass er als der tragische Held angesehen wurde. Er hatte in jungen Jahren seinen Bruder verloren, aber schaut nur, was aus ihm geworden ist.

Und während ich mir alle Mühe gab, ihn, der jetzt mit der hübschen kleinen Summer knutschte, aus tiefstem Herzen zu hassen, dachte ich wieder an meine Mutter, was mir einen Schmerz versetzte, als hätte man mir ein Messer durch die Rippen gestoßen.

Ich fragte mich, ob er meine Eltern stolz machte. Ich fragte mich, ob sein Anblick meiner Mutter half, nachts Schlaf zu finden.

Ich bog in den Feldweg ein, sprang aus meiner kleinen Rostlaube und schaffte es noch rechtzeitig hinter einen Baum, bevor mir die Blase platzte. Ich pisste anderthalb Liter Cola und noch was mehr. Ich pisste fast eine Ewigkeit lang, und als ich endlich wieder hinter dem Baum hervortrat, kam mir der Wagen meines Bruders entgegen.

Zum Abtauchen war es zu spät. Ich konnte nur hoffen, dass er mich nicht bemerkte.

Vergebens. Der Pick-up wurde langsamer. Das Fenster auf der Fahrerseite senkte sich. Mein Bruder glotzte mich an.

»Hey, du bist doch dieser Penner aus dem Kino. Was hast du hier verloren? Spionierst du uns nach?«

Ich sagte kein Wort.

Er runzelte die Stirn und schien aussteigen zu wollen. Plötzlich war das Mädchen zu hören: »Lass es, Schatz. Mach dir doch an dem nicht die Finger dreckig. Außerdem muss ich jetzt nach Hause.«

»Na schön«, erwiderte mein Bruder widerwillig. »Hast ja recht.«

Ich sah, wie er die Hand an die Gangschaltung legte, und fackelte nicht lange. Ich stemmte die Stahlkappen meiner Stiefel in den Dreck und hechtete auf den Wagen zu, in der Hand einen Knüppel. Woher ich den plötzlich hatte, weiß ich nicht mehr.

»Hey!«, brüllte ich, so laut ich konnte. »HEY!«

»Was zum Teufel –«

»Pass bloß auf, dass der Burgerman dich nicht erwischt.«

Und dann drosch ich auf die Fahrertür ein, so fest, dass der Knüppel barst. Das Mädchen schrie. Mein Bruder duckte sich weg und schlug die Hände über dem Kopf zusammen. Ich tobte mich aus, an den Scheinwerfern, am Kühlergrill, und als der Knüppel nicht mehr zu gebrauchen war, behalf ich mich mit meinen Stiefeln und trat schreiend auf die Karre ein.

Mir liefen Tränen übers Gesicht und Rotz aus der Nase. Aber ich konnte einfach nicht aufhören. Weil ich meinen Bruder so sehr liebte, dass ich ihn hasste. Ich liebte ihn dafür, dass er am Leben war, und hasste ihn, weil er es besser hatte als ich. Ich beneidete ihn um seine hübsche kleine Freundin und konnte es nicht verwinden, dass er von meiner Mutter das Grübchen geerbt hatte. Ich war stolz auf ihn, dass er hatte fliehen können, aber ich verachtete ihn, weil ich für ihn nicht mehr das sein konnte, was ich mir am meisten wünschte, nämlich sein Bruder zu sein.

Also drosch ich auf seinen Geländewagen ein und zerschmetterte ein Glas nach dem anderen, bis ich den Motor aufheulen hörte und nun noch eine Sekunde hatte, um mich in Sicherheit zu bringen.

Mein Bruder raste den Feldweg entlang, weg von dem verrückten, tobsüchtigen Kerl.

Mein Bruder ließ mich zurück.

Kapitel 19

»Bemerkenswert ist auch das Paarungsverhalten der Spinnen. Für gewöhnlich geht die Werbung vom Männchen aus, doch in manchen Fällen nimmt auch das Weibchen aktiv teil am Ritual, wenn eine bestimmte Erregungsschwelle überschritten ist.«

B.J. Kaston: *How to Know the Spiders*

Kimberly kam spät nach Hause. Es war dunkel in der Wohnung, nur die Dielenlampe brannte wie gewöhnlich, und in der Küche lag ein Lichtschein auf dem Tisch, wo Mac ihre Post hingelegt hatte. Keine Notiz mit Smiley diesmal. Stattdessen ein Aufkleber mit einer Kritzelei aus verästelten Linien, die in kleine Ovale ausliefen. Es dauerte eine Weile, bis sie erkannte, was damit dargestellt sein sollte: ein Olivenzweig.

Sie lächelte, obwohl sich Tränen anbahnten.

Womit hatte sie einen so lieben und guten Mann verdient?

Sie hätte vielleicht zu ihm gehen sollen. Ihm sagen, wie leid es ihr tue, und ihn um Verzeihung bitten, dafür, dass sie in einem Fall weiter ermittelte, den sie nicht aufgeben wollte?

Sie tigerte in der Küche auf und ab, aufgedreht wie immer, wenn sie sich an einem neuen Fall festgebissen hatte. Delilah Rose gleich Ginny Jones. Und Ginny Jones gleich ...? Opfer, Komplizin oder gar Schlimmeres?

Sie öffnete den Kühlschrank und griff nach einem Bier, besann sich aber und stellte es zurück.

Im dunklen Wohnzimmer starrte sie auf die Umrisse der Ledercouch, auf Macs Lehnstuhl, den viel zu großen Fernseher. Als kleines Mädchen war sie nachts gern durchs Haus geschlichen. Ganz anders ihre Schwester. Mandy hatte sich im Dunkeln gefürchtet und nur bei eingeschaltetem Licht schlafen können. Aber für Kimberly bot die Nacht Gelegenheit, Abenteuer zu erleben. Würde sie auf Zehenspitzen von ihrem Schlafzimmer im Obergeschoss bis nach unten zur Haustür schleichen können, ohne einen einzigen Laut entstehen zu lassen?

Sie stellte sich dann vor, irgendwelchen Schurken auf den Fersen zu sein. Oder einen Räuber zu überlisten, der schon ins Haus eingebrochen war. Die Nacht war von Monstern bevölkert, und seit sie denken konnte, wollte Kimberly sie bekämpfen.

Meist war sie von ihrem Vater, dem Super-Cop, der nicht gut schlafen konnte, auf ihren nächtlichen Streifzügen erwischt worden.

»Kimberly?«, fragte er dann. »Warum bist du nicht im Bett?«

Und in ihrer Verlegenheit traute sie sich nicht zu gestehen, was sie tatsächlich umtrieb, und sagte stattdessen: »Ich will nur einen Schluck Wasser trinken.«

Er beobachtete sie eine Weile. Schweigen war schon immer seine beste Waffe gewesen, und er konnte sie sehr geschickt einsetzen. Schließlich ließ er sie in die Küche gehen und sich ein Glas Wasser holen.

»Die dritte Stufe von oben«, verriet er ihr. »Sie knarrt.«

Und in der nächsten Nacht würde sie darauf besonders achtgeben.

Nachdem ihr Vater ausgezogen war, konnte sie unbehelligt durchs Haus schleichen. Ihre Mutter schlief tief und fest, und Mandy war erst mit vierzehn für nächtliche Ausflüge zu begeistern, als sie begann, sich für Jungs zu interessieren. Aber Kimberly drehte Nacht für Nacht ihre Runden und sorgte für Sicherheit im Haus. Denn der Super-Cop war fort, und es gab nur noch sie, die ihre Familie vor Monstern schützen konnte.

Bis zu dem Tag, als sie ihr Collegestudium begonnen hatte, und nachdem Mandy und ihre Mutter ermordet worden waren.

Verflucht. Kimberly ging ins Schlafzimmer.

Mac schien zu schlafen. Ein Arm lag angewinkelt auf dem Gesicht, der andere auf dem Bauch.

Sie versuchte, ihn nicht zu stören, und ging ins Badezimmer, putzte sich die Zähne, wusch sich das Gesicht und kämmte sich die Haare aus. Sie zog sich aus und öffnete auf der Suche nach ihrem Pyjama mehrere Schubladen und den Wandschrank. In der Küche holte sie sich ein Glas Wasser und stellte es auf das Nachttischchen.

Sie schlug die Decke zurück und stieg ins Bett.

Mac brummelte.

»Oh«, bemerkte sie munter. »Du bist wach!«

Mac öffnete ein Auge und deckte es schnell wieder mit dem Arm zu.

Sie gab ihm einen Klaps auf die Schulter. »Schwindler.«

»Gar nicht.«

»Tu nicht so. Das kenne ich doch schon.«

Er machte nun beide Augen auf, und für eine Weile betrachteten sie sich vorsichtig.

»Deine Zeichnung hat mir gefallen«, sagte sie leise.

»Bin wohl kein wirklich großer Künstler.«

»Gut genug.«

»Ich mag keinen Streit«, sagte er plötzlich.

»Ich auch nicht.«

»Und ich möchte mir keine Sorgen um dich machen müssen. Aber wenn ich daran denke, dass wir Eltern werden und nicht einmal ein Haustier hatten, wird mir ganz anders. Wie sollen wir den Kleinen füttern, baden und am Leben halten? Das ist mir gestern zum ersten Mal wirklich bewusst geworden.«

Sie schüttelte den Kopf.

»Wir haben uns nicht einmal um einen Gummibaum kümmern müssen, Kimberly. Wie sollen wir es schaffen, gute Eltern zu sein, wenn es in unserem jetzigen Alltag nicht einmal Zeit für Zimmerpflanzen gibt?«

»Ich schätze, wir werden unser Kind zumindest nicht düngen müssen.«

Er richtete sich auf. Die Bettdecke rutschte herunter. Mit seinen dunklen Haaren und dem vom Schlaf zerknitterten, ernsten Gesicht sah er so sexy aus wie der Mann, in den sie sich vor Jahren verliebt hatte. Der ihr splitternackt einen Antrag gemacht hatte in der Nacht, bevor sie einem Entführer Lösegeld überbringen musste, in einer so gefährlichen Situation, dass beide daran zweifelten, jemals einen Ehering tragen zu können.

Mac hatte sie am nächsten Morgen gehen lassen und sie nicht zurückzuhalten versucht, wofür sie ihm sehr dankbar gewesen war.

Sie streckte ihre Hand aus und berührte zärtlich sein Gesicht. »Ich habe Delilah Rose gesehen«, sagte sie unumwunden. »Sie ist tatsächlich Ginny Jones und wurde, wie sie behauptet, vor zwei Jahren gekidnappt und zur Prostitution gezwungen. Es scheint, dass ihr Kidnapper ihre Mutter getötet hat und sich systematisch an einer Stricherin nach der anderen vergreift. Konkrete Details haben wir leider nicht aus ihr rausbekommen. Trotzdem glaubt Sal, dass die Hinweise ausreichen, um weitere Ermittlungen zu rechtfertigen. Ich werde ihm dabei helfen. Zumindest so lange, bis genug vorliegt, um eine Sonderkommission bilden zu können.«

»Selbst dann wirst du keine Ruhe geben«, sagte Mac.

»Ich weiß nicht. Wenn das Baby kommt, bleibt mir wahrscheinlich nichts anderes übrig.«

»Du wirst auch noch im Kreißsaal dranbleiben.«

Sie zog ihre Hand zurück und starrte auf das Laken. »Vielleicht hast du recht«, sagte sie. »So schnell gebe ich nicht auf, weder was meine Ehe noch was meinen Job betrifft.«

Er schwieg. Sie dachte, dass es wohl besser wäre, ihn anzusehen, brachte es aber nicht über sich. Es machte ihr nichts aus, einer Informantin spät in der Nacht auf einsamen Feldwegen nachzujagen oder nach dem abgetrennten Kopf eines Jägers zu suchen. Aber hier, in ihrem eigenen Haus, im Schneidersitz neben ihrem Mann auf dem Bett zu hocken und zu spüren, wie sich die Spannung zwischen ihnen immer weiter auflud – das machte ihr Angst.

»Kimberly«, sagte Mac schließlich. »Man hat mir einen neuen Posten angeboten, die Leitung des Drogendezernats in Savannah.«

Verblüfft schaute sie ihn an. »Aber Savannah ...« Savannah lag im Südosten an der Grenze zu South Carolina, näher an Hilton Head als an Atlanta. Die Stadt hatte eine eigene respektable GBI-Vertretung, und die Leitung des Drogendezernats würde einen beachtlichen Karrieresprung bedeuten. Allerdings wäre die neue Dienststelle viel zu weit entfernt.

»Willst du mir nicht gratulieren?«

»Gratuliere«, antwortete sie pflichtschuldig.

»Entschieden ist noch nichts«, sagte er etwas zögerlich. »Aber ich habe mich kundig gemacht. Es wäre eine verantwortungsvolle Aufgabe und würde mich sehr viel weiterbringen.«

Sie war sprachlos und studierte wieder das Laken.

Mac seufzte. »Ich liebe meinen Job, Kimberly. Genauso wie du«, sagte er. »Und ich leiste wahrscheinlich genauso gute Arbeit wie du. Zufällig habe ich während der vergangenen zwölf Monate geholfen, eines der größten Meth-Labors des Landes auffliegen zu lassen und dazu ein ganzes Netzwerk von Dealern. Ich kann offenbar einiges bewirken, und das gefällt mir.«

»Ich weiß.«

»Das FBI hat einige regionale Zweigstellen. Sie sind ziemlich klein, aber sicher hätte Savannah Verwendung für eine zusätzliche Agentin. Wir könnten ein Haus in der Gegend mieten. Du fandest es doch auch ganz schön, als wir das letzte Mal dort waren. Strandnähe, Hilton Head gleich um die Ecke. Für ein Kind optimal.«

Sie sagte nichts.

»Vielleicht wäre jetzt so kurz vor der Geburt auch ein

günstiger Zeitpunkt, um eine kleine Pause einzulegen. Wir könnten dann in Ruhe darüber nachdenken, wie es weitergehen soll.«

»Ich bleibe zu Hause, und du gehst arbeiten?«

»Ohne es versucht zu haben, Kimberly, kannst du nicht wissen, wie es dir gefallen würde.«

Sie wollte etwas sagen, aber ihre Stimme versagte. Es hatte doch so gut angefangen mit ihnen, und jetzt war plötzlich alles in der Schwebe. Sein Job, ihr Job, das Kind. Sie wusste nicht mehr weiter.

»Hast du schon geantwortet?«, hörte sie sich flüstern.

»Du weißt doch, dass ich das nicht tun würde, ohne vorher mit dir gesprochen zu haben.«

»Und das tun wir gerade, ja?«

»Scheint so.«

Sie nickte und zwirbelte einen Zipfel der Bettdecke. »Muss ich mich gleich entscheiden?«

»Natürlich nicht. Aber ich glaube, ich muss in spätestens einer Woche eine Ansage machen.«

»Okay.«

»Soll das heißen, du bist einverstanden?«, fragte er hoffnungsvoll, doch seiner Stimme war anzuhören, dass er sie nur zu necken versuchte.

»Wir können uns in den nächsten Tagen ausführlicher darüber unterhalten.«

»Gut.« Er schlug wieder einen ernsteren Ton an. »Aber dazu müssten wir ein bisschen mehr Zeit miteinander verbringen, das ist dir doch hoffentlich klar, oder?«

»Klar«, sagte sie, doch beide wussten, dass sie nicht ganz bei der Sache war.

Er seufzte wieder und löschte das Licht.

Sie hatte ihm den Rücken zugekehrt. Er schmiegte sich von hinten an sie und legte seine Hand auf ihren Bauch. Ein glückliches Paar, zwei, aus denen zur Krönung ihrer Liebe drei werden sollten.

Ihr Mann war wieder eingeschlafen, Kimberly aber immer noch hellwach.

Gegen eins verließ sie das Bett und ging in die Küche. Sie wählte die Nummer aus dem Gedächtnis, erreichte aber nur einen Anrufbeantworter und hinterließ eine Bitte, die sie noch nie ausgesprochen zu haben glaubte.

»Dad«, sagte sie, »ich brauche Hilfe.«

Kapitel 20

»Die Spinne ist an ein Leben in den Wohnräumen von Menschen bestens angepasst.«
Michael F. Potter: *Brown Recluse Spider*

Rita war wach. Ob sie dieser Umstand letztlich rettete? Die Antwort darauf würde offenbleiben.

Draußen war es dunkel. Neumond. Das durch das Fenster hereinsickernde Licht reichte nicht, um Schatten an die Wand zu werfen. Es war wieder eine jener verflixten Nächte, in denen sie sich nicht einmal von kleinen Schattenspielen unterhalten lassen konnte.

Und dann hörte sie es. Schritte im Hinterhof, gefolgt vom Knarren der Tür, die sich öffnete.

»Joseph«, flüsterte sie, auf dem Rücken in ihrem alten Doppelbett liegend, die gichtigen Hände um den Saum der Decke gekrallt. »Bist du es, Joseph?«

Doch der war es natürlich nicht. Seit wann machten Geister Geräusche?

Sie zwang sich, langsam und gleichmäßig zu atmen, während unten im Parterre die Kühlschranktür mit einem leise ploppenden Laut aufging und eine alte Schublade krächzte. Und wieder waren Schritte zu hören. Viele Schritte, leicht und rasch. Sie steuerten auf die Treppe zu.

Langsam und gleichmäßig atmen, schärfte sie sich ein. Bei Gott, sie würde sich in ihrem eigenen Haus doch wohl nicht fürchten? Bei Gott, sie würde sich doch wohl nicht vertreiben lassen aus ihrem eigenen Bett?

Und plötzlich tauchte der Junge am Fußende ihres Bettes auf. Er versteckte seine Hände hinter dem Rücken und schaute ihr geradewegs in die Augen.

Unerschrocken begegnete sie seinem Blick und ließ die rechte Hand unter die Decke gleiten.

»Scott«, sagte sie ruhig. »Ich dachte, wir hätten uns auf ein paar Regeln geeinigt.«

Der Junge sagte nichts.

»Ein anständiger Gast klopft an, bevor er zur Tür hereinkommt. Ein anständiger Gast schleicht sich *nicht* mitten in der Nacht an das Bett einer alten Lady und ängstigt sie zu Tode.«

Der Junge sagte immer noch nichts.

Rita richtete sich auf. Ihr war bewusst, dass sie mit ihrer schief auf dem Kopf sitzenden Schlafmütze und den zusseligen grauen Strähnen darunter einen komischen Anblick bot. Sie trug ihr grün kariertes Flanellhemd und eine gelb gestreifte lange Unterhose, die der impertinente junge Bursche aber ja zum Glück nicht sehen konnte.

Der Junge schwieg weiter und rührte sich nicht. Sie ließ ihn nicht aus den Augen und gab ihm mit ihren Blicken zu verstehen, dass sie nicht so hinfällig war, wie sie aussehen mochte.

»Zeig mir deine Hände, Scott.«

Keine Reaktion.

»Junger Mann, ich fordere dich ein letztes Mal auf. *Zeig mir deine Hände!*«

Er fing plötzlich an zu zittern, riss seine Hände hinter

dem Rücken hervor und streckte sie ihr entgegen. »Ich brauche nur einen Schlafplatz«, rief er hysterisch. »Nur für eine Nacht. Ich mache auch keine Scherereien. Ehrlich!«

Rita nutzte seinen Gefühlsausbruch, um aus dem Bett zu steigen. Die Knochen taten ihr weh, als sie die Beine über den Rand schwang und sich erhob. Aber im Stehen war ihr wohler zumute.

»Wo wohnst du, Scott?«

Er presste meuternd die Lippen aufeinander.

»Hast du Eltern, die ich anrufen könnte? Ist da jemand, der sich Sorgen um dich macht?«

»Ich würde gern hier schlafen«, flüsterte er. »Auf dem Boden. Ich brauche nicht viel. Ehrlich.«

»Unsinn. Meine Gäste schlafen nicht auf dem Boden. Wenn du hier übernachten willst, dann nur in einem richtigen Bett. Komm, wir gehen in Josephs Zimmer.«

Sie schlurfte an dem Jungen vorbei und streifte ihn an der Schulter. Er wich zurück und folgte gehorsam, was ihr Mut machte. Sie führte ihn in das Zimmer ihres Bruders, wo immer noch verstaubte Football-Pokale auf der Kommode standen. Den Quilt, der auf dem Bett lag, hatte ihre Großmutter aus Babydecken von Hand genäht. Als ältester Enkel hatte Joseph die Quilt-Decke an seine Kinder weitergeben sollen. Aber dann war er wie Ritas Mann im Krieg gefallen. Er war in Frankreich auf eine Landmine getreten. Für ein anständiges Begräbnis hatten die wenigen von ihm übrig gebliebenen Körperteile nicht ausgereicht. Und so war nur seine Hundemarke feierlich beigesetzt worden. Der Vater hatte sich daraufhin in sein Zimmer zurückgezogen und Monate darin verbracht.

Eigentlich hätte Schwester Beatrice den Quilt an sich nehmen sollen, doch er blieb in Josephs Zimmer, das die Familienmitglieder ab und zu aufsuchten in der Hoffnung, von Joseph Abschied nehmen zu können.

Rita schlug nun den alten Quilt zurück und strich das kalte, etwas muffige Laken darunter glatt. Dann zog sie den Jungen zu sich und half ihm aufs Bett.

Er verhielt sich ganz und gar passiv. Sein hagerer Körper schien völlig kraftlos zu sein. Er kollabierte geradezu. Als Rita ihm eine dunkle Locke aus der Stirn strich, zuckte er zusammen.

»Rita«, flüsterte er. »Ich bin müde.«

Wie er dies sagte, verriet ihr, dass er nicht nur einfach müde war, sondern an Leib und Seele erschöpft.

Sie deckte ihn zu und zog den Quilt bis unter sein Kinn.

»Du kannst dich bei mir ausruhen, solange du willst, mein Kind«, sagte sie.

Dann schlurfte sie zurück in ihr eigenes Schlafzimmer, wo sie mit der Hand über den Boden tastete, bis sie das Küchenmesser fand, das der Junge hatte fallen lassen. Sie hob es auf und legte es auf die Konsole neben ihrem Bett.

Unter der Bettdecke holte sie nun den alten .45er-Colt ihres Vaters hervor. Sie hatte ihn am Vorabend gereinigt und geladen. Ein nettes Ding, alt, aber immer noch voll funktionsfähig.

Die Waffe in der Hand, mühte sie sich wieder mit Hilfe des Geländers die Treppe hinunter.

In der Küche quietschte die Hintertür, vom Wind bewegt, in den Angeln. Sie öffnete sie, schaute in den Hof hinaus und bedauerte wieder, dass der Mond nicht schien.

Es war stockdunkel. Auch vom Nachbarhaus kam kein Licht, und nicht einmal die Augen einer Katze glühten.

Mit geschlossenen Augen ließ sie die Nacht auf sich einwirken. Sie und ihre Brüder hatten in jungen Jahren manchmal im Hof campiert und sich vorgestellt, in der Wildnis des Amazonas zu sein. *Statt nur mit den Augen,* hatte ihr Vater mit seiner tiefen Stimme leise gesagt, *kann man auch im Geiste sehen und mit dem Herzen Ausschau halten.*

Wieder einmal ging ihr jetzt durch den Kopf, dass Joseph, wenn er auf seiner nächtlichen Patrouille die Augen geschlossen, nicht hingesehen und sich stattdessen auf sein Gespür verlassen hätte, von dieser verhängnisvollen Landmine vielleicht verschont geblieben wäre.

Und plötzlich spürte sie es. Etwas so Starkes und Kaltes, dass sie unwillkürlich zusammenfuhr.

Da draußen in der Nacht lauerte etwas, das auf der Jagd und voller Hass war.

Rita verzog sich in die Küche, zog die Tür zu und legte den Riegel vor. Zum ersten Mal wurde ihr bewusst, wie wenig einbruchsicher ihr altes Haus war. Die große Glasscheibe in der Hintertür ließ sich ohne weiteres zerschlagen, das Türblatt selbst mit einem Stemmeisen im Handumdrehen aufbrechen.

Ich werde husten und prusten und dir dein Haus zusammenpusten.

Sie zitterte und hatte Angst, die wie Galle im Rachen schmeckte. Die Waffe in der Hand war plötzlich viel zu schwer, der Arm viel zu schwach. Wie sollte sie, die sich kaum auf den Beinen halten konnte, auf den Mistkerl, der sie bedrohte, anlegen und dann auch noch genau zielen ...?

Und dann schämte sie sich für ihre Feigheit. Schließlich war sie die Einzige in ihrer Familie, die es geschafft hatte zu überleben. Und das Haus, in dem sie wohnte, gehörte ihr. Bei Gott, sie würde sich zu schützen wissen.

Sie ging von Zimmer zu Zimmer, schaute in alle Ecken und Winkel und prüfte die Schlösser. Gleich morgen, so nahm sie sich vor, würde sie die Möbel anders stellen. Und draußen im Schuppen hatte sie noch Holz. Das würde sie spalten und mit den Scheiten die Fenster verstärken.

Und dann waren da noch die Glöckchen der Weihnachtsdekoration. An den richtigen Stellen aufgehängt, könnten sie als Alarmanlage dienen.

Jawohl, sie hatte noch etliche Trümpfe im Ärmel.

Sie fühlte sich schon wieder sehr viel besser, schlurfte zur Treppe und mühte sich nach oben.

Kaum hatte sie sich auf dem Bett ausgestreckt, war sie auch schon eingenickt. Seit Wochen schlief sie endlich wieder einmal tief und fest.

Als sie aufwachte, stand die Schlafzimmertür offen. Auf dem Kissen neben ihr lag der Colt.

Der Junge war verschwunden.

Sie fragte sich, ob sie ihn jemals wiedersehen würde.

Kapitel 21

>>Loxosceles reclusa haben sechs Augen; ihre Beine stehen seit-
wärts ab. Sie weben ein Netz aus klebrigen Fäden, in denen
sich Insekten verfangen.<<
Herbert W. und Lorna R. Levi: *Spiders and Their Kin*

Henrietta ging es nicht gut. Letzte Nacht hatte er eine
Heuschrecke zerquetscht und mit hervorquellenden Orga-
nen in den dunklen Schlupfwinkel der Intensivstation gelegt, gleich neben Henriettas Beißklauen. Als er am Morgen nach ihr sah, hatte sie das Insekt nicht angerührt und
sich um zwei, drei Zentimeter von ihm wegbewegt, was ihr
auf den lädierten Beinen nicht leicht gefallen sein dürfte.

Wie er wusste, konnten ältere Vogelspinnen nach der
Häutung wochenlang fasten. Ihm war sogar schon einmal
zu Ohren gekommen, dass sich ein Exemplar nach einem
ganzen Hungerjahr wieder erholt hatte.

Unterernährung stellte keine Gefahr dar, wohl aber
Wassermangel.

Er würde ihr helfen. Sie waren schon so weit gekommen, und nun wollte er sich auch bis zum bitteren Ende
um sie kümmern.

Das Licht einzuschalten war nicht nötig. Er konnte sich
auf seine nachtsichtigen Augen verlassen. In der Küche
hatte er vorher eine Untertasse in kochendem Wasser steri-
lisiert. Nun träufelte er ein paar Tropfen Wasser darauf
und unterfütterte ihn mit zwei Wattebällchen, damit der

Teller exakt so geneigt war, dass das Wasser an seinen Rand lief. Perfekt.

Jetzt wurde es knifflig. Entgegen landläufiger Meinung waren Spinnen äußerst zerbrechlich. Selbst die so beeindruckend aussehende Vogelspinne war in Wirklichkeit ein relativ kleines Lebewesen mit eingeschränktem Sehvermögen und nicht besonders schnell auf den Beinen. Zu feste Berührungen hatten oft tödliche Folgen. Die Tiere waren bedroht durch Pestizide, Parasiten und spinnenfressende Wespen. Kein Wunder, dass Vogelspinnen es vorzogen, sich in kleinen, dunklen Winkeln aufzuhalten.

Henrietta aber konnte sich nicht länger verstecken. Sie brauchte Wasser.

Vorsichtig griff er in den Behälter und legte die gewölbte Hand über ihren Körper wie über ein rohes Ei, ganz sanft, denn die Brennhaare konnten unangenehm werden. Mit drei Fingern umfasste er die Beine auf der einen Seite, während er den Daumen auf die andere Seite und den Zeigefinger über die Cheliceren legte. Dann drehte er geschickt die Hand herum und hatte Henrietta federleicht auf seinem Handteller liegen.

Behutsam setzte er sie nun auf dem geneigten Unterteller ab, so, dass ihre Taster und Cheliceren mit dem Wasser benetzt wurden und der Rest des Körpers nach oben wies. Als er die Hand von ihr löste, achtete er genau darauf, dass sie nicht nach unten in die kleine Wasserlache rutschte und womöglich darin ertrank.

Überzeugt davon, dass sie an Ort und Stelle verharren würde, hockte er sich auf seine Fersen und warf einen Blick auf die Uhr. Eine Dreiviertelstunde sollte ausreichen. Danach würde er sie in die Intensivstation zurückverlegen, zusammen mit einer frisch ausgeweideten Heuschrecke. Hoffentlich wäre damit alles getan.

Er musste sich schließlich auch noch um seine anderen Lieblinge kümmern.

Das Herrenschlafzimmer war mit seinen zwei Erkerfenstern und der hübsch gewölbten Decke recht geräumig. Es stellte gewissermaßen das sonnige Kronjuwel jenes weitläufigen Anwesens dar, das früher einmal als Sommerresidenz gedient hatte. Auf zwei Seiten war das Haus von einer überdachten Veranda gesäumt. Bunte Bleiverglasung schmückte den Eingangsbereich. Insgesamt gab es drei Schornsteine, sechs Schlafzimmer und einen Wintergarten.

Die geblümten Tapeten waren mit der Zeit vergilbt. Abblätternde Farbe, gebrochene Dielenbretter und das absackende Fundament zeugten von jahrelanger Vernachlässigung. Im Parterre ließen sich manche Fenster nicht mehr schließen, Türen nicht mehr öffnen. Das ganze Gebäude hatte eine leichte Schlagseite nach rechts und wirkte irgendwie betrunken.

Trotzdem war es geradezu perfekt mit seinen zahllosen Ecken und Winkeln, den geschwungenen Treppen, alten Schränken und freiliegenden Balken. Als sein jetziger Bewohner das verlassene Anwesen für sich entdeckt hatte, war die gewölbte Decke des großen Schlafzimmers vollständig mit Spinnennetzen überzogen gewesen. Die Maklerin, von der er damals durchs Haus geführt worden war, hatte hysterisch aufgeschrien, als ihm nicht nur eine, sondern gleich zwei Spinnen von den Sparren auf die Schulter gefallen waren. Für ihn aber hatte sofort festgestanden, dass er dieses Haus beziehen würde.

Seine Sammlung war in den Zimmern des Obergeschosses verteilt: die Vogelspinnen im Herrenschlafzimmer, die Loxosceles im Kinderzimmer nebenan und die Fettspinnen im Flur. Er hielt sie in Terrarien oder Schaukästen, die er einmal im Monat sauber machte und mit Wasservorrat versah. Vorhänge vor den Fenstern schirmten das Sonnenlicht ab. Luftbefeuchter sorgten für das richtige Raumklima. In manchen Zimmern hatte er Erde auf dem Boden verstreut, guten Humus voller Laub und Krabbeltiere. Diese Schicht dichtete die Fugen zwischen den Dielenbrettern ab und verströmte einen Geruch von Tod und Verwesung. Genau das Richtige für Arachniden.

Er selbst konnte diesen Dreck nicht ausstehen. Den Gestank und wie er sich zwischen den Fingern oder unter den nackten Füßen anfühlte. Ja, im Grunde fürchtete er sich davor, obwohl er das nie zugegeben hätte. Aber nahm er in Kauf, dass sich ihm von den Gerüchen manchmal der Magen umdrehte und entsetzliche Gedanken aufdrängten.

Er achtete seine Spinnen. Er studierte und fütterte sie, letztlich um die Spinne in sich selbst zu finden.

Seine Sammlung war ihm heilig und ein Rückzugsort, den er aufsuchte, sooft er von seinen schlimmen Anfällen heimgesucht wurde, die kaum zu ertragen waren. Er legte sich dann auf den mit Erde bestreuten Boden, den Kopf voller verdrängter Gedanken, die sich aber in solchen Momenten mit rasender Wut Geltung verschafften. Er zog seine Kleider aus, nahm von den Terrarien die Deckel ab und sah zu, wie Unmengen Brauner Witwen daraus hervorkrabbelten. Dass er sich großer Gefahr aussetzte, war ihm nicht nur bewusst. Er bettelte sogar darum, dass es zum größtmöglichen Unfall kommen würde.

Spinnen aber waren von Natur aus scheue Wesen. Die Loxosceles mochten über seine Füße krabbeln, über seine behaarten Beine und bis hinauf in die Achselhöhlen, doch meist verzogen sie sich bald in irgendwelche Löcher, und dann musste er sie mit Leimruten wieder einfangen.

Damit brachte er sie natürlich um. Aber das war ja auch, was er am besten konnte – zerstören, sogar das, was er liebte.

Diesmal befasste er sich zuerst mit den Vogelspinnen. Methodisch inspizierte er einen kubischen Glasbehälter nach dem anderen, die sorgfältig auf Metallregalen entlang den Wänden aufgereiht waren. Jedes Terrarium war beschriftet mit dem Namen der darin enthaltenen Art. Eine Kartei verzeichnete die Daten der Fütterung. Manche Spinnen, vor allem die Neuzugänge, fraßen bis zu einem Dutzend Heuschrecken in der Woche, im Durchschnitt aber waren es sechs bis acht pro Monat. Vor und nach der Häutung fraßen die meisten Vogelspinnen überhaupt nicht.

Seine Lieblinge waren durchaus wählerisch. Die einen wollten nur Heuschrecken und Mehlwürmer. Größere Arten bevorzugten kleine Mäuse und Ratten, tot, aber wohltemperiert. (Wenn er sie aus dem Gefrierschrank holte, ließ er sie in heißem Wasser auftauen; die Mikrowelle kam nicht mehr in Betracht, nachdem er es einmal damit versucht und sich einen entsetzlichen Gestank eingehandelt hatte, der selbst nach Monaten noch nicht gänzlich verflogen war.)

Angefangen hatte er damit, Grashüpfer, Zikaden, Kakerlaken, Motten, Raupen und Regenwürmer im Garten zu sammeln. Wilde Insekten bargen aber ein Gesundheitsrisiko, denn sie waren oft mit Pestiziden kontaminiert, worunter dann auch seine Lieblinge leiden mussten. Darum kaufte er inzwischen das Futter nur noch in Zoohandlungen, mal in dieser, mal in jener, um keine Aufmerksamkeit auf sich zu lenken.

Seine Sammlung bestand mittlerweile aus hundertzwanzig Exemplaren, nicht eingerechnet die kleinen braunen Loxosceles, die an die Tausend zählten. Manche Spinnen hatte er im Garten gefangen, andere aus dem Ausland importieren lassen und wiederum andere selbst gezüchtet. In einem eigens als Kinderstube eingerichteten Terrarium wimmelte es vor winzigen Babyspinnen.

Und wie jeder echte Enthusiast war er darauf bedacht, seine Sammlung ständig zu vergrößern.

Er stand nun vor dem letzten Terrarium, und obwohl nur wenig zu sehen war, glaubte er spüren zu können, wie sich die Spinnenaugen mit wildem, berechnendem und räuberischem Blick auf ihn richteten.

Er lächelte unwillkürlich.

Theraphosa blondi. Die größte Spinne überhaupt mit einer Beinspannlänge von bis zu dreißig Zentimetern. Er hatte dieses Männchen erst vor einer Woche aus Südamerika einfliegen lassen. Als es bei ihm angekommen war, hatte es sich auf den Hinterbeinen aufgerichtet und einen Zischlaut von sich gegeben, der auf der ganzen Etage zu hören gewesen war. Mit seinen äußerst langen Tastern und dem von Brennhaaren dicht bewachsenen Körper war es eine Kampfmaschine sondergleichen, von der man wusste, dass sie sich über alles hermachte, von Nagern bis hin zu kleinen Vögeln.

Die meisten Vogelspinnen waren sanfte Riesen. Doch die *T. blondi* hatten einen eher schlechten Ruf. Sie konnten so kräftig zubeißen, dass es einen Sammler, wenn er unvorsichtig war, den einen oder anderen Finger kosten konnte.

Er spürte auch jetzt wieder den Blick des Spinnenmännchens auf sich ruhen, sah, wie er immer noch sein neues Zuhause erkundete und vorsichtig mit den Tastern auf die Glasscheibe tippte, um zu ermessen, wie stark sie wohl war. Dieses Tier schien blitzgescheit zu sein. Es beobachtete, wartete ab und heckte immer etwas aus.

Wenn er ihm die Gelegenheit dazu böte, würde es zuschlagen.

Er beugte sich über die kastanienbraune Spinne, die sich in den hinteren Winkel ihres Terrariums zurückgezogen hatte.

»Hey?«, fragte er. »Willst du ein Mäuschen?«

Er ließ eine tote weiße Maus an ihrem Schwanz vor der Glasscheibe hin und her baumeln und wartete gespannt darauf, wie die Spinne reagieren würde. Ihre Taster reckten sich dem Köder entgegen.

»Mein Vorschlag«, sagte er. »Wenn du brav bist, gibt's Frühstück. Wenn nicht, musst du fasten. Verstanden?«

Er wartete noch einen Herzschlag länger. Als die große Vogelspinne keine Anstalten machte, ihn zu attackieren, richtete er sich auf und legte die Hand auf den beschwerten Maschendrahtdeckel.

Eins, zwei, drei. Schnell hob er den Rand des Deckels an, warf die Maus ins Terrarium und sah, wie der Dreißig-Zentimeter-Riese aus der Ecke sprang und die Maus noch in der Luft attackierte. Beide, Maus und Spinne, landeten mit einem dumpfen Schlag auf dem Boden. Schon hatte sich der dunkel besprenkelte Körper um seine Beute geschlungen. Dann hob die Spinne ihren Vorderlauf, entblößte ihre Scheren ...

Erschrocken ließ der Mann den Deckel fallen und wich unwillkürlich zurück.

Als er sich beruhigt hatte, betrachtete er *T. blondi* mit neugewonnenem Respekt.

Mit dem Knöchel des Zeigefingers klopfte er an das Glas.

»Willkommen in meiner Sammlung«, sagte er und verschwand nach unten, froh darüber, das letzte Wort gehabt zu haben.

Der Junge war im Wohnzimmer und langweilte sich wieder einmal mit irgendeinem Videospiel. Er starrte aus glasigen Augen auf den Bildschirm, die Fernbedienung in beiden Händen. Teenager.

Nachdenklich beobachtete er den Jungen von der Tür aus.

Zeit zum Runterkommen. Eine Woche noch, vielleicht etwas länger. Es überraschte ihn, einen Anflug von Nostalgie darüber zu verspüren, dass er fast wie ein Lehrer in Anbetracht eines Schülers empfand oder wie ein Vater dem Sohn gegenüber.

Er durchquerte den Raum und schaltete den Fernseher

aus. Der Junge öffnete den Mund, um zu protestieren, besann sich aber eines Besseren. Er zog den Kopf ein und wartete.

»Kannst du nicht mal guten Morgen sagen?«, sagte der Mann und trat vor das Sofa.

»Guten Morgen.«

»Höfliche Umgangsformen können nicht schaden. Habe ich dir denn gar nichts beigebracht?«

Der Junge blickte mit heißen Augen zu ihm auf und schmollte. »Ich habe doch guten Morgen gesagt!«

»Ja, aber wir beide wissen, wie du es gemeint hast.« Der Mann wandte sich ab, stellte ein paar Berechnungen an und fragte plötzlich: »Hast du von ihr gehört?«

»Noch nicht«, antwortete der Junge leise.

»Ob sie es tun wird?«

Der Junge zuckte mit den Achseln.

»Da siehst du's«, sagte der Mann. »Einer Frau traut man besser nicht über den Weg. Bist schon ganz flatterig, oder? Na schön, reden wir mal zur Abwechslung ein paar Takte miteinander.«

Der Junge zuckte wieder mit den Achseln. Der Mann ließ sich nichts vormachen.

Er grinste, was aber wenig freundlich aussah. »Sag mir die Wahrheit, Freundchen. Du glaubst, sie liebt dich, nicht wahr? Du und Ginny, Arm in Arm, Küsschen, Küsschen. Wollt ihr heiraten? Kinder haben? In einem Haus wohnen mit einem weiß gestrichenen Lattenzaun drum herum?« Er winkte mit der Hand ab. »So tun, als hätte sich das alles hier nie zugetragen?«

Der Junge schwieg.

»Ich sag dir was, Freundchen. Ich verrate dir, wie's weitergeht. Du machst deine Reifeprüfung und bekommst von mir einen schönen Batzen Bares, den du mir am liebsten ins Gesicht schleudern würdest. Aber dann schluckst du deinen Stolz herunter. Du nimmst das Geld und redest dir ein, später einmal alles zurückzuzahlen. Wenn du selbst die große Kohle machst. Aber als was? Als Stricher, Zuhälter, Drogenkurier? Tja, so ist es nun einmal: Schulabbrecher gehen nicht aufs College, sie schaffen es nicht einmal zum Elektriker oder Automechaniker.

Aber du glaubst wohl immer noch, dass, wenn du erst mal in Freiheit bist, alles besser wird.

Ich gebe dir zwei Monate, maximal. Danach lebst du auf der Straße, verkaufst Blowjobs für fünf Dollar an alte Knacker und drückst dir den Dreck in die Venen, den du mit Müh und Not hast auftreiben können. Und dann wirst du dich fragen: War es wirklich so schlecht hier? Großes altes Haus. Essen umsonst. Videospiele. Kabelfernsehen.

Ich habe dich immer gut behandelt, Freundchen. Das wird dir bald selbst einleuchten. Dass ich dich immer gut behandelt habe.«

Der Mann machte sich auf den Weg in die Küche, um zu frühstücken. Danach würde er sich vor den Computer setzen müssen. Das Bargeld wurde knapp. Er musste an die Arbeit.

Plötzlich räusperte sich der Junge und rief: »Wie viel? Was heißt ›ein Batzen‹?«

»Das braucht dich vorläufig nicht zu interessieren. Zuerst musst du deine Reifeprüfung ablegen.«

»Ich will es aber wissen«, meinte der Junge. Er hatte wieder diesen seltsamen Blick, ausdruckslos, aber aufmerksam. Wie *T. blondi.* Der Junge wurde erwachsen. Er war auch schon fast so wie der Mann. »Ich will es wissen«, wiederholte er. »Wie viel ist mein Leben wert?«

Der Mann dachte nach. Er kehrte zum Sofa zurück. Der Junge tat ihm den Gefallen und zog wieder den Kopf ein, als erwartete er, geschlagen zu werden. Doch der Mann hatte gar nicht vor, ihn zu schlagen. Er beugte sich an sein Ohr, und seine Stimme klang fast zärtlich, als er ihm zuflüsterte: »Du Penner bist nicht mal den billige Präser wert, dem dein dämlicher Vater in der Nacht deiner Zeugung vertraut hat. Aber ich habe Mitleid mit dir. Ich gebe dir hundert Schleifen. Zehn Dollar für jedes deiner Dienstjahre. Sei dankbar.«

Der Junge schaute ihn an. »Ich will zehntausend.«

»Freundchen, so gut warst du bei weitem nicht.«

»Ich will zehntausend«, rief der Junge, und sein Blick war so leer, dass sich dem Mann die Nackenhaare aufrichteten. Doch er ließ sich nichts anmerken.

Er betrachtete den Jungen. »Zehn Riesen? Ist das dein Ernst?«

»Die habe ich *verdient.*«

Der Mann lachte und strubbelte dem Jungen die Haare. »Du willst also mehr, habe ich dich richtig verstanden, Freundchen? Dann tu was dafür. Lass dir was über die neue Spinne erzählen, die ich oben ...«

Kapitel 22

»**Loxosceles reclusa jagen bei Nacht und begnügen sich auch mit toten Insekten als Beute.**«
Michael F. Potter: *Brown Recluse Spider*

»Es gibt rund fünfunddreißigtausend bekannte Spinnenarten«, sagte Sal. »Nach Expertenmeinung ist das, wie ich gelesen habe, aber nur ein Fünftel der geschätzten Anzahl aller lebenden Arten. Und jetzt kommt's: Es heißt, Spinnen wären die beliebtesten ›nicht traditionellen‹ Haustiere in Amerika. Und ich dachte, die Freaks unter den Tierhaltern stünden auf Pythons.«

»Pythons werden zu groß«, meinte Kimberly. »Am Ende landen sie in den Everglades von Florida, wo sie den Alligatoren das Futter wegfressen.«

Sal und Kimberly saßen im Laderaum eines weißen Transporters, der als Lieferwagen getarnt war, tatsächlich aber der Kriminaltechnik des GBI gehörte. Es war die vierte Nacht der Operation Fliegenfalle. Ginny hielt sich im Foxy Lady auf und wartete, mit einem Mikrosender verdrahtet, auf Dinchara. Auf dem Boden des Transporters lagen jede Menge leere Kaffeebecher (Sal) und Wasserflaschen (Kimberly). Ihnen assistierten ein Tontechniker namens Greg Moffatt und die Undercover-Agentin Jackie Sparks. Moffatt hockte vor einem schwach beleuchteten Mischpult und murmelte eine Litanei von technischen Begriffen vor sich hin, die nur er verstand. Sparks spielte die

Rolle einer vergnügungssüchtigen jungen Frau und trieb sich irgendwo im Club herum, um Ginny im Auge zu behalten.

Ginny wusste von Moffatt, aber nicht von Sparks. Sie riskierte mit der Verkabelung zwar ihr Leben, was aber letztlich kein Grund war, ihr alles zu erzählen. Sie hatten sie über den Einsatz von Mikro und Sender aufgeklärt, ihr eine Story zurechtgelegt und sie losgeschickt.

Ginnys Auftrag: Sie sollte Hinweise aus Dinchara herauslocken, über die er sich als Mörder von Tommy Mark Evans verriet und/oder zu erkennen gab, dass er mit dem Verschwinden der sechs jungen Frauen in Zusammenhang stand, deren Führerscheine Sal gesammelt hatte. Damit wäre dann ein Anfangsverdacht gegen ihn begründet, der polizeiliche Ermittlungen und gegebenenfalls sogar die Bildung einer Sonderkommission rechtfertigen würde.

Während der vergangenen vier Nächte war Dinchara nicht aufgetaucht. Entsprechend nervös wurde das Team, zumal Sal geradezu hatte betteln müssen, bis ihnen die technischen Hilfsmittel gewährt wurden. Noch eine ergebnislose Nacht, und sie konnten einpacken.

»Es scheint also«, fuhr Sal fort, der über einen kleinen, schwarzen Knopf im linken Ohr mit Special Agent Sparks in Verbindung stand, »dass das Sammeln von Spinnen gar nicht so ungewöhnlich ist, wie man meinen sollte. Im Internet tummeln sich Hunderte von Händlern, die die ganze Palette im Angebot haben: von Jungspinnen für ein paar Dollar bis hin zu erwachsenen Weibchen der Species *Brachypelma baumgarteni,* für die man locker achthundert hinblättern muss.«

»*Achthundert Dollar?*«, staunte Kimberly.

»Ja. Weibchen sind teuer. Sie leben ja auch zwei- bis dreimal länger als Männchen und können viel effektiver zur Züchtung eingesetzt werden. All das habe ich gelernt. Sie ahnen nicht, wie umfangreich die Literatur über das Liebesleben von Vogelspinnen ist.«

Kimberly starrte ihn an.

»Es soll übrigens nicht selten vorkommen, dass jemand für ein Weibchen tief in die Tasche greift und dann dumm aus der Wäsche guckt, weil ihm ein Männchen geliefert wurde.«

»Vor solchen Problemen werde ich hoffentlich nie stehen.«

»Außerdem gibt's da noch diverse Vereine und Verbände«, referierte Sal. »Nicht zu vergessen ArachnaCom – das ist die alljährlich stattfindende Messe für Spinnenbegeisterte. Suchen Sie mal bei Google unter ›tarantula‹; Sie werden sich wundern. Spinnen sind überall.«

»Kein Scherz?«

»Ich bin auch auf Hinweise auf illegale Spinnenimporte gestoßen«, sagte Sal. »Wirklich exotische Arten sind rar, aber ein echter Liebhaber kann einfach nicht warten. Also denkt sich so mancher Drogenhändler: Warum nicht auch mal eine *Xenesthis immanis* mitverschiffen, wenn sich auf die Schnelle ein Extra-Tausender damit machen lässt?«

»Eine Xenesthis wie bitte?«

»*Xenesthis immanis.* Eine Vogelspinnenart mit weinroten Gliedergelenken und silbern auslaufenden Beinen. Sah auf dem Online-Foto richtig hübsch aus. Nicht, dass ich damit handeln wollte, aber aufgrund der aktuell über Kolumbien verhängten Handelssperre ist diese Spezies auf dem Markt zurzeit nicht verfügbar. Hardcore-Sammler werden darum andere Bezugsquellen in Anspruch nehmen. Ein Großteil der Spinnen gelangt über Mexiko und Texas an unsere Kundschaft, und zwischendurch fließt reichlich Schmiergeld. Es geht um stattliche Summen.«

»Das muss ich Ihnen dann wohl so glauben«, erwiderte Kimberly.

»Wir hätten damit einen neuen Ansatzpunkt«, erklärte Sal. »Wenn Dinchara tatsächlich aufkreuzt und über Dinge plaudert, die für einen Haftbefehl ausreichen, sind wir fein raus. Aber ich bezweifle, dass wir gleich beim ersten Versuch den Jackpot knacken. Wenn wir kein Glück haben, könnten wir allerdings dem Department of Wildlife oder wer auch immer für so was zuständig ist, ein paar Details stecken. Wenn er wegen illegalen Imports von Spinnen angeklagt würde, hätten wir mehr Zeit, ihm auf den Zahn zu fühlen.«

»Gute Idee«, sagte Kimberly anerkennend.

»Klar, das wäre bloß Plan B«, schränkte Sal bescheiden ein. »Eigentlich wollte ich über die Spinnen direkt an ihn herankommen, aber als ich hörte, wie viele Mitbewohner unserer Stadt einen Spinnenfetisch pflegen, musste ich mir etwas anderes ausdenken.«

»Mir geht dieses seltsame Tattoo auf Ginnys Hals nicht aus dem Kopf«, murmelte Kimberly. »Ich gehe jede Wette ein, dass Dinchara sie höchst persönlich in ein einschlägiges Studio geführt hat, wo er früher schon Kunde in ähnlicher Angelegenheit gewesen ist.«

»Wir sollten ein Foto von ihrem Hals machen«, stimmte

Sal zu. »Und dieses Foto bringen wir dann in Umlauf. Vielleicht erkennt jemand die Handschrift des Künstlers. Mann, was würde ich dafür geben, wenn ich eine Sonderkommission leiten könnte.«

»Sie meinen, ein Team von Kollegen, die im Unterschied zu mir nicht demnächst ein Kind gebären.«

»Das macht die Sache in der Tat komplizierter.«

»Die Geschichte meines Lebens«, erwiderte Kimberly trocken. »Ich verkompliziere immer alles.«

Sie seufzte und warf einen Blick durch die Windschutzscheibe. An ihr Privatleben wollte sie jetzt nicht denken müssen, nicht an die zähen Auseinandersetzungen mit Mac um eine Lösung im Streit um eine zukünftige Rollenaufteilung, einem Streit, der sich wohl noch zuspitzen würde, da Kimberly nun schon den vierten Tag hintereinander bis spät in die Nacht arbeitete.

Mac drängte nicht mehr, er wartete einfach nur, und sein Schweigen ging ihr noch mehr auf die Nerven als seine Verkaufsmasche.

Er sollte den Posten in Savannah annehmen. Es wäre dumm, darauf zu verzichten. Er hatte recht, ihr Leben war im Umbruch. Seine Karriere hatte jetzt Vorrang, denn sie musste ohnehin kürzertreten. Zum Henker auch. Ihr blieb wahrscheinlich nichts anderes übrig, als zu Hause zu bleiben, sich um das Kind zu kümmern, Oprah zu glotzen und Ratgeber zu lesen.

Aber das passte überhaupt nicht zu ihr. Sie war eigensinnig, emotional unterbelichtet und besessen von ihrer Arbeit. Und damit war sie auf ihre Weise glücklich.

»Da tut sich was«, sagte der Techniker.

Sal und Kimberly merkten auf und legten ihre Kopfhörer an. Bisher war Ginny ungefähr ein halbes Dutzend Mal angesprochen worden. Ein durchaus beeindruckender Schnitt.

Aber diesmal schien es ernst zu sein.

»Wir müssen reden«, sagte Ginny. Sie klang nervös und ängstlich.

»Warum arbeitest du nicht?«, fragte ein Mann. *»Geh gefälligst nach draußen und schwing deinen Arsch, Herzchen.«*

»Vorher müssen wir miteinander reden«, versuchte es Ginny von neuem.

Sal hob das schwarze Funkgerät an seine Lippen und flüsterte Special Agent Sparks zu: »Schauen Sie sich mal den Mann an, der gerade mit Miss Jones spricht.«

»Roger«, kam deren knisternde Antwort durch den kleinen Lautsprecher. Danach eine Pause, als Sparks den Clubraum durchquerte.

»Ich will einen Bluttest machen lassen«, sagte Ginny. *»Ich habe was über Tattoos und das Risiko einer Hepatitis gelesen.«* Sie folgte Kimberlys Empfehlung. *»Wer weiß, vielleicht muss ich mir Sorgen machen. Um mein Baby. Was, wenn es auch krank ist? Du musst mir helfen.«*

»Ich sehe ihn«, meldete Special Agent Sparks leise über Funk. »Er ist weiß, Mitte dreißig, zirka eins fünfundsiebzig groß, um die achtzig Kilo. Trägt dunkelbraune Arbeitsstiefel, Jeans und ein grünes Hemd mit aufgekrempelten Ärmeln. Auf dem Kopf eine rote Baseballkappe mit tief in die Stirn gezogenem Schirm. Das Gesicht ist nicht zu erkennen.«

»Was soll der Blödsinn?«, knurrte der Mann. *»Du rufst mich,*

weil du einen Bluttest machen willst? Sehe ich aus wie eine Krankenschwester?«

»Ich brauche Geld –«

»Dann geh an die Arbeit.«

»Ich kann nicht arbeiten«, jammerte Ginny. »Ich bin nur noch müde, und außerdem will mich keiner. Dass ich schwanger bin, vergrault die Kerle.«

»Daran hättest du vor vier Monaten denken sollen. Wenn du über die Runden kommen willst, mach dich an Typen ran, die Mitleid haben.«

Kimberly hörte Stoff rascheln. Wollte der Mann gehen? Dann ein Geräusch, das so klang, als hielte Ginny den Mann am Arm zurück.

»Geh nicht«, flehte sie. »Ich möchte dir ein Geschäft vorschlagen.«

Kimberly und Sal tauschten Blicke.

»Was soll das heißen?«, fragte der Mann argwöhnisch.

»Lass uns woanders darüber reden«, erwiderte Ginny. »Unter vier Augen.«

»Mist«, platzte es aus Sal heraus.

»Was hat sie vor?«, fragte Kimberly. Sie hatten Ginny eingeschärft, unter Beobachtung zu bleiben und sich nur ja nicht mit dem Kerl zurückzuziehen.

»Jackie ...«, sprach Sal ins Funkgerät.

»Ich hänge mich dran«, sagte die Kollegin.

»Verarsch mich nicht«, drohte der Mann.

»Ich will nur mit dir reden. Gehen wir in deinen Wagen. Wir könnten auch ein bisschen rummachen. So wie in alten Tagen.«

Der Mann antwortete nicht. Kimberly stellte sich vor,

wie Ginny ihn durch das Gedränge der Club-Besucher in Richtung Ausgang zog.

»Zielpersonen kommen nach draußen«, meldete Special Agent Sparks. »Drei, zwei, eins ...«

Die Tür öffnete sich. Ginny trat als Erste ins Freie, schwach auf den Beinen, wie es schien, zitternd und aufgebracht. Sie trug wieder ihren superkurzen Mini, diesmal aber ein weniger tief ausgeschnittenes Top, das die Hardware in ihrem Push-up-BH verbergen sollte. Sie zupfte jetzt daran herum und richtete die Körbchen, was sich in den Kopfhörern als ein akustischer Salat aus Störgeräuschen bemerkbar machte.

»Sie hat doch wohl nicht –«, hob Sal an, doch dann war die Verbindung offenbar wiederhergestellt. Er seufzte erleichtert, doch Kimberly rechnete immer noch mit dem Schlimmsten.

Hinter Ginny tauchte ein Mann auf. Schlank und drahtig. Braune Haare, gebräunte Unterarme. Jeans und Hemd wirkten ordentlicher als erwartet, kein trashiger Redneck-Schick, sondern eher Kollektion Eddie Bauer. Vom Gesicht hinter dem tief herabgezogenen Schirm der Baseballkappe war nichts zu erkennen.

Sie gingen die Straße entlang. Ginny hatte sich bei ihm untergehakt und schwieg. Einen Moment später tauchte Sparks im Eingang auf. Sie zündete sich eine Zigarette an und folgte den beiden.

»Was hat Ginny bloß vor?«, fragte Sal aufgeregt.

»Keine Ahnung.«

»Das wär's wohl.«

»Sollen wir die Aktion abbrechen?«

»Nein«, antwortete Sal nervös. »Noch nicht.«

Sie lauschten wieder in die Kopfhörer und auf das Funkgerät.

Im Kopfhörer war zu hören, wie sich eine Wagentür öffnete und kurz darauf ins Schloss fiel. Ginny kicherte. *»Du freust dich also, mich wiederzusehen …«*

Aus dem anderen Kanal meldete Sparks: »Zielperson und Miss Jones haben einen schwarzen Toyota FourRunner mit silbernen Zierleisten bestiegen. Das Fahrzeug ist stark verschmutzt. Ich kann das Kennzeichen nicht lesen.«

»Wir könnten ihm dafür eine Polizeistreife auf den Hals schicken«, flüsterte Sal.

»Pssst«, flüsterte Kimberly.

»Wie hätten wir es gern, mein Großer?«, fragte Ginny. *»Blasen oder vögeln?«*

»Du wolltest mit mir reden. Ich bin nicht gekommen, um mich von einer fertigen Nutte wie dir bespaßen zu lassen. Also, was ist mit diesem Bluttest? Was soll der Scheiß?«

»War nicht meine Idee«, antwortete Ginny hastig. *»Ich meine, mir fiel nichts Besseres ein, wie ich an dich rankommen sollte.«*

Lange Pause.

»Ginny, wenn du nicht endlich zur Sache kommst, wirst du dir um Hepatitis keine Gedanken mehr machen müssen, das schwöre ich dir.«

»Sie haben mich dazu gedrängt.«

»Von wem sprichst du?«

»Polizei. Vom GBI. Sie behaupten, dass Stricherinnen verschwunden wären, und wollen wissen, was da läuft. Sie fragen ständig nach Ginny Jones.«

»Was hast du ihnen gesagt?«

»Nichts. Kommt doch immer wieder vor, dass sich Mädchen nach Texas absetzen, oder? Ich habe denen geraten, sich dort mal umzusehen.«

»Wurden noch andere Namen erwähnt?«, wollte der Mann wissen.

»Weiß nicht.«

Er schlug sie. Das scharfe Klatschen kam so plötzlich, dass Kimberly unwillkürlich zusammenzuckte.

»Belüg mich nicht.«

»Tu ich doch auch gar –«

Wieder klatschte Haut auf Haut. Die Fingerknöchel der Hand, mit der Sal das Funkgerät umklammert hielt, wurden weiß.

»Belüg mich nicht!«

»Ich erinnere mich nicht. Tut mir leid, die haben auf mich eingeredet. Es sind jede Menge Namen gefallen, aber ich habe einfach nur den Mund gehalten und mich möglichst klein gemacht. Nein, schlag mich nicht, ich belüg dich nicht, ehrlich, ehrlich.«

Ein weiterer Schlag. Wieder ein Aufschrei.

»Abbrechen«, sagte Kimberly und blickte zu Sal, dem sich tiefe Furchen ins Gesicht gegraben hatten. »Sie redet sich um Kopf und Kragen. Wir müssen sie da rausholen.«

Doch Sal schüttelte den Kopf. »Nein, er bläst sich nur auf. Noch meint er es nicht ernst. Das ist ja das Beschissene. Er blufft nur.«

»Du hast noch dreißig Sekunden. Was willst du wirklich?«

Wieder blieb es still, quälend lange. Dann sprudelte es aus Ginny heraus: *»Ich will meine Mutter sehen, okay? Ich will sie einfach … nur noch einmal sehen.«*

»Was?«

»Gütiger Himmel«, ließ sich Sal vernehmen.

»Jetzt will sie's wissen«, sagte Kimberly und rutschte bis an den Rand ihres Sitzes nach vorn. Ginny hatte es aufgegeben, Dinchara nach den verschwundenen Mädchen zu fragen. Stattdessen versuchte sie ihn mit dem Mord an ihrer Mutter in Verbindung zu bringen. Kimberly war hin und her gerissen. Einerseits wollte sie hören, was Ginny als Nächstes zu sagen hatte, andererseits wollte sie einfach auf den verdreckten SUV zustürmen und die Sache beenden.

»Ich muss die ganze Zeit an diese Aufzeichnung denken«, flüsterte Ginny jetzt. »Mir ist klar, sie lebt nicht mehr. Du hast sie ... Ich habe mir einzureden versucht, dass mir das nichts ausmacht. Ich war ihr schließlich auch scheißegal.«

»Was unterstellst du mir da, Ginny Jones?«, fragte der Mann eisig.

»Ich sage nur ...«

»Du miese kleine Schlampe. Packst die Schule nicht, rennst von zu Hause weg, um für fünfundzwanzig Schleifen deinen Hintern zu verhökern, und lässt dir dann auch noch ein Balg andrehen.«

»Hör auf ...«

»Ich meine, wenn ich ein Cop wäre, würde ich sagen, du hattest allen Grund. Das kleine Vorstadtmädchen, das niemand lieb hat. Bringt die eigene Mutter um, um sich von ihr zu befreien, und räumt dann auch noch ihre Rivalinnen aus dem Weg. Gibt's bei uns in Georgia eigentlich die Giftspritze? Ich würde sagen, es dürfte einem Geschworenengericht nicht sonderlich schwerfallen, einem weißen Stück Scheiße wie dir die Quittung zu geben. Mit der Giftspritze.«

»*Ich hasse dich*«, flüsterte Ginny. »*Warum bist du so? So widerlich?*«

»*Warum bist du so eine Niete, Ginny? Warum gehst du auf den Strich und lässt dich schwanger machen? Mir scheint, von uns beiden bist du es, die hier Probleme hat. Ich hätte dich jedenfalls nicht angerufen, um dir die ganze Nacht was vorzuheulen.*«

»*Du bist ein Monster.*«

»*Nein, ich bin der Typ am längeren Hebel. Daran solltest du dich gefälligst erinnern. Und jetzt verschwinde, belästige mich nicht länger. Fragen zu stellen ist Sache der Cops. Du hast nur das Maul zu halten. Kapiert?*«

»*Ich will sie sehen.*«

»*Hast du mir nicht zugehört —*«

»*Sie war meine Mutter. Ich werde bald selbst Mutter sein. Und es ist ... So zu enden wie sie ist nicht fair. Ich möchte noch einmal mit ihr reden. Ihr sagen, dass ich ein Kind bekomme. Frieden schließen. Mich verabschieden.*«

»*Du hast sie doch nicht mehr alle.*«

»*Sie muss doch irgendwo sein, oder? Hast du sie vergraben, verbrannt oder einfach weggeworfen? Was machst du mit deinen Leichen? Hat meine Mutter ein Grab? Sag mir einfach, wo es ist, damit ich Abschied von ihr nehmen kann. Ich will nur mit ihr reden, sonst nichts.*«

»Jackie ...«, flüsterte Sal nervös.

»*Bist du verdrahtet?*«, fragte Dinchara plötzlich.

»*W-w-was? Blödsinn —*«

»*Willst du mich verarschen?*«

Ginny schnappte hörbar nach Luft und stieß einen spitzen Schrei aus.

»Jackie!«, rief Sal über Funk.

Kimberly sprang auf und überlegte, was sie tun konnte.

»Wo ist das Teil? Raus mit der Sprache. Sofort!«

»Hör auf! Hör auf! Du tust mir weh. Lass mich los. Ich will nur mit meiner Mom reden. Von schwangeren Frauen verstehst du anscheinend nichts. Das machen die Hormone. Ehrlich.«

»Wo ist es, verdammt noch mal …«

»Hör auf, hör endlich auf! Lass mich los, um Himmels willen —«

Ginnys Schreie im Ohr, eilte Kimberly zur Tür. Sie hatte schon die Hand am Griff, um sie aufzuschieben, als ein dumpfes Klopfen durch den Kopfhörer drang.

»Hey.« Die Stimme von Special Agent Sparks tönte über den Aufruhr im Inneren des SUV hinweg. *»Klingt nach Party. Kann man mitmachen?«* Sie gluckste kichernd und ließ eine Kaugummiblase platzen. *»Netter Schlitten, Mister. Wie wär's mit einer Spritztour auf schwerem Gelände?«*

»Gütiger Himmel.« Sal sah aus, als stünde er unmittelbar vor einem Nervenzusammenbruch. Er saß vornübergebeugt und hielt sich mit beiden Händen den Kopf.

Kimberly blieb wie gelähmt vor der Tür stehen.

Sparks plapperte drauflos: *»So viel Dreck am Karren weckt Heimatgefühle in mir. Auf unserer Hühnerfarm bin ich früher immer mit Daddys Trecker rumgeheizt.«*

»Verschwinde!«, zischte Dinchara. *»Geschlossene Gesellschaft.«*

»Aber, aber. Hab dich nicht so. Ich hätte nur auch gern mal wieder so einen Hübschen wie dich. Ist schon 'ne Weile her, dass mich ein komplettes Gebiss angelächelt hat, wenn du ver-

stehst, was ich meine. Hey, Herzchen, bist du etwa schwanger?«

»*Ich bin müde*«, war von Ginny zu hören. »*Ich glaube, ich geh jetzt besser.*«

»*Das glaube ich auch. Schwanger und arbeiten? Das passt doch nicht zusammen.*«

»*Was mischst du dich da ein?*«, knurrte Dinchara. »*Verzieh dich!*«

»*Reg dich ab, Mann. Oder willst du was auf die Mütze?*«

Eine Tür ging auf. Man hörte ein kleineres Handgemenge. Einen erschreckten Ausruf von Ginny. Der Mann fluchte und brüllte: »*Geh mir vom Leib!*«

»*Komm runter, Daddy —*«

»*Ich bin nicht dein verdammter Daddy. Raus aus meinem Wagen!*«

»*Okay, okay. Kein Grund, pissig zu werden. Ich steh nun mal auf Ledersitze. Erinnern mich an die Schweine auf der Farm meines Daddys —*«

»*RAUS!*«

»*Mach dir nicht in die Hose. Ich geh ja schon. Männer. Glauben, mit einem schicken Auto wer weiß was zu sein.*«

Schritte. Eine Wagentür fiel ins Schloss. Ein Motor heulte auf.

Sparks war nun wieder über das Funkgerät zu hören. »Zielperson fährt in nördlicher Richtung davon.«

Kimberly und Sal lösten sich gleichzeitig aus ihrer Erstarrung. Sal hängte sich ans Funkgerät, beschrieb das Fahrzeug und ordnete eine Verkehrskontrolle an. Kimberly öffnete die Tür für Ginny und Sparks.

Sie sah die beiden herbeieilen, Sparks vorneweg. Auf

Ginnys rechter Wange prangte der rote Abdruck von Dincharas Hand. Ihr lief die Nase, die Wimperntusche war verschmiert.

»Wer ist diese Frau?«, rief sie Kimberly entgegen. »Haben Sie die etwa auf mich angesetzt?«

»Zu Ihrem eigenen Schutz«, entgegnete Kimberly.

Sie half beiden beim Einsteigen und warf einen Blick nach links und rechts. Dann zog sie die Tür zu, als Sparks triumphierend einen Arm nach oben streckte.

»Hier, ein Geschenk«, lachte sie. »Schauen Sie mal, was bei dem Durcheinander aus dem Wagen gefallen ist. Einer seiner Stiefel.«

Kapitel 23

>>Bei den meisten Arten hat der Gatte seinen Platz im Verdau-
ungstrakt des Weibchens.<<
Burkhard Bilger: *Spider Woman*

Aufgekratzt fuhr Kimberly nach Hause. Es war drei Uhr,
die GA 400 völlig frei. Sie summte nervös vor sich hin und
trommelte mit den Fingern aufs Lenkrad. Es war eine dieser Nächte, in denen sie sich einen Porsche wünschte. Sie
würde Vollgas geben und der Tachonadel beim Hochschnel-
len zuschauen, ein Kribbeln im Bauch. Ihr Passat-Kombi
schien ihr in dieser Nacht lahm wie eine Schildkröte.

Wie ging es jetzt weiter? Sal würde morgen als Erstes
die Zusammenstellung einer dezernatsübergreifenden
Sonderkommission beantragen. Dinchara hatte ihnen
zwar nicht den Gefallen getan zu gestehen, dass er die
Prostituierten auf Sals Liste entführt und ermordet hatte,
aber wie ein unschuldiger Mann hatte er auch nicht ge-
klungen oder reagiert. Das aufgezeichnete Protokoll
sprach für sich.

Leider war Dinchara der Verkehrspolizei nicht in die
Falle getappt, was Kimberly nicht sonderlich überraschte.
Seine abgefuckte Art zu reden konnte nicht darüber hin-
wegtäuschen, dass er recht intelligent war und nüchtern zu
kalkulieren verstand. Dafür sprach allein schon, dass er
selbst in seinem angestammten Revier die Kappe tief ins
Gesicht zog und sein Nummernschild verdreckte, um es

unkenntlich zu machen. Wahrscheinlich hatte er längst auch weitere Vorsichtsmaßnahmen getroffen.

Nach seinem Fahrzeug wurde jedenfalls gesucht. Außerdem würde Sal einen Zeichner beauftragen, ein Phantombild nach den Angaben von Ginny und Special Agent Sparks anzufertigen, das man dann plakatieren konnte.

In spätestens einer Woche, hoffte Kimberly, wäre Dincharas Identität gelüftet. Und dann würde der Spaß erst richtig losgehen.

Was für eine irre Geschichte. Kimberly konnte es kaum abwarten, zu Hause zu sein. In die Auffahrt einzubiegen, die Tür aufzuschließen und ihren Mann wiederzusehen. Zum ersten Mal seit Tagen spürte sie richtige Vorfreude auf ihr Zuhause.

Ja, was sollte der ganze Blödsinn überhaupt? Von einer Krise konnte doch wirklich keine Rede sein. Die Lösung lag schließlich auf der Hand. Mac sollte auf Probe nach Savannah gehen, sie würden sich auf halbem Weg ein Haus suchen, und sie könnte versuchen, in einem der regionalen FBI-Büros unterzukommen. Möglichkeiten gab es immer. Man musste sich nur darüber unterhalten.

Und danach würde sie ihn sich vorknöpfen, denn nichts machte schärfer als erfolgreiche Arbeit.

Kimberly bog in die Auffahrt ein. Macs Wagen stand nicht an gewohnter Stelle. Und als sie ins Haus ging, traf sie dort nicht ihn, sondern ihren Vater und dessen Frau Rainie an. Quincy saß auf dem Lehnsessel und blätterte in der Zeitung. Rainie hockte in einer Ecke des Sofas und schien über einer Sitcom-Show halb eingeschlafen zu sein. Beide standen auf, als Kimberly das Wohnzimmer betrat.

»Was macht ihr denn hier?«, platzte es aus Kimberly heraus.

»Wir dachten, ein Besuch sei überfällig«, antwortete Quincy. Ihn aus der Fassung zu bringen war fast ein Ding der Unmöglichkeit.

Jetzt erinnerte sich Kimberly, in der vergangenen Nacht nach dem Streit mit Mac ihrem Vater aufs Band gesprochen zu haben. Sie schämte sich und wurde rot. Sie hätte ihren Vater am Morgen anrufen und ihm erklären sollen, dass sie mit ihrer Bitte an ihn ein bisschen überzogen reagiert habe. Dass eigentlich gar nichts vorgefallen sei.

»Du kommst von der Arbeit?«, fragte Rainie und gab sich kaum Mühe, ihr Gähnen zu unterdrücken. »Interessanter Fall?«

»Nein. Oder vielleicht doch. Wann seid ihr gekommen? Habt ihr schon gegessen? Hat Mac euch gezeigt, wo ihr schlafen könnt? Tut mir leid, dass ihr euch meinetwegen die halbe Nacht um die Ohren schlagen musstet.«

»Für uns gilt noch die Oregon-Zeit«, meinte ihr Vater ruhig, noch immer die Zeitung in der Hand. »Wir hängen also zwei Stunden zurück.«

Rainie warf ihm einen Blick zu, gähnte hinter vorgehaltener Hand und sagte: »Wir sind kurz nach zehn hier angekommen. Mac hat uns aufgemacht, bekam aber dann einen Anruf und musste weg. Ich muss gestehen, wir haben den Rest Pizza gegessen –«

»Wir?«, warf Quincy ein.

»Na schön, *ich* habe den Rest gegessen. Und unser Grünschnabel hier« – sie deutete mit dem Daumen auf Quincy – »hat sich einen Salat gemacht.«

»Hatten wir denn was da für einen Salat?«, fragte Kimberly überrascht.

»Paprika, Zwiebeln und Tomaten«, antwortete ihr Vater. »Wahrscheinlich dient das in diesem Haushalt eher zur Dekoration, aber man kann durchaus einen Salat daraus machen.«

»Aha«, sagte Kimberly.

Rainie brach endlich das Eis, kam auf sie zu und nahm sie in den Arm.

»Wie geht es dir?«, fragte sie.

»Gut. Gut, wirklich.«

»Und dem Baby?«

»Es ist gesund, wächst und tritt ordentlich aus.«

»Du spürst, wie es sich bewegt?« Rainie ließ ein wenig Wehmut anklingen. Kimberlys Stiefmutter hatte relativ spät in ihrem Leben beschlossen, Kinder haben zu wollen. Ein Adoptionsversuch war gescheitert. Danach hatten sie und Quincy nie wieder darüber gesprochen, weil der Zug wohl endgültig abgefahren war. Stattdessen kümmerte sie sich nun als Anwältin um Kinder, die missbraucht worden waren.

Kimberly fragte sich, ob ihre Schwangerschaft Rainie neidisch machte und an alte Wunden rührte. Rainie hatte früher für die Polizei gearbeitet und war bestens geschult darin, Contenance zu bewahren und ihre Zunge im Zaum zu halten. Wenn sie so etwas wie Eifersucht empfand, ließ sie es sich jedenfalls nicht anmerken.

»Willst du mal fühlen?«, fragte Kimberly.

»Ja.«

Sie nahm Rainies Hand und führte sie unter die Wölbung

auf der linken Seite. Baby McCormack enttäuschte nicht; es praktizierte gerade seine nächtliche Aerobic.

»Junge oder Mädchen?«, wollte Rainie wissen. »Was glaubst du?«

Quincy hatte sich aus dem Sessel erhoben und stand neben seiner Frau. Er würde selbst nie darum bitten, also nahm Kimberly seine Hand und drückte sie an ihren Bauch. Das Baby strampelte wieder. Der Vater zuckte zusammen und zog die Hand zurück. Dann lächelte er.

»Ein Junge«, sagte er spontan und legte die Hand zurück auf die Wölbung.

»Würde ich auch sagen«, meinte Rainie. »Mädchen sollen ja den Müttern die Schönheit nehmen, und das scheint mir bei dir nicht der Fall zu sein.«

Kimberly errötete fast. »Na dann gönnt der schönen Mutter eine kleine Verschnaufpause. Ich habe Durst.«

Sie ging in die Küche, um ein Glas Wasser zu trinken. Ein zweites Glas schenkte sie für Rainie ein, und obwohl es schon drei in der Früh war, setzte sie für ihren kaffeesüchtigen Vater eine Kanne Kaffee auf. Die beiden Gäste gesellten sich zu ihr. Eine fast heimelige Familienszene, abgesehen davon, dass nicht einer von ihnen daran dachte, die Deckenbeleuchtung einzuschalten. Schon allein dieses kleine Detail sagte einiges aus über ihre Berufe.

»Hat Mac was gesagt, bevor er ging?«, fragte Kimberly.

»Nur dass wir nicht auf ihn warten sollten.«

Kimberly kaute auf der Unterlippe. Sie wusste nicht, an welchem Fall Mac aktuell arbeitete. Sie unterhielten sich zwar über ihre Fälle, aber nicht über seine.

»Und wie lief's bei dir?«, fragte ihr Vater.

»Wir haben einen Tatverdächtigen observiert«, antwortete sie. »Leider kam nicht viel dabei rum. Allerdings hat er unsere Informantin verprügelt, und es scheint, dass wir auf der richtigen Spur sind.«

Quincy zeigte sich interessiert. »Worum geht's?«

»Wahrscheinlich um mehrere Tötungsdelikte. Es sind etliche Prostituierte verschwunden, unter anderem sechs junge Frauen, deren Führerscheine unter dem Scheibenwischer eines Kollegen klemmten. Wir glauben, dass dieser Typ dahintersteckt. Das Problem ist, wir haben noch keine Leiche gefunden. Man könnte also behaupten, die Strichvögelchen wären einfach weitergezogen. Aber immerhin haben wir eine Tonaufzeichnung, die unsere Verdachtsperson belastet. Ob sie als Beweismittel zulässig ist, müsste allerdings erst entschieden werden.«

»Eine Tonaufzeichnung?«, fragte Rainie erstaunt.

»Ja, darauf ist der Mord an einer der verschwundenen Frauen zu hören. Zumindest klingt es danach. Man stelle sich vor: Der Täter verlangt von seinem Opfer, dass es ihm ein nächstes Opfer nennt. Im konkreten Fall war es Veronica Jones, die ihm den Namen ihrer Tochter Ginny nannte. Ginny Jones ist unsere Informantin.«

»Und sie lebt offenbar noch«, konstatierte Rainie.

»Ihrer Aussage zufolge konnte sie den Kopf aus der Schlinge ziehen. Der Tatverdächtige hat ein Faible für Spinnen. Gleiches trifft auf Ginny zu. Deswegen ließ er sie am Leben, wenn man es Leben nennen kann, wozu er sie zwingt. Sie arbeitet als Prostituierte und muss die Hälfte ihrer Einkünfte an ihn abtreten.«

»Er beherrscht sie also immer noch«, sagte Quincy.

»Genau. Kontrolle scheint ihm besonders wichtig zu sein.«

»Kann ich mir die Tonaufzeichnung einmal anhören?«, fragte Quincy.

»Sie liegt in meinem Büro. Ich könnte sie morgen mitbringen.«

»Wie hat er diese Frau dazu gebracht, den Namen ihrer Tochter preiszugeben?«

»Durch Folter. Er sagte, er werde damit aufhören, wenn sie ihm den Namen einer geliebten Person nennt.«

Quincy kniff die Brauen zusammen. »Und die Frau gehorchte sofort?«

»Sie hat versucht, ihn mit einem falschen Namen abzuspeisen, doch als er weiter in sie drang, knickte sie ein. Man kann hören, dass sie schreckliche Schmerzen litt, dass es unter diesen Umständen unmöglich für sie war, einen klaren Kopf zu bewahren, geschweige denn zu lügen.«

»Und so lieferte sie ihre eigene Tochter ans Messer. Wahrscheinlich waren auch die anderen Opfer eng miteinander verbunden, oder wie seht ihr das?«

»Daran arbeiten wir. Genauer gesagt, daran arbeitet ein Kollege von GBI. Sal hat bereits herausgefunden, dass drei der gesuchten Prostituierten zusammenwohnten und nacheinander verschwanden. Leider wissen wir noch viel zu wenig. Es kann durchaus sein, dass sich einige der verschwundenen Frauen nach Texas abgesetzt haben.«

»Wie sieht die Prostitutionsszene in Georgia aus?«, wollte Rainie wissen.

»Diffus und vielfältig. Es wird auf der Straße angeschafft, zum Beispiel auf dem Fulton Industrial Boulevard;

241

da trifft man fast ausschließlich drogenabhängige Afroamerikanerinnen an. Natürlich gibt es auch Massagesalons; die beschäftigen überwiegend Asiatinnen. Und dann hätten wir da noch eine rege Clubszene mit Frauen unterschiedlichster Herkunft, mit oder auch ohne Drogengeschichte. Auf dem Air-Force-Stützpunkt in Marietta soll es Kellnerinnen geben, die auch andere Dienste anbieten.

Georgia ist groß, geographisch und demographisch recht abwechslungsreich. Wenn sich unser Tatverdächtiger überall herumtreibt, wäre es fast unmöglich, ein Bewegungsprofil zu erstellen. Das scheint auch einer der Gründe zu sein, warum wir ihn noch nicht längst auf unserem Radar haben.«

»Was wisst ihr sonst noch über ihn?«, fragte Quincy.

»Nun, wir haben ihn heute Nacht das erste Mal gesehen. Ich schätze ihn auf Mitte dreißig.«

»Er scheint ziemlich ausgefuchst zu sein, hat wahrscheinlich einen großen Aktionsradius, lässt sich Zeit und stellt seinen Opfern nach.«

»Und der Tonbandaufnahme nach zu urteilen wird Veronica Jones nicht sein erstes Opfer gewesen sein. Er hatte Zeit, seine Methoden zu verfeinern. Zur Personenbeschreibung: Er ist weiß, ungefähr eins fünfundsiebzig und schlank, schätzungsweise achtzig Kilo. Festes Schuhwerk, Jeans – scheint sich gern im Freien aufzuhalten. Außerdem fährt er einen Geländewagen.«

»Ein Jäger vielleicht?«

»Gut möglich. Davon gibt es hier recht viele.«

»Einzelgänger.«

»Das glauben wir eher nicht. Der ermittelnde GBI-Kollege hat, wie gesagt, diese Führerscheine unter seinem Scheibenwischer gefunden, zwei Mal in Folge. In beiden Fällen war keine Notiz dabei, und Sal glaubt, dass sie nicht vom Täter selbst deponiert wurden, sondern von einer ihm nahestehenden Person.«

Nachdenklich runzelte Quincy die Stirn. »Nun, es ist ja oft so, dass ein Straftäter, wenn er Kontakt aufnehmen will, Umwege einschlägt.«

»Exakt. Leider waren auf den Umschlägen, in denen die Führerscheine steckten, keinerlei Spuren zu finden. Wir müssen uns also weiter auf die Suche nach Hinweisen machen. Wenn wir wissen, wer er ist, lässt sich vielleicht Kontakt zu einem Angehörigen aufnehmen, der uns weiterhelfen kann.«

»Könnt ihr schon etwas über seinen gesellschaftlichen Hintergrund sagen?«, fragte Quincy weiter.

»Nur vage. Er drückt sich ziemlich vulgär aus, aber er kann, wenn er will, auch einen sehr präzisen Ton anschlagen. Und er fährt einen teuren Wagen, einen Toyota Four-Runner aus einer limitierten Edition. Er trägt Straßenkleidung, wirkt aber sehr gepflegt. Ich würde sagen, ein Provinzler, der zum Yuppie mutiert ist.«

»Also auch vertikal mobil. Und mit Sinn für materiellen Besitz«, schlussfolgerte Rainie.

»Scheint so.«

»Dann muss er Geld haben.« Rainie schaute Quincy an. »Er bringt für seine Verbrechen jede Menge Zeit und Energie auf. Vorbereitung, Ausführung, Spurenbeseitigung. Bei über zehn Opfern ist das ein Fulltimejob, zumal er sich auf jedes speziell einzustellen scheint.«

»Das sehe ich auch so«, meinte Quincy. »Er lässt Opfer A Opfer B auswählen und muss dann letzteres auskundschaften, bevor er zuschlagen kann.«

»Er hat also jede Menge zu tun«, fuhr Rainie fort. »Das heißt, keine Festanstellung, aber trotzdem genug Geld, um seinen aufwendigen Lebensstil finanzieren zu können.«

»Zum Beispiel, indem er Frauen auf den Strich schickt«, murmelte Kimberly.

»Ja. Betrug, Raubüberfälle, Drogenhandel. Es gab da vor einiger Zeit einen Typen, der wegen Scheckbetrugs verhaftet wurde. Bei der Hausdurchsuchung stieß man auf zahllose Fotos von gefesselten und geknebelten Frauen, die sexuell missbraucht worden waren. Wie sich herausstellte, war dieser Typ jahrelang als klassischer Triebtäter aktiv. Er entführte, vergewaltigte und tötete Frauen. Mit den gefälschten Schecks hat er nur seine laufenden Kosten zu decken versucht.

Hast du schon einmal von einer Organisation namens NecroSearch International gehört?«, fragte Quincy seine Tochter.

Kimberly schüttelte den Kopf.

»Man nennt sie auch die Pig-People. Es ist ein Verein, der in der Hauptsache aus pensionierten Wissenschaftlern und Cops besteht. Ich spiele mit dem Gedanken, ihm beizutreten.«

»Oh Boy«, sagte Rainie grinsend.

Doch Kimberly musterte ihren Vater interessiert. »Womit beschäftigt sich dieser Verein?«

»Er spürt Leichen auf. Der Name kommt daher, dass die Leute anfangs tote Schweine vergraben hat, um bessere

Suchtechniken zu entwickeln. Übrigens haben sie die Überreste von Michelle Wallace in Colorado gefunden, fast zwanzig Jahre nach deren Verschwinden.«

»Michelle Wallace?«, fragte Kimberly und überlegte kurz. »Nie von gehört.«

»War vor deiner Zeit. 1974. Wallace war fünfundzwanzig Jahre alt und wohnte in Gunnison, Colorado. Sie ging gern wandern und war mit ihrem Schäferhund im Schofield Park unterwegs. Als sie auf den Parkplatz zurückkehrte, wo ihr Auto stand, traf sie zwei Männer an, die mit ihrem Wagen liegen geblieben waren. Sie bot ihnen an, sie mitzunehmen. Danach wurde sie nie wieder gesehen.

Laut Aussage eines der Männer, Chuck Matthews, hatte Wallace ihn in der nächsten Stadt abgesetzt und war dann mit seinem Freund Roy Melanson weitergefahren. Gegen Roy Melanson lief ein Haftbefehl. Er wurde wenig später festgenommen. Die Polizei fand Wallace' Führerschein, ihre Zeltausrüstung und sogar die Leine ihres Hundes in seinem Besitz. Und je mehr sie über ihn in Erfahrung brachte, desto schwärzer sahen sie für die verschwundene Frau. Melanson wurde nämlich in Verbindung gebracht mit drei Vergewaltigungen und einem Tötungsdelikt in Texas.

Während ihn die Ermittler in die Mangel nahmen, wurden Suchmannschaften aufgestellt, um im Schofield Park nach Wallace' Leiche zu suchen. Und weißt du, was dabei herauskam?«

»Was?«

»Nichts. Es ließ sich kein einziger Hinweis finden, der eine Anklage gegen Melanson gerechtfertigt hätte. Melanson behauptete, Wallace habe ihm die Sachen geschenkt. Ihm das Gegenteil nachzuweisen war nicht möglich. Am Ende wurde er wegen Scheckbetrugs verurteilt. Er saß dreizehn Jahre ab und war danach ein freier Mann. Die Mutter von Michelle Wallace beging Selbstmord und bat in ihrem Abschiedsbrief darum, dass man ihre Tochter, falls sie je gefunden werde, neben ihr begraben möge.«

»Oh Gott.«

»Auf einem Wanderweg im Schofield Park wurde ein Jahr später ein Haarschopf samt Kopfhaut gefunden. Die Haare waren geflochten, genau wie die von Michelle Wallace. Sie landeten in der Asservatenkammer, und das war's. Bis 1990.

Eine junge Polizistin namens Kathy Young nahm mit NecroSearch International Kontakt auf. Der Verein schickte einen Botaniker, einen Forensiker, einen Archäologen und andere Experten. Der Botaniker untersuchte die Pflanzenreste in den Haarflechten, mikroskopisch kleine Nadel- und Borkenpartikel in einem Verhältnis, das so nur an wenigen Stellen des gesamten Parks vorkam. Diese Stellen graste das Team nun systematisch ab. Schon nach wenigen Tagen konnte Wallace' Schädel gefunden werden. Roy Melanson wurde des Mordes an ihr überführt und im Dezember 1993 verurteilt. Und im April 94 kamen schließlich die sterblichen Überreste von Michelle Wallace neben ihrer Mutter zu liegen.«

»Herrje«, murmelte Kimberly und schaute zu Boden. Die Geschichte machte ihr sichtlich zu schaffen. Was ihr peinlich war.

»Wenn du mit deiner Vermutung richtig liegst, müssten

mindestens sechs Leichen irgendwo versteckt sein. Wenn die Polizei mit der Suche danach überfordert ist, könnten Experten weiterhelfen.«

Sie dachte darüber nach. »Wir haben eine neue Spur. Eine Kollegin hat einen stark verschmutzten Stiefel aus dem Fahrzeug unseres Tatverdächtigen mitgehen lassen. Ich dachte daran, ihn einem meiner Bekannten vom US G S zur Analyse der Erdanhaftungen vorzulegen.«

»Er sollte sie auch auf Kalkspuren hin untersuchen«, sagte Quincy.

»Ich weiß.«

»Im Übrigen wäre es ratsam, einen Botaniker zu Rate zu ziehen. Schluchten und dergleichen sind häufig von Farnen überwuchert. Entomologen und Arachnologen könnten ebenfalls dienlich sein. Du hast eben etwas von Spinnen erwähnt …«

»Ich weiß, Dad.« Sie klang ein wenig ungeduldig.

Quincy lächelte. »Doziere ich wieder?«

Kimberly fasste sich. »Nein. Du bist mir eine große Hilfe, und Hilfe können wir in diesem Fall weiß Gott gebrauchen. Es ist nur … ziemlich spät.«

»Natürlich. Das Baby. Du solltest schlafen.«

»Ja, das sollte ich wohl besser.« Doch alle drei blieben am Tisch sitzen. Kimberly nippte am Wasserglas. Ihr gingen Spinnen durch den Kopf, Bodenanalysen und all die überraschenden Wendungen, auf die man sich in der Polizeiarbeit gefasst machen musste. Als sie das letzte Mal mit dem Team des US Geological Survey zusammengearbeitet hatte, war sie auf einen Schotterhaufen voller Klapperschlangen gestoßen, in eine mit Umweltgiften verseuchte

Höhle eingedrungen und durch stinkendes Sumpfland gewatet. Damals war sie noch jung gewesen, reaktionsschnell und nur für sich selbst verantwortlich.

»Wie lange bleibt ihr?«, fragte sie schließlich.

Ihr Vater und Rainie tauschten Blicke. »Das haben wir noch nicht entschieden«, erklärte Rainie leichthin. »Wir waren noch nie in Georgia und dachten, es könnte sich lohnen, möglichst viel zu sehen.«

Kimberly beäugte die beiden skeptisch. »Und eure Arbeit?«

»Als freiberuflicher Berater hat man den Vorteil, ortsunabhängig arbeiten zu können«, antwortete Quincy.

»Mit anderen Worten, egal wo er ist, er muss immer etwas zu tun haben«, präzisierte Rainie.

Kimberly nickte. Ihr Glas war leer, und auch Rainie hatte ausgetrunken.

»Ich zeige euch, wo ihr schlafen könnt«, sagte sie, räumte die Gläser weg und führte die beiden in die Diele.

Rainie betrat als Erste das Gästezimmer und ließ Kimberly und ihren Vater für eine Weile diskret allein.

Kimberly wusste nicht, was sie sagen sollte. Ihrem Vater machte längeres Schweigen nichts aus, aber sie meinte manchmal, an den Worten, die nach draußen drängten, ersticken zu müssen. Sie wollte ihn fragen, ob er glücklich sei, ob es sich seiner Meinung nach lohne, sein Leben ganz dem Beruf zu widmen, ob nicht zu viel dabei verloren ginge.

Sie wollte mit ihm über ihre Mutter reden, wollte wissen, wie es für sie beide gewesen war, als sie ihr erstes Kind erwartet hatte. Sie wollte einfach alles wissen, und deshalb sagte sie nichts.

Ihr Vater beugte sich über sie und gab ihr einen Kuss auf die Wange.

Für einen Moment standen sie dicht beieinander, Stirn an Stirn und mit geschlossenen Augen.

»Danke, dass ihr gekommen seid«, flüsterte Kimberly.

Und der Vater sagte: »Wir sind gern gekommen.«

Kapitel 24

> »Sind junge Spinnen ausgehungert, weil es nichts zu fressen gibt, verzehren sie sich manchmal gegenseitig.«
> Herbert W. und Lorna R. Levi: *Spiders and Their Kin*

Der Junge kehrte zurück. An einem sonnigen Nachmittag klopfte er höflich an ihrer Hintertür, worauf sie ihn Brennholz hacken ließ. Er arbeitete über eine Stunde, so lange, bis er sein schweißnasses T-Shirt ausziehen musste und eine erbärmlich magere Brust offenbarte, auf der sich sämtliche Rippen abzeichneten. Sie briet ihm ein Käseomelette, toastete vier Scheiben Brot und schenkte ihm zwei Gläser Milch ein. Er machte sich mit Heißhunger darüber her, wischte mit dem letzten Toasthappen das Fett vom Teller und leckte sich die Finger.

Anschließend half er ihr im Haus. Sie zeigte ihm, wie man mit Holzkeilen die Fensterflügel zusätzlich sicherte, und bat ihn, den Karton mit dem Weihnachtsschmuck aus dem Keller zu holen. Als er mit dem Karton in beiden Händen nach oben kam, krabbelte ihm eine Spinne über die Schulter. Sie versuchte, sie zu verscheuchen, doch er wollte mit ihr spielen wie mit einem Haustier.

»Die tun einem nichts«, sagte er. »Spinnen töten Insekten, aber keine Menschen. Und sie sind echt cool. Hast du schon mal probiert, wie ein Spinnennetz schmeckt?«

Sie ließ ihn mit dem Krabbeltier allein und hängte Weihnachtsglöckchen an die Eingangstür und die Tür zum

Hof. Das war die Alarmanlage der armen Frau. Sie hatte noch einiges zu tun, musste aber vorher zwei Besorgungen machen.

»Na, mein Kleiner, kommst du nun mit oder nicht?«

Er stand auf. »Wohin?«

»Zum Baumarkt.«

Sie kämpfte sich in ihren Mantel, setzte den Hut auf und streifte sich Handschuhe über. Der Junge hatte nur das dünne Shirt, also schickte sie ihn nach oben in Josephs Zimmer. Er kehrte mit einem Flanellhemd zurück, das ihm fast bis zu den Knöcheln reichte. Im Einbauschrank der Diele fand sie einen der dunkelblauen Mäntel ihrer Mutter. Der passte ihm besser als die Sachen des Bruders.

Als sie nach draußen gingen, steuerte der Junge wie selbstverständlich auf die Garage zu.

»Unsinn, mein Kleiner. Der liebe Gott hat uns Beine gegeben.«

»Aber er hat uns auch Autos gegeben«, entgegnete der Junge und brachte sie damit zum Lachen.

»Den Wagen habe ich schon vor fast zehn Jahren verkauft«, erklärte sie. »In meinem Alter ist es schwer genug, geradeaus zu gehen. Wie würde ich wohl erst fahren?«

Seite an Seite gingen sie bergab. Weil sie ihm zu langsam war, sprang er mal voraus, mal zur Seite und ließ sich wieder zurückfallen, wie ein kleiner Hund. Er trat gegen Steine und sprang in Pfützen. Die geliehenen Sachen waren bald voller Dreck.

Sie störte sich nicht daran. Es gehörte sich für einen jungen Burschen, dass er spielte und hüpfte und sich schmutzig machte.

Nur dass er seine Zeit mit einer alten Frau verbrachte, war eigentlich nicht in Ordnung.

Sie brauchten fast eine Stunde, bis sie den Baumarkt erreichten. Gemeinsam betraten sie ihn, aber kaum waren sie im Innern der großen Halle, verlor sie ihn auch schon aus den Augen, weil sie sich auf ihren Einkauf konzentrieren musste. Sie brauchte Vorhängeschlösser. Drei Stück. Und möglichst robust sollten sie sein.

Angesichts der Preise musste sie schlucken. Mit zitternder Hand holte sie das Portemonnaie aus der Tasche.

Als sie bezahlt hatte und wieder nach draußen ging, fand sie den Jungen vor der Tür auf sie warten.

»Und jetzt?«

»Jetzt kaufen wir Lebensmittel. Du willst ja schließlich was essen.«

Sie humpelte auf den Supermarkt zu. Der Junge lief um sie herum.

An der Kasse saß Mel. Er schaute zu ihr auf und hob grüßend die Hand. Als er den Jungen sah, versteinerte seine Miene. Er ließ die Hand fallen, sagte aber nichts. Es schien jedoch, dass er wachsam wurde.

»Ich hätte gern Froot Loops«, sagte der Junge.

»Zu teuer.«

»Bitte, bitte, bitte.«

»Junger Mann, ich kaufe Lebensmittel und kein Zuckerzeug. Wenn du Froot Loops haben willst, musst du selbst welche kaufen.«

Der Junge schlenderte zu dem Regal mit den Süßigkeiten und musterte die Auslage. Rita starrte auf die Eier und fragte sich, seit wann alles so teuer war. Sie hatte nur noch zwölf Dollar, und damit musste sie mindestens noch eine Woche auskommen. Aber der Junge brauchte etwas zu essen.

Bei Omelettes würde sie die Eier mit Wasser verlängern können. Nudeln konnte sie auch selbst machen. Im Keller hatte sie noch Dosentomaten. Zusammen mit den Eiernudeln ließe sich daraus eine gute Mahlzeit zubereiten.

Der Junge brauchte auch Vitamine, weshalb sie gern Orangensaft gekauft hätte, zumal er so schön herb auf der Zunge schmeckte. Am Ende entschied sie sich aber für Milchpulver, was dem Jungen wahrscheinlich nicht gefallen würde, doch für sie war es gut genug.

Wurst und Schinken kamen nicht in Frage. Sie fand Brot vom Vortag und ein paar mehlige Äpfel im Sonderangebot. Aus den Äpfeln ließ sich Kompott machen, und geröstet wäre auch altes Brot wieder lecker. Sie wählte auch noch ein kleines Stück von dem reduzierten Rindfleisch aus, ein paar verschrumpelte Möhren und Zwiebeln. Daraus würde sich ein kräftiger Eintopf kochen lassen.

Es brach ihr fast das Herz, als sie ihre kostbaren Pennys abzählen musste und nur zwei gefüllte Einkaufstüten dafür bekam. Sie blickte Mel erwartungsvoll an und hoffte, er werde ins Lager gehen und wie immer mit einer kleinen Aufmerksamkeit für sie zurückkehren.

Aber stattdessen beäugte er den Jungen, der immer noch vor den Süßigkeiten stand.

»Ein Freund von dir?«, fragte er gereizt.

»Er hat mir geholfen und Holz gehackt.«

Mel entspannte sich ein wenig, war aber immer noch auf der Hut. »Ich würde ihn an deiner Stelle nicht ins Haus lassen«, sagte er leise, jedoch nicht leise genug, denn der Junge hatte, wie Rita wusste, scharfe Ohren.

»Kümmere dich um deine eigenen Geschäfte, Mel, ich kümmere mich um meine.« Sie nahm die beiden Tüten und hatte ein wenig Mühe, sie von der Theke zu heben. Mel war immerhin so gütig zu erröten.

»Entschuldige, Rita, lass dir helfen —«

Sie aber wandte sich trotzig von ihm ab und ging zur Tür. »Junger Mann«, rief sie, um ihn nicht beim Namen zu nennen. Weil er das alte Hemd ihres Bruders trug, erschien ihr der Name Scott nicht mehr angemessen. »Wir sind hier fertig.«

Der Junge folgte ihr gehorsam nach draußen. Er hatte die Hände in den Taschen. Erst als sie sich zum dritten Mal räusperte, verstand er den Wink und nahm ihr eine der Tüten ab. Schweigend machten sie sich auf den Rückweg.

Sie hatten ein Viertel der Strecke zurückgelegt, als Rita anhalten und verschnaufen musste. Ihr Magen grummelte, unzufrieden mit dem kargen Frühstück, denn sie hatte dem Jungen ihren Toast gegeben. In ihrem Alter schrumpfte sie von Jahr zu Jahr ein bisschen mehr. Der Junge dagegen brauchte Kalorien, um wachsen zu können.

Sie schaute ihn an und stellte fest, dass er einen Schokoriegel aß.

»Willst du auch mal beißen?«, fragte er höflich, als sie die Hand ausstreckte, um ihm die Ohren langzuziehen.

»Woher hast du das?«

»Aua!«

»Antworte! Hast du für die Süßigkeiten bezahlt? Hast du dem Mann an der Kasse Geld dafür gegeben?«

»Ich ... ich ...«

»Du hast also gestohlen.«

»Ich wollte nur helfen. Du hast kaum Geld, und dieser Laden ist voller Zeugs. Fällt doch gar nicht auf, wenn ein kleiner Schokoriegel fehlt.«

»Zeig mir, was du in den Taschen hast.«

Sie ließ von seinem Ohrläppchen ab, um ihm Gelegenheit zu geben, die Manteltaschen umzudrehen. Er hatte zwei weitere Schokoriegel, eine Tüte mit Erdnüssen und drei Slim Jims eingesteckt. Verärgert schüttelte sie den Kopf.

»Da bleibt uns nur eins zu tun übrig«, sagte sie und machte kehrt.

»Wo willst du hin?« Der Junge lief ihr nach. Wenn Rita ungehalten war, konnte sie ungeahnte Kräfte mobilisieren.

»Wir gehen zurück in den Laden, junger Mann. Wenn wir da sind, gibst du alles zurück. Und um dich bei Mel zu entschuldigen, wirst du das Lager auskehren.«

Der Junge blieb stehen. »*Warum?* Du brauchst was zu essen. Ich habe nur geholfen. Magst du denn keine Slim Jims? Sag mir, was du gern hättest. Das besorge ich dir dann beim nächsten Mal. Die Eier müsstest du allerdings weiterhin kaufen. Die sind zum Klauen zu groß.«

Auch sie blieb stehen, um ihm mit strengem Blick in die Augen zu schauen. »Stehlen ist falsch.«

»Ich weiß doch, dass deine Schränke leer sind. Ich kann dir helfen.«

»Gott hilft nur denen, die sich selbst helfen.«

»Sag ich doch.« Die Augen des Jungen leuchteten auf. Ihr wurde bewusst, dass sie vielleicht nicht den besten Sinnspruch gewählt hatte.

»Junger Mann, sich auf Kosten anderer zu bereichern ist eine Sünde. Zugegeben, ich bin arm. Meine Schränke sind leer. Aber ich bin gesund und habe Verstand. Ich komme gut zurecht, auch ohne unlautere Mittel anzuwenden. Und jetzt setz dich in Bewegung!«

Sie stupste ihn mit dem Knie an. Der Junge murrte, folgte ihr aber. Er schien eher verwirrt zu sein als verärgert. Vor dem Supermarkt angekommen, blieb er jedoch wieder stehen und weigerte sich, die Tür zu öffnen.

Sie nahm ihm ab, was er in den Taschen hatte, ging selbst in den Laden und legte alles auf die Theke.

»Entschuldige bitte, Mel«, sagte sie. »Es wird nicht wieder vorkommen.«

»Der Junge ist nicht gut«, murmelte Mel, die Arme vor der Brust verschränkt.

Rita hielt sich kerzengerade. »Er hat mir nur helfen wollen.« Sie warf ihm einen letzten stolzen Blick zu und ging hocherhobenen Hauptes nach draußen.

Der Junge hatte sich auf die andere Straßenseite verzogen. Er folgte ihr bergauf und schmollte. Als sie sich ihrem Haus näherten, brach es endlich aus ihm heraus.

»Das war dumm von dir. Du bist dumm! Es waren meine Süßigkeiten. Ich habe sie verdient. Du hattest nicht das Recht, sie zurückzugeben.«

»Wir haben uns an Regeln zu halten.«

»Nein, haben wir nicht. Was weißt du denn schon?« Er ließ die Einkaufstüte, die er getragen hatte, auf den Boden fallen. Rita hörte Eier zerbrechen und sah die Dotter auslaufen.

»Was fällt dir ein? Wie ungezogen von dir! Jetzt müssen wir beide hungern.«

»Na gut, gut, gut!«, brüllte der Junge. Er holte mit der Hand aus, und sie glaubte schon, er wolle sie schlagen. Doch im letzten Moment ließ er den Arm sinken. Er drehte sich um und nahm Reißaus.

Sie schaute ihm nach und sah ihn auf seinen dünnen Beinen auf die nächste Hügelkuppe zurennen, dem verfallenen Haus entgegen. Sie wollte wütend auf ihn sein, fragte sich aber, was ihn dort wohl erwarten würde.

Eine Minute verstrich. Sie bückte sich mühevoll und hob die Tüte vom Boden auf. In der Küche füllte sie mit Hilfe eines Gummischabers die ausgelaufene Eiermasse in ein Einmachglas um.

Sie tat, wovon sie einiges verstand: zu retten, was zu retten war.

Kapitel 25

Der Burgerman hat was vor.

Ich spüre, wie er mich begafft, wenn er glaubt, ich würde es nicht merken. Zum Beispiel, wenn ich vor dem Fernseher sitze. Er stellt sich dann in den Türrahmen, glotzt und glotzt, kratzt sich an den Eiern und verschwindet wieder.

Er ist in letzter Zeit oft allein und schließt sich in seinem Zimmer ein. Ich glaube, er hängt düsteren Gedanken nach, denn mir geht es ganz ähnlich. Wir sind wie Vater und Sohn und jeweils auf den anderen sauer.

Er berührt mich nicht mehr. Ich bin ihm zu alt. Ich würde es auch gar nicht mehr zulassen. Ein leichenblasser Teenager fällt auf den meisten Spielplätzen automatisch auf. Die Leute denken, ich könnte womöglich mit Drogen dealen oder ihnen in die Tasche greifen wollen. Sie haben ja keine Ahnung.

Ich bin immer noch klein. Der Burgerman gibt mir nur wenig zu essen. Es ist wohl sein letzter Versuch, meine Pubertät hinauszuzögern. Immerhin bringen die Filme immer noch Geld ein, wenn auch längst nicht mehr so viel wie früher. Im Pornogeschäft sind Kinder hoch im Kurs, aber keine dürren Teenager mit flacher Brust.

In letzter Zeit redet er häufiger von meiner Reifeprüfung. »Sohnemann, irgendwann kommt für jeden die Zeit, dass er sich nach vorn orientiert. Du wirst auch nicht jünger und stehst vor deiner Reifeprüfung.«

Ich weiß nicht, was er damit meint. Einen Schulabschluss wohl kaum. Eine Lehre anfangen? In einen Trailer-Park ziehen, wo all die anderen Perverslinge leben?Ich habe doch sonst nichts gelernt. Wie sähe wohl eine Absolventenfeier in meinem Fall aus?

In den letzten Tagen ist mir aufgefallen, dass, wenn ich nach Hause komme und den Schlüssel ins Schloss stecken will, meine Hand für eine Weile in der Luft schweben bleibt. Ich frage mich dann, ob sich die Tür noch aufschließen lässt, und wenn ich sie aufgemacht habe, frage ich mich, ob er womöglich ausgezogen ist.

Ich sehe allmählich klarer. Jedes Leben muss einen Wert haben. Und ich bin meinem Wert vor zwei Jahren entwachsen. Jetzt bin ich nicht mehr wert als ein alter Gaul, der nicht mehr arbeiten, sich auch nicht mehr fortpflanzen kann und nur kostet, weil er nach wie vor frisst. So ein Pferd landet irgendwann beim Abdecker.

Vielleicht hofft der Burgerman im Stillen, dass ich abhaue. Ich habe natürlich darüber nachgedacht, glauben Sie mir. Aber nach all den Jahren weiß ich nicht, wohin oder was ich tun soll. Ich kenne nur dieses Leben an der Seite des Burgermans. Er ist meine Familie.

Vielleicht haut er ab und lässt mich im Stich.

Aber es gäbe natürlich auch noch andere Möglichkeiten.

Letzte Nacht ist er zu mir ins Zimmer gekommen, hat sich ans Fußende meines Betts gestellt und mich lange angestarrt.

Ich habe versucht, gleichmäßig durchzuatmen, und die Augen nur einen kleinen Spaltbreit geöffnet, um ihn sehen zu können. Ich dachte, vielleicht hat er ein Messer oder eine Pistole in der Hand, und fragte mich, was ich tun könnte, wenn er über mich herfallen würde.

Der Burgerman spricht von einer Reifeprüfung.

Ich bin auf der Hut.

Kapitel 26

»Auf den Biss, der selbst kaum wahrgenommen wird, folgen intensive Schmerzen. Das vom Gift betroffene Hautgewebe stirbt ab, löst sich und legt das Muskelgewebe bloß.«
Julia Maxine Hite, William J. Gladney, J.L. Lancaster, Jr. und W.H. Whitcomb: *Biology of the Brown Recluse Spider*

Harold war begeistert von dem Stiefel.

»Wahnsinn! Weißt du, was das ist?«, rief er. »Ein echter Limmer. Wo hast du den her? Ist dir klar, was du da an Land gezogen hast?«

Kimberly hatte von Limmer-Stiefeln noch nie gehört und wusste auch nicht, was es damit auf sich hatte. Darum hatte sie Harold aus den hohen Gefilden der Terrorismusbekämpfung in ihr kleines Büro auf der dritten Etage heruntergebeten, was für die Kollegen von oben einer Zumutung gleichkam. Immerhin hatten sie eine ganze Etage für sich, dauerbeschallt mit den neuesten Nachrichten aus Dutzenden von TV-Bildschirmen. Im Unterschied dazu konnte die Abteilung für Kapitalverbrechen nur mit aufgestapelten Pappkartons und mehreren Landkarten aufwarten, dazwischen einige Rollen gelben Absperrbands wie zur optischen Auflockerung.

Glücklicherweise hatte sich Harold von ihrer Bitte locken lassen. Seine streberhaft gefällige Seite war das Beste an ihm, wie Kimberly fand.

Sie hatte einen unbenutzten Schreibtisch vor der Fensterfront leer geräumt und den Stiefel darauf platziert, unterlegt mit einem Bogen Butterbrotpapier. Daneben lag ihr Werkzeug aus Edelstahl: Metallfeile, Pinzette, Schaber und diverse Meißel. Natürlich hätte sie auch wie so viele Kriminaltechniker vorlieb mit einem Eisstäbchen nehmen können, doch das hätte bei weitem nicht so hübsch ausgesehen.

Sie hatte bereits eine vorläufige Untersuchung des Stiefels abgeschlossen, Größe, Farbe, Marke, Abnutzungsmuster und Spuren an der Oberfläche notiert und festgestellt, dass sein Träger Schuhgröße 42 hatte und dass er innen im Bereich der Ferseninnenseite und am großen Zeh stark abgenutzt war. Abgesehen von der Gummisohle bestand der Schuh ausschließlich aus Leder. Die Schnürriemen waren braun und mit einem dunkelgrünen Faden durchwirkt. Um den Zustand des Schuhs zu dokumentieren, hatte Kimberly ein paar Fotos gemacht.

Danach war sie dazu übergegangen, den Schmutz aus dem Sohlenprofil zu kratzen. Einen Großteil davon füllte sie in Glasröhrchen, die sie an das FBI-Labor schicken würde. Den Rest faltete sie mit dem Butterbrotpapier ein, das sie für die Asservatenkammer in eine große braune Beweismitteltüte steckte. Zum Schluss wollte sie noch das Profil in eine Einbettmasse, wie sie von Zahntechnikern benutzt wurde, eindrücken, um es mit Spuren von anderen Tatorten vergleichen zu können.

Spuren zu sammeln war mühselig und verlangte methodisches, geduldiges Vorgehen. Man nahm Bestand auf und untersuchte und sicherte für den Fall, dass das Ergebnis irgendwann einmal von Belang sein würde. Doch darauf wollte Kimberly nicht warten. Sie wollte Bescheid wissen. Und als ehemaliger Naturwissenschaftler und Angestellter im staatlichen Forstdienst war Harold jemand, von dem sie sich am ehesten Antwort erhoffte.

»Was ist so besonders an Limmer-Stiefeln?«, wollte sie wissen und richtete sich auf, den Spatel immer noch in der rechten Hand.

»Das sind richtige Luxustreter, hergestellt von einem Familienbetrieb in New Hampshire. Die kauft man nicht im nächsten Wal-Mart. Sie sind nur was für Verrückte, für ernsthafte Hiker. So viel ist sicher.«

Kimberly horchte auf. »Luxustreter? Was soll das heißen? Darf ich annehmen, dass sie nicht in Massen hergestellt werden, sondern nur in begrenzter Stückzahl? Dass sie nur von wenigen getragen werden?«

»Nun ja«, erwiderte Harold. Er nahm ihr den Spatel aus der Hand und stocherte damit im Profil herum. »Früher wurden Limmers maßangefertigt. Das heißt, sie hatten für jeden Kunden einen eigenen Leisten. Aber wenn ich mich recht erinnere, hat sich der Betrieb vor einiger Zeit mit einem Unternehmen zusammengeschlossen, um Konfektionsware herzustellen. Gute Frage also, ob dieser Stiefel noch maßangefertigt ist.«

Er zog sich Latex-Handschuhe an, nahm den Stiefel und drehte ihn in den Händen. »Ganz schön schwer. Knapp ein Kilo, würde ich sagen. Solide verarbeitet. Doppelte Zwischensohle. Vibram-Profil. Echt klasse.«

»Wenn diese Stiefel so besonders sind, warum habe ich noch nie davon gehört? Ich mache selbst Wandertouren.«

Harold schaute sie an. »Wann hast du das letzte Mal den AT gemacht?«

»AT?«, murmelte sie und dachte scharf nach. »Den Appalachian Trail? Hmmm, der steht auf meiner Liste.«

»Du gehst vielleicht spazieren, aber dieser Schuh ist für echte Hiker.«

Kimberly verzog das Gesicht, musste ihrem Kollegen aber im Stillen recht geben.

»Ich könnte also mit Limmer Kontakt aufnehmen und mir sagen lassen, wer diesen Stiefel gekauft hat?«

»Möglich. Wenn er maßangefertigt wurde. Darf ich?«

Harold hatte immer noch den Spatel in der Hand und deutete damit auf die Profilsohle. Kimberly zuckte nur mit den Achseln. Das einzige Ergebnis ihrer Untersuchung des Schuhs waren Kopfschmerzen.

Sie holte sich ein Glas Wasser. Als sie zurückkam, war Harold ganz in seine Arbeit vertieft.

»Jede Menge Mineralien«, murmelte er und rührte mit dem Spatel durch abgelösten Schmutz. »Quarz, Feldspat, sogar Spuren von Amethyst. Hast du eine Taschenlampe?«

Kimberly zog ihren Feldkoffer unter dem Schreibtisch hervor und hatte relativ schnell die Taschenlampe darin gefunden.

»Vergrößerungsglas«, sagte Harold.

Sie versorgte ihn auch damit.

»Wasser.«

Sie verdrehte die Augen, machte sich aber gehorsam auf den Weg, um Wasser zu holen.

Statt zu trinken, spritzte er aus einer Pipette mehrere Tropfen einer Kimberly unbekannten Flüssigkeit in ein

Reagenzglas und gab einen Teil des Schuhdrecks sowie einige Milliliter Wasser hinzu. Dann schwenkte er das Reagenzglas und füllte vorsichtig das schmutzige Wasser in ein zweites Glasröhrchen um.

»Siehst du diese winzigen glitzernden Partikel?« Er hielt das erste Reagenzglas in die Höhe, in dem sich nur noch der abgesetzte Schlamm befand. »Unsere Bodenprobe ist voller Metalle und Mineralien. Hast du ein Mikroskop?«

Kimberly zog eine Braue in die Stirn. »Harold, wir sammeln Spuren. Für die Analyse sind andere zuständig. Wir haben kein Mikroskop.«

»Aber ich habe eins.«

»Was?«

»Tja, man kann nie wissen«, erklärte er. »Manchmal braucht man einfach ein Mikroskop.«

Wenn du meinst, dachte Kimberly und schickte ihn nach oben, um sein Mikroskop zu holen. Als er zurückkehrte, schlämmten sie ein weiteres Mal die Probe aus und bereiteten einen Objektträger vor.

»Gold«, murmelte Harold. »Hauptsächlich Feldspat und Quarz. Aber da sind unverkennbar auch Spuren von Gold.«

»Wirklich?«

»Ja. Wusstest du, dass der Goldrausch hier in Georgia seinen Ausgang genommen hat? 1829.« Harold richtete sich auf und nahm wieder den Schuh zur Hand, um eine weitere Probe aus dem Profil zu kratzen. »Im Chattahoochee Nationalpark. Du solltest einmal nach Dahlonega fahren. Das Museum dort besuchen und in die alten Minen steigen. Es gibt dort sogar ein Hotel mit eigener Goldmine im Keller.«

»Ich dachte, rund um Dahlonega wird Wein angebaut.«

»Wein ist das Gold unserer Generation«, witzelte Harold. »Schau mal, das ist interessant.«

Kimberly schaute ihm über die Schulter. Harold hatte Reste von Pflanzenmaterial freigelegt und zwei Präparate vorbereitet, wovon er das erste nun unter das Mikroskop schob.

»Und was haben wir hier?«, wollte Kimberly wissen.

»Ich tippe auf Lorbeerrose.« Harold drehte an der Stellschraube und wechselte das erste gegen das zweite Präparat aus. »Und das sieht nach Weymouth-Kiefer aus. Außerdem glaube ich, Reste von Eichen- und Buchenlaub unterscheiden zu können. Ja, ich würde sagen, unser Mann war im Chattahoochee National Forest. Kein Zweifel. Na bitte, hier haben wir auch Reste einer Hemlocktanne.«

»Würde sich die Gegend eignen, Leichen verschwinden zu lassen?«

»Chattahoochee?«, fragte Harold, immer noch über das Mikroskop gebeugt.

»Ja. Wir haben unseren Mann im Verdacht, zehn Frauen gekidnappt und getötet zu haben. Dummerweise ist bis heute keine Leiche aufgetaucht. Vielleicht sollten wir gezielt dort suchen.« Als Nationalpark lag er im Zuständigkeitsbereich des FBI.

»Wenn du da wirklich suchen willst, empfehle ich dir als Erstes ein Paar Limmers«, entgegnete Harold zerstreut. Er wandte sich wieder dem Stiefel zu.

»Warum?«

»Der Park ist über dreitausend Quadratkilometer groß.«

»*Wie bitte?*«

»Ja, wie gesagt, bei uns gibt's tolle Wandergebiete.«

»Du liebe Güte.«

»Augenblick. Ich habe hier noch was für dich. Pinzette bitte.«

Kimberly kramte in ihrer Ausrüstung und reichte ihm das gewünschte Werkzeug. »Noch mehr Gold?«, fragte sie hoffnungsvoll. »Oder wie wär's mit dem Führerschein eines der Opfer?«

»Besser.«

»Besser?«

»Ja. Sieh mal, ich glaube, das hier ist der Fetzen einer Spinnenhülle.«

Kimberly erreichte Sal kurz nach drei auf seinem Handy. Sie hatte zum Mittag zwei Vanille-Puddings und ein halbes Päckchen Buttermilchkekse gegessen und verspürte jetzt einen Zuckerschock.

»Ich habe also mit jemandem von dieser Firma, Limmer, gesprochen«, berichtete sie in aller Eile. »Er will sich den Schuh ansehen, glaubt aber meiner Beschreibung entnehmen zu können, dass es sich um gewöhnliche Wanderstiefel handelt, die überall vertrieben werden. Und Größe 42 ist für Herren nun mal auch nichts Besonderes. Falls es sich aber doch um ein maßangefertigtes Paar handelt, was er erst dann mit Sicherheit sagen, wenn er den Schuh gesehen hat, ließe sich der Käufer wahrscheinlich identifizieren.«

Sal klang nicht annähernd so überrascht, wie es zu erwarten gewesen wäre. »Dinchara kauft Schuhe in New Hampshire?«

»Vielleicht. Oder vielleicht hat er sie sich schicken lassen. Jedenfalls trägt er Schuhe, die speziell für Extrem-Hiker hergestellt werden. Und Harold ist überzeugt davon, dass Dinchara mit diesen Schuhen im Chattahoochee National Forest war. Wir müssen also nicht mehr in ganz Georgia suchen, sondern auf einer Fläche von nur gut dreitausend Quadratkilometern.«

Sal schnaufte.

»Und was haben Sie so am Vormittag getrieben?«, fragte Kimberly.

»Ich war unter anderem bei meinem Chef.«

»Oha.«

»Klein verweigert uns die Zusammenstellung einer Sonderkommission. Er meint, die Beweislage sei zu dünn.«

»Aber die Führerscheine unter Ihrem Scheibenwischer, die Tonaufnahme vom Mord an Veronica Jones –«

»Reicht ihm nicht.«

»Dincharas Gespräch mit Ginny und dass er auf sie eingeprügelt hat –«

»Sie sei herzlich eingeladen, ihn anzuzeigen, meint Klein.«

»So ein Mist«, prustete Kimberly. »Was will er eigentlich noch?«

»Eine Leiche. Glaubwürdige Zeugenaussagen. Eindeutige Hinweise dafür, dass die verschwundenen Frauen nicht einfach bloß umgezogen sind.«

»Aber genau dafür brauchen wir die Sonderkommission. Allein schaffen wir das doch nie.«

»Ich weiß.«

»Und Ginny Jones läuft, nachdem sie Dinchara aufgeschreckt hat, allein und schutzlos da draußen herum.«

»Ich weiß.«

Sie schwiegen für eine Weile.

Dann sagte Sal unvermittelt: »Mein Dad hat meine Mutter auch geschlagen. Anfangs war es nicht allzu schlimm, aber als mein Bruder verschwand und mein Vater zu trinken anfing, drosch er immer wütender auf sie ein, als wäre sie an allem schuld, was schieflief.«

Kimberly war sprachlos.

»Seitdem kann ich so was nicht mehr ab, es macht mich rasend. Verdammt, ich will das Schwein einbuchten.«

»Sal —«

»Entschuldigung. Ist heute nicht mein Tag. Aber es wird schon wieder.« Er räusperte sich. »Zur Sache: Ich habe Ginnys Adresse herausgefunden. Über ihre Fahrzeugzulassung. Jackie hat sich bereit erklärt, sie heute Nacht im Auge zu behalten. Morgen werde ich sie ablösen. Mal sehen, was sich tut.«

Sal legte eine Pause ein, als erwartete er, dass sich auch Kimberly für eine Observation anbot. Sie tippte mit dem Zeigefinger auf ihren Schreibtisch und dachte voller Schuldgefühle an Mac, der wahrscheinlich noch ein paar ernste Worte mit ihr reden wollte. Außerdem waren da ihr Vater und Rainie, die den weiten Weg von Oregon auf sich genommen hatten, um sie zu sehen.

»Wir können davon ausgehen, dass Dinchara stinksauer ist«, drängte Sal. »Und das wird er Ginny spüren lassen. Wir haben sie auf ihn angesetzt und können jetzt nicht einfach den Schwanz einziehen ...«

»Ich müsste mal in meinem Terminkalender nachsehen«, sagte Kimberly.

»Na schön, wenn Sie erst noch Ihre Haare waschen müssen —«

»Was soll der Unsinn?«

»Ich wollte nur —«

»Verstehe. Dinchara dreht durch, und Ginny ist in Gefahr. So was kann vorkommen. Warum habe ich wohl den ganzen Vormittag vor einem dreckigen Wanderstiefel gehockt? Immerhin reimt sich jetzt einiges zusammen. Wir sind auf Gold gestoßen. Und auf einen Spinnenkokon.«

»Einen Spinnen- was?«

»Genau.«

Der nächste Anruf kam von Mac.

»Kommst du zum Abendessen?«, fragte sie vorsichtig. »Rainie hat sich panierte Steaks mit dicker brauner Bratensoße gewünscht. Sie macht den Einkauf, und Dad schluckt schon mal seinen Cholesterolsenker.«

»Ich muss noch arbeiten und werde es kaum rechtzeitig nach Hause schaffen.«

»Aber du magst doch auch panierte Steaks.«

»Lasst mir bitte was übrig«, entgegnete er ein wenig unterkühlt, wie es schien. Kimberly hielt sich zurück. Auch Mac sagte nichts. Das Schweigen zog sich in die Länge.

»Schwerer Fall?«, fragte sie schließlich.

»Kennst du ja.«

»Durchaus.«

»Wartet nicht auf mich.«

»Okay.«

»So kann's nicht weitergehen, oder?«, sagte er plötzlich. »Du arbeitest bis spät in die Nacht, ich arbeite bis spät in die Nacht, und uns bleibt kaum Zeit für ein Küsschen auf die Wange. Was ist das für ein Leben?«

»Unseres«, antwortete sie leise.

»Es muss sich was ändern.«

»Ich bin jederzeit bereit, mit dir darüber zu reden.«

»Na klar, jetzt, wo du kürzertreten musst.«

Sein gereizter Tonfall schockierte sie. Sie wähnte sich auf einem Minenfeld und wusste nicht weiter.

»Ach, was soll's?«, sagte Mac. »Ich bin einfach nur müde. Das ist alles.« Und dann legte er auf.

Als ihr Handy erneut klingelte, nahm sie den Anruf an, ohne auf das Display zu sehen. Sie dachte, es sei Sal mit Neuigkeiten, und hoffte, Mac würde sich entschuldigen.

Doch es meldete sich nur Stille.

Und dann wusste sie Bescheid.

Sie setzte sich in ihren Sessel und kramte in der Tasche nach ihrem Minirecorder.

»Warum kümmern Sie sich nicht?«, fragte eine hohe, gequetschte Stimme. Kimberly glaubte, eine leichte Störung wahrzunehmen, ein elektronisches Rauschen im Hintergrund.

»Ich höre«, sagte sie und fummelte mit einer Hand am Recorder. Eingeschaltet legte sie ihn auf den Tisch.

»Ich dachte, Sie würden helfen«, beklagte sich der Anrufer bockig und mit kurz verzögertem Widerhall. »Sie würden irgendetwas tun.«

»Vorschlag: Wir treffen uns, reden miteinander«, sagte sie ruhig. »Ich würde ja gern helfen.«

»Es ist nicht meine Schuld. ›Willst du rein in meine

Stube?‹, sprach die Spinne zu der Flieg ... Und die Fliege geht ihr ins Netz. Alle gehen ihr ins Netz.«

»Nennen Sie mir bitte Ihren Namen, am besten auch Adresse und Telefonnummer. Ich gehe vertraulich damit um. Die ganze Sache bleibt unter uns.«

Aber der Anrufer hörte ihr nicht zu. Seine Stimme wurde immer schriller, wütender. »Warum haben Sie sich nicht entschiedener für uns eingesetzt? Sie haben uns vergessen, im Stich gelassen. Jetzt sind Sie an der Reihe. Jetzt werden Sie ihm ins Netz gehen. Mir ist es egal. Ich *weigere* mich, Ihnen zu helfen. Ist ja schließlich nicht meine Schuld.«

»Veronica Jones«, sagte Kimberly kurz angebunden. »Und die anderen Frauen ... Ich weiß, was er ihnen angetan hat, brauche aber Beweise. Wo hat er ihre Leichen versteckt? Wenn Sie mir einen Hinweis geben, könnte ich einschreiten.«

Eine Antwort blieb aus. Sie hörte nur Stille und elektrostatisches Knistern. Dann, als sie es fast aufgegeben hatte: »Ich werde meine Reifeprüfung ablegen.«

Sie zögerte und versuchte es dann auf gut Glück: »Sie meinen wie Tommy Mark Evans?«

»Ich habe damit nichts zu tun!«, brüllte die Stimme. »Sie haben doch keine Ahnung. Wenn er einen Entschluss gefasst hat, lässt er sich durch nichts und niemanden aufhalten.«

»Noch mal, ich schlage vor, wir treffen uns. Sie erklären mir alles. Wir helfen uns gegenseitig.«

»Nein. Dafür ist es zu spät. Sie hatten Ihre Chance. Jetzt bin ich am Zug. Ich mache meinen Abschluss.«

»Was soll das heißen?«

»Ich muss Sie töten.«

»Wie bitte?«

Der Anrufer war offenbar außer sich. »Mich hat mal jemand geliebt. Vor langer Zeit. Ich wünschte, ich könnte mich an ihr Gesicht erinnern. Aber es ist wie weggewischt, und sie lebt nicht mehr. Mir bleibt nur noch eins übrig, wenn ich nicht auch sterben will. Ich muss meine Reifeprüfung ablegen. Ich *werde* Sie töten.«

»*Lassen Sie mich helfen ...*«

»Verabschieden Sie sich«, flüsterte die Stimme. Dann war der Anruf beendet.

Es war Nacht geworden, als Kimberly ihr Büro verließ. Sie fuhr mit dem Aufzug ins Erdgeschoss und ging hinaus ins Parkhaus. Die Luft war auf unter zehn Grad abgekühlt. Sie zog unter ihrem hellbraunen Mantel die Schultern hoch und wickelte den Schal enger um den Hals.

Auf der weiten Parkanlage vor dem Bürohaus regte sich nichts. Rechts von ihr säumte ein flacher Wasserlauf den Weg zum Parkhaus, das sich weiter links erhob. Sie hatte eine Hand in die Tasche gesteckt und um den Schlüsselbund gelegt; der größte Schlüssel steckte zwischen Mittel- und Ringfinger. Damit ließe sich notfalls zuschlagen.

Von der Anhöhe wehte ihr eine leichte Böe entgegen und kräuselte ihre Haare unter dem hochgeschlagenen Kragen.

Sie warf einen Blick zurück. Da war niemand, trotzdem legte sie einen Schritt zu.

Die Schatten im Parkhaus trieben sie im Laufschritt auf ihren Kombi zu. Erst nachdem sie durch die Scheiben den Innenraum inspiziert hatte, entspannte sie sich ein wenig. Trotzdem zitterten ihre Hände, als sie einstieg und alle Türen zentral verriegelte. Baby McCormack machte sich mit einem leichten Tritt in ihre Seite bemerkbar.

»Alles in Ordnung, mein Kleines«, flüsterte sie. »Du bist in Sicherheit, alles ist gut.«

Wem sie das einzureden versuchte, ihrem Kind oder sich selbst, war ihr selbst nicht ganz klar.

Kapitel 27

»Spinnen zu beobachten ist eine durchaus geeignete Methode, sich von Naturschwärmereien zu kurieren.«
Burkhard Bilger: *Spider Woman*

Das Abendessen war eher unerfreulich. Kimberly hatte das Fleisch zu lange gebraten, die Soße anbrennen lassen und sich selbst wieder einmal darin bestätigt sehen müssen, dass sie am Herd nichts taugte. Ihr Vater und Rainie nahmen es gelassen. Sie lobten die in der Mikrowelle aufgewärmten grünen Bohnen und taten, als äßen sie, indem sie Fleischstückchen auf ihren Tellern hin und her schoben.

Auch ließen sie nicht durchblicken, ob sie neugierig darauf waren, den Grund für Macs Abwesenheit zu erfahren. Sie fragten nicht, und Kimberly mochte nicht darüber reden. Was hätte sie auch sagen sollen? Dass er bis spät in die Nacht hinein arbeitete, war ja schließlich nichts Ungewöhnliches.

»Wir waren heute im Aquarium«, berichtete Rainie beherzt. »Was für ein bemerkenswerter Ort. Am besten haben mir die balzenden Stachelrochen gefallen.«

»Hmmm«, machte Kimberly.

»Und du, Quincy, was hat dir am besten gefallen?«

Kimberlys Vater blinzelte mit den Augen wie ein im Scheinwerferlicht gefangener Hirsch. »Eeem, die Belugawale.«

»Ja, wirklich großartig, diese Tiere. Und so verspielt. Hätte ich gar nicht gedacht.«

»Hmmm«, machte Kimberly wieder.

»Morgen würde ich gern ins Coca-Cola-Museum gehen. Es verblüfft mich, dass man dieses dunkle Sprudelwasser hier in Georgia so verehrt. Was meinst du, Quincy?«

»Gute Idee«, sagte er und versuchte, einigermaßen begeistert zu klingen.

Kimberly legte ihre Gabel ab. »Dad, wie ging es Mom, als sie schwanger war?«

Ihre Frage kam nicht gut an.

»Em, wie bitte?«, stammelte ihr Vater.

»War ihr morgens auch immer schlecht, hatte sie fleckige Haut, Gemütsschwankungen? Oder gehörte sie zu den Frauen, die während der Schwangerschaft aufblühen? Hat sie Strampler gestrickt, das Kinderzimmer dekoriert oder eine Liste möglicher Namen aufgestellt ...?«

»Deine Mutter? Gestrickt?«

»War sie *glücklich*? Hattet ihr für Amandas Geburt alles organisiert? Festgelegt, wer zu Hause bleiben würde, ob für dich Vaterschaftsurlaub in Frage käme und so weiter? Habt ihr das Kinderzimmer vielleicht gemeinsam eingerichtet oder im Vorhinein abgesprochen, wer wann euer Freudenbündel in den Schlaf wiegt?«

»Kimberly, jetzt mal im Ernst, das ist über dreißig Jahre her —«

»Aber du wirst dich doch wohl erinnern. An irgendetwas. Komm schon, Dad. Ich würde ja Mom gern fragen, aber leider ist sie tot.«

Quincy wurde still. Kimberly schämte sich für ihren Gefühlsausbruch, der wie aus dem Nichts aufgestiegen war und ihr nun den Hals zuschnürte. Eine Entschuldigung wäre angebracht. Sie sollte irgendetwas sagen, aber wenn sie jetzt den Mund öffnete, würde sie in Tränen ausbrechen.

Ihr Vater holte tief Luft. »Tut mir leid, Kimberly«, sagte er leise. »Ich verstehe, dass dir jede Menge Fragen unter den Nägeln brennen, und ich würde dir gerne darauf antworten. Aber ganz ehrlich, ich habe nur ganz wenige Erinnerungen an Mandys oder deine Geburt. Als deine Mutter mit Amanda schwanger ging, war ich gerade mit einer Bankraubserie im Mittleren Westen beschäftigt, wenn ich mich richtig erinnere. Vier Männer in einem weißen Transporter. Sie schlugen jedes Mal mit ihren Pistolen zu, auch wenn die Frauen an der Kasse bereitwillig taten, was sie verlangten. Ich habe zahllose Augenzeugen vernommen und versucht, mir ein Bild davon zu machen, wie diese Bande vorgeht. Ich erinnere mich, dass sie bei ihrem Einbruch in die neunte Bank die Kassiererin getötet haben. Mit einem Schuss genau zwischen die Augen. Ihr Name war Heather Norris. Neunzehn Jahre alt und ledige Mutter. Sie hatte gerade in der Bank zu arbeiten angefangen, um Geld für ein Collegestudium anzusparen. Diese Dinge haben Eindruck auf mich gemacht. Aber wie es deiner Mutter ging und was sie durchgemacht hat …«

»Sie hat dich gehasst«, sagte Kimberly ruhig.

»Am Ende, ja. Und das nicht ohne Grund, würde ich sagen.«

»Hast du sie gehasst?«

»Nie.«

»Und was Mandy und mich anbelangt? Zwei weitere Frauen, die dich in deiner kostbaren Arbeit gestört haben?«

»Ihr wart das Beste, was mir passieren konnte.« Ihr entging nicht, wie er Rainies Hand drückte. Aber das konnte ihre Stimmung auch nicht verbessern.

»Sicher, das sagst du jetzt. Aber damals, als du pro Jahr mit hundert Fällen von Kindsmord oder verstümmelten Frauen belastet warst, die deine gesamte Aufmerksamkeit erforderten, und dann auch noch wir von dir erwartet haben, dass du abends zum Essen nach Hause kommst, unsere Schulaufführungen besuchst und stolz auf unsere Leistung bist – da musstest du doch einfach frustriert sein. Wie hättest du bei unseren albernen kleinen Ansprüchen nicht die Geduld verlieren sollen?«

»Es waren keine albernen kleinen Ansprüche.«

»Oh, doch. Hin uns wieder mit Sicherheit. Und all das unter einen Hut zu kriegen, war geradezu unmöglich. Wie findet man dann noch Zeit für sich selbst? Woher die Kraft nehmen? Und genug Liebe? Man kann nicht für alle alles sein.«

Der Vater blieb für eine Weile still. »Wusstest du eigentlich, dass eure Mutter vor eurer Geburt einen Job hatte?«, fragte er plötzlich.

»Nein.«

»Sie arbeitete in einer Kunstgalerie. Sie hatte einen Abschluss in Kunstgeschichte und hoffte, irgendwann einmal Kuratorin zu werden. Davon hat sie geträumt.«

»Aber dann wurde sie schwanger.«

»Damals war alles anders, Kimberly. Dass sie zu Hause

bei unseren Kindern bleibt, wurde weder von ihr noch von mir jemals in Frage gestellt. Etwas anderes kam uns gar nicht in den Sinn. Aber zugegeben, im Rückblick wäre es wohl richtiger gewesen, wir hätten anders entschieden.«

»Warum sagst du das?«

Ihr Vater zuckte mit den Achseln und ließ sich mit der Antwort Zeit. Wie es schien, wählte er seine nächsten Worte mit Bedacht. »Deine Mutter war eine sehr kluge, kreative Frau. Sosehr sie dich und deine Schwester auch liebte, das Leben als Hausfrau ... Es war wohl nicht ihre Sache. Jedenfalls nicht so erfüllend, wie sie es sich erhofft hatte. Und zu allem Überfluss war ich auch noch kaum zu Hause. Ich vermute, es war damals ein Leichtes, mich für ihre Unzufriedenheit verantwortlich zu machen. Ich liebte meinen Job. Sie den ihren nicht.«

»Wärst du damit einverstanden gewesen, wenn sie wieder berufstätig geworden wäre?«

»Ich weiß nicht. Sie hat das nie thematisiert. Und ich war nie lange genug mit ihr zusammen, um ihr Unglück zu bemerken. Bis es zu spät war.«

»Ich dachte, es regelt sich alles von selbst«, flüsterte Kimberly und legte ihre Hand auf den Bauch. »Aber seht mich an, ich bin seit fünf Monaten schwanger und fühle mich wie vor den Kopf gestoßen. Wie soll ich gleichzeitig Ehefrau, Ermittlerin und Mutter sein? Ich versage schon jetzt, obwohl das Kind noch gar nicht auf der Welt ist.«

»Ich wünschte, ich könnte dir einen klugen Ratschlag geben, Kimberly. Aber es lässt sich nun einmal nicht alles über einen Kamm scheren. Du musst dich selbst fragen und Mac und mit ihm nach Antworten suchen. Ich als

278

dein Vater habe wohl sämtliche Fehler gemacht, die man machen kann, und trotzdem ist eine wundervolle Frau aus dir geworden.«

Kimberly schüttelte den Kopf. Ihr war klar, dass er es lieb meinte, und sie hätte seine Worte gern dankbar angenommen. Aber stattdessen musste sie an Mandy denken, und es brach ihr wieder das Herz, dass sie, über die man wahrscheinlich das Gleiche hätte sagen können, schon mit achtundzwanzig Jahren gestorben war.

Erst als es eigentlich schon Zeit war, zu Bett zu gehen, sprach Kimberly den Telefonanruf an. Vor fünf Monaten hätte sie die gegen sie gerichtete Morddrohung längst erwähnt, doch jetzt scheute sie sich. Mit Mac wollte sie nicht darüber reden, ihrem Vater gegenüber fiel ihr das ein wenig leichter.

Er reagierte wie immer nüchtern und sachlich. »Was weißt du über den Anrufer?«

»Nichts.«

»Unsinn. Denk nach! Du hast mit ihm schon dreimal gesprochen. Irgendetwas wird doch hängengeblieben sein.«

»Tja, er hat Zugriff auf einen Computer, besitzt eine Kreditkarte und kennt sich im Internet immerhin so gut aus, dass er sich unter einer fremden Nummer ins Netz einwählen kann.«

»Okay.«

»Er kennt die Nummer der FBI-Auskunft, was kein Kunststück ist, da sie öffentlich ist. Aber«, überlegte sie kurz, »er kennt auch meine Handynummer, und an die ist schwerer heranzukommen.«

»Was sonst noch?«

»Die Person scheint männlich zu sein, es sei denn, ich habe mich von einem Stimmverzerrer täuschen lassen. Sie macht jedenfalls einen jüngeren Eindruck auf mich. Dafür sprechen einige Redewendungen und launische Äußerungen. Ich würde sagen, es handelt sich um einen Heranwachsenden.«

»Ausgezeichnet.«

»Sein Akzent, auch wenn er nicht besonders ausgeprägt ist, lässt darauf schließen, dass er aus der hiesigen Gegend kommt. Das erste Mal rief er am Abend an, das zweite Mal in den frühen Morgenstunden und jetzt mitten am Tag. Spricht für flexible Arbeitszeiten oder überhaupt keinen Job.«

»Würde zu dem von dir geschätzten Alter passen.«

»Ja.«

»Was könnte der Grund dafür sein, dass er ausgerechnet dich zu erreichen versucht?«

Schwere Frage. Kimberly versuchte sich dennoch an einer Antwort. »Als er mir die Tonaufzeichnung von Veronica Jones vorspielte, dachte ich, er sei möglicherweise selbst Opfer und wolle Hinweise geben, die zur Verhaftung Dincharas führen. Der zweite Anruf klang wie eine Warnung, ließ sich aber immer noch als Hilfsangebot verstehen. Ich dachte, der Anrufer sei womöglich der heimliche Zuträger der Führerscheine, die unter Sals Scheibenwischer klemmten.«

»Und der Anruf heute?«

»War voller Wut«, antwortete sie, ohne zu zögern. »Mir scheint, er macht mich jetzt persönlich dafür verantwortlich, dass Dinchara oder wer auch immer noch auf freiem Fuß ist. Er hat einen völlig anderen Ton angeschlagen. Ich bin jetzt nicht mehr seine Verbündete, sondern sein Feind.«

Quincy zeigte den Anflug eines Lächelns. »Nach einem Heranwachsenden klingt das nicht.«

»Exakt.«

Er legte eine Denkpause ein. »Hältst du es für möglich, dass der Anrufer immer noch in Kontakt zu der von euch gesuchten Person steht? Könnte sich vielleicht sogar die Beziehung zwischen den beiden verkehrt haben? Du sagtest, der Anrufer wolle seine Reifeprüfung ablegen und müsse dich zu diesem Zweck töten.«

»Ja.«

»Vielleicht auf Befehl dieses ominösen Spinnenfreunds? Dann wäre die nächste Frage: Warum ausgerechnet dich? Wurde der Anrufer gezielt auf Special Agent Kimberly Quincy angesetzt oder einfach nur auf ein Mitglied der Strafvollzugsbehörden? Beziehungsweise auf eine Frau?«

»Gezielt auf mich«, erwiderte Kimberly langsam. »Der Anrufer wusste von Anfang an, dass ich Dinchara auf den Fersen bin. Er ist also nicht zufällig auf mich gestoßen, sondern weil ich in dieser Sache ermittle.«

»Hast du einen Verdacht, wer der Anrufer oder die Anruferin sein könnte?«, fragte ihr Vater.

»Ginny Jones. Sie hat meine Handynummer, sich mit mir getroffen und weiß um das Schicksal ihrer Mutter und von Tommy Mark Evans. Außerdem«, fügte sie nachdenklich hinzu, »hat sie allen Grund, sauer auf mich zu sein. Nämlich wegen der Geschichte mit Dinchara letzte Nacht.

Unter Hilfe hat sie sich wahrscheinlich etwas anderes vorgestellt.«

»Aber?«

Kimberly zuckte mit den Achseln. »Aber warum dieser Umweg über Spoofing? Wir haben uns doch schon gegenübergestanden. Und was in den Telefonaten zur Sprache kam, hätte sie mir auch unter vier Augen sagen können.«

»Hat sie Angst?«

»Am Telefon riskiert sie mehr als in einem Vieraugengespräch. Aber eine junge Frau wie sie ... Keine Ahnung, wie sie tickt.«

»Du gehst davon aus, dass es der Anrufer ernst meint?«, fragte Quincy leise. »Du siehst dich in Gefahr?«

Sie knabberte an ihrer Unterlippe und wusste nicht, wie sie antworten sollte. »Ich finde die Drohung jedenfalls ziemlich gruselig.«

»Du nimmst sie also ernst.«

»Ich bin mir nicht sicher. Würdest du nicht auch sagen, dass Prostituierte auszubeuten etwas anderes ist als der Anschlag auf eine Bundespolizistin? Könnte es sich nicht um ein Ablenkungsmanöver handeln? Ich habe den Eindruck, hier wird ein Bauer in einem undurchschaubaren Schachspiel hin und her geschoben. Und das macht mich nervös, mehr als alles andere. Auch wenn ich nicht das eigentliche Angriffsziel bin, muss ich doch fürchten, als Kollateralschaden zu enden.«

»Hast du deinen Vorgesetzten informiert?«

»Ich habe ihm letzte Nacht die Tonaufzeichnung und eine Notiz zukommen lassen.«

»Was meinst du, wird er unternehmen?«

»Ich hoffe sehr, dass er der Bildung einer Sonderkommission zustimmt. Der Anrufer hat durchblicken lassen, dass er oder sie etwas über Tommy Mark Evans weiß. Wir haben da einen ungelösten Mordfall und eine Leiche, verdammt noch mal. Das müsste doch unsere Maschine in Gang setzen. Außerdem wurde Ginny für nichts und wieder nichts halb tot geprügelt. Darüber bin ich stinksauer!«

»So kenne ich dich«, bemerkte Quincy.

Kimberly musste unwillkürlich lächeln.

»Ich glaube, Sal hat eine Spur«, sagte sie, wieder ernst. »Wir können wohl mit Sicherheit davon ausgehen, dass Dinchara Prostituierte für sich anschaffen lässt. Ginny ist ihm noch mal entkommen. Sie hat Glück gehabt. Jetzt müssen wir uns auch für die anderen Frauen einsetzen. Ich will sie ausfindig machen, sie nach Hause bringen. Und dann will ich Spideyman an die Wand nageln.«

»Sein Stiefel ist schon mal ein kostbares Indiz«, sagte ihr Vater. »Ich würde an eurer Stelle mit einer Meute Spürhunde losziehen.«

»Dreitausend Quadratkilometer durchkämmen? Na klar, die haben ein paar Spürhunde an einem Tag abgeschnüffelt.«

»Den Sarkasmus hast du von deiner Mutter.«

»Hättest du wohl gern. Übrigens, Harold hat eine gute alte Freundin, die sich mit Spinnen auskennt. Wir sind für morgen Früh miteinander verabredet. Normalerweise würde ich auf abgestoßene Spinnenhaut keinen großen Wert legen, aber angesichts der Vorlieben Dincharas ...«

»Kann ich mitkommen?«

»Und was wird aus Miss Coca-Cola-World?«

»Ich bitte dich«, antwortete ihr Vater ernsthaft.

Als sich Rainie und Quincy zurückgezogen hatten, blieb sie noch eine Weile auf und schaute vom Bett aus fern. Irgendwann musste Mac ja kommen. Gegen eins wurde es ihr zu bunt. Sie massierte sich den Lendenbereich, musterte ihre leicht geschwollenen Füße, fand, dass sie seit gestern zugenommen hatte, und beschloss, dass es Zeit war zu schlafen.

»Träum süß, Baby McCormack«, flüsterte sie ihrem Bauch zu, schaltete das Licht aus und zog die Decke bis unters Kinn.

Ihr Schlaf war alles andere als erholsam. Im Traum sah sie sich durch ein Haus hasten, das Ähnlichkeiten hatte mit den Tatortfotos aus der Akte zum Mord an ihrer Mutter. Es gab so vieles, das sie ihr noch zu sagen gehabt hätte …

Aber dann hörte sie ein Kleinkind klagen, und sie wusste, dass es nicht ihre Mutter war, die sie verloren hatte. Verzweifelt suchte sie nach ihrem Baby und folgte gehetzt einer Blutspur durch das ganze Haus.

Plötzlich tauchte eine gespenstisch weiße Wiege vor ihr auf …

»Schhhhh«, versuchte Mac sie zu beruhigen. »Schhhh, alles in Ordnung, Kimberly. Du hast nur schlecht geträumt. Keine Sorge, Liebling, ich halte dich.«

Sie spürte, wie er sie an seine warme Brust drückte. Trotzdem schüttelte es sie immer noch. Selbst in den Armen ihres Mannes fühlte sie sich nicht sicher.

Das Handy klingelte. Einmal, zweimal.

Beim dritten Mal raffte sie sich auf. Die Leuchtziffern des Weckers zeigten 05:00 Uhr. Mac hatte ihr den Rücken zugekehrt und schlief. Er rührte sich ein wenig, als sie zu ihrem Telefon griff.

Nach einem kurzen Blick auf das Display nahm sie den Anruf entgegen.

»Schlafen Sie nie, Sal?«

»Sie ist weg«, sagte er. »Jackie hat sie aus den Augen verloren. Wir sind zu ihr nach Hause, aber die Wohnung steht leer. Ginny Jones ist verschwunden.«

Kapitel 28

»So wie Vögel an ihren Stimmen können Spinnen an der Art und Weise identifiziert werden, wie sie ihre Beute töten.«
Burkhard Bilger: *Spider Woman*

»In den Vereinigten Staaten gibt es zwei giftige Spinnenarten«, erklärte Carrie Crawford-Hale, die als Arachnologin für das Landwirtschaftsministerium arbeitete. Zum einen ist da die *Latrodectus mactans* oder Schwarze Witwe, erkennbar an einem kleinen roten Fleck auf dem Abdomen. Nur die Weibchen beißen, und das eigentlich auch nur dann, wenn sie sich bedroht fühlen. Die andere Art bezeichnen wir als *Loxosceles reclusa,* die auch Geigenspinne genannt wird wegen ihrer violinenartigen dunkleren Zeichnung zwischen Augen und Hinterleib. Männchen und Weibchen sind gleichermaßen giftig. Zum Glück sind sie sehr scheu und nicht besonders mobil. Sie leben zurückgezogen in Holzstößen und kommen selten mit Menschen in Berührung. Trotzdem werden jährlich um die zwölf Bisse gemeldet, manche mit ernsten Konsequenzen.«

»Was heißt ernst?«, fragte Sal. Er stand neben der Tür und von Crawford-Hale und ihrem Mikroskop so weit entfernt wie nur möglich. Rechts von ihm hing ein präparierter Skorpion an der Wand, über seinem Kopf das Exemplar eines riesigen schwarzen Käfers mit gewaltigen Mundwerkzeugen. Der GBI-Special Agent wirkte müde, verstört und ausgesprochen nervös.

Ganz anders Kimberly. Sie konnte es kaum abwarten, einen Blick durch das Mikroskop zu werfen, hatte sie doch noch nie Spinnenhaut in zehnfacher Vergrößerung gesehen, was laut Harold ziemlich cool sein sollte.

Leider war das Büro von Crawford-Hale nicht viel größer als eine Portiersloge, vollgepfropft mit irgendwelchen Apparaturen, Aktenschränken und Präparaten, aufgespießt oder in Gläsern. Harold und Kimberlys Familie hatten draußen bleiben müssen. Schade, denn Quincy hätte sich bestimmt interessiert für das, was von der Arachnologin zu hören war.

»Das Gift der *Loxosceles reclusa* enthält ein Enzym, das nekrotisch wirkt.« Crawford-Hale drehte am Mikroskop und verschob den Objektträger von rechts nach links. »Die Blutgefäße rings um die Bisswunde herum verschließen sich; die betroffene Stelle stirbt ab, wird schwarz und löst sich. Ich habe Bilder von offenen Wunden gesehen, die bis zu einem halben Dollar groß waren. In manchen Fällen ist das Schlimmste nach wenigen Wochen überstanden, aber es kann auch zu Schwellungen ganzer Körperteile kommen, die Monate und bis zu einem Jahr andauern, je nachdem, wie das Immunsystem des Opfers auf das Gift reagiert. Manche Menschen sind einfach empfindlicher als andere.«

Sal schüttelte sich angewidert. Ein Ketchup-Fleck auf seinem dunkelgrauen Revers verriet, dass er am Morgen schon deftig gegessen hatte. Außerdem verströmte er den Geruch von Bratkartoffeln. Im Moment machte er den Eindruck, als sei ihm das Frühstück nicht gut bekommen.

Er rückte noch weiter von Crawford-Hale weg und schüttelte die Arme aus, als fühlte er ein Krabbeln auf der Haut. »Lässt sich irgendwie bestimmen, wie empfindlich man ist?«

»Nach einem Biss wissen Sie's.« Crawford-Hale richtete sich vor ihrem Mikroskop auf. »Ich bin mir zu neunzig Prozent sicher, dass dieses Hautstückchen von einer *Loxosceles reclusa* stammt. Dafür spricht die hellbraune Farbe, und man kann sogar noch einen Teil des geigenförmigen Flecks erkennen.«

»Diese Spinnen sind in Georgia nicht so selten, oder?«, fragte Kimberly stirnrunzelnd.

»Das stimmt. Man findet sie im ganzen Süden bis hin nach Kansas. Vor drei Monaten meldete uns eine Familie, dass ihr Anwesen befallen sei. Wir haben in den ersten drei Stunden über dreihundert Exemplare eingesammelt. Bemerkenswerterweise wurde niemand von der Familie gebissen. Spinnen interessieren sich nicht besonders für Lebewesen, die sie mit einem unbedachten Fußtritt zerquetschen können.

Übrigens, in Südkalifornien haben wir es verstärkt mit einer verwandten Art zu tun, mit *Loxosceles laeta*. Sie ist aus Chile, Peru und Argentinien eingewandert – und deutlich giftiger als ihre einheimischen Genossen.«

»Noch ein Grund, nicht in Kalifornien zu leben«, murmelte Sal. Er hatte endlich den Skorpion an der Wand hinter sich bemerkt und entdeckte, als er ihm ausweichen wollte, eine unglaublich große Kakerlake unmittelbar vor seiner Nase.

»Ich begreife das einfach nicht.« Kimberly versuchte immer noch, sich einen Reim auf alles zu machen. »Warum sammeln Liebhaber von Spinnen auch Exemplare von Arten, die so weit verbreitet sind wie diese Geigenspinnen, mal ganz davon abgesehen, dass sie auch noch giftig und schwer zu halten sind«?

»Oh, schwer zu halten würde ich nicht sagen«, korrigierte Crawford-Hale. »Im Gegenteil, sie lassen sich gern vergesellschaften und sind außerdem recht friedliebend. In einem Terrarium, das ihnen dunkle Rückzugswinkel bietet – Laub, Steine, Baumrinde –, leben sie glücklich und zufrieden.«

»Sie werden also tatsächlich von Spinnenliebhabern gesammelt?«

Die Wissenschaftlerin überlegte kurz. »Haben Sie schon einmal von Spider Pharm gehört?«

»Ehm, nein.«

»Das ist ein Betrieb, der diese Spinnen züchtet und ihnen ihr Gift abmelkt –«

»Wie bitte?«, unterbrach Sal sichtlich entsetzt.

»Na schön, sagen wir, das Gift wird gewonnen«, erwiderte Crawford-Hale. »Es ist aus fast zweihundert Bestandteilen zusammengesetzt, unter anderem aus Substanzen, die Gewebe zersetzen und das Nervensystem kurzschließen können. Daran ist die pharmazeutische Industrie natürlich interessiert. Entsprechend intensiv wird in dieser Richtung geforscht.«

»Und wie gewinnt man das Gift?«, fragte Sal.

»Es gibt spezielle Maschinen dafür«, erklärte Crawford-Hale lächelnd. »Soviel ich weiß, kommen elektrische Stimulatoren zum Einsatz. Mit Stromschlägen in sehr geringer Stärke erreicht man, dass sich die Giftdrüse zusammenzieht. Die Tropfen, die dann über die Chelicerenklauen austreten, werden in einem Glasröhrchen aufgefangen. Das tut den Spinnen nicht weh und liefert ausreichend Gift für die Forschung. Ergo: Betriebe wie Spider Pharm sammeln, züchten und beherbergen jede Menge *Loxosceles reclusa*.«

»Und wie steht's um eher durchschnittliche Sammler?«, fragte Kimberly. »Der Mann, gegen den wir ermitteln, besitzt offenbar mehrere Vogelspinnen und wenigstens eine Schwarze Witwe.«

Crawford-Hale zuckte mit den Achseln. »Sammler sind Sammler. Ich hatte mal einen Studienkollegen, der vor dem Wohnheim eine Schwarze Witwe entdeckte, sie einfing und als eine Art Haustier hielt. Um immer genug Futter für sie zu haben, fing er an, Heuschrecken zu züchten. Als die Schwarze Witwe schließlich starb, hatte er über zweihundert Heuschrecken. Inzwischen züchtet er nur noch Heuschrecken und beliefert damit etliche Zoohandlungen. Wäre wohl nichts für Sie und mich, aber er bestreitet damit seinen Lebensunterhalt.«

»Wie kommt ein Sammler an eine Geigenspinne ran?«, wollte Kimberly wissen. »Kann man die auch online kaufen wie Vogelspinnen, oder gibt es einen speziellen Markt dafür?«

»Hier bei uns?« Die Arachnologin krauste die Stirn. »Ihr Sammler könnte einfach in seinen Keller gehen. Oder einen Holzstoß durchwühlen. Oder unter Steinen nachsehen, wenn er im Wald spazieren geht –«

»Im Wald?«

»Ja, hier bei uns in Georgia sind *reclusa* das ganze Jahr über in Wäldern anzutreffen.«

»Wie zum Beispiel im Chattahoochee National Forest?«

»Mit Sicherheit.«

Kimberly seufzte und nagte wieder an ihrer Unterlippe. An Sal gewandt, sagte sie: »Dieser Spinnenhautfetzen hat also womöglich gar nichts mit seiner Sammlung zu tun. Er ist vielleicht einfach unter dem Stiefel kleben geblieben, als er durch den Park wanderte.«

»Gut möglich«, bestätigte Crawford-Hale und fügte nachdenklich hinzu: »Aber wie gesagt, *Loxosceles reclusa* sind sehr scheu. Sie halten sich die meiste Zeit über in dunklen Schlupflöchern versteckt, erst recht, wenn sie sich häuten und deshalb sehr gefährdet sind. Auf einem Wanderweg wird Ihr Mann also kaum über den Hautfetzen gestolpert sein, allenfalls in dichtem, entlegenem Unterholz.«

»Wo man auch eine Leiche verscharren könnte«, murmelte Kimberly.

»Das wäre dann Ihr Sachgebiet, nicht meines. Kann ich sonst noch etwas für Sie tun?«

Kimberly dachte nach. Das Gespräch war nicht so ergiebig wie erhofft. Seinem Gesichtsausdruck nach schien Sal ähnlich zu empfinden.

Ihr fielen keine weiteren Fragen mehr ein. Sie streckte die Hand aus, um sich von Crawford-Hale zu verabschieden. Sal folgte ihrem Beispiel.

»Wie verhalten wir uns, wenn wir auf eine echte Geigenspinne stoßen?«, fragte er.

»Nicht bewegen.«

Sal schüttelte den Kopf. »Ich verstehe nicht, wie Sie das

schaffen: den ganzen Tag achtbeinige Insekten zu untersuchen. Mir kribbelt jetzt schon überall die Haut.«

»Oh, Spinnen sind keine Insekten«, korrigierte Crawford-Hale. »Insekten haben sechs Beine, Spinnen acht. Spinnen *verzehren* Insekten. Das ist ein großer Unterschied.«

Sie stiegen über die Treppe hinauf ins Erdgeschoss und öffneten die gläserne Eingangstür in gleißend helles Sonnenlicht. Harold, Quincy und Rainie warteten geduldig auf dem Parkplatz. Harold hockte auf der Kühlerhaube, Quincy und Rainie standen neben ihm.

»Gute Nachrichten?«, fragte Harold hoffnungsvoll.

Kimberly zuckte mit den Achseln. »Unser Beweisstück stammt von einer *Loxosceles reclusa*. Davon gibt es hier bei uns ebenso viele wie Marienkäfer. Jippijajeh.«

»Was habt ihr jetzt vor?«, fragte er bedächtig.

Kimberly warf einen Blick auf Sal. »Immer noch keine Spur von Ginny Jones?«, wollte sie wissen.

Er suchte auf seinem Handy nach Mitteilungen. »Nein.«

Kimberly hatte sich nach seinem Anruf sofort auf den Weg zu Ginnys Adresse gemacht und bestätigt gefunden, was Sal bereits festgestellt hatte: Es gab weder Hinweise auf gewaltsames Eindringen in die Wohnung noch Spuren eines Kampfes. Das winzige Apartment schien eilig verlassen worden zu sein; einige wenige Umrisse in der Staubschicht, die sämtliche Oberflächen bedeckte, ließen darauf schließen, dass nur ein paar Gegenstände mitgenommen worden waren.

Im Schlafzimmer, halb unter dem Bett versteckt, hatte Kimberly einen Ratgeber für Schwangere gefunden. Noch so ein kleines Detail, das sie in der vergangenen Nacht kaum hatte zur Ruhe kommen lassen.

Ginny und ihr Fahrzeug waren zur Fahndung ausgeschrieben, Fotos von ihr und Dinchara lagen seit über acht Stunden in sämtlichen Polizeirevieren aus. Bislang ergebnislos.

»Die Sonderkommission können wir vergessen«, seufzte Kimberly und fügte trocken hinzu: »Aber mein Chef empfiehlt uns, in der Mordsache Tommy Mark Evans mit Alpharetta zusammenzuarbeiten.«

»Hast du schon mit dem leitenden Ermittler gesprochen?«, fragte Quincy.

»Noch nicht. Falls du es noch nicht bemerkt haben solltest: Dazu hatte ich bislang keine Zeit.«

»Es wäre interessant zu erfahren, ob Schuhabdrücke am Tatort sichergestellt worden sind«, bemerkte Quincy.

»So viel Glück hat nur der Dumme«, entgegnete sie.

»Und was gedenkt meine überaus kluge Tochter nun zu tun?«, stichelte ihr Vater.

Achselzuckend schaute Kimberly wieder auf Sal, der in seinem zerknitterten Anzug und mit seinen schlaffen, übernächtigten Gesichtszügen einen traurigen Anblick bot. Würde er sich, wenn er den Killer fasste, endlich verzeihen können, dass er hilflos mit angesehen hatte, wie seine Mutter von seinem Vater geprügelt worden war? Und würde es ihr, wenn sie ihm hülfe, leichter fallen, nach Arlington zu fahren und Blumen auf das Grab ihrer Mutter und das ihrer Schwester zu stellen?

Sie beide, Kimberly und Sal, jagten dem Unmöglichen nach, und obwohl ihnen das bewusst war, konnten sie nicht haltmachen.

»Wir haben eine weitere Spur«, sagte sie.

»Welche?«

»Goldstaubanhaftungen an Dincharas Stiefel. Harold glaubt, dass sie aus der Gegend um Dahlonega stammen. Wir könnten einen kleinen Ausflug unternehmen und auf Dincharas Spuren wandeln. Er scheint ein begeisterter Wandersmann zu sein und sich viel in dieser Gegend aufgehalten zu haben. Vielleicht erinnert sich jemand an ihn.«

Sals Augen leuchteten auf. »Das machen wir!«

Und ihr Vater sagte, ohne zu zögern: »Wir begleiten euch natürlich.«

Kapitel 29

»Diese Spinnen sind auch häufig hinter geschlossenen Mauern vorzufinden, in Wohnhäusern, Stallungen, Heizkellern, Schulen, Kirchen, Geschäften, Hotels und dergleichen mehr.«
Julia Maxine Hite, William J. Gladney, J.L. Lancaster, Jr. und W.H. Whitcomb: *Biology of the Brown Recluse Spider*

Dahlonega lag im Zuständigkeitsbereich des Sheriffbüros von Lumpkin County. Leider war der Sheriff für eine Woche verhindert, weil er an einer Weiterbildung in Sachen Rauschgiftkriminalität teilnahm. Stattdessen war sein Kollege eingesprungen, Sheriff Boyd Duffy vom benachbarten Union County, und hatte sich zu einem Gespräch bereit erklärt.

Harold war nicht mitgekommen. Er hatte sich bereits mit mit zwei Bankern verabredet, die ihm helfen wollten, dem über das Internet abgewickelten Finanztransfer von Terroristen nachzuspüren. Er hatte sich verabschiedet mit der Empfehlung: »Besucht bei der Gelegenheit auch die vom Forstdienst unterhaltende Fischzucht bei Suches. Die Leute dort wissen *alles*.«

Also hatten sich nur Sal, Kimberly, Quincy und Rainie auf den Weg gemacht. Dahlonega war nur eine Stunde entfernt und bequem über die GA 400 zu erreichen, weshalb sie beschlossen hatten, noch am selben Tag zurückzukehren, auch wenn es Nacht darüber werden sollte. So lange arbeiteten sie ja ohnehin meist.

Sal und Kimberly fuhren voraus, gefolgt von Rainie und Quincy. Sals Stimmung hatte sich seit dem Treffen mit der Arachnologin kaum gebessert. Er saß am Steuer und blickte düster vor sich hin, beschäftigt mit Gedanken, die er anscheinend nicht teilen mochte.

Kimberly rief Mac an, hatte aber kein Glück. Sie hinterließ ihm eine Nachricht und hoffte, dass ihr der Trotz nicht anzuhören war, den sie empfand. Dann überlegte sie kurz, ob sie sich bei ihrem Chef melden sollte, entschied sich aber dagegen. Wie sie ihren Nachmittag verbrachte, interessierte im Grunde niemanden, solange sie ihren Schreibkram erledigte und in den ihr zugewiesenen Ermittlungsarbeiten Fortschritte nachweisen konnte.

Worum sie sich später kümmern würde. Spätestens morgen Früh.

Als Nächstes versuchte sie, den Chefermittler von Alpharetta zu erreichen, eine Ermittlerin namens Merilyn Watson. Doch kaum hatte sie den Anruf entgegengenommen, streikte das Funknetz. Kimberly versuchte es ein weiteres Mal, mit durchwachsenen Ergebnissen.

»Keine Fingerabdrücke ... Luft ... ber. Projektil ... Vertiefungen«, berichtete Watson, befragt nach den am Tatort des Mordes an Tommy Mark Evans sichergestellten Spuren.

»Gibt es auch einen Schuhabdruck?«, wollte Kimberly wissen.

»Nur Reife ... ren.«

»Reifenspuren? Lässt sich sagen, von welchem Fahrzeug?«

Es rauschte und knisterte. Stille.

Kimberly starrte auf ihr Handy. So gut wie kein Empfang. Sie hörte noch drei Pieptöne, dann war die Verbindung weg.

»Sie sagt, es gebe Reifenspuren«, berichtete sie. »Ob auch Schuhabdrücke entdeckt wurden, weiß ich nicht. Sie war kaum zu verstehen. Es scheint, sie haben ein Projektil sicherstellen können. Aber wie gesagt, ich konnte sie kaum hören.«

»Und das Fahrzeug?«

»Sobald wir aus diesem Funkloch raus sind, rufe ich noch einmal an und bitte sie, mir die Fotos per E-Mail zukommen zu lassen. Ich wüsste da jemanden, der uns zuverlässig sagen könnte, ob die Reifen auf einen Toyota Four-Runner passen oder nicht.«

Sal schaute sie an. Sein Blick hatte etwas Anrührendes. »Haben Sie eigentlich immer nur Ihre Arbeit im Kopf?«, fragte er.

»Immer.«

Er schnaufte und blickte wieder auf die Straße. »Geht mir ähnlich.«

Sie lächelte, trauriger vielleicht als beabsichtigt.

Sie starrte zum Fenster hinaus und sah die Betonwüste des Großraums Atlanta flachen braunen Feldern weichen. An einer Ampel bogen sie nach Norden auf den Highway 60 ab, der bergauf führte in ein Gelände voller Schluchten und steil aufragender Hügel, auf denen sich die aus Asien eingeschleppte Kudzu-Ranke breitmachte. Sie kamen an luxuriösen Apartmentkomplexen vorbei, einem edlen Golfplatz und exotischen Wasserspielen.

Kimberly kombinierte. Die ärmlichen Hühnerfarmen

297

und Trailer-Parks lagen hinter ihnen. Sie hatten nun den nördlichen Speckgürtel Georgias erreicht, wo es um Geld ging. Und jede Menge. Harold hatte recht – ›In den Bergen da drüben steckt Gold‹.

»Sheriff Duffy erwartet uns im Olde Town Grill mitten in Dahlonega«, sagte Sal.

»Haben Sie eine Adresse?«

»Sie waren wohl noch nicht in Dahlonega, oder?«

Kimberly schüttelte den Kopf.

»Adressen braucht man da nicht, glauben Sie mir.«

Fünfzehn Minuten später begriff sie, was er damit gemeint hatte. Sie fuhren an einem McDonald's vorbei, überquerten eine Kreuzung und waren plötzlich in einer Bilderbuchwelt aus dem neunzehnten Jahrhundert. Hohe Bäume überragten einen hübschen Marktplatz, den ein zweihundert Jahre altes Gerichtsgebäude beherrschte, das nun als Goldmuseum diente. Auf rot geziegelten Fußwegen flanierten Ausflügler an putzigen Geschäften vorbei, die Geschenkartikel, Antiquitäten oder selbst gemachte Buttertoffees feilboten.

Kimberly bestaunte Blumenbeete, winterfest gemacht mit Tannengrün und dekoriert mit drolligen Accessoires wie zum Beispiel einem Karrenrad, einer Pferdetränke oder einem verblichenen Bullenschädel. Die perfekte Western-Kulisse.

»Ende August, Anfang September fallen die Herbstlaubbewunderer hier ein«, erklärte Sal. »Dann kriegt man nicht mal einen Parkplatz. Trotzdem sehr empfehlenswert. Wär vielleicht auch was für Sie und Ihren Mann – wenn Sie für so was überhaupt Sinn haben, meine ich.«

Sals Stimme hatte einen etwas scharfen Klang, der sie zu einer prompten Antwort provozierte. »Absolut. Romantisches Wochenende, gemütliche kleine Pension, Weingüter besichtigen. Würde Mac bestimmt gefallen.«

Sal ließ das unkommentiert, was auch besser so war.

Er fand einen Parkplatz vor einer riesigen Holzkonstruktion, die, wie auf einer Plakette geschrieben stand, verwendet worden war, um goldhaltiges Gestein zu zermahlen. Sie warteten, bis auch Rainie und Quincy ihren Wagen abgestellt hatten, und folgten dann einem winzigen Hinweis auf den Olde Town Grill.

Sheriff Boyd Duffy war schon da und hatte die Hälfte einer Ecknische in Beschlag genommen, ein Bär von einem Mann mit stechenden schwarzen Augen und grau melierten Haaren. Typ ehemaliger Football-Spieler und mit Sicherheit passionierter Jäger. Wahrscheinlich jagte er den hiesigen Kids eine Heidenangst ein, dachte Kimberly. Gut für ihn.

Dass er schwarz war, ließ ihn in diesem Teil Georgias noch ungewöhnlicher erscheinen.

Als er sie sah, rief er mit dröhnender Stimme: »Special Agent Martignetti!« Erstaunlich agil schwang er seinen massigen Leib aus der Nische. »Und Sie sind vermutlich Special Agent Quincy.« Er schüttelte ihr die Hand, ohne dass es weh tat, was sie sofort für ihn einnahm. »Nennen Sie mich Duff. Wie das Bier der *Simpsons.* Willkommen, willkommen. Hier bei uns ist es doch allemal schöner als in der verpesteten Großstadt. Fühlen Sie sich herzlich willkommen!«

Er schüttelte auch Rainie und Quincy die Hand und

299

führte sie an einen größeren Tisch, an dem sie alle Platz fanden. Auf einen Wink seiner riesigen Pranke eilte eine Blondine mit aufgetürmten Haaren herbei, um Speisekarten und gesüßten Tee in Steingutbechern zu verteilen. Hier isst man ausgezeichnet«, lobte Duff. »Das gebackene Hähnchen ist eine Wucht. Zu empfehlen sind auch die selbstgemachten Zimtschnecken, die Hefebrötchen und der Pudding. Ich würde sagen, Sie probieren mal von allem. Sie werden's nicht bereuen.«

Kimberly und Rainie bestellten Zimtschnecken, Quincy schwarzen Kaffee wie zu jeder Gelegenheit. Sal tat dem Sheriff den Gefallen, sich ein gebackenes Hähnchen kommen zu lassen. Die kleine Tischrunde plauderte noch ein wenig, doch dann kam man zur Sache.

»Also, ich würde sagen, vier beruflich so sehr eingespannte Herrschaften wie Sie sind bestimmt nicht zu uns in die Blue Ridge Mountains gekommen, um die schöne Aussicht zu genießen. Was kann ich für Sie tun?«

»Wir ermitteln in mehreren Fällen vermisster Prostituierter«, kam Sal direkt zur Sache, »und interessieren uns in dem Zusammenhang für eine bestimmte Person, die sich wahrscheinlich schon häufiger hier in dieser Gegend aufgehalten hat. Offenbar ein richtiger Naturbursche.«

Duff runzelte die Stirn. »Sie meinen, er könnte die Vermissten irgendwo da draußen vergraben haben.«

»Möglich wär's.«

Der große Mann seufzte und legte die gefalteten Hände auf den Tisch. »Na schön. Und wer ist die Person, für die Sie sich interessieren?«

»Den Namen kennen wir noch nicht, wissen aber ungefähr, wie sie aussieht.« Sal öffnete seinen dunkelgrünen Aktenordner und entnahm ihm eine Kopie des von Sparks und Ginny Jones erstellten Phantombilds. »Ich hätte noch weitere Kopien davon, falls Sie welche brauchen sollten. Es wäre uns recht, wenn sie möglichst breit gestreut würden.«

»Moment, Moment. Eins nach dem anderen.« Der Sheriff griff in seine Brusttasche, fischte eine Lesebrille mit schwarzem Gestell daraus hervor und setzte sie sich auf die Nase. Er musterte das Bild und grummelte leise vor sich hin.

Die Kellnerin brachte das Essen. Duff nahm das Bild mit beiden Händen vom Tisch, um sich von der jungen Frau seinen in brauner Soße schwimmenden Putenbraten servieren zu lassen.

»Gibt es auch Bilder ohne diese Kappe?«, fragte der Sheriff. Sal schüttelte den Kopf.

Duff betrachtete noch eine Weile das Bild, legte es dann zur Seite, griff zu Messer und Gabel und schnitt sich manierlich einen Bissen vom Fleisch ab.

»Tja«, sagte er brüsk, »den Burschen kenne ich nicht. Aber Weißgesichter sehen für mich auch alle gleich aus.«

Sal zeigte sich überrascht. Duff grinste. »War nur ein Scherz. Wer schon mal wie ich einen Sechzehnjährigen vom Pflaster kratzen musste, der einem bestens bekannt ist und der mit seinem neuen Motorrad einen auf Evel Knievel machen wollte – nun, der nimmt nicht mehr alles bierernst. Sie und ihre Kollegen ermitteln gegen Fremde. Ich habe Tag für Tag mit Nachbarn zu tun. Wenn Ihre Zielperson aus unserer Gegend käme, würde ich sie wahrscheinlich kennen, selbst mit dieser albernen Kappe auf dem Kopf.«

»Der Mann ist nicht von hier.«

»Zu uns kommen jedes Jahr Tausende von Touristen, ganz zu schweigen von den Wanderurlaubern oder Wochenendjägern. Die Berge locken zu jeder Jahreszeit. Wie wär's mit ein bisschen mehr Informationen? Vielleicht fällt mir dann was ein. Wo wurden diese Prostituierten das letzte Mal lebend gesehen?«

»Im Großraum Atlanta. Die meisten kamen aus Sandy Springs. Sie haben in Clubs und Bars angeschafft, nicht auf der Straße.«

»Und was suchen Sie dann hier?«

»Laut Aussage einer Zeugin ist unser Mann gern in der Natur. Wir haben unter einem seiner Wanderschuhe Pflanzenmaterial gefunden, das aller Wahrscheinlichkeit nach aus dem Chattahoochee National Forest –«

»Sind ja auch nur ein paar Quadratkilometer«, unterbrach Duff.

»Am Profil der Sohle waren auch Spuren von Gold. Deshalb dachten wir an Dahlonega.«

Duff nickte und kaute nachdenklich.

»Nehmen wir einmal an, Ihre Verdachtsperson ist Freiluftfanatiker, Jäger oder sonst was«, begann er nach ein paar weiteren Bissen. »Er lässt sich hier an den Wochenenden blicken. Der Mann braucht was zu essen, eine Unterkunft und geht einkaufen. Die größte Ortschaft von Lumpkin County ist Dahlonega. Hier geht, wer Hunger hat, entweder in den Olde Town Grill, das Smith House oder in Wylie's Restaurant. Und dann wären da noch ein paar andere Möglichkeiten. Als Unterkunft kommen Days Inn, Econo Lodge, Holiday Inn, Super Eight oder wiederum das Smith House in Frage, das gleich um die Ecke liegt. Da kann man nicht nur gut essen, sondern auch günstig übernachten. Auf dem Grundstück gibt es sogar eine alte Goldmine. Ich würde vorschlagen, Sie zeigen Ihr Bild mal dem Personal dort. Vielleicht kommt was dabei herum.

Was man so zum Wandern braucht, kriegt man zum Beispiel im General Store, allerdings kaufen nur einige wenige Touristen ein. Die meisten gehen in den Wal-Mart. Aber der ist so überlaufen, dass Ihnen die Angestellten wohl kaum weiterhelfen können. Nein, die echten Wanderfreunde fahren lieber nach Suches, zwanzig Kilometer nördlich von hier. Da würde ich jedenfalls hinfahren.«

»Suches?«, vergewisserte sich Kimberly.

»Tal über den Wolken«, schwärmte Duff. »Wer noch nicht da war, weiß nicht, was Schönheit bedeutet. Aber man muss aufpassen, dass man nicht dran vorbeifährt – so winzig ist der Ort. Er liegt direkt am Appalachian Trail, ein paar Campingplätze und ein hübscher See. Deshalb kann er sich über mangelnde Besucherzahlen auch nicht beklagen. Wanderer, Jäger, Camper, Quad-Fahrer, Angler, Biker –«

»Biker?«, fragte Rainie.

»Motocrossfahrer. Im Sommer wimmelt's dort vor denen. Wenn Ihr Mann ein passionierter Wanderer ist, wie Sie sagen, war er bestimmt schon mal in Suches. Und da hätte er entweder im T.W.O. oder bei Lenny's gegessen und bei Dale's seine Ausrüstung gekauft. An Ihrer Stelle würde ich an diesen drei Orten das Bild rumzeigen. Wenn überhaupt, dann wird er am ehesten da jemandem aufgefallen sein.«

303

Sal machte sich ausführliche Notizen. Er blickte auf. »Wenn ich richtig verstanden habe, ist nicht nur Dahlonega, sondern auch Suches ziemlich überlaufen.«

»Insgesamt haben wir ungefähr sechzigtausend Touristen im Jahr.«

Sal nickte düster. »Tja, da sehe ich ein Problem. Wir vermuten, unser Mann hat über ein Jahr Leichen unbemerkt verschwinden lassen. Wie ist so etwas möglich in einem Gebiet, das dermaßen überlaufen ist? In den Bergen wimmelt es offenbar vor Ausflüglern. Und die fotografieren bekanntlich auch noch alles.«

Duff schmunzelte. Er hatte das Fleisch gegessen und machte sich über einen Berg Kartoffelpüree her, bevor er sprach. »Wenn ihr Mann Leichen verschwinden lässt, dann bestimmt nicht in der Nähe der Hauptwanderwege. Da haben Sie recht. Das wäre aufgefallen.« Er hob eine Hand und zählte an den Fingern ab. »Deshalb kommen folgende Strecken nicht in Frage: Woody Gap, Springer Gap, der AT, der Benton MacKaye Trail, Slaughter Gap Trail –«

»Slaughter Gap Trail?«, wiederholte Rainie.

»Der führt auf den Blood Mountain.«

»Blood Mountain?« Rainie schaute Kimberly und Sal an. »Also ich würde mit meiner Suche nach Leichen genau da anfangen, am Slaughter Gap Trail und auf dem Blood Mountain.«

Duff grinste wieder. »Wie gesagt, der Slaughter Gap Trail und der Blood Mountain sind sehr beliebt, deshalb wären sie nicht die beste Wahl« – er entschuldigte sich bei Rainie mit einem freundlichen Lächeln – »für jemanden, der Leichen verschwinden lassen will. Aber es gibt da auch noch jede Menge Forstwege, auf denen man sich leicht verlieren kann, weil sie kreuz und quer das ganze Gelände überziehen und bis in entlegenste Ecken führen.«

»Die Fischzucht!«, erinnerte sich Kimberly plötzlich.

Duff nickte. »Richtig. In der Gegend gibt es Dutzende verschlungene und kaum passierbarer Fuhrstraßen. Sie könnten für Sie interessant sein. Ein Geländewagen, der nachts am Straßenrand parkt, würde kaum auffallen. Gleichzeitig sind diese Wege so abgelegen, dass man auf vielen Meilen häufig keiner Menschenseele begegnet. Für Ihren Mann wären sie genau das Richtige.«

»Wie viele Straßen kämen in Betracht?«, wollte Sal wissen.

Duff zuckte mit den Achseln. »Wenn ich das wüsste. Ich lebe seit meiner Geburt in den Bergen, bezweifle aber, jede dieser Straßen zu kennen. Sie brauchen eine ordentliche Karte der Forstverwaltung und am besten auch eine vom USGS, denn die Forstleute geben nicht alles preis.«

»Mit USGS meinen Sie das Amt für Vermessungswesen, nicht wahr?«, meinte Kimberly. »Gute Idee. Die Leute kennen sich wahrscheinlich am besten in den Bergen aus. Ich habe einmal mit Vertretern aus Virginia zusammengearbeitet. Sie sind häufiger in den Wäldern unterwegs als Wanderer. Wir sollten den hiesigen Mitarbeitern unser Phantombild vorlegen und das Fahrzeug des Verdächtigen beschreiben.«

»Habe einen ganz guten Draht zu einigen der Jungs, die ich anrufen könnte«, bot Duff an. »Sie sind gewissermaßen die Augen und Ohren der Berge.«

»Na schön«, murmelte Sal. »Wir verteilen unsere Kopien in Unterkünften und Restaurants und unterhalten uns mit den Leuten vom USFS und USGS.«

»Übrigens, Sheriff Wyatt und meine Wenigkeit, wir haben eine tolle Mannschaft. Ich wette, unsere Deputys würden gern helfen; es wäre mal was anderes, als immer nur ungezogene Touristen und volltrunkene Schüler zur Räson zu bringen. Wyatt wird Ende der Woche zurück sein. Ich erkläre ihm, was Sache ist, und dann legen wir los.«

»Wir dürfen unseren Mann auf keinen Fall aufschrecken«, sagte Sal. »Es kommt uns in erster Linie darauf an, die Mädchen beziehungsweise ihre Überreste zu finden. Dann knüpfen wir uns Dinchara vor.«

»Dinchara?« Duff runzelte die Stirn. »Sagten Sie nicht eben, Sie wüssten nicht, wie er heißt?«

»Dinchara ist ein Pseudonym, ein Anagramm von Arachnid.«

»Wie bitte?«

»Arachniden sind Spinnen.«

»Das weiß ich selbst. Aber wie kommt jemand darauf, sich so einen Namen zu geben?«

»Er lockt Beute in sein Netz«, antwortete Kimberly leise. »Ein Opfer konnte ihm entkommen. Sal, erzähl ihm von Ginny Jones.«

Es war nach sechs, als sie Duff verließen. Die meisten Geschäfte hatten schon geschlossen, aber sie schafften es, Wylie's Restaurant ausfindig zu machen, wo sie das Phantombild vorzeigten. Niemand erkannte die darauf abgebildete Person, allerdings versprach die Geschäftsführerin, die Augen offen zu halten. Sal gab ihr seine Visitenkarte, und dann waren sie auch schon wieder auf der Straße.

Ihre nächste Station: das Smith House, früher eine prächtige Privatresidenz, die zu einem Hotel mit Restaurant und angeschlossenem Ladenlokal umgebaut worden war. Im Foyer duftete es nach Buttermilchkeksen und Süßkartoffeln, unwiderstehlich für Kimberly.

»Jetzt wird gegessen!«, erklärte sie.

Rainie und Quincy waren sofort einverstanden. Sal zuckte nur mit den Schultern. »Ich kann immer essen.«

Das Restaurant war überraschend preiswert. Sie zahlten der jungen Frau an der Rezeption einen Festbetrag pro Person und erhielten dafür Tickets für den Speisesaal im Souterrain, wo sie sich frei bedienen konnten: an verschiedenen Sorten Fleisch, Gemüse, Salaten und Brot, so viel sie wollten. Kein Alkohol, aber Eistee und Limonaden bis zum Abwinken.

Am Fuß der Treppe entdeckten sie den Eingang zu einer knapp sieben Meter tiefen Mine. Zu sehen war nur ein schwarzes Loch hinter Plexiglas. Nicht besonders aufregend, fand Kimberly, doch Rainie und Quincy blieben zurück, um sich noch eine Dokumentation der Minengeschichte anzusehen.

Eine rotwangige Kellnerin führte Kimberly an zwei freie Plätze neben einer sechsköpfigen Familie. Sie begrüßten Großvater und Großmutter, Mom und Dad und ein Zwillingspärchen, vierjährige Jungen. Die beiden rannten um den Tisch herum. Ihre sehr müde wirkende Mutter warf Kimberly ein mattes Lächeln zu und sagte: »Ich hoffe, das stört Sie nicht.«

»Kein Problem«, versicherte ihr Kimberly und tätschelte ihren Bauch.

Die Frau machte große Augen. »Oh, Ihr Erstes?«

»Ja.«

»Da freuen Sie sich bestimmt«, sagte sie, auch an Sals Adresse.

Er erstarrte. »Was?«

»Ja, ich freue mich sehr«, antwortete Kimberly. »Noch.«

Die Frau lachte. »So ist es richtig, Ma'am. Wird's ein Mädchen oder ein Junge? Wissen Sie's schon?«

»Nein, wir wollen uns überraschen lassen.«

»So haben wir es auch gemacht«, entgegnete die Frau. »Und die Überraschung war groß. Darf ich Ihnen was raten?«

»Bitte.«

»Verzichten Sie lieber auf Zwillinge.«

Rainie und Quincy waren inzwischen gekommen und stellten sich vor. Rainie machte sich mit Gusto über frittierte Okraschoten her, während Quincy eine Auswahl gedämpften Gemüses und Kochschinken zusammenstellte.

Der Fleischgeruch belästigte Kimberly sehr viel weniger als noch am Vortag. War diese Phase beendet? Hatte eine neue begonnen? Das Leben, auch wenn es noch nicht geboren war, stand nie still. Sie probierte ein wenig vom Schinken, eine Okraschote und ein kleines Stück Seewolf. Das Essen, der Rückblick auf einen produktiven Tag und die Gesellschaft von Familie und Freunden ließen ein Gefühl von Wärme und Zufriedenheit in ihr aufkommen.

Das Phantombild war vergessen. Doch dann kam die Kellnerin, um Eistee nachzuschenken. Sie deutete auf

308

Kimberlys offene Handtasche und fragte: »Ist das ein Bekannter von Ihnen?«

»Wer?«

»Der Mann auf dem Bild. War schon oft zu Gast bei uns. Zusammen mit seinem Jungen. Mann, konnte der reinhauen.«

Sal hörte zu kauen auf. Er hielt einen Hühnerschenkel in seinen fettverschmierten Händen und starrte abwechselnd auf die Frau und das Bild.

Kimberly hatte sich als Erste wieder gefasst. »Sie kennen ihn?«

»Ja. Im Herbst war er mehrmals hier. Eher so ein Kleiner, was? Aber ganz schön kräftig. Trug immer diese Kappe, sogar bei Tisch.« Die Kellnerin schüttelte den Kopf. »Das wäre, wo ich herkomme, völlig unmöglich gewesen.«

»Erinnern Sie sich an seinen Namen?«

»Ehm ...« Sie biss sich auf die Unterlippe, stützte die Eisteekaraffe auf der Hüfte ab und dachte nach. »Bobby? Bob? Ron? Richard? Ich weiß es nicht mehr, bin mir nicht einmal sicher, ob er seinen Namen genannt hat.«

»Und der Junge?«, hakte Kimberly nach.

»Ein mageres Bürschchen. Sechzehn, vielleicht siebzehn Jahre alt. Nur Haut und Knochen. Sie wissen ja, wie Teenager aussehen, wenn sie in die Höhe schießen. Er ist wohl ein eher stiller Vertreter. Er saß da, hat gegessen und kaum ein Wort gesagt.«

»Und der Name des Jungen?«

Die Kellnerin schüttelte wieder den Kopf. »Wissen Sie, manche kommen hierher, um Gesellschaft zu haben; sie stellen sich vor und fangen ein freundliches Gespräch an.

309

Andere ... nun, denen geht es nur ums Essen. Es gibt halt solche und solche.«

»Erinnern Sie sich, wie der Mann bezahlt hat?«, fragte Rainie, die aufmerksam zugehört hatte.

»Tut mir leid, Ma'am, um die Bezahlung kümmert man sich oben an der Rezeption.«

»Wenn er mit einer Kreditkarte bezahlt hat ...«, murmelte Kimberly, Rainies Gedanken folgend.

»Wir müssen mit der Geschäftsführung sprechen«, meinte Sal.

Die anderen am Tisch waren neugierig geworden. »Ist alles in Ordnung? Wer ist dieser Bursche? Gibt es etwas, das wir wissen sollten?«

Alle Augen richteten sich auf Sal. Sogar die Zwillinge hatten aufgehört, um den Tisch herumzurennen. »Routineermittlungen«, erklärte Sal kurz angebunden. Er war aufgestanden und zog Kimberly von ihrem Stuhl.

Sie brauchte keine Unterstützung. Auf direktem Weg steuerten sie das Büro der Geschäftsführung an.

Sämtliche Kreditkartenbelege durchzugehen hätte viel zu lange gedauert. Sie mussten die Suche eingrenzen. Datum, Uhrzeit, Betrag? Die Kellnerin glaubte sich erinnern zu können, dass der Mann und sein Sohn zwischen September und November an die fünf-, sechsmal zu Gast gewesen seien. Irgendwann um den Kolumbus-Tag herum das letzte Mal. Spätabends. Sie habe sich noch gewundert, dass der Junge um diese Zeit noch nicht im Bett war.

Die Geschäftsführerin öffnete eine Schublade voller Hängeregister, die nach Monaten geordnet waren. Es zeigte sich, dass das Smith House sehr gut besucht war. Besonders am Wochenende des Kolumbus-Tags.

Kimberly kehrte in den Speisesaal zurück und überraschte ihren Vater und Rainie mit einer guten Nachricht.

»Die Geschäftsführerin braucht noch eine Weile, um die Belege zu sichten. Das heißt, wir werden die Nacht über hierbleiben.«

Kapitel 30

Der Burgerman war am Zug.

Letzte Nacht wurde ich von gedämpften Schreien aus dem Schlaf gerissen. Sie hörten nicht auf. Der Burgerman ritt auf seinen neuen Spielzeugen immer so heftig herum, dass sie am Ende zerbrachen. So wie ich.

Ich wusste, was ich am Morgen zu tun hatte. Ich stand auf, ging in die Küche und aß mein Frühstück. Dabei tat ich so, als wäre es das Natürlichste der Welt, einen nackten sieben-jährigen Jungen am Tisch sitzen zu sehen, völlig entgeistert und mit einer überfüllten Schale Cornflakes vor sich. Er sagte kein einziges Wort und starrte nur auf seine Froot Loops, die langsam ihre Farbe wechselten, dunkelrot wurden, grün und schließlich blau.

Ich nahm keinen Blickkontakt mit ihm auf, wollte nicht, dass er glaubte, ich hätte irgendetwas mit dieser Geschichte zu tun.

Der Burgerman war noch im Badezimmer. Wahrscheinlich brauchte er Zeit, um sich von seinen nächtlichen Anstrengun-gen zu erholen. Mir fiel auf, dass das Telefon verschwunden und in der Haustür ein neues Schloss eingebaut war, so hoch oben, dass der Junge nicht heranreichen konnte. Mein Puls nahm ein bisschen Fahrt auf. Ich fragte mich, ob der Burgerman noch daran dachte, dass ich in meinem Zimmer ein Telefon hatte. Oder war er heimlich hineingeschlichen, um es zu holen?

Ganz lässig und als hätte ich nichts Besonderes vor, ging ich auf mein Zimmer. Das Telefon stand noch an seinem Platz. Um nichts dem Zufall zu überlassen, versteckte ich es in meinem Schrank. So weit kam's noch, dass ich Privilegien einbüßte, nur weil der Burgerman den Hals nicht vollkriegen konnte.

Zurück in der Küche füllte ich mir noch eine Schale und kaute schweigend vor mich hin. Meine Anwesenheit schien den Jungen ein wenig zu beleben. Vorsichtig griff er nach seinem Löffel und schlabberte die durchweichten Flocken in sich hinein. Ich fragte mich, ob er das Zeug bei sich behalten würde oder nicht. Bei manchen war es so, bei anderen nicht.

In ein oder zwei Tagen, wenn der Burgerman genug von ihm hatte, würde er wieder verschwunden sein. Tötete er die Jungs oder ließ er sie einfach laufen? Ich wusste es nicht. Und es interessierte mich auch nicht. Ich konnte mich nicht einmal mehr an meinen eigenen Geburtstag erinnern, genauso wenig wie an das Jahr meiner Geburt. Wahrscheinlich war ich noch ein Teenager, denn das einzige Gefühl, das ich aufbringen konnte, war Verachtung. Für den Burgerman, den Jungen und für mich selbst.

Und dann dachte ich plötzlich an den allerersten Jungen. Nach all den Jahren. Es war der Junge, dem ich hatte helfen wollen. Ich fragte mich, ob man jemals seine Leiche gefunden hatte oder ob sie immer noch unter dem Azaleenbusch vor sich hin rotten würde.

Der Gedanke daran machte mich wütend. Ich nahm meine Schale und warf sie ins Spülbecken. Der Junge rutschte vor Schreck fast vom Stuhl.

Der Burgerman kam herein.

Er trug Hemd und Hose. Sein Alter zeigte sich. Er hatte inzwischen mehr graue als schwarze Bartstoppeln, und vom vielen Bier und fetten Essen war er schwabbelig geworden. An den dünnen Armen hing ihm die Haut in Falten herab. Er sah genau nach dem aus, was er war: ein alterndes Dreckstück, schon mit einem Bein im Grab, aber immer noch so giftig wie eine Klapperschlange.

Ich hasste ihn von ganzem Herzen.

Er sah mich an und legte eine Hand auf die Schulter des Jungen. Der Junge zuckte zusammen und erstarrte. Tränen stiegen ihm in die Augen.

Plötzlich strahlte mich der Burgerman an. »Sohnemann«, rief er freudig. »Ich möchte dir deinen Nachfolger vorstellen. Er heißt Boy und wird dich ersetzen.«

In diesem Moment war mir sonnenklar, dass der Burgerman sterben musste.

Ich wartete, bis er sich mit Boy in seinem Schlafzimmer eingeschlossen hatte, und verzog mich dann in mein eigenes kleines Reich, das aus einer durchgelegenen Matratze, einem Regal aus Bierkästen und einem kleinen Schwarzweißfernseher bestand, den ich aus dem Müll des Nachbarn gerettet und repariert hatte.

Die Luft in meinem Zimmer war zum Schneiden. Die Laken, das Bettzeug und meine schmutzigen Sachen stanken nach abgestandenem Schweiß und allzu langen Nächten. So stank es in der ganzen Wohnung. Die Milch im Kühlschrank wurde sauer. Die Spüle war voll von dreckigem Geschirr. Über den Herd huschten Kakerlaken.

Auch das brachte mich wieder in Wallung: mein ranzig

stinkendes Dasein. Das endlos graue Nichts meiner Existenz. Denn nachdem die Wahl des Burgermans auf mich gefallen war, hatte ich keine Chance gehabt.

Jetzt sollte es offenbar nicht einmal mehr zu meiner Reifeprüfung kommen. Oh nein, der Burgerman hatte ja nun ein neues Spielzeug. Eines, das er zu behalten vorhatte. Mit anderen Worten, meine Tage waren gezählt.

Seltsam, aber so von ihm verstoßen zu werden schmerzte mich mehr als seine Lust, die er früher auf mich hatte.

Ich war dumm. Ich war schwach. Ich war nichts wert.

Der Burgerman hatte mich längst getötet. Ich wusste nur nicht zu sterben.

Wieder wurden Schreie laut. Der arme dumme Junge schrie, als könnte das was ändern.

Ich warf mich aufs Bett, zog mir die Decke über den Kopf und hielt mir mit beiden Händen die Ohren zu. Irgendwie schlief ich ein.

Es war dunkel, als ich aufwachte. Ich lag noch eine Weile auf meiner Matratze und beobachtete das Licht der Straßenlaterne, das durch die Jalousie drang und helle Streifen auf die Wand gegenüber dem Fenster malte.

Dann stand ich auf, ging an den Schrank und nahm mir das Telefon.

Unter der Matratze zog ich ein Telefonbuch hervor, das ich heimlich mit in die Wohnung gebracht hatte, als der Burgerman mal nicht hinschaute.

Als ich die Nummer endlich gefunden hatte, zitterten mir die Hände, und der Mund war wie ausgetrocknet.

Doch eine Ruhepause gönnte ich mir nicht, und ich wollte auch nicht allzu viel nachdenken.

Telefon anschließen. Nummer wählen.

Kaum war am anderen Ende abgenommen worden, flüsterte ich: »Hilfe! Bitte, helfen Sie mir.«

Dann legte ich auf und weinte.

Kapitel 31

>>Spinnen sind sehr geschickt in der Anwendung ihrer Gift-klauen, die sich unter den Augen befinden und wie kleine Krummdolche aussehen.<<

Christine Morley: *Freaky Facts About Spiders*

>>Was ist aus deinen Eltern geworden?<<, fragte der Junge. Sie sa-ßen auf der Eingangsveranda und tranken Limonade. Er war schon kurz nach sechs in der Frühe wieder aufgetaucht und hatte fast den ganzen Vormittag über gearbeitet. Als er gekom-men war, hatte sie ihm wortlos die Tür geöffnet, Frühstück ge-macht und ein paar belanglose Worte mit ihm gewechselt.

Auf den letzten Vorfall kam weder er noch sie zu spre-chen. Sie hatte auch nichts mehr dazu gesagt, als Mel am gestrigen Nachmittag bei ihr geklingelt und ihr einen Karton mit frischen Bratwürsten, Eiern und Orangensaft überreicht hatte. Wortlos. Zum Dank hatte sie einmal kurz mit dem Kopf genickt, worauf er wieder seiner und sie ihrer Wege gegangen waren.

Das war manchmal so das Beste.

Als der Junge ihr die Teppiche aufgerollt, sie nach drau-ßen geschafft und ausgeklopft hatte, war ihr aufgefallen, dass er sich steif bewegte. Die Rippen schienen ihm weh zu tun, und manchmal sah sie, dass er sich den Steiß rieb. Sie hielt sich mit Fragen zurück, und er sagte nichts. Nur über das graue, nasskalte Wetter hatten sie ein paar Worte ver-loren. Und nun dies.

»Meine Eltern sind gestorben«, antwortete Rita. »Schon vor langer Zeit.«

»Woran?«

Sie zuckte mit den Achseln. »Sie waren alt. Irgendwann geht's mit jedem zu Ende.«

»Du bist alt«, sagte der Junge.

Sie kicherte. »Du glaubst wohl, ich könnte jeden Moment aus den Latschen kippen, was? Und wer würde dir dann beim Frühstück Gesellschaft leisten? Keine Sorge. Die Welt ist noch nicht fertig mit mir.«

Der Junge musterte sie mit ernstem Blick.

»Ich hatte auch Eltern«, sagte er plötzlich.

Sie hörte auf zu lachen und strich das alte, grün karierte Flanellhemd von Joseph glatt. »Verstehe.«

»Auch sie sind tot.«

»Das tut mir leid.«

»Keine Ahnung, wie sie gestorben sind«, fuhr er mit belegter Stimme fort. »Von einem Tag auf den anderen waren sie nicht mehr da. Einfach so. Meine Schwester ebenfalls. Sie war noch klein. Sie ging immer an meine Sachen und wollte ständig mit mir spielen. Ich war nicht nett zu ihr, hab ihr zum Beispiel vorgeschlagen, Verstecken zu spielen, und sie dann in ihrem Versteck einfach sitzen lassen, um für mich spielen zu können. Das hat sie natürlich irgendwann gemerkt und geheult. Meine Mutter war dann sauer auf mich.«

»So einen älteren Bruder hatte ich auch.«

»War er gemein? Wurde er auch in ein Heim gesteckt?«

»Wir haben ihn geliebt«, antwortete sie. »Er ist später im Krieg gefallen. Dass sich Brüder und Schwestern streiten, ist ganz normal. Aber sie haben sich trotzdem lieb.«

»Ich habe meiner kleinen Schwester den Teddybären gegeben, der mir mal zum Geburtstag geschenkt worden ist«, flüsterte der Junge. »Ich wusste, dass sie sich darüber freuen würde.«

»Und? War's so?«

»Ich glaube, ja. Ich kann mich an vieles gar nicht mehr richtig erinnern. Wenn ich es versuche, gerät in meinem Kopf alles durcheinander. Zum Beispiel weiß ich nicht mehr, welches Eis ich am liebsten mochte. Ich glaube, es war Schokoladeneis, aber es könnte auch Vanille gewesen sein. Oder Erdbeer. Kann man so etwas vergessen?«

»Was ist mit deiner Schwester geschehen, mein Junge?«

Er zuckte mit den Achseln. »Sie ist wohl tot. Das sind sie alle. Jedenfalls sagt er das.«

Sie waren an einen kritischen Punkt geraten. Rita spürte es, ohne zu wissen, um was es tatsächlich ging. Als sie dem Jungen zum ersten Mal begegnet war, hatte sie angenommen, er käme aus einer »unglücklichen Heimsituation« – so die Worte, die man von Sozialarbeitern immer wieder hörte. *Dieses Kind kommt aus einer unglücklichen Heimsituation.*

Doch daran zweifelte Rita seit einiger Zeit, und so wählte sie ihre nächsten Worte mit Bedacht.

»Als deine Eltern noch lebten, habt ihr da hier in der Umgebung gewohnt?«

Er krauste die Stirn. »Wo sind wir denn hier?«

»Dahlonega. Blue Ridge Mountains. Bist du hier geboren?«

Er schwieg so lange, dass sie mit einer Antwort nicht mehr rechnete. Aber dann schüttelte er langsam den Kopf. »In Macon. Mein Vater sagte immer ›Macon Bacon‹, wenn wir über den Highway fuhren. ›Macon Bacon, Georgia, da dreht sich alles um Hühner.‹ Und dann hat er gelacht. Er hat immer gern Schinkenspeck gegessen. Und Rührei am Morgen. Ob er daran gestorben ist? An Rührei und Speck?«

Der Junge blickte völlig arglos drein. Sein Gesichtsausdruck ließ ihn kleiner und verletzlicher erscheinen. Rita fragte sich wieder, ob sie das Richtige tat. Plötzlich sah sie ihren Bruder Joseph durch den Vorgarten laufen und zu dem tief hängenden Ast der alten Eiche hochspringen, um daran zu schaukeln, wie sie es früher als Kinder immer gemacht hatten.

Joseph blieb in seinem Leben danach für immer jung. Vielleicht, dachte sie, lag es daran, dass er jung gestorben war. Möglich auch, dass ein Geist frei wählen konnte, in welchem Alter er weiterleben wollte. Sie war müde. Müde von den Gelenkschmerzen und der winterlichen Kälte, die sich in ihre welke Haut schnitt. Viel Zeit blieb ihr nicht mehr, dachte sie. Umso wichtiger war es, sie sinnvoll zu verwenden.

»Bist du nach dem Tod deiner Eltern in eine andere Familie gekommen?«, fragte sie.

Der Junge schaute sie neugierig an und schien zu rätseln.

»Hat sich ein Sozialarbeiter um dich gekümmert?«, hakte Rita nach. »Hat man dir Pflegeeltern und ein neues Zuhause in Aussicht gestellt?«

»Was sind Pflegeeltern?«, fragte der Junge.

Rita brachte den Schaukelstuhl zum Stehen, setzte ihn dann aber wieder in Bewegung. Ihr schwirrte der Kopf. Wenn der Junge keine Verwandten oder Pflegeeltern hatte ... Sie bedauerte, nicht mehr Kontakt zu ihren Nachbarn zu haben. Vielleicht hätte ihr jemand etwas über das Haus auf dem Hügel sagen können, zu dem Mann, der dort wohnte, als der Junge zum ersten Mal aufgetaucht war. Von einer »unglücklichen Heimsituation« konnte in seinem Alter wohl nicht mehr die Rede sein. Womöglich kam er aus Verhältnissen, die noch viel schlimmer waren.

»Mit wem lebst du zusammen, mein Junge?«, fragte sie leise.

Er schüttelte den Kopf.

»Du darfst es mir ruhig sagen. Ich bin eine alte Frau, die ein Geheimnis für sich behalten kann.«

Der Junge wich ihrem Blick aus und starrte auf den Boden. »Ich sollte jetzt lieber den Mund halten«, flüsterte er.

»Sag mir, wie du heißt, mein Junge.«

Er schüttelte den Kopf.

»Wann ist dein Geburtstag?«

»Ich habe keinen. Es gibt nur den Tag der Heimkunft, den Tag, an dem er mich in Besitz genommen hat.«

»Gibt es noch andere?«, wollte sie wissen. »Kinder, Erwachsene, Haustiere? Erzähl mir von ihnen. Ich werde mir kein Urteil über irgendetwas erlauben.«

Der Junge musterte sein leeres Limonadenglas und die gedrechselten Stützen des Verandageländers. Rita schaukelte auf ihrem Stuhl vor und zurück und schaute zu den

321

dunklen Wolken auf, die sich am Horizont auftürmten. Sie spürte den elektrischen Puls des nahen Gewitters. Am liebsten wäre sie tiefer in den Jungen gedrungen, doch sie verzichtete darauf. Kinder redeten, wenn ihnen danach zumute war. Man musste Geduld mit ihnen haben.

»Er wird dich umbringen«, sagte der Junge.

Sie winkte mit der Hand ab. »Unsinn. Ich sterbe, wenn es so weit ist, und keine Minute früher.«

»Du kennst ihn nicht. Was er will, setzt er durch. Immer.«

Der Wind frischte auf und brachte die ersten Tropfen. In der Ferne grummelte es, und dann zuckte ein Blitz. Es drohte ein heftiges Gewitter, eines, das ein Haus in seinen Grundfesten erschüttern konnte.

Der Junge stand auf. »Ich muss gehen –«

»Unsinn. Du bleibst die über Nacht hier.«

»Es fängt gleich an zu regnen«, sagte der Junge. »Ich muss zurück.«

»Du bleibst hier.«

»Rita –«

»*Setz dich!*«

Ihre feste Stimme erschreckte den Jungen. Er sank auf den Stuhl, nervös und auf der Hut.

»Wenn du nicht mit mir reden willst, soll's mir auch recht sein«, sagte Rita und schaukelte auf ihrem kleinen Holzstuhl ungestüm auf und ab. »Aber du wirst nicht zum Haus auf dem Hügel zurückkehren. Dich gehen zu lassen könnte ich mit meinem Gewissen nicht vereinbaren.«

»Er wird wütend sein, und wenn er wütend ist, gibt's Saures.«

»Papperlapapp. Was könnte man mir in meinem Alter noch antun, was sich nicht von selbst ergibt? Wenn er wütend ist, kann er mich ja besuchen. Ich hätte ihm auch ein paar Worte zu sagen.«

Sie erhob sich aus ihrem Schaukelstuhl und stampfte mit dem Fuß auf. Doch weder sich selbst noch dem Jungen konnte sie etwas vormachen. Obwohl sie den Mann nicht kannte, ahnte sie längst: Wenn Scotts »Vormund« zu ihr käme, würde er nicht mit ihr reden.

»Rita —«

»Soll ich die Polizei rufen, mein Junge?«

»*Nein!*«, rief der Junge in panischer Angst, und ihr war klar, dass er Reißaus nehmen würde, sobald sie zum Hörer griffe.

»Na schön, dann nicht«, versuchte sie ihn zu beruhigen. »Aber du wirst bleiben. Wir machen uns einen leckeren Eintopf. Und heißen Kakao. Wir machen's uns drinnen gemütlich, während es draußen donnert und blitzt.«

Der Junge schaute sie aus großen Augen an, mit einem Ausdruck, den sie noch nicht an ihm kannte. Darin waren Angst, Hoffnung und Sehnsucht gemischt. Er öffnete den Mund. Sie dachte schon, er wollte protestieren. Oder von der Veranda springen und auf den Hügel zurennen.

Aber dann schloss er den Mund wieder. Er straffte die Schultern. Glücklich oder erleichtert schien er nicht zu sein, doch er kam ihr vor wie ein Soldat, der sich seinem Stellungsbefehl gefügt hatte.

Rita führte den Jungen ins Haus und zog die alte Tür hinter sich zu. Er ging in die Küche, während sie in der

Diele zurückblieb, um den Riegel vorzulegen. Die ersten dicken Regentropfen fielen auf die Einfahrt. Sie befestigte das neu gekaufte Vorhängeschloss und entschied, sich von der zunehmenden Dunkelheit und dem Licht, das von dem alten viktorianischen Haus auf dem Hügel ausstrahlte, nicht einschüchtern zu lassen.

Kapitel 32

»Bei Tag ziehen sich die Loxosceles reclusa normalerweise in dunkle, abgeschiedene Winkel zurück.«
Michael F. Potter: *Brown Recluse Spider*

Am nächsten Morgen warteten auf Kimberly mehrere schlechte Nachrichten. Die Hotelmanagerin hatte fünfundvierzig Kreditkartenbelege gefunden, die möglicherweise in Betracht kamen. Für Mittag wurde ein Gewittersturm vorhergesagt. Ihr Chef wollte wissen, warum sie am gestrigen Nachmittag nicht zur Teamsitzung erschienen war.

Und Mac hatte nicht geantwortet.

Sie versuchte, locker zu bleiben. Sal und sie würden die fotokopierten Belege untereinander aufteilen und gleich nach ihrer Rückkehr sichten. Wegen des heraufziehenden Unwetters mussten sie sofort nach Suches aufbrechen. Ihren Chef ließ sie per SMS wissen, dass sie einer wichtigen Spur folgte.

Und an Mac versuchte sie gar nicht erst zu denken. Was ihr allerdings nicht ganz gelang.

Sie bestiegen Sals Wagen und fuhren auf Suches zu.

Der Highway 60 hatte es selbst nicht eilig. Er schlängelte sich in endlosen Serpentinen höher und höher in die Berge hinauf. Sie kamen an einer Goldmine vorbei, Verkaufsständen, die kandierte Erdnüsse anboten, und etlichen Blockhäusern zur Miete. Rechter Hand ragten die

Blue Ridge Mountains wie eine riesige Wand aus grünem Unterholz und grauem Fels auf. Sehr viel kleiner war hingegen die Wand auf der linken Seite, die aus Bäumen bestand und ab und zu weite Ausblicke über das tief unten ausgestreckte Tal zuließ.

Sie hatten gerade einen dunklen Waldtunnel hinter sich gelassen, als die ersten schweren Tropfen auf die Windschutzscheibe klatschten. Die Straße führte nun über gepflegte und von weiß gestrichenen Zäunen eingefasste Felder mit roten Farmgebäuden darauf. Suches sei so klein, hatte Duff gesagt, dass man leicht daran vorbeifahren könne.

Kimberly wagte nicht zu blinzeln, um die Abfahrt nicht zu verpassen.

Aber es geschah dann doch.

»Da stand T. W. O.«, sagte plötzlich Rainie und zeigte mit dem Finger zurück.

»Warte, hier ist Dale's«, meinte Kimberly, als Sal nach links schaute und an dem Geschäft auf der Rechten vorbeirauschte.

Er trat auf die Bremse, geriet auf der regennassen Fahrbahn ins Schleudern und tat dann das einzig Sinnvolle: Er bremste vorsichtig ab. Auf Höhe eines steinernen Schulgebäudes – *Kleinste öffentliche Schule in Georgia,* las Kimberly von einem Schild ab – machte Sal auf dem Highway kehrt.

Zuerst machten sie bei Dale's neben den Zapfsäulen halt und eilten durch den prasselnden Regen in den Laden.

Kimberly bemerkte dreierlei gleichzeitig: stickige Wärme, den Duft selbstgemachten Chilis und eine große Auswahl an Utensilien für die Jagd, das meiste davon grell orangefarben.

»Ist das Chili, was ich da rieche?«, fragte Sal an der Theke. »Was meinen Sie? Wenn wir schon einmal hier sind ...«

Im hinteren Teil des Ladenlokals standen ein paar Tische und Stühle. Sie nahmen dort Platz und wurden sofort von einem älteren Herrn bedient. Nicht von Dale, wie sie erfuhren, sondern von Ron. Dale war unterwegs.

Ron zeigte sich reserviert, woraus zu schließen war, dass er die Gäste längst als Außenseiter ausgemacht hatte, die die hiesigen Verhältnisse nichts angingen. Er nahm ihre Bestellungen entgegen, brachte das Essen und machte sich anschließend daran, die anderen Tische abzuwischen.

Sal wartete, bis er die Hälfte seines Chilis aufgegessen hatte. Ron wischte gerade den Tisch gleich neben dem ihren ab, als Sal das Phantombild hervorholte und mit jenem beiläufigen Gestus, der vor allem bei Detectives und Fernsehschauspielern beliebt war, fragte: »Sie kennen nicht zufällig diesen Burschen hier?«

Ron verzog keine Miene. Er betrachtete das Bild, schaute Sal in die Augen und dann wieder auf das Bild. Dann zuckte er mit den Schultern und besprühte den nächsten Tisch mit einem Reinigungsmittel.

»Wir interessieren uns für diese Person«, sagte Sal ein wenig nachdrücklicher.

Ron hielt inne, dachte kurz nach und wischte weiter.

»Es könnte sein, dass Sie den Mann in Begleitung eines Teenagers gesehen haben«, mischte sich Kimberly ein. »Wahrscheinlich wohnen die beiden hier in der Gegend.«

»Jungs«, korrigierte Ron. »Ich habe ihn mit zwei Jungs gesehen, einem älteren und einem jüngeren. Sehr schweigsam, alle drei.«

Sal legte seine Gabel ab. »Kennen Sie ihren Namen?«

»Nein, Sir.«

»Sind die drei von hier?«

»Nein, nicht aus dem Ort. Aber im vergangenen Herbst waren sie öfter hier oben. Ungefähr sechs Mal. In den Laden kam meist nur der Mann. Die Jungs warteten im Geländewagen. Aber einmal musste der jüngere aufs Klo; der ältere brachte ihn rein. Kamen mir nicht ganz koscher vor, die drei, aber sie kauften einfach nur ein und verschwanden dann wieder. Was hätte ich da sagen sollen?«

Sie hatten zu essen aufgehört und starrten auf Ron, der unbeirrt seinen Pflichten nachging.

»Können Sie den älteren Jungen beschreiben?«, fragte Kimberly.

Ron hob die Schultern an. »Tja, ich weiß nicht. Vielleicht siebzehn oder achtzehn. Weiß. An die eins achtzig, ziemlich dürr. Er trug eine dieser Armee-Cargos, zwei Nummern zu groß. Aber so was sieht man ja häufig bei Jungs in diesem Alter. Die Hände hatte er in den Taschen, schlurfte mit hängenden Schultern durch den Laden. Wie gesagt, er hat keinen Mucks von sich gegeben. Kam mit dem jüngeren Burschen rein, wartete vorm Klo und ging dann wieder.«

»Und der jüngere?«

Wieder zuckte er mit den Achseln. »Acht oder neun. Kurze braune Haare. Hatte ein dickes Sweatshirt an und eine orangene Jagdweste. Ein bisschen klein für sein Alter – war jedenfalls mein Eindruck. Der Mann trug ein schönes Paar Lederstiefel, die Kids bloß Turnschuhe. Ich weiß noch, ich dachte, wenn die sich mal nicht die Haxen darin brechen. Aber gute Schuhe sind teuer, und so junge Burschen wachsen schnell heraus ... Ich weiß nicht. Manchmal sieht man junge Dinger hier oben bei uns, die mit Klamotten ausgerüstet sind, für die ich mindestens einen Monat arbeiten müsste. Solche gibt's immer auch.«

»Was hat der Mann gesagt, als er hereinkam?«, fragte Sal. »Und was hat er gekauft?«

Ron hörte kurz zu wischen auf und überlegte. »Eine Flasche Mineralwasser. Schokoriegel. Oh, und ein paar Heuschrecken. Die haben wir hier für Angler. Er war ganz aus dem Häuschen und kaufte einen ganzen Container. Ich glaube allerdings nicht, dass er angeln wollte. Dafür war er nicht angezogen.«

»Hat er sich nach bestimmten Wanderrouten erkundigt, erwähnt, welche er schon gegangen ist, oder so etwas in der Art?«

Ron zuckte wieder mit den Achseln. »Daran erinnere ich mich nicht.«

»Wer könnte ihn und die Jungs außer Ihnen sonst noch gesehen haben?«

»Alle möglichen Leute. Im Herbst ist es hier ziemlich voll. Anders als jetzt.« Er klang jetzt fast, als wolle er sich entschuldigen.

»Wie hat er bezahlt?«, fragte Rainie.

Ron spitzte die Lippen. »Ich glaube, bar, denn so viel war es nicht.«

»Ist Ihnen sein Fahrzeug aufgefallen?«, wollte Kimberly wissen.

»Nein, Ma'am. Ich hatte hier im Laden alle Hände voll zu tun.«

»Wie war der Mann zu den Jungen?«, fragte Quincy. »Hat er irgendetwas gesagt, als die beiden in den Laden kamen?«

»Hmmmmm, wie war das noch? Die Jungs kamen rein.« Ron stockte und schien in seinem Gedächtnis zu kramen. »Der ältere sagte zu dem Mann: ›Der Knirps muss pissen, was soll ich machen?‹ Dann führte er ihn zum Klo. Der Mann sagte nichts, wirkte aber verärgert. Vielleicht hatte er den Jungen befohlen, im Wagen zu bleiben. Aber so sind Kids nun mal.«

»Ist ein Name gefallen?«, hakte Quincy nach. »Oder hat der ältere den jüngeren nur Knirps genannt?«

»Wenn ich mich richtig erinnere, ja.«

»Könnte also sein, dass es sich nicht um Brüder gehandelt hat«, murmelte Quincy. »Der Teenager hat sich von dem jüngeren anscheinend distanziert. Interessant.«

»Wissen Sie noch, aus welcher Richtung sie gekommen sind?«, fragte Rainie. »Von Norden oder Süden?«

»Keine Ahnung.«

»Zu welcher Tageszeit waren sie hier? Vormittags, nachmittags …?«

»Am Nachmittag, Ma'am. Das weiß ich, weil ich nachmittags immer Dienst habe.«

Rainie nickte und kräuselte ihre Lippen. Alle drei blickten wieder auf Sal.

»Können Sie sich noch an etwas erinnern, das kennzeichnend war an diesem Mann und den beiden Jungen?«, bohrte er nach. »Für uns ist wichtig, seinen Namen zu erfahren. Wir müssen ihn in einer wichtigen Sache vernehmen.«

Ron aber schüttelte den Kopf.

»Wie gesagt, sie sind nicht von hier. Wir sahen sie nur mehrere Male im Herbst. Vielleicht bis in den Dezember hinein. Aber das weiß ich nicht mehr so genau, um ehrlich zu sein. Sie sollten mal im T. W. O. nachfragen. Selbst Touristen müssen irgendwann einmal essen, und er hat hier bei mir nicht viel gekauft ...«

»Ja, das machen wir.« Sal fischte eine Visitenkarte aus der Tasche und gab sie ihm. »Wenn Ihnen noch irgendetwas einfällt oder wenn Sie den Mann und die Jungen noch einmal sehen, rufen Sie mich bitte an. Und ich wäre Ihnen verbunden, wenn Sie unser Gespräch hier nicht an die große Glocke hängen würden. Wir wollen den Mann finden, nicht verschrecken.«

Ron registrierte das Abzeichen der Bundespolizei auf Sals Karte. Seine Augen wurden ein kleines Stück größer. Er steckte die Karte in seine Hemdtasche und klopfte mit zwei Fingern darauf.

»Geht's um Drogen, Sir? Früher gab's hier bei uns in den Bergen nur kristallklare Nächte. Jetzt dreht sich alles um Meth. Das Zeug macht uns noch alle kaputt.«

»Der Mann ist gefährlich«, entgegnete Sal. »Falls Sie ihn sehen, rufen Sie mich an. Um alles Weitere kümmern wir uns.«

Sie beendeten ihr Mittagessen. Kimberly ließ sich noch einen Sechserpack Pudding einpacken. Rainie kaufte

Snickers und Quincy einen Kaffee für unterwegs. Dann fuhren sie weiter.

Dem Manager des T. W. O. sagte das Phantombild nichts; er erinnerte sich auch nicht an einen Mann mit Baseballkappe und zwei Jungen. Ins Two Wheels Only kehrten fast ausschließlich Biker ein. Immerhin versprach er, die Augen offen zu halten.

Es regnete nun in Strömen. Sie rannten durch den Matsch des aufgeweichten Parkplatzes und hatten es eilig, in Sals Wagen zu gelangen. Weil es in Suches für sie nichts mehr zu klären gab, kehrten sie nach Dahlonega zurück.

Schweigend fuhren sie bergab. Die Scheibenwischer arbeiteten auf Hochtouren, der Wagen wurde von Windböen geschüttelt.

Kimberly schaute in den Wald, auf die hoch aufragenden Bäume und das fast undurchdringliche Dickicht darunter. Sie fragte sich, wo Ginny Jones jetzt wohl war, und hoffte, dass sie sich an einem sicheren Ort aufhielt, wo sie halbwegs sorglos das neue Leben in sich wachsen spüren konnte ...

»Stopp!«, rief Kimberly plötzlich.

Sal trat auf die Bremse, wieder ein wenig zu heftig. Der Wagen schlingerte über den Mittelstreifen hinweg.

»Was zum Teufel –«, beschwerte er sich.

»Zurück, zurück. Da war ein Forstweg. Schauen wir uns den einmal an.«

Sal hatte den Wagen zum Stehen gebracht. Er schaute sie an, als hätte sie nicht mehr alle Tassen im Schrank. »Falls Sie es noch nicht bemerkt haben: Es schüttet.«

»Ich weiß. Aber warum nicht einen kleinen Umweg einschlagen? Wir haben doch nichts Besseres vor.«

»Nichts Besseres, als im Schlamm stecken zu bleiben.«

»Er ist auch über diese Wege gefahren, Sal. Und wenn er
das kann, können wir es zumindest mal versuchen. Kommen Sie, nur ein kleines Stück in den Wald hinein.«

»Wir sind in Suches«, murmelte Sal. »Für meinen Geschmack ist das ziemlich weit ab vom Schuss.«

Er warf ihr noch einen ungehaltenen Blick zu, aber weil
weder Rainie noch Quincy protestierten, legte er schließlich doch den Rückwärtsgang ein, fuhr zurück und bog
dann scharf rechts ab.

Der Forstweg war anfangs asphaltiert, was Kimberly
überraschte. Sie hatte mit einer holprigen Piste gerechnet.
Überraschend fand sie auch die Vielzahl von Ferienhäusern,
die sich hier und da zwischen dichtem Gebüsch von
Berglorbeer versteckten. Doch nach einer Meile ging der
Asphalt in Schotter über, und der Wald schien den Kampf
gegen die Zivilisation gewonnen zu haben. In zahlreichen
Schleifen ging es langsam bergab in ein enges Tal. Der Re-
gen sammelte sich zu einem schlammigen Wildbach am
Wegesrand.

Vor einer Kehre forderte Kimberly Sal auf anzuhalten.
Der Wagen stand noch nicht still, als sie die Tür aufstieß
und in die Sintflut hinaussprang. Dass Sal heftig protestierte, nahm sie nur am Rande wahr, so auch die Tatsache,
dass Rainie und Quincy ihr nach draußen folgten.

Sie schaute die beiden nicht an und sagte auch nichts.
Das war nicht nötig. Sie verstanden einander wortlos,
denn in ihrer Welt waren Monster eine Realität. Entweder

ließ man sich vom Schrecken dieser Welt überwältigen oder aber man versuchte, dagegen anzugehen. So weit Kimberly zurückdenken konnte, hatten sie und ihr Vater immer das Gespenst des Todes gejagt. Vielleicht fühlten sie sich nur in solchen Momenten wirklich lebendig.

Und dann dachte sie, wie gut es doch jetzt wäre, Mac an ihrer Seite zu haben. Zusammen mit Quincy und Rainie, als Mitglied ihrer Familie.

»Er liegt falsch«, flüsterte sie und schaute sich im grünen Unterholz um.

»Wer?«, fragte Sal, der ebenfalls ausgestiegen war und nun vor ihr stand. Von seiner Nase tropfte Wasser, und die braunen Haare hingen ihm klatschnass ins Gesicht. Seine wütende Miene konnte einem Angst machen, doch sie hatte Verständnis für diese Wut; sie wusste, wie es sich anfühlte, wenn man sich in seinem Job abstrampelte und einsehen musste, dass es trotzdem nicht reichte.

»Ron. Dinchara und die Jungen sind von hier. Er hat es selbst angedeutet. Sie haben kaum etwas gekauft. Also müssen sie gut versorgt sein.«

»Kimberly, es ist nass und kalt. Ich bin durchgeweicht bis auf die Haut. Ich weiß nicht, welchen Voodoo Sie hier abziehen wollen, aber bitte schonen Sie meine Nerven.«

»Es ist eine Frage der Logistik«, erklärte sie und musterte den schmalen Schotterweg, die hohen kahlen Bäume und das dichte Gebüsch ringsumher. Die Haare klebten ihr am Kopf, das Shirt war durchnässt. Doch das machte ihr nichts aus, ebenso wenig wie der Matsch, in dem sie stand. Sie hatte in diesem Moment nur Sinn für den Wald.

»Jemanden zu töten ist einfach«, sagte sie. »Sehr viel schwerer ist es, eine Leiche loszuwerden. In der Hinsicht versagen fünfundneunzig von hundert Mördern. Wir suchen einen Mann, der dies wahrscheinlich schon ein Dutzend Mal getan hat – und zwar erfolgreich. Was heißt das? Er hat logistisches Talent.«

Sie waren auf den Waldrand zugegangen, wo ihr dichter Farnbewuchs bis zu den Hüften reichte. Sie zählte an den Fingern ab: »Erstens, wohin mit den Leichen?«

»In den Wald«, antwortete Sal. Seine Wut hatte sich in Neugier verwandelt.

»Zweitens, wie lassen sie sich am besten transportieren?«

»Sein SUV hat jede Menge Laderaum.«

»Mit dem Wagen kommt er nur bis hierher«, entgegnete Kimberly und fragte, in das unwegsame Dickicht zeigend: »Was dann?«

Sal nickte. Ihm schien das Rätselraten zu gefallen, obwohl der Regen seinen grauen Anzug schwarz verfärbt hatte und ihm das Wasser in Strömen in den Kragen lief. »Es ist spät in der Nacht oder sehr früh am Morgen, jedenfalls zu einer Zeit, zu der er kaum Gefahr läuft, entdeckt zu werden. Er sucht nach einem entlegenen Ort und fährt einen Forstweg entlang. Irgendwo hält er an, schafft die Leiche aus dem Heck und ... tja, wohin damit? Wirft er sie in eine Böschung?«

»Ranger der Forstverwaltung hätten sie früher oder später entdeckt«, widersprach Quincy. Er stand hinter ihnen und konnte jedes Wort, das sie wechselten, verstehen, hatte aber gleichzeitig Abstand genug, um seinen eigenen Gedanken nachzugehen. Darin war er groß. »Vom Straßenrand aus wären Spuren zu erkennen: zertretenes Grünzeug, geknickte Äste und so weiter. Ranger würden vielleicht einen Hirsch oder Bären dahinter vermuten und nachschauen. Ein- oder zweimal käme unser Mann vielleicht unbemerkt davon. Aber mit so vielen Leichen? Wohl kaum. Schon gar nicht während der Hauptsaison, wenn auf solchen Wegen wie diesem hier jede Menge Verkehr herrscht.«

»Er trägt sie also tiefer in den Wald hinein«, sagte Sal.

»Eine Leiche ist schwer«, gab Kimberly zu bedenken. »Eine erwachsene Frau wiegt fünfzig Kilo und mehr. Die lässt sich nicht so ohne weiteres auf der Schulter tragen, schon gar nicht über längere Strecken.«

»Bergab wär's ein bisschen leichter«, meinte Sal.

Wieder schüttelte Quincy den Kopf. »Alles, was unterhalb deponiert wird, kann von oben gesehen werden, vor allem im Winter, wenn die Bäume kahl sind. Gerade dieses Gebiet hier ist ein beliebtes Ziel für Jäger, Wanderer, Camper, Angler. Es trampeln jede Menge Leute durch die Wälder, bis in entlegene Winkel. Sicherer wären höher gelegene Stellen, jenseits der Wanderwege, wo andere nicht hinkommen.«

Sal schaute fragend in die Runde. »Dann weiß ich auch nicht weiter.«

»Er hat Hilfe«, sagte Kimberly. »Ich tippe auf den älteren Jungen. Dass er Tatbeteiligter ist, glaube ich allerdings eher nicht. Auf der Tonaufzeichnung ist nichts zu hören, was einen solchen Verdacht erhärten würde. Vermutlich hilft er ihm, die Leichen fortzuschaffen. Ein einzelner Mann auf einem nächtlichen Forstweg würde auffallen. Vater und Sohn hingegen ...«

»Sie zelten womöglich«, sagte Sal.

»Dann fallen sie auch mit größerem Gepäck nicht auf. Sie könnten sogar einen Karren hinter sich herziehen.«

»Mist«, stöhnte Sal und schirmte die Augen mit der Hand ab.

»Eine solche Aktion würde Stunden dauern«, rechnete sich Rainie aus und spähte mit scharfem Blick in den Wald. »Sie bräuchten Werkzeug – Seil, Sack, Schaufel, Spitzhacke. Außerdem einen Vorrat an Wasser und Lebensmitteln, Verbandszeug, einen Kompass, das Nötigste halt. Dinchara wird bestens ausgerüstet sein. Das heißt, wenn er die Sachen nicht hier vor Ort kauft, hat er selbst ein Depot in der Nähe.«

»Ein Ort, an dem auch der kleine Junge untergebracht ist«, murmelte Kimberly.

»Genau«, bestätigte Rainie. Sie spann ihren Gedanken weiter: »Die Kellnerin im Smith House hat ihn nicht gesehen. Die beiden haben ihn offenbar zurückgelassen. Vielleicht weil er zu jung ist und zu langsam. Er bleibt also irgendwo, während Dinchara und der größere Junge ihr nächtliches Unwesen treiben.«

»Er muss hier irgendwo wohnen. Nur das ergibt Sinn. Es könnte sogar sein, dass die jungen Frauen noch lebten, als sie hierhergeschafft wurden. Stellt euch vor, in einer der Blockhütten, an denen wir vorbeigekommen sind. Sie könnten die ganze Nacht über schreien, und niemand würde sie hören. Auch an Flucht wäre nicht zu denken. Wo sollten sie hin?«

»Wir könnten einen Blick in die Grundbücher werfen«, schlug Sal vor. »Feststellen, welche Häuser während der vergangenen fünf Jahre rund um Dahlonega und Suches ihren Eigentümer gewechselt haben. Und diese Namen gleichen wir mit den Belegen vom Smith House ab.«

»Und vielleicht sollten wir uns auch mal bei den Zeitarbeitsfirmen der Gegend umhören«, meinte Quincy. »Wenn sie sich lange hier oben aufhalten, wird Dinchara Geld brauchen. Fünfzig Prozent vom Einkommen einer einzigen Prostituierten reichen bestimmt nicht aus. Entweder hat er mehrere Frauen laufen, oder er muss sich etwas dazuverdienen. Nach dem, was wir über ihn wissen, könnte er einen guten Wanderführer abgeben oder –«

»Für die Forstverwaltung arbeiten.« Darauf kamen alle mehr oder weniger gleichzeitig.

»Das hieße, er hätte den notwendigen Überblick und die Befugnis, auch die hinterletzten Forstwege zu benutzen. Und eine Ausrede, falls er Verdacht erregen sollte. Außerdem wüsste er, wann Kollegen welche Abschnitte kontrollieren. Er könnte entsprechend disponieren und gegebenenfalls sogar die eine oder andere Leiche umbetten.«

»Verdammt, ich werde nie mehr wandern gehen«, sagte Sal müde.

»Morgen besuchen wir zuerst einmal die Fischzucht«, entschied Kimberly.

»Einverstanden.«

»Dann schauen wir ins Grundbuch der Stadt und erkundigen uns nach einer Kontaktperson der Forstverwaltung.«

»Ja, ja, ja.«

Rainie ging immer noch am Wegrand auf und ab. »Wisst ihr, worüber ich mich wundere?«, fragte sie plötzlich.

Alle drehten sich zu ihr um.

»Es ist Februar. Die Bäume sind kahl, und trotzdem kann man keine zwei Meter weit sehen. Schaut euch nur diesen Berglorbeer an. Haushoch und dicht belaubt. Und dann diese Gräser, die gefällten Baumstämme oder die Nadelholzhaine. In anderen Wäldern kann man immerhin zwanzig, dreißig Meter weit sehen. Aber nicht hier. Ich bin in Wäldern aufgewachsen, aber das hier finde ich geradezu gruselig.«

»Apropos«, murmelte Sal und zupfte an seinem durchnässten Anzugkragen. »Können wir bitte wieder zurück in den Wagen steigen?«

»Okay«, sagte Kimberly. »Unser nächster Stopp ist Wal-Mart. Ich brauche was zum Anziehen. Mit diesen Sachen kann ich mich morgen nirgends blicken lassen.«

»Wollen Sie etwa noch eine Nacht hier verbringen?«, knurrte Sal.

»Haben Sie einen besseren Vorschlag?«

Kapitel 33

> **»Zur Kompensation ihrer Schwächen haben Spinnen verschiedenste Waffen, Taktiken und Mutationen hervorgebracht, die an das Arsenal und die Zusammensetzung von Gangsterbanden erinnern.«**
>
> Burkhard Bilger: *Spider Woman*

Kurz nach dem Abendessen rief Mac an. Kimberly war auf ihrem Zimmer im Smith House und voller Dankbarkeit für elastische Taillenbündchen, die sie für die beste Erfindung der Moderne hielt. Sie hatte fast ein ganzes Hähnchen verzehrt, ein halbes Pfund Okraschoten und zwei Stücke Käsekuchen. Ihr Hosenbund war erfreulich nachgiebig und ließ Baby McCormack sogar genug Raum, Mommys Milz zu massieren.

Rainie und Quincy hatten sich auch schon zur Nacht zurückgezogen. Kimberly aber war noch aufgedreht und in einer Stimmung, die sie immer dann verspürte, wenn ein Fall kurz vor der Aufklärung stand und endlich alle Fragen beantwortet sein würden. Ihr Hotelzimmer unterm Dach des alten Gebäudes war L-förmig geschnitten, ideal, um darin ruhelos auf und ab zu gehen. Vom Doppelbett ging sie um die Ecke zum Schreibtisch und wieder zurück, und während sie sich den geschwollenen Bauch rieb, überschlugen sich ihre Gedanken. Wenn Dinchara Sandy Springs als sein Jagdrevier nutzte, war Dahlonega sein Versteck. In Kürze würden sie auf wichtige Beweismittel stoßen, wichtige Zeugen vernehmen und die Lücken des Puzzles schließen. Sie würden Ginny Jones finden, die verschwundenen Frauen und Dinchara höchstpersönlich. Sie würden –

Das Handy läutete und zeigte Macs Nummer im Display. Sie blieb jäh stehen und verspürte einen Krampf im Magen, weshalb sie sich nur knapp mit einem schroffen »Kimberly« meldete.

Statisches Knistern, drei Klicklaute mit Echo. »... bin's.«

»Hi, Liebling«, sagte sie lauter als nötig.

»Wo ... du?«

»Immer noch in Dahlonega. Morgen stehen ein paar letzte Besuche auf dem Programm.«

»... Wetter?«

»Es schüttet. Und wie sieht's bei dir aus?«

»... musste ... Einsatz ... Sonderkommando ... morgen Früh zurück.«

»Die Verbindung ist miserabel. Kannst du mal den Standort wechseln?«

Sie glaubte, knirschende Schritte und Männerstimmen im Hintergrund zu hören, die Befehle auszustoßen schienen. Jetzt verstand sie: Er war im Einsatz. Mac und die Kollegen der Drogenfahndung hatten wahrscheinlich den Auftrag, ein verdächtiges Haus oder Meth-Labor zu durchsuchen, und er rief nur deshalb an, weil sich das für einen Gatten gehörte, bevor er seine schusssichere Weste anlegte und zur Tat schritt. Das machen alle so – noch einmal zu Hause anrufen und Persönliches regeln. Für alle Fälle.

Das Baby zappelte unter ihrer Hand. Kimberly setzte sich auf die Bettkante.

»Wo?«, flüsterte sie.

»... jetzt nicht sagen. Später ... morgen.«

»Ist die SWAT dabei?«

»Der ... ganze Apparat.«

»Mac ...« Sie hätte etwas sagen sollen. Irgendetwas. Aber ihr fiel nichts ein. Und plötzlich wurde ihr die Distanz zwischen ihnen bewusst, die noch nicht ausgeräumt war. Die noch offenstehenden Fragen, das anhaltende Schweigen.

Sie wünschte sich nach Hause zurück. Am Telefon darüber zu reden erschien ihr nicht richtig. Passender wäre es, in seiner Nähe zu sein, so dicht an ihn geschmiegt, dass er die Tritte des Babys spüren könnte. Wo er ihr zärtliche Worte ins Ohr flüsterte und sie seine Stoppeln auf der Haut spürte, während sein Herz unter ihrer Hand pochte. Wie schnell konnte sich das Blatt wenden, ein geliebter Mensch zur Tür hinausgehen und nie mehr zurückkehren. Sie wusste das nur allzu gut. Zweimal im Jahr besuchte sie Gräber, um dies nie zu vergessen.

»Sei vorsichtig«, flüsterte sie.

»Bin ich ... immer.«

»Rufst du an?«

»Versuchst du ... Hause zu sein?«

»Morgen Nachmittag wahrscheinlich. Wir müssen hier noch ein paar Hinweisen nachgehen.«

»... fühlst du dich?«

»Dem Baby geht's gut. Es wird immer kräftiger und bewegt sich fleißig. Oh, und sie ist definitiv keine Vegetarierin, ich habe einen Monsterappetit auf Fleisch.«

Die schlechte Verbindung zerhackte sein Lachen und

brach schließlich ab. Sie verzichtete auf den Versuch, ihn zurückzurufen. Mac musste sich jetzt auf etwas anderes konzentrieren. Und sie ...

Sie saß allein in ihrem Hotelzimmer und wunderte sich über den gefühlten Abstand zu ihrem Mann, obwohl sie ihn doch so sehr liebte. War das eine ganz normale Phase im Verlauf einer Ehe? Musste man sich damit abfinden, oder konnte man etwas dagegen unternehmen, ohne sich selbst zu verleugnen?

Baby McCormack trat wieder. Kimberly rieb sich den Bauch und lauschte auf den Wind, der draußen über den Parkplatz fegte und an den Fensterläden rüttelte.

Sie warf sich ihren Mantel über und ging hinaus.

Sal saß auf der überdachten Veranda im Windschatten und betrachtete die im Licht der Straßenlaternen verwirbelten Regenschauer. Wortlos nahm Kimberly neben ihm Platz und redete sich ein, ihn rein zufällig hier zu finden. Dass sie nicht seinetwegen ihr Zimmer verlassen hatte.

Sal schien nicht in Redelaune zu sein, genauso wenig wie sie. Er schaute mit düsterer Miene in den Sturm hinaus, in Gedanken offenbar an einem unschönen Ort. Sie fragte sich, wie lange er dort schon verweilte.

»Sie haben ordentlich reingehauen«, sagte er plötzlich. »Ich dachte, das Baby mag kein Fleisch.«

Kimberly zuckte mit den Achseln. »Es hat sich umentschieden. Noch ein Beleg dafür, dass es ein Mädchen ist.«

Er wandte sich ihr zu und richtete den Blick auf ihren Bauch.

»Nervös?«

»Ja.«

»Werden Sie nach der Geburt wieder arbeiten?«

»So ist es geplant.«

Er musterte sie neugierig. »Wird sich für Sie nicht einiges verändern? Stellen Sie sich vor, Sie müssten in einem Fall von Kindsmord ermitteln, Kidnapping oder Missbrauch oder was auch immer einem jungen Leben an Scheußlichkeiten widerfahren kann. Wäre das nicht viel zu hart?«

»Abwarten«, murmelte sie.

»Sie gehören doch zur Spurensicherung? Sie bergen Leichen. Und was dann? Gehen Sie nach Hause zur kleinen Janey und tun so, als könnte man sich den Geruch von den Fingern waschen? Ganz zu schweigen von den Bildern im Kopf.«

»Das ist doch jetzt auch der Fall.«

»Nur ohne Klein-Janey.«

»Klein-Janey bedeutet doch Glück. Warum sollte dieses Glück den Rest der Welt unerträglicher machen?«

Mit einer solchen Antwort hatte er anscheinend nicht gerechnet. Er verzog das Gesicht, und weil ihm offenbar nichts einfiel, was er darauf entgegnen konnte, blickte er wieder hinaus in den Regen. Wenig später griff sie nach seiner Hand und legte sie auf ihren Bauch, als Baby McCormack zufällig einmal wieder austrat.

Sal riss die Hand zurück und richtete sich auf. »Ach, du Scheiße!«

»Ziemlich heftig, nicht wahr?«, sagte Kimberly.

»Wächst da eine Fußballspielerin heran?«

»Vielleicht.« Kimberly zuckte mit den Achseln. »Ich

344

weiß nicht. Sie kann alles werden, was sie will. Darauf kommt es doch wohl an. Haben Sie schon einmal etwas vom Standford-Prison-Experiment gehört, Sal?«

»Standford-Prison? Nein, nie gehört.«

»Im Rahmen eines Uni-Seminars wurde eine Gruppe von Studenten per Münzwurf in Gefängniswärter und Häftlinge aufgeteilt. Sie sollten ihre Rolle möglichst realistisch spielen über einen Zeitraum von mehreren Wochen. Alles moralisch integre, psychisch unauffällige junge Menschen. Der Professor musste das Experiment schon nach drei Tagen abbrechen, weil die Pseudowärter die Pseudoinsassen so sehr schikanierten, dass einige von ihnen einen Nervenzusammenbruch erlitten. Man stelle sich vor: Diese Übergriffe, zum Teil sexueller Art und immer in demütigender Absicht, gingen von Leuten aus, die sich normalerweise nicht einmal einen kleinen Ladendiebstahl hätten zuschulden kommen lassen. Mit anderen Worten, auch gute Menschen können schlimme Dinge tun, wenn sie meinen, dass sich niemand darum kümmert. Das Böse ist eine banale Angelegenheit.«

»Sie sprechen von Nazis«, meinte Sal.

»Ich spreche von der Natur des Menschen. Jeder trägt in sich das Potenzial, zum Verbrecher zu werden. Manche machen nie davon Gebrauch, andere ausgiebig und wiederum andere nur unter gegebenen Umständen. Es kann sein, dass jemand, der zwanzig, dreißig, vierzig Jahre lang ein unbescholtenes Leben führt, irgendwann zum Straftäter wird.«

»Soll das jetzt ein ermutigender Gedanke sein?«

Sie zuckte mit den Achseln. »Habe ich behauptet, irgendwen ermutigen zu wollen? So ist das Leben und Punkt. Und dass ich Mutter werde, das heißt nicht, dass ich plötzlich den Kopf in den Sand stecke. Die Welt ist voller Monster. Aber wissen Sie was?«

»Wenn ich mich jetzt umbringe, tut's später nicht mehr so weh?«

»Nicht nur das Böse ist banal, sondern auch Heldentum.«

Sal stöhnte. »Sie sprechen jetzt hoffentlich nicht von Supermann.«

»Nein, ganz im Gegenteil. Ich spreche von ganz gewöhnlichen Menschen, die irgendwann, wenn die Umstände günstig sind, Menschenleben retten. Von Leuten, die in der U-Bahn auf die Gleise springen, um irgendeinen Wildfremden zu retten, der gestürzt ist. Von der Frau im Supermarkt, die das unglückliche kleine Mädchen bemerkt und die Polizei ruft. Ich denke daran, dass jeder Akt von Grausamkeit aufgehoben wird von einer mutigen Tat. Auch das gehört zur menschlichen Natur.«

»Ihre Mutter und ihre Schwester wurden ermordet«, sagte Sal leise. »Deshalb retten Sie den Rest der Welt?«

»Sie brauchen mir meine Geschichte nicht zu erklären. Ich weiß, wer ich bin.«

Sal errötete. Er schaute wieder, scheinbar ruhig, in den Sturm hinaus, rang aber die Hände im Schoß.

»Ich gebe mich nicht geschlagen, Mac. Das ist nicht meine Art.«

»Sie haben mich gerade Mac genannt.«

»Habe ich nicht –«, protestierte sie, brach dann aber ab und errötete. Er hatte recht. Sie war unkonzentriert, und es wäre besser, zurück auf ihr Zimmer zu gehen und zu schlafen.

Aber sie blieb neben Sal sitzen und sah, wie er sich, mit düsteren Gedanken beschäftigt, nervös die Finger rieb.

Und plötzlich schwante ihr, dass sie vielleicht einen ganz banalen Grund hatte, hier zu sein. Dass sie womöglich nur auf einen günstigen Moment wartete, zu tun, was sie tun wollte. Sollte sie sein Gesicht berühren? Es zu sich drehen? Ihren Mund auf seine Lippen drücken? Denn da war etwas in ihm, das sie ansprach. Ein Schmerz oder vielleicht auch seine Wut. Ein tiefes, maßloses Bedürfnis, das zurückging auf einen vor langer Zeit begangenen Fehler, der nicht wieder gutzumachen war und eine Wunde geschlagen hatte, die nicht heilen wollte.

Sie wollte ihn. Zumindest fühlte sie sich zu ihm hingezogen, was ihr Angst machte. Sie dachte an ein psychologisches Phänomen, das sie am College analysiert hatte. Daran, dass viele Menschen ganz ohne Not und ohne zwingende Einwirkung von außen ihr Leben ruinieren konnten, dass so etwas durchaus im Alleingang möglich war.

Sal hatte sich ihr zugewandt. Er musterte sie mit undurchdringlicher Miene. Trotzdem spürte sie seinen Hunger, seine Anspannung und Zurückhaltung.

Plötzlich zuckte ein Blitz, der den kleinen Winkel der Veranda einen kurzen Moment in grelles Licht tauchte, ehe sich wieder der Schatten darüberlegte. Sie sah sein Gesicht, das voller Begehren war. Und sie hörte die Stimme ihres Mannes, der ihr sagte, dass er nicht vor morgen zu Hause sein würde. Der Donner krachte. Sal beugte sich zu ihr. Sie hob den Kopf.

»Tut mir leid«, flüsterte Kimberly.

Sie stand auf, ballte ihre Hände zu Fäusten und lief davon. Ihr Zimmer war dunkel, als sie die Tür öffnete. Sie suchte den Lichtschalter, kippte ihn, doch es blieb dunkel. Sie machte die Tür hinter sich zu und zitterte ein wenig unter der Nachwirkung dessen, wozu sie sich beinahe hätte hinreißen lassen. So war sie nicht. So etwas tat sie nicht.

Herrje, was war nur in sie gefahren?

Sie tappte zum Bett und griff zur Nachttischlampe, als sie plötzlich ein warnendes Zischen hörte und bemerkte, dass sie nicht allein war.

Etwas Schwarzes huschte über ihr Bett. Unwillkürlich langte sie zur Waffe im Schulterholster, das sie aber vor dem Abendessen abgelegt hatte. Stattdessen packte sie die Lampe, schleuderte sie auf den Eindringling und sprang zurück. Mit dem Rücken zur Wand wich sie weiter aus, bis sie gegen den Schreibtisch stieß. Ihre Hand fand die Schreibtischlampe und suchte nach dem Schalter, während vom anderen Ende des Zimmers her wieder dieses Zischen laut wurde.

Als die Lampe endlich brannte, fielen ihr zwei Dinge gleichzeitig ins Auge: die größte, fürchterlichste Spinne, die ihr je zu Gesicht gekommen war; sie kauerte auf ihrem Kopfkissen und richtete sich nun auf den Hinterbeinen auf. Und ein Junge im Teenageralter, der ruhig danebensaß und eine Waffe im Anschlag hielt.

»Verflucht, wer bist du?«, platzte es aus Kimberly heraus. Sie warf einen Blick auf ihre Tasche, in der sich ihre .40er-Glock befand. Sie stand acht Schritte entfernt, und die Waffe daraus hervorzuholen würde viel zu lange dauern.

Stattdessen nahm sie die Tür ins Visier. Zehn Schritte entfernt. Und sie würde den Knauf drehen und die Tür aufreißen müssen, um davonzukommen ...

Sie richtete ihre Aufmerksamkeit wieder auf den Jungen. Er hielt die Waffe mit beiden Händen gepackt, rührte sich nicht und sagte kein Wort.

Vorsichtig trat sie einen Schritt auf ihn zu. Von ihrer Bewegung aufgeschreckt, richtete sich die riesige Vogelspinne wieder zischend auf. Sie blieb stehen. Die Spinne senkte sich zurück auf alle acht Beine und wartete.

»Wer bist du?«, fragte sie wieder, dem Jungen zugewandt, ohne die Spinne aus den Augen zu lassen. »Was willst du?«

»Sein Name ist Diablo«, antwortete der Junge im Plauderton. »Er ist eine *Theraphosa blondi* – eine Vogelspinnenart, die aus Südamerika stammt. Die meisten Vogelspinnen haben nicht genug Gift, um einem Menschen gefährlich zu werden. Ihr Biss tut nicht mehr weh als ein Bienenstich. Aber bei Diablo ist es was anderes. Er kann einem sämtliche Finger abbeißen und die Haut von den Knochen ziehen. Er hat noch nichts gegessen und ist deshalb, wie man sieht, ziemlich sauer.«

Kimberlys Hände legten sich unwillkürlich schützend über den Bauch. Die Tasche, dachte sie wieder. Schnell hin, Reißverschluss öffnen, nach der Waffe greifen ... Zwecklos. Der Junge konnte jederzeit abdrücken. Und die Spinne ... Darüber wollte sie lieber gar nicht erst nachdenken.

»Du hast angerufen, nicht wahr?«, sagte sie. »Du hast mir das Band von Veronica Jones vorgespielt.«

»Es war ein Versuch«, entgegnete der Junge mit flacher Stimme. »Ich habe Ihnen eine Chance gegeben. Sie haben sie nicht genutzt.«

»Wir könnten jetzt miteinander reden.«

Der Junge winkte mit der Waffe. »Deswegen bin ich nicht gekommen, Lady. Ich bin hier, um meine Reifeprüfung abzulegen.«

Kimberly warf einen Blick auf die Tür. Wenn sie nur ein Stück weit näher an sie herankäme ...

»Weiß Dinchara, dass du ausgerissen bist?«

»Ausgerissen? Lady, was glauben Sie, wer mich geschickt hat?«

Sie stockte, versuchte einen neuen Anlauf: »Er weiß, dass wir hier sind?«

»Das weiß jeder. Sie und Ihre Freunde stolzieren durch den Ort und machen Fotos. War nur eine Frage der Zeit, dass wir Wind davon bekommen. Übrigens, Ihr Besuch vereinfacht alles. Wir können gleich zur Sache kommen.«

»Willst du das wirklich? Ich weiß Bescheid. Ich weiß, was er dir angetan hat.« Sie rückte einen halben Schritt näher. Der Junge und die Vogelspinne reagierten nicht. Sie wagte einen weiteren Schritt. »Dinchara entführt Prostituierte, stimmt's? Er bringt sie zu sich nach Hause und macht schreckliche Dinge mit ihnen. Und du bekommst alles mit. Vielleicht bist du sogar im selben Raum, und er zwingt dich zuzusehen. Dir bleibt nichts anderes übrig. Und wenn es vorbei ist, musst du möglicherweise sogar den Dreck wegmachen. Musst du auch helfen, wenn er sie fortschafft?«

Der Junge starrte sie an, verblüfft, wie es schien. Sie hatte offenbar recht oder war der Wahrheit zumindest ziemlich nahegekommen. Sie sprach aus, worüber er kein Sterbenswörtchen hatte verlieren dürfen, und das faszinierte ihn.

»Er lässt das Blut rauslaufen«, murmelte er. »In der Badewanne. Ist sauberer so, und hinterher hat man's leichter. Weniger Gewicht, das geschleppt werden muss.«

»Wer packt sie ein, er oder du?«

»Das machen wir gemeinsam. Mit Leichen zu hantieren ist nicht einfach. Macht man besser zu zweit.«

»Wie packt ihr sie ein? In alte Bettlaken, Müllbeutel, Jutesäcke? Es gibt da ja unendlich viele Möglichkeiten.«

»Nylon. Aus Armee-Restposten. Billig und zweckmäßig. Darauf legt er Wert.«

»Hilfst du ihm, die Leichen in den Geländewagen zu schleppen?« Sie rückte noch ein Stückchen vor.

Der Junge zuckte mit den Schultern. »Man tut eben, was getan werden muss. So läuft's doch. Und wenn er zufrieden ist, lässt er einen in Ruhe.«

»Wie lange bist du schon bei ihm?«

»Lange genug, um zu was anderem nicht mehr zu taugen.«

»Ist er dein Vater?«

»Meine Eltern sind tot.«

»Dann ist er dein Vormund?«

»Er ist der Burgerman«, antwortete er schmollend. Die Spinne rührte sich. »Er holt sich die bösen Jungs.«

»Es ist nicht deine Schuld«, sagte Kimberly. Sie schaffte es, noch einen Schritt auf ihre Tasche hin zu machen, und zappelte nervös mit den Fingern. »Er hat dich gezwungen, ihm zu assistieren. Wenn du jetzt für mich arbeitest, machen wir dem ein Ende. Ich kann dir helfen.«

Der Junge verzog das Gesicht. Seine Stimmung schien umzuschlagen, aber nicht zu ihren Gunsten. »Ich mache dem ein Ende«, erklärte er und hob die Waffe. »Er hat schon Ersatz für mich gefunden. Für mich wird es Zeit zu gehen.«

»Du meinst wohl diesen Jungen. Hat er den auch gekidnappt?«

»Stehen bleiben. Ich weiß, was Sie vorhaben. Lassen Sie es sein. Und rühren Sie sich nicht vom Fleck!«

»Wie ist dein Name? Sag mir, wie du heißt. Lass dir helfen.«

»Sie kapieren es nicht. Ich habe keinen Namen. Er hat ihn mir genommen. Er nimmt *alles*.« Der Junge wurde lauter, hektischer. Sie zwang sich, ruhig zu bleiben. Die Spinne betastete die auf dem Bett liegende Lampe und lenkte den Jungen kurz ab, was ihr Gelegenheit gab, ein Stück weiter zur Seite zu rücken.

»Was ist mit Ginny Jones?«, fragte sie auf gut Glück. Beide, der Junge und Ginny, kannten Dinchara, also wussten sie vielleicht auch voneinander.

Der Junge blinzelte mit den Augen. Er schien verunsichert zu sein. »Was soll mit ihr sein?«

Kimberly holte tief Luft und setzte das Spiel fort: »Was ist mit Ginnys Baby? Du bist doch der Vater? Möchtest du nicht irgendwann mit ihr und eurem Kind zusammenleben?«

»Das ist, was sie will.«

»Hast du etwas von ihr gehört? Ist mit ihr alles in Ordnung?«

»Sie ist draußen und wartet auf mich im Wagen.«

»Wie bitte?«

Und dann sprudelte es aus dem Jungen heraus: »Ginny hat Sie ausgewählt. In irgendeiner Zeitung war davon zu lesen, dass Sie einen Killer zur Strecke gebracht haben, und Ginny glaubte, Sie hätten magische Kräfte. Blödsinn, habe ich gesagt. Als wenn eine Tusse mit Polizeimarke wirklich was bewegen könnte. Aber das zählt jetzt nicht mehr. Sie haben versagt, und deshalb bin ich hier. Ich und mein kleiner Freund, wie Al Pacino sagen würde. Wir haben einen Job zu erledigen.«

»Sei vernünftig, Dinchara wird euch nicht gehen lassen. Du hilfst ihm, Leichen zu beseitigen, und Ginny schafft für ihn an. Was für ein Interesse hätte er an deiner Reifeprüfung?«

»Er hat Ersatz für mich —«

»Ein Kind! Viel zu schwach, um Leichen zu schleppen.«

»Dafür haben wir eine Trage. Außerdem wird der Junge größer und bald stark genug sein.«

»Stark genug, um solche Lasten zum Cooper Gap hochzuschleppen?«, fragte Kimberly ungläubig.

Der Junge sprang auf den Köder an. »Cooper Gap? Wovon reden Sie da? Wir fahren zum Blood Mountain, dahin, wo auch die Pfadfinder rumspringen. Eine Hure abladen und kleinen schmächtigen Jungen beim Pinkeln zusehen. Für den Burgerman ist das ein Feiertag.«

»Du kannst nichts dafür«, sagte Kimberly leise. Sie hatte ihre Tasche fast erreicht. »Das verstehst du doch hoffentlich —«

»Ich will verdammt noch mal meine Reifeprüfung ablegen!«, brüllte der Junge plötzlich. Die Vogelspinne erschrak und richtete sich auf. Ihre Vorderbeine ruderten durch die Luft. Der Junge drehte sich um, zielte mit der Pistole auf das Tier und drückte ab.

Vogelspinne und Lampe explodierten auf dem Bett. Kimberly huschte auf ihre Tasche zu und spürte Glassplitter wie ein Schrapnell auf sich einprasseln. »Stehen bleiben!«, schrie der Junge.

Ihre Hand lag auf dem Reißverschluss. Sie ließ den Arm fallen, zwang sich, tief durchzuatmen und Fassung zu bewahren. Auch der Junge blutete, im Gesicht und am Hals.

»Lass mich dir ein Handtuch holen –«

»Er hat schreckliche Sachen mit mir angestellt«, sagte der Junge. »Sie haben ja keine Ahnung. Und dann habe ich selbst schreckliche Sachen gemacht, denn was hätte ich sonst tun sollen? Es ist schon so lange her ... Ich weiß nicht einmal mehr ... Doch, ich hatte Eltern. Das glaube ich zumindest. Ich bin müde. Unendlich müde.«

»Sprich weiter. Hilf mir zu verstehen.«

»Ginny will, dass wir heiraten«, flüsterte er, ohne auf sie einzugehen. »Sie will mit mir durchbrennen, unser Kind zur Welt bringen und Familie haben. Ich weiß gar nicht, was das ist.«

»Wir können euch helfen. Es ist noch nicht zu spät –«

»Wie soll ich denn einen Job finden? Ich war doch nur vier Jahre in der Schule. Was könnte ich ohne Abschluss anfangen? Ich weiß nur, wie man vögelt, kleine Kinder kidnappt und Huren umbringt. Zeigen Sie mir eine Stellenanzeige, die solche Sachen verlangt.«

»Du bist jung. Es ist noch nicht zu spät für dich.«

»Sie weiß nicht, was ich getan habe. Sie glaubt, es wäre Dinchara gewesen. Aber so einfach ist das nicht. Er hat mir die Waffe gegeben. ›Drück ab, mein Kleiner. Stell dich nicht so an. Du weißt doch genau, sie würde zu ihm zurücklaufen, wenn sie nur könnte. Drück endlich ab.‹ Das hat er gesagt, und ich hab's getan. Irgendwann weiß sie Bescheid. Entweder sie kommt von allein dahinter, oder Dinchara sagt es ihr, um sich einen Spaß daraus zu machen.«

»Du hast Tommy Mark Evans erschossen.«

»Das musste ich. Sie verstehen das nicht. Zur Vorbereitung auf meine Prüfung. Damit ich endlich frei sein kann.«

Blut quoll aus den Schnittwunden im Gesicht des Jungen. Wie Tränen flossen ihm die Tropfen über die Wangen. Er hob die Waffe und zielte.

Kimberly langte nach der Tasche. Ihre Fingernägel kratzen über die Nylonoberfläche. Verdammt, wo war der Reißverschluss? Sie würde es wohl nicht schaffen. Die Mündung war genau auf sie gerichtet.

Sie schnappte sich den Beutel und hielt ihn vor den gewölbten Bauch, als ließe sich dadurch irgendetwas gewinnen ...

»Ich kann kein Daddy sein«, flüsterte der Junge. »Mit Kindern kann ich nichts anfangen. Ich weiß nur, wie man sie vernichtet.«

Und plötzlich, einen Herzschlag später, richtete er die Waffe gegen sich selbst. Die Mündung lag an seiner Schläfe. »Nicht«, schrie Kimberly. »Nimm sie runter ...«

»Sorgen Sie dafür, dass Ihr Kind nie an einen gerät wie mich. Und dass es nie dem Burgerman in die Hände fällt.«

Der Junge drückte ab.

Der Schuss betäubte sie. Oder vielleicht war es auch ihr verzweifeltes Schreien, als der Schädel des Jungen vor ihren Augen aufplatzte und graues Gewebe auf die Wand und das Nachttischchen spritzte.

Sie schrie immer noch, als ihr Vater zur Tür hereinstürmte, gefolgt von Rainie und Sal. Im selben Moment rutschte der Junge lautlos vom Bett. Sie sah ihn am Boden liegen, die toten Augen voller Anklage auf sie gerichtet, und sie kannte nicht einmal seinen Namen.

Kapitel 34

Die Frau, die einmal meine Mutter gewesen war, wartete an der verabredeten Stelle. Sie saß an einem kleinen schmiedeeisernen Tisch, draußen vor einem Café voller Gäste. Sie hatte die Beine übereinandergeschlagen und nestelte nervös am Rocksaum.

Ich beobachtete sie von der anderen Straßenseite aus, versteckt im Schatten eines Hauseingangs. Geh doch hin, sagte ich mir, aber meine Füße wollten sich nicht bewegen. Ich behielt sie im Auge und spürte, wie sich etwas Schweres und Hartes in meiner Brust breitmachte.

Als ich sie zum ersten Mal angerufen hatte, hatte sie sofort aufgelegt. Beim zweiten Mal beschimpfte sie mich als verrückten Spinner und fing an zu heulen, was mich so durcheinanderbrachte, dass ich auflegte.

Beim dritten Versuch hatte ich mich besser im Griff. Ich sagte ihr einfach nur, dass ich etwas über ihren verschollenen Sohn wisse und mich mit ihr treffen wolle. Ich könne ihr vielleicht helfen.

Ich weiß selbst nicht, warum ich das sagte, anstatt mich ihr als ihr kleiner Junge zu erkennen zu geben.

Ich bin aus meinem eigenen Bett herausgeholt worden und war zu jung, um mich zu wehren. Seitdem habe ich unsagbare Schrecken erleben müssen. Zehn Jahre lang. Und nun will mich der Burgerman nicht mehr. Vielleicht könnte ich ja nach Hause zurückkehren und wieder ihr kleiner Junge sein?

Das wollte ich ihr sagen. Ich wollte sie wieder lächeln sehen, so wie damals an meinem sechsten Geburtstag, als sie mich zur Garage geführt hatte, in der ein nagelneues Fahrrad für mich stand, geschmückt mit einer großen roten Schleife. Ich wollte sehen, wie sie ihre langen dunklen Haare zurückwarf, so wie damals, wenn sie sich über den Tisch gebeugt hatte, um mir bei den Schulaufgaben zu helfen. Ich wollte mich auf dem Sofa wieder an sie kuscheln, ihr meinen Kopf auf die Schulter legen und zusammen mit ihr Knight Rider im Fernseher gucken.

Ich wollte wieder neun Jahre alt sein. Aber das war ich ja nicht mehr.

Ich sah mich im Schaufensterglas gespiegelt, meine eingesunkenen Augen, die hohlen Wangen und die viel zu langen, verfilzten Haare. Wie ein Penner sah ich aus oder einer dieser Rumtreiber, denen sich gleich ein paar Sicherheitstypen an die Fersen heften, sobald sie eine Shopping-Mall betreten. Jemanden wie mich hielten Eltern von ihren eigenen Kindern fern. Ich hatte überhaupt keine Ähnlichkeit mehr mit meiner Mutter. Eher mit dem Burgerman.

Auf der anderen Straßenseite drehte meine Mom unablässig den Ring an ihrer rechten Hand. Sie warf immer wieder Blicke über die linke Schulter und schien tatsächlich darauf zu warten, dass ich aufkreuzte.

Aber dann wurde mir klar, dass sie nicht nach mir Ausschau hielt. Ich folgte ihrer Blickrichtung und entdeckte einen uniformierten Polizisten, der an der nächsten Ecke stand. Er zeigte meiner Mom eine krause Stirn und schien sie warnen zu wollen.

Als ich dann sein Gesicht sah, stockte mir der Atem.

So etwas kann man nicht aus zweiter Hand lernen; man muss es selbst erlebt haben:

Ein Zurück nach Hause gibt es nicht. Ein Junge, der von Wölfen großgezogen wurde, wird selbst zum Wolf.

Und die Liebe einer Mutter kann brennen wie Feuer.

Um fünf nach drei kam ich in der Wohnung an. Das weiß ich noch so genau, weil mein erster Blick auf die Digitaluhr an der Wand fiel. Die Ziffern 03:05 kamen mir komisch vor. Eine ganz normale Zeit an einem ganz normalen Nachmittag.

Und das in einem Zusammenhang, der alles andere als normal war.

Die Jacke behielt ich an, auch meine Schuhe. Ich bin nicht zu meiner Mutter auf die andere Straßenseite gegangen, sondern stattdessen zu einer Zoohandlung fünf Blocks weiter. Ich hielt eine braune Papiertüte in der einen Hand und einen nagelneuen Baseballschläger – einen echten Louisville Slugger – in der anderen. Die Wohnungstür ließ ich offen. Ich ging auf geradem Weg in Burgermans Schlafzimmer.

Er lag auf dem Rücken und schlief, eine Hand auf dem teigigen Wanst und die andere überm Gesicht. Er war nackt, das Laken bedeckte nur die Beine und den Unterleib. Auf der anderen Seite des Bettes lag in sich zusammengerollt der Junge, ebenfalls nackt, aber ohne Decke. Er zitterte im Schlaf.

Ich tippte ihm auf die Schulter. Er riss die Augen auf. »Geh raus«, forderte ich ihn auf.

Er starrte mich an. Ich beugte mich über ihn, so tief, dass sich unsere Nasenspitzen fast berührten. »Schwing deinen dürren Arsch aus dem verfickten Bett«, zischte ich, »sonst schlag ich dir den Schädel ein.«

Der Junge flitzte aus dem Zimmer. Verließ er auch die Wohnung? Rannte er zum Nachbarn? Rief er die Polizei?

Mir war's egal. Ich hatte etwas ganz anderes im Sinn und würde mich durch nichts davon abhalten lassen.

Ich öffnete die braune Papiertüte und holte das Kästchen daraus hervor. Lieber hätte ich mir einen Pitbull oder, noch besser, eine Python besorgt, aber mit meinen dreißig Mäusen war nicht mehr drin gewesen. Ich erinnerte mich an die Worte des Typen aus der Zoohandlung, dass Spinnen ganz toll zu Hause zu halten und völlig harmlos wären; sie würden nur angreifen, wenn sie richtig sauer wären.

Ich nahm den Deckel vom Kästchen, warf dem Burgerman die fette schwarze Spinne direkt auf die Brust und kniff ihr so fest in eins der Beine, dass sie richtig sauer werden musste.

Prompt schlug sie dem Burgerman ihre Giftklauen in die behaarte Brust. Er schreckte brüllend auf.

Dann ging alles ganz schnell. Der Burgerman glotzte an sich herab und sah die große Vogelspinne an seiner Brust baumeln. Er brüllte noch mehr, als er nach dem Vieh griff und die winzigen Brennhaare, die die Beine bedeckten, seine Fingerkuppen durchbohrten.

Ich holte mit dem Baseballschläger aus.

Der Burgerman starrte mich an und schrie: »Befrei mich von dem Ding! Heilige Muttergottes, nimm es weg! Weg damit!«

Ich ließ den Louisville Slugger niedersausen, genau auf die Nase.

Es krachte. Blut spritzte. Der Burgerman machte Ompf *und fiel zurück auf die Matratze. Er warf eine Hand über die zerschmetterte Nase und tastete mit der anderen nach der Spinne.*

»Aaarg«, gurgelte es laut und nass aus seiner Kehle.

Er zerrte die Vogelspinne von der Brust. Von ihren Giftklauen hing ein ordentlicher Hautlappen herab. Blut sickerte aus der aufgerissenen Wunde. Der Burgerman ließ das Tier fallen und schrie wie am Spieß. Er versuchte aufzustehen.

Also schlug ich wieder zu. Auf das rechte Knie. Es machte Knacks. Ein Schrei. Linkes Knie. Knacks, und ich war noch lange nicht fertig.

»Junge! Was machst du da? Du musst doch wissen, dass du nicht ungestraft davonkommst ...«

Und ich dachte nur, so ruhig und gefasst, wie ich es nie für möglich gehalten hätte: Was für ein Jammerlappen, dieser Burgerman.

Er lag jetzt auf der Seite und krallte die Finger ins Laken, als versuchte er, sich irgendwo festzuhalten. Wenn er aufstehen könnte, würde er über mich herfallen. Das sah ich in seinen Augen. Selbst jetzt noch, so kurz vor seinem Tod, dachte er keinen Augenblick lang an Reue. Er wollte nur töten.

Ich fragte mich, ob es auch in meinen Augen zu sehen war, und anstatt mich zu schämen, fühlte ich mich zum ersten Mal in meinem Leben wirklich stark. Machtvoll. Beherrschend.

Ich holte aus und schlug ein weiteres Mal zu. Wieder ins Gesicht. Das Holz traf auf den Kiefer. Ich hörte Zähne brechen und nahm mir dann das Jochbein vor. Vor dem Bett stehend, drosch ich auf ihn ein, bis mir die Arme weh taten und mir allmählich zu Bewusstsein kam, dass der Burgerman keinen Mucks mehr von sich gab. Nur das Klatschen des Schlägers und das Splittern von Knochen waren zu hören. Mir troff es feucht vom Gesicht, doch das waren keine Tränen, sondern Burgermans Blut und Hirnmasse. Vom Schläger tropfte Blut, in meine Haare und auf meine Kleider.

Ich glaube, ich fing an zu lachen, laut und gehässig. Ich wagte es nicht, die Schläge einzustellen, weil ich mir einbildete, der Burgerman würde, wenn ich damit aufhörte, die Augen aufschlagen, aus dem Bett steigen und mich kaltmachen. So lief es doch in den Horrorfilmen. Egal was man tat, am Ende erhob sich das Monster immer von den Toten.

Schließlich war ich mit meiner Kraft am Ende. Es gelang mir einfach nicht mehr, den Schläger zu heben. Keuchend, schweißgebadet und blutüberströmt ließ ich mich auf den Boden sinken und schlug die Hände über dem Kopf zusammen.

Ich wartete, ohne zu wissen worauf. Vielleicht darauf, dass ein Nachbar an die Tür klopfte oder Cops die Treppe heraufgestürmt kamen. Darauf, dass der Junge zurückkehrte, um zu sehen, was ich angestellt hatte. Der Burgerman war tot.

Weil sich nichts tat, ging ich ins Badezimmer und zog den Schläger hinter mir her. Mir fiel auf, dass der Junge die Wohnungstür hinter sich geschlossen hatte. Vielleicht waren deshalb keine Nachbarn gekommen; aber wahrscheinlich war es eher dem Talent des Burgermans geschuldet, sich Orte auszusuchen, deren Nachbarn sich um nichts und niemanden kümmerten.

Im Badezimmer stellte ich mich angezogen unter die Dusche, um das Gröbste abzuspülen. Den Baseballschläger legte ich nicht aus der Hand. Für alle Fälle, denn wer weiß …

Anschließend ging ich in mein Schlafzimmer, wo ich die nassen Klamotten auszog und auf einen Haufen warf. Ich hatte noch eine zweite Jeans, ein altes T-Shirt und einen Pullover. Die zog ich an.

Und weil ich schon wieder ein paar praktische Überlegungen anstellte, holte ich eine Reisetasche aus dem Kleiderschrank des Burgermans und stopfte sie voll mit allem Bargeld, das ich finden konnte, und mit Pornofilmen. Da ich ja der Star in den meisten war, fand ich, dass ich Anspruch darauf hatte.

Ich überlegte, was ich sonst noch mitnehmen sollte. Es gab nicht viel von Wert in dieser Wohnung. Der Burgerman hatte fast alles Geld für Fusel, Drogen und Huren ausgegeben. Nicht mal für ein verdammtes Videospiel war genug übrig geblieben.

Ich geriet wieder in Wut. Es hätte nicht viel gefehlt, und ich wäre zurück ins Schlafzimmer gegangen, um weiter auf ihn einzudreschen. Aber ich riss mich zusammen. Ich musste mich konzentrieren. Der andere Junge war schon lange fort. Wahrscheinlich hatte er längst die Polizei alarmiert.

Nichts wie weg, dachte ich.

Auf dem Weg zur Tür bemerkte ich eine Bewegung am Blickfeldrand. Vor Schreck stolperte ich über meine eigenen Füße, als ich herumwirbelte und ins Schlafzimmer des Burgermans starrte.

Ich hatte schon den Baseballschläger hoch über den Kopf erhoben, als mir auffiel, dass es nicht sein Fuß war, der das Laken bewegte. Denn aus den Falten tauchte plötzlich die schwarze, haarige Spinne auf.

Sie lebte und tappte vorsichtig über das blutbesudelte Laken.

Ich zögerte nicht lange, fand das Kästchen, in dem ich sie gekauft hatte, ließ sie wieder hineinkrabbeln und steckte sie in die Reisetasche.

Ich hatte noch nie ein eigenes Haustier gehabt.

Als Name für sie fiel mir Henrietta ein.

Kapitel 35

»Spinnen fressen mitunter auch Artgenossen. Unter Berücksichtigung dieser kannibalistischen Neigung ist nicht zu erwarten, dass sie ein Leben in Gesellschaft führen.«
B.D. Kaston: *How to Know the Spiders*

Sie wollte Mac anrufen. Das Bedürfnis war reflexhaft, eine Reaktion auf die Erfahrung des Schreckens. Aber natürlich war er im Einsatz und tat den Job, den er liebte, unerreichbar für sie, wie es umgekehrt auch nicht selten der Fall war.

Kimberly kauerte auf dem Fußboden des Hotelzimmers, die Arme schützend um ihr ungeborenes Kind geschlungen. Ihr war bewusst, dass Blutspritzer auf ihrem Gesicht klebten, die sie nicht abwaschen durfte, bis der Polizeifotograf Aufnahmen von ihr gemacht haben würde. Sie hatte bereits mit ihrem Chef telefoniert, der sich mit dem zuständigen Sheriff in Verbindung setzen wollte. Sheriff Wyatt würde sein Fortbildungsseminar vorzeitig abbrechen und Sheriff Duffy aus dem Bett geklingelt werden. Und mit deren Einverständnis könnte dann ihr eigenes Spurensicherungsteam anrücken.

Die Maschinerie der Strafverfolgung bestand aus vielen ineinandergreifenden Rädern. Das war ihr klar. Damit lebte sie.

Sie schloss die Augen und fühlte sich taub vor Erschöpfung.

»Wasser?«, fragte Sal. Er saß neben ihr und hütete sich, sie zu berühren. Quincy und Rainie standen draußen im Flur und unterhielten sich mit der Geschäftsleitung, im Flüsterton, weil sie offenbar nicht wollten, dass sie etwas hörte.

»Alles in Ordnung?«, fragte Sal.

Sie nickte.

»Das Baby?«

Sie nickte ein weiteres Mal. Ihrem Bauch ging es gut; sie hatte keine Krämpfe und empfand auch keine Übelkeit. Sie war einfach nur zittrig vom Adrenalin, und die von winzigen Einschnitten betroffenen Arme schmerzten ein wenig. Nichts, was nicht mit ein paar Pflastern zu beheben wäre. *Es geht mir gut, wirklich* – abgesehen davon, dass es ihr womöglich nie mehr gut gehen würde.

Die Leiche des Jungen lag immer noch am Boden. Ein zaghafter Versuch, seinen Puls zu finden, hatte bestätigt, dass er tot war. Es war nicht nötig gewesen, den Notruf zu alarmieren oder einen Krankenwagen anzufordern; unter den gegebenen Umständen kam es in erster Linie darauf an, den Tatort zu sichern.

Und dazu gehörte auch das Blut in ihren Haaren, die Gewebefetzen auf den Wangen und der satte, kupfrige Geruch, der ihr nicht mehr aus der Nase gehen wollte.

Befreien konnte sie sich auch nicht vom Nachhall der Stimme des Jungen, der ihr zu erklären versucht hatte, wie müde, wie unendlich müde er war.

Es war die Sinnlosigkeit, die ihr am meisten zu schaffen machte. Die unverschuldete Aussichtslosigkeit eines jungen Lebens. Kimberly presste die Handwurzeln auf ihre

Augen. Sie wollte nicht sehen, was ihr vor Augen stand, nicht wissen, was sie wusste.

»Er hat bestätigt, dass Dinchara die verschwundenen Prostituierten getötet hat«, flüsterte sie schließlich und nahm von Sal ein Glas Wasser entgegen. Es zitterte in ihrer Hand. Sie wollte eigentlich nicht trinken und musste sich zwingen, einen Schluck zu nehmen, weil sie es in ihrem Zustand nicht riskieren durfte zu dehydrieren.

Sal schwieg.

»Der Junge hat auf Weisung Dincharas Tommy Mark Evans erschossen – zur Vorbereitung auf seine Reifeprüfung, wie er sagte. Es gibt da noch einen Jungen, einen jüngeren, den der ältere als seinen Ersatz bezeichnet hat.«

»Wo?«

»Offenbar ganz in der Nähe. Laut Auskunft des Jungen weiß Dinchara, dass wir nach ihm suchen. Es könnte sogar sein, dass wir ihm schon über den Weg gelaufen sind. Er kommt von hier, so viel steht fest.«

»Was noch?«

Sie schloss ihre müden Augen und drückte das Wasserglas an die Stirn. Als sie sie wieder öffnete, sah sie Blutgeschmier am Glas. Der Anblick schlug ihr auf den Magen, der sich umzustülpen drohte.

»Er hat geholfen, die Leichen fortzuschaffen. Auf einer Schlepptrage hinauf auf den Blood Mountain. Aber nicht über den Hauptwanderweg. Dinchara hat seine eigene Route. Sie verläuft oberhalb des Wegs, den sie deshalb immer im Blick behalten konnten. Damit wäre unsere Suche deutlich eingegrenzt.«

»Okay.«

366

Sie wandte sich ihm endlich zu und vermochte es nicht länger, Fassung zu bewahren. »Okay? Ich habe gerade mit ansehen müssen, wie sich ein Teenager das Gehirn aus dem Schädel schießt, und Ihnen fällt nichts Besseres ein als okay? Dinchara hat diesen Jungen gekidnappt, ihn vergewaltigt und zum Komplizen gemacht, mit dem Ergebnis, dass er am Ende lieber sterben wollte, statt selbst Vater zu werden und Verantwortung für ein Kind zu übernehmen. All das ist ganz und gar nicht *okay*.«

Sal sah sie an. »Kimberly, es ist nicht Ihre Schuld –«

»Was ist nicht meine Schuld? Dass ein Junge gekidnappt wurde? Dass ihm niemand geholfen hat? Dass Dinchara ihn in über Dutzend Fällen als Mittäter missbraucht hat, ohne dass irgendjemand etwas bemerkt hätte? Wir sind Cops, Sal. Wenn wir keine Schuld haben, wer dann?«

»Der Junge hat Tommy Mark Evans erschossen –«

»Weil ihm keine andere Wahl blieb.«

»Er hätte auch Sie erschießen können.«

»Wissen Sie was? *Das erleichtert mich kein bisschen.*«

Und dann, während sie immer hysterischer wurde, erinnerte sie sich plötzlich. »Verdammt! Ginny Jones. Sie wartet unten im Auto auf ihn. Schnell, bevor sie die Sirenen hört. Wir müssen Ginny Jones finden.«

Quincy und Rainie waren unbewaffnete Zivilisten, was sie aber nicht aufhalten konnte. Quincy lief vorneweg in Richtung Parkplatz, dicht gefolgt von Rainie.

Das Gewitter zog allmählich ab, aber es regnete immer noch, dazu das Heulen des Windes, wie man es nur draußen auf dem Land findet, in den Bergen. Quincy musste an einen anderen Tag denken, an dem es in Strömen geregnet hatte und der noch nicht lange zurücklag: Er und sein zukünftiger Schwiegersohn Mac waren vollkommen durchnässt über das Messegelände von Tillamook gerannt, um den Mann zu stellen, der Rainie als Geisel festgesetzt hatte.

Damals war nicht alles so gelaufen wie geplant. Und jetzt?

Die Straßenlaternen spiegelten sich in den nassen Windschutzscheiben, weshalb es kaum möglich war, ins Innere der parkenden Fahrzeuge zu blicken, während sie selbst aus den einzelnen Wagen heraus sehr wohl zu sehen waren. Das hatte so keinen Zweck, wusste Quincy. Statt zu versuchen, in einem der Fahrzeuge die Umrisse einer Person auszumachen, schaute er auf den Auspuff der Wagen.

Bankraub-Regel Nummer eins: Das Fluchtauto steht mit laufendem Motor in Bereitschaft.

Winkend forderte er Rainie auf, die rechte, an die Straße grenzende Seite des Parkplatzes abzusuchen, während er sich die linke vornahm. Tief geduckt eilte er die Reihe der Fahrzeuge entlang. Plötzlich entdeckte er rechter Hand, nahe der Ausfahrt, einen Kleinwagen mit laufendem Motor.

Mit einer Handbewegung machte er Rainie auf sich aufmerksam. Als sie sich der Ausfahrt näherte, wurde ihm bewusst, dass sie in Schwierigkeiten kommen konnte. Ginny Jones war vermutlich bewaffnet. Er hob einen faustgroßen Stein vom Boden auf, umschloss ihn mit der Hand und umwickelte beides mit dem Saum seines Mantels. Vier Schritte später hatte er den Kleinwagen auf der Fahrerseite

368

erreicht. Ginny Jones riss alarmiert die Augen auf. Ohne lange zu fackeln, rammte er den Stein durch das Seitenfenster, zerschlug die Scheibe und zog den Zündschlüssel.

Die junge Frau schrie.

Er öffnete die Tür und lächelte grimmig.

»Schlechte Nachrichten«, sagte er. »Meine Tochter lebt noch, und Sie kommen jetzt mit mir.«

Ginny Jones stieß noch einen Schrei aus.

»Bitte«, sagte Rainie, die zu ihrem Mann aufgeschlossen war. »Das bringt doch nichts.«

Sie zerrten Ginny vom Fahrersitz hinaus in die stürmische Nacht, als die ersten Streifenwagen aufkreuzten.

Rainie und Quincy führten Ginny die Treppe hinauf. Sie kamen um die Ecke. Kimberly sah sie und sprang auf.

»Kimberly, nein!«, rief Quincy, aber seine Tochter war schon über die junge Frau hergefallen. Die beiden wälzten sich am Boden. Ginny stieß unverständliche Wortfetzen aus, während Kimberly aus voller Kehle brüllte: »Sie haben mit meinem Baby russisches Roulette gespielt. Sie haben mich belogen. *Wie konnten Sie es wagen, mein Kind in Gefahr zu bringen?*«

Rainie versuchte, die eine zu greifen, Quincy die andere. Aber beide Frauen bewegten sich zu schnell. Ginny schlug Kimberly ins Gesicht; Kimberly bekam Ginnys Haare zu fassen.

»Wo ist der Junge? Ich frage nur einmal. Wo hält Dinchara den Kleinen versteckt?«

Ginny heulte: *»Wo ist Aaron, wo ist er, wo ist er? Was haben Sie mit ihm gemacht?«*

»*Ich habe Ihnen zu helfen versucht, und was ist der Dank dafür?*«

»*Aaron, Aaron, Aaron!*«

Endlich griff Sal ein. Er packte Kimberly unter den Achseln und zog sie weg von Ginny, die wild um sich schlug. »Es reicht«, flüsterte er der Kollegin ins Ohr. »Reißen Sie sich zusammen!«

Kimberly blickte auf. Zwei Deputys von Sheriff Wyatt standen im Türrahmen, die Hände an ihren geholsterten Waffen. Sie schauten auf Ginny, dann auf Kimberly, Rainie, Quincy und Sal.

»Special Agent Sal Martignetti«, stellte sich Sal vor und zeigte seinen Ausweis, ohne Kimberlys Arm loszulassen. Sie hatte beide Hände zu Fäusten geballt und stand immer noch unter Strom. Es half nicht, dass sie sich zu beherrschen versuchte. Sie wollte schreien, einfach nur schreien. Dabei hätte sie sich am liebsten Mac in den Arm geworfen und Rotz und Wasser geheult.

Rainie und Quincy stellten sich ebenfalls vor, dann auch Ginny. Die Spannung ließ allmählich nach. Die Deputys nahmen ihre Hände von den Waffen und atmeten tief durch.

»Ma'am«, sagte der ältere der beiden, den Blick auf Kimberlys blutverschmierte Haare gerichtet. »Sind Sie verletzt? Brauchen Sie ärztliche Hilfe?«

»Nein.« Kimberly war immer noch auf Ginny konzentriert, die mit Rainies Hilfe vom Boden aufstand. Sie feuerte ihr giftige Blicke entgegen, das Kinn gereckt und die Schultern trotzig zurückgeworfen.

»*Miststück!*«, zischte sie.

Mit Kimberlys Beherrschung war es wieder vorbei. Sie wischte sich mit der Hand durchs Gesicht, streckte den Arm aus und verteilte das blutige Geschmier gezielt auf Ginnys entblößte Schulter.

»Hey, was soll der Scheiß –«

»Das ist von Aaron«, sagte Kimberly. »Und raten Sie mal, wie seine Prüfung für ihn ausgegangen ist.«

Mit einem fürchterlichen Schrei fiel Ginny über Kimberly her. Sie gingen wieder zu Boden, doch diesmal beteiligten sich auch die beiden Deputys an dem Versuch, die Frauen auseinanderzubringen.

Dreißig Minuten später saßen sich Ginny und Kimberly an einem Tisch im Speisesaal des Smith House gegenüber. Sheriff Duffy behielt die beiden im Auge, bis Sheriff Wyatt da war. Die Deputys sicherten oben den Tatort und warteten auf die Ankunft der Kriminaltechnik. Quincy und Rainie saßen links und rechts von Kimberly, Sal neben Ginny.

Kimberly kam sich vor wie ein Boxer in der Ecke. Was Duff, der in der Mitte saß, zum Schiedsrichter machte.

»Fangen wir doch einfach an«, schlug Duff mit seiner tiefen Stimme vor. »Jeder hat Wasser. Und es wäre schön, wenn wir jetzt einfach mal ruhig blieben.«

Er wandte sich Ginny zu und zeigte auf den Recorder, der vor ihm auf dem Tisch lag. »Nennen Sie bitte Ihren Namen und Ihr Geburtsdatum fürs Protokoll.«

Ginny bedachte ihn mit finsterem Blick, und Kimberly sah sich schon fast wieder veranlasst, um den Tisch herumzulaufen und erneut über sie herzufallen. Doch Ginny ließ nur die Schultern hängen. Es schien, dass sie sich geschlagen gab.

»Ginny«, flüsterte sie. »Virginia Jones.«

Duff diktierte die vollständigen Namen und Dienst-
nummern aller anwesenden Kollegen ins Aufnahmegerät,
nannte auch Datum und Ort und las Ginny ihre Rechte
vor. Dann kamen sie endlich zur Sache.

Ja, Virginia hatte Aaron Johnson an diesem Abend zum
Smith House chauffiert. Ja, sie wusste, dass er bewaffnet
gewesen war und vorgehabt hatte, FBI-Agentin Kimberly
Quincy zu erschießen.

Aaron Johnson war allerdings nicht sein wirklicher Name,
sondern ein Pseudonym, mit dem ihn eine noch zu identifizie-
rende Verdachtsperson in der Öffentlichkeit betitelt hatte.
Diese Person, die sich Dinchara nannte, hatte ihn mit der
Neun-Millimeter-Pistole versorgt und auf Special Agent
Kimberly Quincy angesetzt. Als Gegenleistung für den Mord
an ihr war dem jungen Mann die Freiheit versprochen worden – nach über zehn Jahren, die er in der Gewalt Dincharas
verbracht hatte. Die geplante Tat als solche war von ebendie-
sem Dinchara als Reifeprüfung Aaron Johnsons bezeichnet
worden.

»Und welche Rolle haben Sie dabei gespielt?«, fragte
Duff die junge Frau.

Sie zuckte mit den Achseln. »Ich habe nur den Wagen
gefahren.« Sie hatte ihre Hand auf den Bauch gelegt, der
kaum merklich gerundet war. »Wir bekommen ein Kind,
Aaron und ich. Deshalb musste er die Prüfung ablegen.
Nur so konnten wir zusammenkommen.«

Sie warf Kimberly einen Blick zu, der verriet, dass sie
wieder in Wallung geriet. »Was haben Sie mit ihm gemacht? Er war noch nicht einmal volljährig. Wie konnten
Sie auf ihn schießen?«

Kimberly presste die Lippen aufeinander. Es war nicht ihre Aufgabe, Ginny darüber aufzuklären, was sich in dem Hotelzimmer abgespielt hatte.

»Sie haben mich in eine Falle gelockt«, sagte Kimberly. »Aaron brauchte ein Opfer für seine angebliche Reifeprüfung, und da haben Sie ihn auf mich angesetzt. Warum?«

»Das stimmt so nicht –«

»Er hat es mir doch selbst gesagt. Und jetzt packen Sie aus, sonst kommt Ihr Baby im Gefängnis zur Welt und wird Ihnen gleich nach der Geburt weggenommen. Ich kann Ihnen jede Menge Zeitungsartikel zu lesen geben, die davon berichten, wie es ist, als schwangere Frau hinter Gittern zu sitzen. An Händen und Füßen gefesselt auf einem OP-Tisch zu liegen, wenn die Wehen einsetzen, nur um anschließend das Kind abzugeben, damit es von anderen großgezogen wird. Wenn Sie Einzelheiten erfahren wollen –«

»Dinchara hat mich dazu gezwungen. Haben Sie es schon vergessen? Er ist nur dann glücklich, wenn er jemanden töten kann, den man lieb hat. Aaron hatte keine Familie mehr. Wen hätte er noch lieben können?«

Ginny wich ihrem Blick aus, als sie diese Frage stellte, und in diesem Moment verstand Kimberly. Sie lehnte sich benommen zurück und spürte, wie alle Wut in sich zusammensackte.

»Sie«, sagte Kimberly leise. »Sie waren das logische Ziel. Und das wussten Sie beide, nicht wahr? Ihnen war klar, dass Dinchara von Aaron verlangen würde, Sie zu töten. Es sei denn, jemand anders könnte herhalten.«

»Es musste ein überzeugendes Opfer sein«, sagte Ginny,

ohne aufzublicken. »Irgendeine wichtige Person, die ihm, Dinchara, gefährlich werden konnte und ihn deshalb interessieren würde. Ich habe einen Artikel über den Eco-Killer gelesen und erfahren, was Sie gemacht haben. Und diesen Artikel habe ich dann auch Dinchara gezeigt, der ...« Sie zuckte mit den Achseln. »Sie haben ihm auf Anhieb gefallen. Eine gutaussehende Frau, die austeilen kann. Er fand das richtig komisch. Und ich wusste, es könnte funktionieren.«

»Warum haben Sie mir nichts davon gesagt?«, fragte Kimberly mit kraftloser Stimme. »Wir hätten Ihnen helfen und gegen Dinchara vorgehen können. Sie hätten uns nur die Wahrheit sagen müssen.«

»Wie meine Mom, die um Hilfe gebettelt hat? Oder Tommy?« Ginny verzog die Lippen zu einem hässlichen Lächeln, als sie Kimberlys schockierte Miene registrierte. »Ich weiß von Dinchara, was Aaron getan hat. Das Ganze ist so perfekt abgelaufen, dass er unbedingt damit prahlen musste. Er hat mir erzählt, wie Aaron gezittert und wie Tommy gewinselt hat. ›Sir‹ hat er Aaron genannt, ihm seinen Wagen angeboten, sein ganzes Geld, sogar einen Blowjob. Und im Hintergrund hat sich Dinchara ins Fäustchen gelacht und Aaron zugeflüstert: ›Knall ihn ab, knall ihn ab. Sei kein Waschlappen, schieß endlich, schieß.‹ Und das hat Aaron getan.

Manchmal höre ich sie im Traum. Meine Mutter schreit, Tommy fleht um sein Leben. Und Dinchara lacht sich kaputt. Wie hätten Sie mir helfen können, kleine Miss FBI? Verraten Sie mir das. Wie hätte mir überhaupt jemand helfen können?«

Ginny verstummte. Ihre Hände lagen immer noch auf der kleinen Wölbung ihres Unterleibs und streichelten sie wie zur Beruhigung.

»Es war Aaron, der mich angerufen hat, nicht wahr?«, fragte Kimberly. »Sie haben ihm meine Handynummer gegeben, und er rief an, um mich in die Falle zu locken.«

»Er hat Sie informiert«, entgegnete Ginny. »Wenn Sie Dinchara gestellt hätten, wäre all das hier nicht passiert.«

»Und die Führerscheine hinterm Scheibenwischer des Wagens von Special Agent Martignetti?«

Ginny zuckte mit den Achseln. »Ich habe nur getan, was mir aufgetragen wurde.«

»*Sie* haben die Papiere hinter den Scheibenwischer geklemmt?«, fragte Sal. »Warum? Und in wessen Auftrag?«

Ginny sah in stirnrunzelnd an. »In Dincharas natürlich. Was dachten Sie denn?«

Kimberly war nicht weniger verwirrt als Sal. »Dinchara wollte die Papiere dem GBI zuspielen?«

»Nicht dem GBI, sondern Special Agent Martignetti höchstpersönlich. Er hat mir ein Bild von ihm gezeigt.«

»Warum?«

»*Warum?* Warum nicht? Haben Sie denn nicht begriffen? Dinchara stellt man keine Fragen. Nicht, wenn man überleben will. Er hat mir einen Auftrag gegeben, ich habe ihn ausgeführt, das war's.«

Duff räusperte sich. »Ma'am, dieser Mr. Dinchara – er hat doch bestimmt einen richtigen Namen und eine Adresse, oder? Mit einer solchen Information könnten wir was anfangen.«

»Aber damit kann ich nicht dienen.«

»Sie lügen«, widersprach Kimberly sofort.

»Hey, ich habe doch schon –«

»Sie lügen!« Kimberly knallte ein kleines abgegriffenes Schwarzweißfoto auf den Tisch, das in Ginnys Portemonnaie gesteckt hatte. Es zeigte Ginny und Aaron, die Köpfe aneinandergelegt und lachend.

»Nachmittage zusammen im Einkaufszentrum? Spaßfotos im Passbild-Automaten? Wie haben Sie den Jungen kennengelernt? Hat Dinchara Sie miteinander bekannt gemacht?«

»Er brachte Aaron einmal mit nach Sandy Springs –«

»Ach ja? Und hat ihm großzügigerweise eine Nummer spendiert?«

»Und uns dabei gefilmt, ja. Er macht Pornos und verkauft sie im Internet. Es gibt jede Menge Leute, die sehen wollen, wie es ein Dreizehnjähriger mit einer Nutte treibt. Für die hat Dinchara einiges im Angebot.«

»Er hat also eine Art Studio.«

»Die Rückbank eines Autos reicht.«

»Unsinn. Ich wette, er dreht bei sich zu Hause, und Sie werden dort gewesen sein, zusammen mit Aaron.«

»Mit verbundenen Augen«, rief Ginny. »Er hat nicht zugelassen, dass ich etwas sehe. Sie machen sich doch keine Vorstellung, wie dieser Typ drauf ist –«

»Oh doch, das können wir uns sehr gut vorstellen. Wir haben berge weise Akten von Typen wie ihm. Und jetzt halten Sie uns gefälligst nicht länger hin. Erzählen Sie, was wir wissen müssen.«

Ginny beugte sich über den Tisch. Ihre Verzweiflung wirkte echt. »Nein, Sie haben keine Ahnung. Ich wusste vorher auch nicht, auf wen ich mich da einlasse. Das wird einem erst klar, wenn er seine Kappe abnimmt. Es ist nicht so, dass er nur diesen Spinnen-Spleen hätte. Er hält sich selbst für eine. Ehrlich, er hat sich einen kompletten Satz Spinnenaugen auf die Stirn tätowieren lassen.«

Nach zwei Stunden bestritt Ginny immer noch hartnäckig, den zweiten Jungen zu kennen. Dinchara habe ihr jedes Mal die Augen verbunden, und mit Aaron sei sie erst über ihn in Kontakt gekommen.

Gegen zwei Uhr traf Kimberlys Team ein. Rachel Childs leitete die Spurensicherung. Kimberly gab zu Protokoll, was sie gesehen und gehört hatte, ließ sich die Hände nach Schmauchspuren absuchen und stand Harold, der Aufnahmen vom Tatort machte, Modell. Als er mit den Fotos fertig war, bat sie ihn, sie mit der Kamera nach unten in den Speisesaal zu begleiten.

Ginny saß immer noch am Kopfende des Tisches, bleich und mit zitternden Händen. Sal stand mit verschränkten Armen vor der hinteren Wand. Seiner Miene war nichts anzumerken. Rainie hatte sich verzogen, wahrscheinlich auf ihr Zimmer. Quincy und Duff waren noch zur Stelle.

Kimberly legte die Digitalkamera vor Ginny auf den Tisch und zeigte ihr im Display eine Aufnahme von Aaron Johnsons zerschossenem Schädel sowie alle weiteren hundertzweiundfünfzig Fotos vom Tatort.

»Das hat Dinchara zu verantworten«, erklärte Kimberly ruhig, während sie die Bilder zeigte. *Klick, klick, klick.* »Er hat Aaron missbraucht.« *Klick, klick, klick.* »Korrumpiert.« *Klick, klick, klick.* »Vernichtet. Aaron hat sich selbst getötet, weil er fürchtete, Ihrem Kind zu schaden, wenn er am Leben bliebe. Denn genau das ist ihm ja von Dinchara eingetrichtert worden, nicht wahr? Man muss zerstören, was man liebt. Und er hat Sie geliebt, Ginny. Mit dieser Kugel, die er auf sich selbst abgefeuert hat, wollte er Ihnen sagen, dass er Sie liebt. Wollen Sie, dass Dinchara ungestraft davonkommt?«

»Ich hasse Sie.«

»Geht Aarons Tod auch auf die Liste abschreibbarer Verluste? Wollen Sie, dass Dinchara weiter sein Unwesen treibt und sich womöglich auch noch an Ihrem Kind vergreift? Was soll nun werden?«

»Er wird Sie umbringen. Sobald er von Aaron erfährt, ist es nur noch eine Frage der Zeit, wann er Sie erwischt.«

»Was soll werden, Ginny?«

»Und mich macht er ebenfalls fertig, wenn ich Ihnen helfe. Er würde dahinterkommen. Er weiß nämlich alles.«

»*Was soll nun werden?*«

Ginny Jones umfasste ihren Unterleib und fing zu weinen an. Dann nannte sie die Adresse.

Sal setzte sich in Bewegung. »Ich rufe das Einsatzkommando.«

Kapitel 36

»Spinnen jagen meist allein ...«
Burkhard Bilger: *Spider Woman*

Henrietta war tot. Er fand sie, auf dem Rücken liegend, in dem Weckglas vor, die beschädigten Beine am Leib zusammengezogen. Wie ein Kind, das ein lebloses Tier untersucht, tippte er sie mit ausgestrecktem Zeigefinger vorsichtig an. Henrietta bewegte sich nicht. Er versuchte es noch einmal. Sie würde sich nie wieder bewegen.

Er setzte sich im abgedunkelten Badezimmer auf den Boden und konnte kaum atmen.

Fühlte sich so Trauer an? Verursachte sie dieses Ziehen in der Brust, die Kurzatmigkeit und das überwältigende Bedürfnis zu schreien? Er presste die Handwurzeln auf seine Augen, was ihm aber auch keine Erleichterung verschaffte, und spürte stattdessen, wie sich der Druck in ihm immer weiter aufbaute.

Aus irgendeinem Grund dachte er plötzlich an das Kind, das er im Auftrag des Burgermans unter dem Azaleenbusch hatte begraben müssen. Seine Kehle brannte, es schüttelte ihn, und er verabscheute die Heftigkeit seiner Trauer, dieses hässlich klingende Schluchzen und die Ohnmacht seiner dummen Tränen.

Die Polizei hatte die Leiche des Jungen nie entdeckt. Das wusste er, weil er manchmal im Internet surfte. Der Junge blieb verschollen, wie er selbst und Aaron und dieses

Bürschchen Scott. Wie rund zehntausend andere Kinder, die Jahr für Jahr verschwanden.

Sein Bruder hatte recht. Es gab viele böse Jungs, die sich lieber vorsehen sollten, dass der Burgerman sie nicht holte, denn er würde sie durch den Fleischwolf drehen.

Genau das tat er nun schon seit Jahrzehnten. Er vernichtete Leben dutzendweise, unschuldiges und nicht ganz unschuldiges. Er unterschied da nicht. Er tat es, weil andere zu zerstören das Einzige war, wovor er keine Angst hatte.

Das Ende nahte. Er spürte es jetzt. Seit drei Stunden war im Polizeifunk von einer Schießerei im historischen Smith House die Rede. Das Opfer war nicht etwa ein FBI-Mitglied, sondern ein noch nicht identifizierter junger Mann. Aaron hatte versagt. Die Agentin war ihm anscheinend zuvorgekommen. Egal. Henrietta war tot. Aaron war tot, und der Junge hatte sich in das Haus weiter unten am Hügel verzogen. Geblieben war nur Ginny, diese verlogene Schlampe.

Wenn die Polizei sie aufgriff, würde sie singen. Im Verpfeifen waren Frauen besonders gut.

Er musste nachdenken, einen Plan fassen, aber zuerst hatte er sich natürlich um Henrietta zu kümmern.

03:05 Uhr. Er schaute zufällig auf die Uhr, und als er sah, wie spät es war, wusste er plötzlich ganz genau, was passieren musste.

Er legte Henrietta mitten auf sein Bett und trat dann an das Regal, auf dem er in einer Vielzahl von ordentlich aneinandergereihten Terrarien seine Sammlung aufbewahrte. Auf der linken Seite fing er an, hob jeden Deckel und arbeitete sich weiter nach rechts. Schließlich ging er nach nebenan in die Kinderstube, wo die kleinen braunen Geigenspinnen schlüpften und aufwuchsen. Langsam und methodisch ließ er jede einzelne Spinne frei.

Dann machte er sich am Computer zu schaffen, denn die darauf gespeicherten Daten waren das, was ihn am meisten belastete. Im Wohnzimmer besprengte er die Sofakissen, Vorhänge und die aus billigen Spanplatten zusammengeschraubten Bücherschränke mit Benzin. Im Schlafzimmer des Jungen verfuhr er ähnlich, bevor er nach oben in sein Allerheiligstes zurückkehrte. Er durchtränkte die Matratze, auf der Henriettas Kadaver lag. Der Kämpferin gebührte eine ordentliche Feuerbestattung. Dann ging er in die Garage, um die beiden letzten Kanister zu holen.

In der Ferne waren Sirenen zu hören. Die Polizei verstärkte ihr Aufgebot im Smith House. Oder kam sie schon zu ihm?

Er hatte zehn Jahre in dem verfluchtesten Gefängnis der Erde zugebracht. Nie und nimmer würde er sich wieder einlochen lassen.

Hätten sie ihn doch gefunden, dachte er in einem neuerlichen Anfall von Wut, als er den Kanister öffnete und auszuschütten begann. Wäre die blöde Polizei dem Burgerman doch bloß auf den Fersen geblieben, um ihn schon im ersten Hotelzimmer festzusetzen. Aber nein, sie war nicht gekommen. Zehn Jahre lang nicht. Und nicht einmal zum bitteren Ende.

Sie hatte versagt und ihn das werden lassen, was er war.

Jetzt würde er es ihnen zeigen. Er würde den Cops zeigen, was der Burgerman ihm beigebracht hatte.

Auch der letzte Kanister war nun leer. Er ging ins Gäste-

381

zimmer, voller Abscheu und Ekel vor den scharfen Dämpfen, die ihm in die Nase stiegen. Die Sirenen im Hintergrund wurden lauter.

Es blieb nicht mehr viel Zeit.

Auf dem oberen Treppenabsatz musste er über vier haarige Krabbeltiere hinwegtanzen. Die ersten Vogelspinnen hatten ihre Terrarien verlassen. Vorsichtig stieg er die Treppe hinunter. Im Parterre traf er auf zwei weitere Haustierchen, die übereinander hergefallen waren und sich gegenseitig zu zerreißen versuchten. Kaum in Freiheit, folgten sie ihrer kannibalischen Natur.

Mädchen, wollte er ihnen sagen, *das Beste kommt erst noch.*

In der Diele riss er die Tür zu dem Schrank auf, in dessen Rückwand der Waffensafe eingebaut war. Er gab die Zahlenkombination ein und öffnete die schwere Tür, betrachtete sein Arsenal.

Die Sirenen näherten sich der Hügelkuppe.

Neun-Millimeter, Glock .40, Schrotflinte, 22er-Sturmgewehr. Jede Menge Munition. Mit zitternden Händen packte er alles in seinen Waffensack.

Vor dem Haus hielten Fahrzeuge auf quietschenden Reifen.

»*Verdammt!*« Er schnappte sich den Sack und eilte zur Hintertür.

Fast hätte er das Wichtigste vergessen. Er fischte das Feuerzeug aus der Hosentasche und drehte das Reibrad.

Die ersten Flammen sprangen durch die Küche und versengten die Härchen seiner Hand, auf der ein paar Benzintropfen haften geblieben waren. Er klemmte sie unter die Achsel und sah zu, wie sich das Feuer ausbreitete, durch die Diele und die Treppe hinaufraste.

Vielleicht war es nur eine Einbildung, aber er glaubte eine Spinne schreien zu hören.

Vernichten, was er liebte. Darin war er groß.

Aber es gab da noch jemanden, der ihm etwas schuldete. Eine Liebe, die über all die Jahre nicht geringer geworden war. Aaron hatte versagt. Aber auf den Burgerman war Verlass.

Er warf den dunkelgrünen Sack über die Schulter und schlüpfte in den Hinterhof hinaus, als ein weißer Polizeitransporter die Einfahrt heraufgefahren kam, ein Fensterglas im Parterre, von den Flammen eingedrückt, zersplitterte und die ganze Sammlung zu brennen anfing.

Rita war hellwach und blickte zum Fenster hinaus, als die erste Sirene zu hören war. Vom Bett aus sah sie hellrotes Licht wie eine Sonne hinter den Bäumen aufsteigen.

Sie wusste sofort, was da brannte: das alte viktorianische Haus auf dem Hügel.

Und sie wunderte sich auch nicht, als der Junge plötzlich zur Tür hereinkam, die Hände hinterm Rücken versteckt.

Ohne ein Wort zu sagen, warf sie die Decke zurück und griff nach ihrer Pistole.

»Hast du etwas damit zu tun, mein Junge?«

»Nein, Ma'am.«

»Du warst die ganze Nacht hier im Haus?«

»Ja, Ma'am.«

»Na schön. Dann wird er wohl kommen, und wir sollten jetzt alle Türen und Fenster kontrollieren.«

Der Junge zog ein Messer.

Kapitel 37

»... Spinnen töten erstaunlich schnell. Ein holländischer Forscher schätzt, dass es allein in den Niederlanden bis zu fünf Billionen Spinnen gibt, von denen jede einzelne tagtäglich ein Zehntel Gramm Nahrung zu sich nimmt. Wären es nicht Insekten, die von Spinnen gefressen werden, sondern Menschen, würden alle sechzehneinhalb Millionen Holländer innerhalb von nur drei Tagen von Spinnen verzehrt werden können.«
Burkhard Bilger: *Spider Woman*

Als Kimberly und Sal die von Ginny angegebene Adresse erreichten, fanden sie ein Haus in Flammen vor. Die Feuerwehr war angerückt und versuchte zu löschen, obwohl, wie Kimberly und Sal sehen konnten, nichts mehr zu retten war.

Aus sicherem Abstand schauten sie zu den hoch in den Nachthimmel lodernden Flammen auf und spürten die Hitze, die ihnen entgegenschlug. Nachbarn waren herbeigeeilt, nur mit Morgenmänteln bekleidet, und drängten sich auf der Straße, um dem Schauspiel beizuwohnen.

»Jammerschade«, kommentierte eine ältere Frau mit Lockenwicklern in den grauen Haaren. »So ein schönes Haus.«

»Kennen Sie den Besitzer?«, fragte Sal und näherte sich der Frau.

Sie schüttelte den Kopf. »Den früheren, ja. Aber vor knapp drei Jahren wurde das Haus verkauft, und der neue Besitzer ist mir kaum zu Gesicht gekommen. An Haus und Garten hatte der jedenfalls nur wenig Interesse. Das war deutlich.«

»Es ist ein Mann, wenn ich Sie richtig verstehe«, hakte Kimberly nach.

Die Frau zuckte mit den Achseln. »Ich habe immer nur einen jüngeren Mann gesehen, der in einem großen schwarzen Wagen vor- und wieder wegfuhr. Immer mit einer Baseballkappe auf dem Kopf, sogar bei klirrender Kälte. Fand ich seltsam. Gesellig war er jedenfalls nicht.«

»Stimmt«, schaltete sich ein Mann in blauem Frottémantel ein, der ein paar Schritte entfernt stand. »Als er hier eingezogen ist, hat ihm meine Frau einen kleinen Schokoladenkuchen als Willkommensgeschenk bringen wollen. Sie hat geklingelt, durch das Seitenfenster geschaut und gesehen, dass er in der Diele stand. Aber glauben Sie, er hätte aufgemacht? Meine Frau hat den Kuchen vor die Tür gestellt und ist gegangen. Seltsam, nicht wahr?«

»Ist Ihnen ein Junge aufgefallen?«, fragte Sal.

Der Mann krauste die Stirn. »Achtzehn, neunzehn Jahre alt? Der hat nur ganz selten das Haus verlassen. Ich glaube, es ist sein Sohn.«

»Und da war auch noch ein jüngerer«, ergänzte die Frau. »Zumindest in letzter Zeit. Ich habe ihn manchmal im Hinterhof gesehen. Vielleicht war er auch nur zu Besuch.«

Sal und Kimberly tauschten Blicke. »Und heute Abend?«

»Keine Ahnung«, antwortete die Frau. »Erst als die Sirenen heulten, habe ich bemerkt, dass das Haus brennt.«

Sie wandten sich dem Mann zu. Er zuckte nur mit den Achseln. Die Nachbarn hatten anscheinend alle schon geschlafen. Im Unterschied zu Sal und Kimberly.

Sie suchten den ersten Officer vor Ort auf, einen jungen Deputy, der aber auch nicht viel beizutragen wusste. Er war Streife gefahren und per Funk zu dieser Adresse gelotst worden, um eine tatverdächtige Person festzunehmen. Als er angekommen war, brannte es im Haus bereits. Dann gingen Fensterscheiben zu Bruch, und wenig später war das Haus nur noch ein riesiger Feuerball. Er hatte die Feuerwehr verständigt, und das war es dann.

Kimberly und Sal fanden den Einsatzleiter der Feuerwehr, einen stämmigen Mann mit grauem Schnauzbart und verwittertem Gesicht, und sprachen ihn an.

»Da sind mit Sicherheit Brandbeschleuniger im Spiel«, betonte er. »Denn unter normalen Umständen und bei diesem Wetter fackelt ein Haus nicht so schnell ab. Man kann auch Benzin riechen. Genaueres wird Mike später feststellen.«

Mike war, wie sich herausstellte, der hiesige Experte für Brandstiftung. Er war schon zur Stelle, konnte aber erst aktiv werden, wenn der Brand gelöscht und die Ruine abgekühlt sein würde. Also frühestens am Vormittag.

Mit anderen Worten, es gab für Kimberly und Sal nichts zu tun. Der Chef der Feuerwehr empfahl ihnen, ins Bett zu gehen und auszuschlafen, und versprach, sie zu rufen, wenn mit den Untersuchungen begonnen werden könne.

Kimberly fand den Ratschlag fast drollig. Als ob sie jetzt noch würde schlafen können. Und sie spürte die Hitze wieder und schüttelte sich, angewidert von beißenden Dämpfen brennender Dichtungsmaterialien, versengender Kabelummantelungen und verpuffenden Benzins.

Und sie sorgte sich um den kleineren Jungen. Wenn er sich noch im Haus befand, wären wahrscheinlich nur noch verkohlte Knochen zu bergen. In dieser Nacht hatte sie schon im Fall des einen Jungen versagt. Und wie stand es um den anderen? Den sogenannten *Ersatz*?

Das Feuer hatte das Dach durchbrochen und brauste, von frischem Sauerstoff gespeist, mit ohrenbetäubender Lautstärke auf. Die alten Gemäuer ächzten. Die Feuerwehrleute wichen zurück.

Dann, mit einem gewaltigen Bersten und wie in Zeitlupe, stürzte das Haus in sich zusammen. Grelle Funken stieben in die Dunkelheit auf, gefolgt von Flammenzungen. Die Nachbarschaft hielt den Atem an. Die Feuerwehrleute rückten mit neuer Entschlossenheit vor.

Sal führte Kimberly zu seinem Wagen. Wortlos fuhren sie zum Hotel zurück, wo die Spurensicherung noch bei der Arbeit war und die Leiche des Jungen von Sanitätern in einem Sack fortgeschafft wurde. Rainie und Quincy schliefen. Ginny Jones war bereits in Verwahrung genommen worden. Eine Quälerei ging zu Ende, und schon fing es mit einer neuen an.

Sal brachte Kimberly auf ihr Zimmer.

»Er weiß Bescheid«, murmelte sie. »Dinchara weiß, dass Aaron gescheitert ist. Deshalb hat er das Haus angesteckt. Er weiß, dass wir ihm auf den Fersen sind, und verwischt nun alle Spuren.«

Sal schlug die Bettdecke auf, half ihr vorsichtig ins Bett und deckte sie zu.

»Wir müssen etwas tun«, drängte Kimberly, die sich nicht beruhigen konnte. »Was, wenn er den kleineren Jungen loswerden will? Oder falls er beschließt, sich an uns zu rächen? Wir brauchen einen Plan.«

Sal nahm ein Kissen und legte es auf den Boden.

»Er kommt, Sal. Ich spüre es. Er hat etwas Schreckliches vor.«

»Versuchen Sie zu schlafen«, sagte Sal. Er legte sich auf den Boden, nur mit dem Kissen, ohne Decke.

Kimberly blickte verwundert auf ihn herab. Doch dann schaffte sie es zu ihrer eigenen Verwunderung, die Augen zu schließen und alles um sich herum auszublenden.

»Ich habe mir Folgendes gedacht«, erklärte Sheriff Duffy kurz nach elf zu Beginn der Lagebesprechung, zu der er in den Speisesaal im Souterrain des Smith House gebeten hatte. Anwesend waren auch Kimberlys Team der Spurensicherung und mehrere Deputys, die noch kein Auge zugemacht hatten. Es gab Unmengen Kaffee und dazu Buttermilchkekse und Würstchen aus eigener Herstellung. Immerhin war die Verpflegung erstklassig.

»Es gibt zwei Hauptwanderwege, die auf den Blood Mountain hinaufführen.« Sheriff Duffy hatte eine großmaßstäbliche Landkarte des geographischen Landesamtes auf einem der Tische ausgebreitet und zeigte auf eine gestrichelte Linie. »Das ist der Woody-Gap-Trail, die Verlängerung von Highway 60. Man kann auch auf dem Highway 81 bis nach Lake Winfield Scott gehen und dann durch den Slaughter Gap aufsteigen. Das ist der kürzere, aber auch steilere Weg. Dürfte ziemlich schwierig sein, eine Leiche hinaufzuschleppen, vor allem, wenn man auch noch Gepäck dabeihat. Beide Routen sind allerdings sehr beliebt. Ich kann mir ehrlich gesagt nicht so recht vorstellen, wie zwei Männer eine Leiche nach der anderen über diese Wege bugsieren, ohne aufzufallen.«

388

»Sie gehen ja auch nicht über einen Hauptwanderweg«, schaltete sich Kimberly müde ein. Sie saß neben ihrem Vater und Rainie am zweiten Tisch und hatte beide Hände um einen dampfenden Kaffeebecher gelegt. Ihr Handy, das sie am Gürtel trug, blieb hartnäckig still, obwohl sie Mac bereits mehrere SMS geschickt hatte.

Sie hatte drei Stunden geschlafen und dreißig Minuten lang geduscht, war also wieder halbwegs Mensch.

Sal saß auf der anderen Seite des Raums, weit weg von ihr, was ihr Vater oder Rainie vielleicht seltsam fand. Vielleicht fragten sie sich auch, wo sie die Nacht verbracht hatte. Aber sie sagten nichts.

Kimberly fuhr fort: »Der Junge, Aaron, sagte, sie hätten immer eine eigene Route gewählt, eine, von der der Hauptwanderweg weiter unten gut einsehbar gewesen sei. Wo öfter Pfadfinder sind«, fügte sie hinzu. »Er sagte, Dinchara hätte seinen Spaß an kleinen schmächtigen Jungen.«

Duff zog eine Braue ins Gesicht. »Soweit ich weiß, nutzen Pfadfinder beide Wege. Wir suchen also nach einer Parallelstrecke zum Woody-Gap-Trail und einer, die oberhalb vom Highway 81 verläuft.«

»Es sei denn, sie sind von der anderen Seite aufgestiegen«, gab Harold zu bedenken. Er beugte seine schlaksige Gestalt über die Karte und deutete auf mehrere Stellen. »Entweder hier lang oder dort. Wenn man den Gipfel erreicht, kann man auf beide Wanderwege herabblicken. Das wäre übrigens auch sicherer als auf Höhe der Hauptwanderwege. Der Aufstieg von der anderen Seite ist gut geschützt. Dafür würde ich mich entscheiden, wenn ich Leichen zu schleppen hätte.«

Als er aufschaute, sah er sich von rätselnden Blicken gemustert. »Nun ja, ich bin in diesem Gelände häufig unterwegs. Ich wandere eben gern.«

Rachel Childs, die neben Harold stand, sagte: »Dass es so viele Aufstiege zum Gipfel gibt, ist ein Problem. Allein der Woody-Gap-Trail ist gut zehn Kilometer lang. Aus Sicht der Spurensicherung ist das hoffnungslos, vor allem bei diesem Wetter.«

Sie zeigte nach draußen, wo es immer noch regnete.

»Sehe ich ein«, sagte Duff. »Aber die Leichen wurden, wie wir jetzt wissen, auf einer Trage geschleppt. Sie werden eine deutlich erkennbare Spur gebahnt haben, denn es ist wohl nicht anzunehmen, dass sie querfeldein aufgestiegen sind. Eine solche Spur müsste zu finden sein.«

»Leichter gesagt als getan im dichten Unterholz«, warf Rainie ein.

»Aber durchaus denkbar«, meinte Quincy. »Ich gehe zwar nach allem, was wir über unseren Verdächtigen wissen, davon aus, dass er sorgfältig darauf achtet, möglichst wenig Spuren zu hinterlassen. Aber er scheint sich am Blood Mountain sehr gut auszukennen und vertraut zu sein mit den Stellen, wo er die Leichen deponiert. Wir können in diesem Zusammenhang vielleicht von ›Totem-Orten‹ sprechen, wo er seine Phantasien wieder aufleben und seine Ängste abklingen lassen kann. An einem solchen Ort fühlt er sich mächtig und als jemand, der die Kontrolle hat. Deshalb wird er möglichst oft dorthin zurückkehren.«

»Wir müssen es einfach versuchen«, meinte Rachel. »Aber wir werden Hilfe brauchen, wenn wir seinen Schleichweg finden wollen.«

»Sie denken an die Nationalgarde?«, fragte Duff stirnrunzelnd.

»Nein, an eine Hundestaffel.«

Duff machte große Augen. »Sie meinen Kadaver-Spürhunde? Damit habe ich noch nie gearbeitet, aber wie Sie schon sagten, bis zum Gipfel sind es gut und gern zehn Kilometer. Glauben Sie wirklich, ein Hund könnte über eine solche Entfernung Witterung aufnehmen?«

Rachel legte die Hand an den Mund. »Ich weiß nicht. Aber wenn die Leichen auf einer Trage den Berg hochgeschafft wurden, haben sie doch bestimmt eine Duftspur zurückgelassen.«

Harold, der Experte in allen Fragen, schüttelte den Kopf. »Da verwechseln Sie was. Das wäre die Sache von ganz normalen Spürhunden. Leichensuchhunde reagieren auf Verwesungsgerüche, die anfangs sehr intensiv sind, dann aber immer schwächer werden. Wenn eine Leiche schon stark verfallen und weit entfernt ist, wird ein Leichensuchhund wahrscheinlich keine Witterung mehr aufnehmen können.«

»Ich war einmal dabei, als zwei Hunde auf vollständig skelettierte Knochen gestoßen sind, die in einem ausgetrockneten Bachbett lagen«, konterte Rachel. »Da war keine Fäulnis mehr, und trotzdem haben sie sie gefunden.«

»Haben Sie gezielt in dem Bachbett gesucht?«

»Ja —«

»Eben. Die Hunde hatten ein begrenztes Suchgebiet, auf dem sie auch noch schwächste Gerüche aufspüren konnten. Aber wir haben es hier, wie Sie selbst sagen, mit einer weitläufigen Berglandschaft zu tun.«

»Vergessen wir die Leichensuchhunde«, unterbrach Kimberly leise. »Was wir brauchen, sind ganz normale Spürhunde.«

Ihre beiden Teamgefährten verstummten und schauten sie fragend an.

Nach einer kurzen Pause meldete sich Rachel wieder zu Wort. »Ich dachte, wir suchen nach Leichen. An einem magischen Totem-Ort.«

»Die von zwei Männern den Berg heraufgeschafft wurden, und von dem einen der beiden haben wir Kleidungsstücke.«

Harold schaltete als Erster. »Jemand muss die Socken des toten Jungen holen«, sagte er aufgeregt. »An denen lassen wir die Hunde schnuppern.«

»Und die schicken wir dann auf seine Spur. Wenn wir Glück haben, finden wir den Pfad, den sie eingeschlagen haben, und folgen ihm bis zu den Gräberstellen«, erklärte Kimberly und nahm noch einen Schluck Kaffee. Neben ihr lehnte sich ihr Vater entspannt zurück, was sie als gutes Zeichen deutete.

»Na dann los«, sagte er und schaute in die Runde.

Duff lächelte. »Dann werd ich mal ein bisschen rumtelefonieren.«

Die beiden Bloodhounds Lulu und Fancy wurden von einem älteren Kauz geführt, der sich Skeeter nannte. Skeeter trug einen verschossenen blauen Overall und machte einen reichlich verschrobenen Eindruck. Mit Sheriff Duffy unterhielt er sich fast ausschließlich mit Gesten – schulterzuckend, kopfnickend. Mit den anderen redete er gar nicht.

Harold hatte nach intensivem Kartenstudium darauf bestanden, zuerst einmal dem Highway 180 zu folgen, der über einen Felsgrat führte und seiner Meinung nach als beste Wanderstrecke in Betracht kam. Trotz vereinzelter spöttischer Bemerkungen über »Totems« hatte sich das Team Quincys Vermutung angeschlossen, wonach der Verdächtige wahrscheinlich eine gut zugängliche und nicht allzu schwierige Route eingeschlagen habe. Auch Killer dachten praktisch.

Von Skeeter geführt, beschnupperten Lulu und Fancy, was ihnen vor die Schnauze kam, während eine deutsche Schäferhündin namens Danielle mit ihrem Führer den Woody-Gap-Trail abarbeitete. Ein weiteres Suchteam war von Atlanta aufgebrochen und würde kurz nach Mittag eintreffen, um sich am Lake Winfield Scott umzusehen.

Während Lulu und Fancy ihrem Job nachgingen, blieb allen anderen nichts weiter übrig, als herumzustehen und zuzusehen, wie der Regen von ihren Kappenschirmen tropfte.

Kimberly ging zu Rachel und Harold, die unter einer hohen Tanne Schutz gesucht hatten. Beide trugen gelbes Ölzeug. Die anderen Mitglieder des Teams saßen in den Fahrzeugen, die am Rand der Straße eine lange Reihe bildeten, vorneweg ein großer weißer Wohnwagen, der als mobiles Lager diente und vollgestopft war mit Beweismitteltüten und -schildchen, Messwerkzeugen, Schutzbrillen, Allwetterkleidung, einem Generator, Plastikplanen und Rollen von Pergamentpapier. Wie Kimberly vermutete, hätte Rachel am liebsten einen geländegängigen Gator angefordert, um damit auf direktem Weg zum Blood Mountain raufzurumpeln. Doch wie das Leben einer Leiterin der Spurensicherung nun einmal spielte: Es gab zwar jede Menge Spielzeug, aber nur wenig Zeit.

Rachel hatte gerade grüßend die Hand gehoben, als endlich das Handy an Kimberlys Gürtel klingelte. Sie warf einen Blick aufs Display, zuckte entschuldigend mit den Schultern in Richtung Rachel und verzog sich hinter einen Baum. Sie musste die Kapuze ihres Regenmantels vom Kopf streifen, um das Handy ans Ohr zu halten. Wegen ihrer zitternden Finger brauchte sie zwei Versuche.

»Hey«, hauchte sie mit pochendem Herzen.

»Hey«, antwortete Mac.

»Wie war deine Nacht?«

»Haben acht Dealer hochgenommen und knapp hundert Kilo Kokain sichergestellt. Das Übliche.«

Sie lächelte und zwickte ihre Nasenwurzel, um den steigenden Druck hinter ihren Augen zu lindern. »Wann habt ihr eingepackt?«

»Vor zwei Stunden.«

»Du wirst müde sein.«

»Ja, eine Mütze Schlaf wäre jetzt genau das Richtige. Aber ich wollte dich vorher anrufen. Die liebliche Stimme meiner Frau hören.«

Er klang leicht gereizt, wie sie fand. War er wütend, verletzt oder einfach nur müde? Das Schweigen zog sich in die Länge, bis deutlich wurde, dass auch ihm die Distanz zwischen ihnen bewusst war, die anfangs nichts Besonderes gewesen zu sein schien, aber jetzt so sehr zugenommen hatte, dass sie Angst machte.

»Und deine Nacht?«, fragte er ungewöhnlich ernst.

»Es gab ... einen Unfall.«

»Kimberly?«

»Mir ist nichts passiert. Aber der Informant, der mich angerufen hat – er tauchte plötzlich in unserem Hotel auf und hat sich erschossen.«

»Kimberly?«

»Vorher hat er noch bestätigt, dass Dinchara Prostituierte entführt und getötet hat. Der Junge half ihm, die Leichen fortzuschaffen. Er war selbst eines von Dincharas Opfern, schon als Kind von ihm gekidnappt. Er wollte ... konnte nicht mehr ... Er hat sich die Pistole an die Schläfe gesetzt und abgedrückt. In meinem Hotelzimmer. Vor meinen Augen.«

»Wie geht es dir?«, fragte Mac sanft.

Und es überraschte beide, dass sie unumwunden antwortete: »Dreckig. Ich bin wütend und würde am liebsten schreien. Aber was würde das bringen? Ich war zu spät dran. Das waren wir alle. Der Junge hätte uns vor zehn Jahren gebraucht. Wir haben ihn im Stich gelassen, genauso wie Ginny Jones und Tommy Mark Evans. Es hätte nie zu all dem kommen dürfen. Und jetzt stehe ich am Fuß eines Berges, der passenderweise Blood Mountain heißt. Wenn ich Glück habe, werden wir noch mehr Leichen finden, die dieser Dreckskerl, der hinter allem steckt, hier irgendwo deponiert hat. Ich kann kaum glauben, dass ich ein Kind in eine Welt setze, in der Geschäfte mit missbrauchten Kindern florieren. In der Kinder aus ihren Betten oder Hotelzimmern oder Ferienwohnungen entführt werden. Wenn Strafverfolgung Krieg ist, werden wir ihn verlieren, und das macht mich unglaublich wütend.«

395

»Ich komme zu euch«, sagte Mac.

»Das wirst du gefälligst bleiben lassen. Du warst die ganze Nacht auf und musst schlafen.«

»Seid ihr auf dem Woody-Gap-Trail oder weiter drüben beim See?«

»Du kennst die Gegend hier?«, fragte sie erstaunt.

»Ich bin dort aufgewachsen, wenn du dich erinnerst.«

»Mac ... Du solltest dich wirklich lieber ausruhen.«

»Gib mir zwei Stunden, dann bin ich bei euch. Ich liebe dich, Kimberly. Bis gleich.«

Er hatte aufgelegt. Kimberly stand hinter dem Baum und versuchte herauszufinden, ob sie nervös oder erleichtert war, verängstigt oder verwirrt. Am deutlichsten spürte sie ihr Herz schlagen, bis in den Hals hinauf. Und den Regen, der von den Ästen auf ihren Kopf tropfte und den Nacken herunterrann. Ihr schien es, als weinte der Wald, obwohl sie zu solch törichten Gedanken eigentlich nicht neigte.

Sie legte ihre Hand auf den Unterleib. Vorsichtig, behutsam.

»Hallo, Baby«, flüsterte sie. Und dann: »Verzeih«, obwohl ihr nicht wirklich klar war, wofür sie sich entschuldigte.

Aus den Augenwinkeln sah sie, wie ihr Vater, der am Straßenrand stand, auf sich aufmerksam zu machen versuchte. Seufzend ging sie auf ihn zu.

»Hast du heute Morgen mit Ginny Jones gesprochen?«, wollte er wissen.

Sie schüttelte den Kopf und schaute ihn fragend an. Von der Seite kam Rainie auf sie zu.

»Ich hätte da eine Frage, die ich ihr gern stellen würde«, sagte Quincy. »Vielleicht bringt uns das weiter.«

Kimberly zuckte mit den Achseln. Die Schweißhunde waren an der Arbeit, alle anderen standen herum. Sie hatten nichts Besseres zu tun.

»Rufen wir sie doch einfach an.« Kimberly wählte die Nummer des Sheriffbüros und schaltete auf Freisprechen, damit ihr Vater und Rainie mithören konnten.

Als am anderen Ende abgehoben wurde, nannte sie ihren Namen und bat darum, mit dem Kollegen verbunden zu werden, der Ginny Jones in Gewahrsam hatte. Es dauerte eine Weile, bis ein hörbar gehetzter Deputy an den Apparat kam.

»Was wollen Sie?«, fragte er.

»Hier FBI-Special Agent Kimberly Quincy. Es geht um Virginia Jones, die von Ihnen festgesetzt wurde. Ich würde gern wissen, wann sie dem Untersuchungsrichter vorgeführt wird.«

»Ist schon passiert.«

»So schnell?« Verwundert flog ihr Blick auf ihren Vater und Rainie, die nicht minder überrascht schienen.

»Die Vernehmung zur Anklage war um halb zehn. Und um Viertel nach zehn wurde sie auf Kaution freigelassen.«

»*Wie bitte?*«, platzte es so laut aus ihr heraus, dass Quincy und Rainie vor Schreck zusammenzuckten.

Der Deputy ließ sich mit der Antwort Zeit. »Tja, die Kaution belief sich auf zehn Riesen.«

»*Für die Komplizin eines versuchten Mordanschlags auf eine Angehörige des FBI?*«

»Es war doch kein Mordanschlag auf Sie, wenn ich richtig verstanden habe. Der junge Mann hat sich selbst erschossen, und das hat der Anklage die Spitze genommen.«

»Ginny konnte nicht wissen, dass Aaron sich selbst erschießen würde.«

»Ich kann nur wiedergeben, was der Richter sagt. Er hat die Kaution auf zehntausend Dollar festgesetzt, und die wurden bezahlt –«

»Von wem?«

»Ähm ...« Sie hörten ein Klacken, als der Hörer abgelegt wurde, dann eine Stimme, die durch einen Raum rief. »Hey, Rick, weißt du, wer für diese Jones die Kaution bezahlt hat? Ein Angehöriger? Ach. Okay.« Der Deputy nahm wieder den Hörer. »Keine Ahnung, wer er ist. Er hat mit einem Barscheck bezahlt. Rick glaubt, dass er das Mädchen gut kennt, denn es ist ihm auf dem Parkplatz um den Hals gefallen.«

Kimberly drückte ihre Augen zu. »Jetzt sagen Sie mir nicht, dass er eine Baseballkappe trug.«

»Hey, Rick ...« Einen Moment später: »Ja, eine rote.«

»*Verflucht!*« Ihr ging ein Licht auf, und sie wusste nicht, ob sie darüber lachen oder weinen sollte. Sie klappte ihr Handy zusammen und trat stattdessen wütend in ein Grasbüschel. »*Wie konnten wir nur so dumm sein?* Himmelherrgott, sie hat uns die ganze Zeit an der Nase herumgeführt!«

Rainie und ihr Vater schauten sie aus großen Augen an. Fast verrückt vor Wut trat sie immer noch auf das Grasbüschel ein und sagte: »*Du musst den töten, den du liebst.* Das sind die Regeln. Das Liebste töten. Aaron Johnson starb. Was hat das zu bedeuten?«

Quincy kam als Erster dahinter. »Sie hat ihre Reifeprüfung abgelegt. Ginny Jones hat Aaron ans Messer geliefert.«

»Ja, und wir haben sie idiotischerweise davonkommen lassen. Dinchara hat die Kaution bezahlt und sie mitgenommen. Sie soll ihm auf dem Parkplatz um den Hals gefallen sein. Die beiden sind auf freiem Fuß, und wir sind die Dummen.«

»Glaubst du etwa ...«, hob Rainie an, wurde aber unterbrochen von lautem Hundegebell, gefolgt von einer aufgeregt rufenden Stimme. Alle drei blickten in die Richtung, aus der die Rufe kamen, und sahen, wie sich der ganze Pulk in Bewegung gesetzt hatte. Die Hunde hatten Witterung aufgenommen und lockten Skeeter und den Rest des Teams in den Wald.

Kapitel 38

>»Springspinnen haben riesige Augen, die selbst kleinste Bewegungen registrieren. Sie schleichen auf ihr Opfer zu, springen es an und versetzen ihm bei der Landung einen tödlichen Biss.«
Christine Morley: *Freaky Facts About Spiders*

Sie liefen Stunde um Stunde. Lulu und Fancy zerrten an ihren Leinen, eifrig auf der Fährte. Harold ging hinter Skeeter und hatte offenbar kein Problem mit dem steilen Anstieg auf einem Pfad, der sich um Baumstämme und Felsblöcke herumschlängelte und durch ausgewaschene Gräben führte. Ab und zu blieb er kurz stehen, um orangefarbene Bänder um einen Baum zu wickeln als Wegmarkierung für die anderen, die nur mit Mühe und Not Schritt halten konnten. Rachel hatte Harold auch damit beauftragt, Fotos zu machen, weil er wahrscheinlich als Erster das Ziel erreichen würde und sofort damit anfangen könnte, den Fundort zu dokumentieren.

Mehrere Mitglieder der Kriminaltechnik waren beim Transporter zurückgeblieben, hielten aber Funkkontakt. Falls Bedarf an zusätzlicher Ausrüstung bestand, würde sich Rachel bei ihnen melden und Nachschub anfordern. Ganz nach Vorschrift trugen alle schusssichere Westen; außerdem hatte jeder Verbandsmaterial und eine Feuerwaffe im Gepäck. Sicherheit ging vor, selbst bei der Suche nach Leichen.

Kimberly fiel früher zurück, als ihr lieb war. Ihre Leiste schmerzte, und ihr Körper, der mit der Schwangerschaft ohnehin schon genug zu tun hatte, war mit der rasanten Bergtour eindeutig überfordert. Quincy und Rainie folgten ihr; Sal war, wie sie vermutete, schon weit voraus.

»Willst du nicht lieber mal kurz ausruhen?«, fragte ihr Vater.

»Nicht nötig.«

»Also, ich muss verschnaufen«, erklärte Rainie.

»Hör auf damit. Ich bin schwanger, aber nicht dämlich.«

Rainie grinste, und so marschierten sie weiter, wenn auch noch etwas langsamer. Hoch oben am Berg waren die Hunde zu hören, gelegentlich auch Stimmen. Ansonsten war es still unter dem feuchten Laubdach des Waldes, in dem es nach Schimmel und faulem Holz roch. Der Pfad, dem sie folgten, führte in engen Spitzkehren bergan, über Wurzeln, die als Stufen dienten. Er war steil, und die Beine wurden immer schwerer. Sie keuchten vor Erschöpfung.

»Hat Mac angerufen?«, fragte ihr Vater.

Kimberly nickte.

»Wie läuft es bei ihm?«, setzte Quincy nach.

»Erfolgreich. Drogenrazzia.« Sie stockte. »Er ist ... glücklich.«

»Weiß er über unseren Einsatz Bescheid?«

»Er kommt her«, ächzte Kimberly.

»Kannst du dir erklären, warum Dinchara Ginnys Kaution bezahlt hat?«

»Ich vermute, sie wollen fliehen«, antwortete Rainie. Sie war in einer Kehre stehen geblieben und griff zur Wasserflasche. Kimberly nutzte die Pause, um tief Luft zu holen.

401

»Er braucht sie«, sagte Kimberly. »Sonst hätte er es nicht riskiert, sich im Gericht blicken zu lassen. Er wird einen Plan verfolgen. Aber wie der aussehen könnte, ist mir schleierhaft.«

»Glaubst du, sie ist seine Komplizin?«, fragte Quincy.

»Ich weiß nicht«, erwiderte Kimberly. »Wenn man Ginny glauben kann, hat er sie von der Straße aufgegriffen und zur Prostitution gezwungen. Sie ist Opfer. Andererseits hätte sie auch abhauen können. Stattdessen ist sie in Sandy Springs geblieben, nun schon seit zwei Jahren und obwohl sie weiß, dass er ihre Mutter umgebracht und auch zum Mord an Tommy Mark Evans angestiftet hat. Das Mädchen ist schlau genug, sich an einen FBI-Agenten zu wenden, aber gleichzeitig offenbar so dumm, dass sie nicht die Chance zur Flucht ergriffen hat. Ich vermute, ihr gefällt womöglich, was Dinchara von ihr verlangt. Gefahr, Manipulation, Gewalt. Sie ist ernsthaft gestört.«

»Stockholm-Syndrom?«, mutmaßte Quincy.

»Schlimmer«, entgegnete Kimberly.

»Du magst sie nicht, stimmt's?«

»Sie hat wissentlich in Kauf genommen, dass ich abgeknallt werde.«

»Und diesem Aaron machst du keinen Vorwurf? Er hat doch die Waffe auf dich gerichtet.«

Kimberly trat ungeduldig von einem Bein aufs andere. Die Fragen machten sie wütender, als sie es sich eingestehen wollte. »Der Junge musste offenbar mit Dinchara leben. Er wurde bereits als Kind entführt, ich will mir gar nicht ausmalen, was er durchlitten hat.«

»Und wenn er zu einem späteren Zeitpunkt entführt

worden wäre, weniger Schlimmes zu erleiden gehabt hätte? Soll man etwa unterscheiden zwischen Opfer ersten und zweiten Grades?«

»Tja, das wäre wohl die Million-Dollar-Frage, nicht wahr?« Kimberly warf ihrem Vater einen Blick zu, mit dem sie ihm zu verstehen geben wollte, dass die Diskussion für sie abgeschlossen war. Sollte er sich weiter den Kopf zerbrechen. Für sie waren die Fälle Aaron und Ginny jedenfalls nicht miteinander zu vergleichen.

Sie setzten sich wieder in Bewegung. Das Hundegebell wurde lauter. Von einem kleinen Vorsprung aus sahen sie den Rest der Mannschaft, die sich am Rand einer Lichtung versammelt hatte. Die Hunde liefen hechelnd, die Schnauzen dicht am Boden, auf und ab. Skeeter folgte geduldig jeder Kehrtwende und konnte kaum Schritt halten.

»Sie haben die Fährte verloren«, berichtete Harold, der sich zu ihnen gesellte. »Da vorn erschnuppern sie noch was, aber dann scheinen sie plötzlich nicht weiterzuwissen. Deshalb geht es nun schon eine Weile hin und her.«

Rachel schaute sich in der Lichtung um und hatte eine Miene aufgesetzt, die Kimberly gut an ihr kannte.

»Du glaubst, es könnte hier sein?«, fragte Kimberly.

»Möglich.«

Kimberly inspizierte das Gelände. Sie hatten ungefähr zwei Drittel der Strecke bis zum Gipfel zurückgelegt. Die grasbewachsene Lichtung, ein kleines Geviert in der Größe eines Tennisplatzes, war von hohen Nadelhölzern gesäumt und fiel zu einer Seite hin über eine steinerne Kante steil ab. Ein großer Felsblock ragte davor auf. An schönen Tagen mochte er einen beeindruckenden Ausblick bieten, möglicherweise auch auf schmächtige Pfadfinder. Jedenfalls der perfekte Ort für eine Mittagspause.

Oder um ein flaches Grab auszuheben.

»Haben wir alles dabei, um loslegen zu können?«

»Na klar«, antwortete Rachel. »Harold?«

Gehorsam kam Harold herbei und brachte einen Rucksack, an dessen Seite zwei lange orangefarbene Stangen festgebunden waren. Dann machte er wieder kehrt, um sich mit Skeeter und Sheriff Duffy zu beraten. Kimberly begann, ihren Rucksack auszupacken, während ihr Rainie und Quincy neugierig dabei zusahen.

»Schon mal bei einer solchen Bergungsaktion dabei gewesen?«, fragte Kimberly.

Beide schüttelten den Kopf. Als Profiler kam Quincy immer erst ins Spiel, wenn die Fakten auf dem Tisch lagen. Rainie hätte als Deputy einer Kleinstadt durchaus Gelegenheit gehabt, war aber offenbar bislang verschont geblieben. Kimberly dagegen musste pro Jahr mindestens an sechs einschlägigen Übungen teilnehmen. Wie alle ihre Teamgefährten war sie am Rechtsmedizinischen Zentrum der Universität von Tennessee, allgemein bekannt als »Body Farm«, entsprechend ausgebildet worden.

»Es läuft folgendermaßen ab«, erklärte sie und hob eine der dünnen Stangen in die Höhe. »Wir stellen uns der Reihe nach auf, Schulter an Schulter, von der einen Seite der Lichtung bis zur anderen. Dann rücken wir Schritt für Schritt vor und stoßen die Stangen in den Boden. Geringer Widerstand lässt darauf schließen, dass der Untergrund gelockert worden ist. Oder man trifft auf einen harten Gegenstand, der ebenfalls näher untersucht werden sollte. Die interessanten Stellen werden markiert.

Anschließend vermessen wir die abgesuchte Fläche und teilen sie in ein Raster auf.«

»Und was ist mit den markierten Stellen?«, fragte Rainie.

»Davor legen wir uns auf den Bauch und heben sie mit einer Kelle aus. Der Aushub kommt in einen Eimer und wird von einem anderen Team gesiebt für den Fall, dass sich Knochenfragmente, Projektile, Zähne und dergleichen darin befinden. Erstaunlich, wie klein manche Menschenknochen sind, insbesondere die der Finger. Wenn man nicht höllisch aufpasst, geht manches womöglich verloren.«

Rainie verzog das Gesicht. »Jeder Eimerinhalt wird durchsiebt?«

»So verlangt es die Vorschrift.«

Rainie schaute sich um. »Das kann Tage dauern.«

»Möglich«, räumte Kimberly schulterzuckend ein. »Je nachdem, wie viele markierte Stellen wir abzuarbeiten haben. Wo Leichen verscharrt sind, finden sich meist Mulden und kleine Anhäufungen dicht an dicht. Letztere kommen durch den Aushub zustande. Die Mulden entstehen, wenn das Erdreich über einem verwesenden Körper absackt. Am Fuß großer Bäume müssen wir erst gar nicht suchen. Wegen der Wurzeln kann man dort kaum ein Loch ausheben. Wir konzentrieren uns vor allem auf Stellen, an denen besonders viel Unkraut wuchert, denn dort scheint der Boden locker zu sein. Dumm nur, dass gefallene Bäume ein ähnliches Muster von Mulden und Anhäufungen entstehen lassen. Wir dürfen uns also überraschen lassen.«

»Warum auf den Bauch legen?«, fragte Quincy. »Klingt umständlich. Einfacher wäre es doch, einen Spaten zu benutzen.«

»Die meisten Gräber sind nicht sehr tief. Mit einem Spaten liefe man Gefahr, die verscharrten Überreste zu beschädigen. Bei der Bergung von Leichen gehen wir ähnlich vorsichtig vor wie Archäologen. Und bevor wir irgendein Fundstück entfernen, wird die Stelle ausführlich dokumentiert, das heißt fotografiert, vermessen und skizziert. Erst im Anschluss daran können wir Knochen für Knochen bergen, damit sie später von der Pathologie wieder zusammengesetzt werden.«

»Für eine solche Prozedur würde mir die Geduld fehlen«, sagte Rainie.

»Mir auch.«

Harold kehrte mit Sheriff Duffy und Sal zurück. »Skeeter meint, die Hunde brauchen eine Pause. Er ist sich nicht sicher, ob sie die Fährte verloren haben oder einfach nur müde sind. Jedenfalls will er jetzt mit ihnen auf Abstand gehen und sie verschnaufen lassen. Wir sollten uns derweil diese Lichtung hier vornehmen.«

Duff räusperte sich. »Okay. Dann werde ich jetzt mal meine Männer antreten lassen. Sie sagen uns, was zu tun ist?«

»Natürlich.«

Duff steuerte auf seine Deputys zu, die ihre nassen Regensachen ausschüttelten und flaschenweise Wasser tranken. Fünf Minuten später hatte er die Männer aufgestellt, und Rachel erklärte ihnen, was sie zu tun hatten. Harold gruppierte sie so, dass neben einem unerfahrenen Helfer

406

immer ein Kollege der Spurensicherung stand. Sal stellte sich zu Kimberly. Keiner sagte ein Wort, als sie den ersten Schritt setzten.

Das Unwetter hatte sich endlich verzogen. Aus Wolkenlücken stach die Nachmittagssonne hervor und brachte die Felsen zum Dampfen. Unter ihrem luftundurchlässigen Regencape spürte Kimberly die zunehmende Hitze und fing zu schwitzen an. Sie brachte es nicht über sich, Sal ins Gesicht zu blicken, und ihr war klar, dass er das spürte. Aber er respektierte ihre distanzierte Haltung.

Sie hätte etwas sagen, das Eis brechen sollen, ehe Mac aufkreuzte, der, wenn er sie so sähe, womöglich vom Schlimmsten ausgehen würde.

Zweiter Schritt. Dritter. Vierter. Aus der langen Reihe meldete sich plötzlich die aufgeregte Stimme eines Deputys. Harold eilte auf ihn zu und steckte ein gelbes Schild in den Boden. Fast alle Männer tauschten fragende Blicke. Bin ich gerade mit der Sonde auf einen toten Körper stoßen? Woran merkt man das?

Kimberly stach in einen Hohlraum und markierte ihn. Neben ihr fluchte Sal leise vor sich hin.

»Was ist?«, fragte sie.

»Ich weiß nicht. Aber da ist irgendwas. Ein Stein vielleicht, eine Wurzel oder ein harter Klumpen Lehm. Allerdings zu klein für ein Gerippe.«

»Setz für alle Fälle ein Fähnchen drauf. Sicher ist sicher.«

»Wie kann man damit nur seinen Lebensunterhalt verdienen?«, murmelte Sal und befolgte ihren Rat.

»Weil's sich manchmal lohnt und Hinterbliebene, die seit Jahren im Ungewissen leben, endlich Abschied nehmen können. Manchmal ist es vielleicht nur ein Hochzeitsring, nicht viel, aber vielleicht das Einzige, das von dem geliebten Mensch übrig geblieben ist, der im Flugzeug saß, das abgestürzt ist. Und das wäre dann ein Segen für den, der trauert.«

Sal öffnete den Mund und schien etwas sagen zu wollen, doch plötzlich rief wieder jemand nach einem gelben Schildchen. Anschließend gab Harold wieder das Kommando für die nächsten Schritte, zügiger jetzt, da alle wussten, was zu tun war.

Als die ganze Lichtung abgesucht war, war das Gelände mit nicht weniger als drei Dutzend gelben Markierungen gespickt. Kimberly gefielen die Abstände nicht. Über Gräbern durchschnittlicher Größe hätten sich die Schilder konzentrieren müssen. Doch dem war nicht so.

Ihrer Chefin Rachel sah Kimberly von weitem an, dass sie etwas Ähnliches dachte. Sie hatte ihre Hände in die Hüften gestemmt und blickte finster drein.

»Was machen wir jetzt?«, fragte Harold.

»Na, was wohl?«, blaffte Rachel. »Wir rastern das Feld auf und fangen an zu schürfen.« Sie fuhr sich mit einer Hand durch die roten Haare. »Auch wenn's nicht danach aussieht, als ob wir einen Jackpot hätten.«

»Jetzt wäre vielleicht ein Leichensuchhund angebracht«, meinte Kimberly.

»Gute Idee«, sagte Sal.

»Zuerst bohren wir noch einmal mit den Stangen nach«, entschied Rachel. »Wenn wir damit tatsächlich auf Fäulnisgase stoßen, dauert es dreißig bis vierzig Minuten, bis Leichenspürhunde etwas damit anfangen können.«

»Wir haben vier Stunden bis hierher gebraucht«, sagte Sal. »Bis wir einen Kadaverhund hier haben, können wir in Ruhe ein Picknick machen. Was ist mit den Schweißhunden?«

»Die sind nur für Fährten gut und würden sich hier auf der Lichtung bloß irritieren lassen«, erklärte Harold. Er richtete sich an Rachel. »Vielleicht sollten wir die Mannschaft aufteilen«, schlug er vor. »Eine Hälfte bleibt hier und fängt zu graben an, während die anderen mit Lulu und Fancy weiterziehen, falls sie wieder auf eine Fährte stoßen. Wir sollten uns auch auf dem Gipfel umsehen. Dann haben wir wenigstens ein Gesamtbild und wissen, wo wir morgen weitersuchen könnten.«

»Allzu viel Terrain liegt nicht mehr vor uns«, sagte Kimberly. »Wenn wir hier nicht fündig werden, dann wahrscheinlich ganz in der Nähe.«

Rachel nickte fahrig. »Okay. Hören wir, was Skeeter zu sagen hat. Wir teilen also die Mannschaft auf. Wer es nicht mehr weiter schafft« – sie blickte auf Kimberly – »bleibt hier. Die Verrückten« – diesmal schaute sie Harold an – »erstürmen den Gipfel und versuchen da ihr Glück.«

Es schmeckte Kimberly nicht, zu den Schwächlichen gezählt zu werden. Aber ihr Unterleib tat weh, und sie hatte Hunger. Harold zog los, um Skeeter zu rufen. Sal eröffnete den Männern, dass es Zeit war, eine Essenspause einzulegen.

Er folgte Kimberly, die sich auf den Weg zu Rainie und Quincy gemacht hatte. Sie saßen auf einem umgestürzten Baumstamm und ließen es sich bereits schmecken – er einen Müsliriegel und sie eine riesige Schokoladenpraline mit Erdnussbutterfüllung. Kimberly setzte sich neben Rainie.

»Auch einen Peanut-Butter-Cup?«, fragte Rainie.

»Gern. Und du einen Pudding?«

»Hätte nichts dagegen.«

Sal packte ein Schinken-Sandwich aus, das für die Frauen nicht in Frage kam, weil sie es schlicht langweilig fanden. Sie aßen schweigend, bis Sal einen Blick auf Kimberly warf, zusammenzuckte und bleich wurde.

»Nicht bewegen«, flüsterte er.

»Was?«, fragte Kimberly verwundert und schaute sich unwillkürlich um.

»Nicht bewegen!«

Sie erstarrte und blickte Sal alarmiert in die Augen. »Was ist denn?«, hauchte sie.

»Rainie«, sagte er leise, »Sie sitzen ihr am nächsten. Da, auf ihrer Schulter, sehen Sie es?«

»Eine Spinne.« Rainie krauste die Stirn. »Warum so viel Wind um eine kleine braune Spinne?«

»Oh, nein!«, stöhnte Kimberly entsetzt. »Eine dieser Geigenspinnen?«

Er nickte.

»Ich dachte, die wären scheu«, flüsterte sie, ohne sich zu rühren und eingedenk der beängstigenden Tatsache, dass hinter dem offenen Hemdkragen ein Teil des Halses frei-lag, denn sie spürte einen Windhauch darüber hinwegfah-ren und den Schweiß auf der Haut trocknen.

»Vielleicht mögen sie Peanut-Butter-Cups.« Sal hatte sein Sandwich abgelegt. Er stand auf und rückte näher, den Blick auf ihre linke Schulter gerichtet. »Ich versuche, möglichst schnell zu sein.«

»Ist sie schon auf dem Hemd?«

»Noch nicht ganz.«

Sie kniff die Augen zusammen. »Los. Wischen Sie das verdammte Ding einfach weg, ehe es in Panik gerät und zubeißt.«

»Ich weiß, ich weiß.«

Auch Rainie und Quincy waren aufgestanden, offenbar sehr in Sorge. Als Rainie einen Blick über die Schulter auf Quincy warf, rief sie plötzlich »Scheiße« und schlug auf sein Schlüsselbein. Er stand immer noch da wie vom Donner gerührt, als Rainie schon zwei weitere Male zugeschlagen hatte, auf Schulter und Oberschenkel.

»Eins, zwei, drei«, zählte Sal und klopfte beherzt Kimberly die Spinne von der Schulter. Gleich darauf sprang sie vom Baumstamm auf und wirbelte herum.

»Oh, Mann«, rief Sal und wischte ihr mit einem Handstreich mehrmals über den Rücken.

»Was ist denn jetzt?«

»Spinnen, überall!«

Alle vier wichen von dem Stamm zurück. Jetzt sah auch Kimberly die kleinen braunen Tiere über die Borke krabbeln und eilig nach Verstecken suchen.

Rainie führte einen Tanz auf, um abzuschütteln, was sich womöglich auf ihr niedergelassen hatte, bis Quincy sie anherrschte, stillzuhalten, damit er ihr helfen konnte. Sal lief im Kreis und untersuchte seine Schuhe, Socken und die bloßen Waden.

Kimberly traute ihren Augen kaum. Crawford-Hale hatte doch ausdrücklich gesagt, dass *Loxosceles reclusa* äußerst scheu und darum nur selten anzutreffen seien. Doch hier waren sie nun zuhauf.

Am Ende eines Pfades, den Dinchara und sein Gefangener begangen hatten. In einer Lichtung, die sehr wohl geeignet gewesen wäre, Leichen zu verscharren. Wozu es jedoch allem Anschein nach nicht gekommen war.

Und in diesem Moment fiel ihr ein, was man ihr längst
gesagt und woran sie sich schon früher hätte erinnern müssen.

Kimberly trat auf den Baumstamm zu.

Und schaute nach oben.

Kapitel 39

In den ersten Wochen meiner neuen Freiheit wusste ich nichts mit mir anzufangen. Die Taschen voller Geld und fest entschlossen, auf großem Fuß zu leben, quartierte ich mich in einem Best-Western-Hotel ein. Ich kaufte mir meine erste Videospielkonsole und starrte geschlagene sechsundneunzig Stunden auf das Display, bis meine Augen rot angelaufen waren und ich vor lauter Kopfschmerzen nicht mehr geradeaus sehen konnte.

Ich marschierte in den Laden zurück, eine Strecke von fast zehn Kilometern, um mir ein neues Spiel zu kaufen, und verliebte mich in ein Huffy-Bike. Also kaufte ich auch das, dazu neue Klamotten und saubere Unterwäsche. Und weil ich gut gelaunt war, spendierte ich Henrietta ein eigenes Terrarium mit bunten Steinen darin und einem flachen Trinkschälchen. Das stellte ich auf den Fernseher, damit Henrietta mir die ganze Nacht über beim Videospielen zusehen konnte, und sie sah wohl auch, das ich vor Schlafmangel zittrige Finger hatte und immer käsiger im Gesicht wurde.

Ich konnte nicht schlafen, mich nicht einmal entspannen und starrte immerzu auf die Tür. Wartete darauf, dass es klopfte, dass die Tür aufflog und der Burgerman mit eingeschlagenem Schädel im Rahmen stand.

»Sohnemann!«, brüllte er in meinen Träumen. »Hast du tatsächlich geglaubt, ein Monster wie mich töten zu können?« Und dann lachte er und lachte, bis ich aus dem Schlaf aufschreckte, schweißgebadet und absurderweise nach meiner Mutter schreiend.

In diesen ersten zwei Wochen beschäftigte ich mich fast ausschließlich mit Videospielen.

In Woche drei musterte mich der Hotelmanager mit zunehmend scheelem Blick, wenn ich mir meine Gratis-Bagels zum Frühstück abholte. Eines Morgens wollte er meinen Personalausweis sehen. Ich geriet in Panik, stotterte wie ein Idiot und sagte, dass ich ihn aus meinem Zimmer holen müsse.

Ich rannte zum Laden und kaufte drei Seesäcke. Zurück im Hotel packte ich alles zusammen, einschließlich Henrietta. Kaum dass es dunkel geworden war, machten wir die Biege. Der Manager konnte uns mal.

Ich fand eine Jugendherberge. Umgeben von anderen einsamen Teenagern zu sein, erschien mir weniger auffällig. Aber es war alles ziemlich eng, das Zimmer dürftig, es gab nicht einmal einen Gemeinschaftsfernseher. In der ersten Nacht wurde mir mein Fahrrad geklaut, in der zweiten meine Videokonsole.

Also machten Henrietta und ich uns wieder aus dem Staub, wechselten ständig unsere Unterkunft, schliefen kaum und waren ständig hungrig. Es trieb uns immer weiter, denn der Burgerman saß uns im Nacken.

Ich wollte ein besseres Leben haben und dachte daran, ein nettes sauberes Apartment in einem hübschen Stadtviertel zu beziehen. Ich dachte, es könnte doch alles normal werden, jetzt, da der Drache endlich getötet war.

Aber ich landete auf denselben Straßen, die der Burgerman als seine Jagdgründe auserkoren hatte, rauchte Crack und setzte alles daran, nie mehr irgendwo Fuß fassen zu können.

Dann ging mir das Geld aus. Ich besoff mich ohne Rücksicht auf Verluste, wachte in meiner eigenen Kotze auf und *musste feststellen, dass man mir alles geklaut hatte – bis auf den Sack, in dem Henrietta lebte.*

Und da wurde mir endlich klar, dass der Burgerman wirklich verschwunden war. Es gab kein Zurück in sein versifftes Apartment, keinen Druck, mit den Scheinen rauszurücken, die ich verdient hatte, und auch keine Twinkies mit Vanillefüllung, die auf magische Weise im Küchenschrank aufgetaucht wären.

Der Burgerman war tot, und ich war allein.

Ich heulte stundenlang wie ein Vollidiot, blubberte untröstlich vor mich hin, rollte mich neben einem Müllcontainer auf dem Boden zusammen, entsetzt über meine Einsamkeit und voller Hass auf meine sinnlosen Tränen. Ich holte Henrietta aus dem Seesack, setzte sie mir auf das nackte Schlüsselbein und flehte sie an, mich zu beißen und von meinem Elend zu erlösen. Ich bettelte darum, dass sie das Schlimmste aus sich herauslassen würde.

Aber sie hockte nur einfach da und streichelte mir mit ihren haarigen Beinen den Hals, bis ich mich eingekriegt hatte und eingeschlafen war. Als ich aufwachte, vertilgte Henrietta unmittelbar vor meinen Augen eine Kakerlake. Ich sah ihr dabei zu und staunte, wie geschickt sie dem Käfer den Kopf abriss, den Saft aussaugte und die ganze Karkasse zu Mus verarbeitete.

Dann kam eine zweite Kakerlake vorbei. Ich schnappte mit Daumen und Zeigefinger zu und steckte sie mir in den Mund. Als ich sie zerbiss, lief mir ein warmer, salziger Seim über die Zunge, der so eklig schmeckte, dass ich das Viech sofort wieder ausspuckte und Galle hoch würgte. Ich wischte mir mit dem Handrücken die Lippen und beschloss, Kakerlaken Henrietta zu überlassen. Ich wollte Twinkies.

Aber ich hatte weder Geld noch Anschrift, geschweige denn einen Ausweis. Aus dem Lustknaben des Burgermans war ein obdachloser Penner geworden. Ich tat das einzig Logische und bot mich den nächstbesten Typen an. Bald hatte ich wieder Geld für eine Unterkunft.

War das alles, was mir zustand? Dass ich mir Tag für Tag von fetten, behaarten Männern, die auf Frischfleisch standen, die Hose herunterziehen ließ? Dass an guten Tagen vielleicht ein bisschen Acid drin war, das die ganze Scheiße ein bisschen erträglicher machte?

Henrietta lebte in einem Käfig, aber ich war's, der sich nicht befreien konnte.

Und dann erinnerte ich mich: Es gab ja noch die vom Burgerman gedrehten Filme, die unten im Seesack lagen, von Henrietta bewacht und sicher verwahrt, Videobänder in Kilometerlänge. Diese Typen fuhren voll darauf ab.

Die erste Kassette verkaufte ich für einen Fünfziger. Mein Kunde war so zufrieden, dass er vier Stunden später wieder antanzte und mir einen Riesen für den ganzen Satz anbot. Als ich seine flackernden Augen und den Sabber sah, der ihm aus den Lefzen troff, wusste ich, woran ich war. Ich verkaufte ihm eine Kassette für fünfhundert und marschierte in den nächsten Elektronikfachhandel, um den Erlös sofort gewinnbringend zu investieren.

Der Verkäufer war sehr behilflich, als ihm bewusst wurde, dass ich Selbstgedrehtes im Angebot hatte. Es gab in seinem Laden noch ein Hinterzimmer, das er mir unbedingt zeigen wollte. Nur diesmal war er es, der vor mir in die Knie ging. Ich war in der mächtigeren Position, und das gefiel mir. Sehr sogar.

Bob brachte mir einiges bei. Wie man ediert und schneidet und aus einem Dreistundenvideo acht kürzere Filme macht, die unterm Strich sehr viel mehr einbringen. Er schenkte mir meinen ersten Computer. Er stellte mich in diversen Chatrooms vor, in denen sich Nutzer mit Namen wie Fuckemdead tummelten, die mich in meinen geschäftlichen Absichten motivierten und mit Rat und Tat unterstützten.

Ich erfuhr, wie man den internationalen Markt anzapft, welche kommerziellen Websites für mich in Frage kamen und wie ich meine wertvollen Bilder auf einer Vielzahl von Servern unterbringen konnte, um die Urheberschaft zu verschleiern. Oder wie man, weil die Strafverfolger ja auch immer schlauer wurden, ein Bild in Einzelteile zerlegte und diese in verschiedenen Ecken der Erde versteckte. Das digitale Zeitalter vereinfacht das Leben ungemein.

Kinderpornographie hat ein breites Spektrum. Die »Billignutzer« am unteren Ende begnügen sich mit dem aufgepeppten Foto eines vollständig angezogenen Kindes in vielleicht extravaganter Pose. Dann wären da noch die Hardcore-Süchtigen, Pauschaleinkäufer oder solche, die sehr spezielle Wünsche haben. Und auch die werden schnell fündig. Es gibt über zehntausend einschlägige Websites, und davon zeigen fünfundneunzig Prozent schreiende Kinder. Angebot und Nachfrage. Markt ist eben Markt.

Wie sich herausstellte, war auch Bob scharf darauf, und als er begriffen hatte, dass mich nichts schocken konnte, war er überglücklich. So glücklich, dass er mir auf den Wecker ging.

Eines Tages ging ich in seine Wohnung und schlug ihn mit einem Louisville Slugger tot. Warum, weiß ich selbst nicht. Vielleicht weil Frühling war und es überall nach frisch umge-

grabener Erde duftete. Oder vielleicht weil es in der Nacht geregnet hatte und mir deshalb der Sinn danach stand, jemanden umzubringen.

Ich packte seinen Computer ein, die Aufnahmegeräte und den falschen Ausweis, den er großzügigerweise für mich hatte anfertigen lassen. Und dann machten wir uns wieder auf den Weg, Henrietta und ich.

Wir wanderten. Ich war jetzt älter, fiel weniger auf. Ich kaufte mir ein Auto und fand eine billige Wohnung in einer Nachbarschaft, in der niemand von irgendetwas Notiz nahm. Tagsüber saß ich vor meinem Rechner, YouTube, MySpace, Chatrooms. Ich erfuhr, dass es viele einsame Kids da draußen gibt, die wirklich glauben, ich wolle ihr Freund sein. Und ich stellte fest, dass viele Eltern noch naiver sind als ihre Kids.

Weil ich nie länger als eine oder zwei Stunden schlafen konnte, verbrachte ich auch die Nächte im Netz. Ich machte eine Menge Geld und versoff das meiste, bis ich zu delirieren begann. Es wurde dunkel um mich herum, ich hörte Kinder schreien oder den Burgerman grunzen oder den Spaten durch hartgebackene Erde kratzen. Ich konnte eine ganze Flasche Tequila trinken, ohne einmal abzusetzen. Die Mottenraupen bot ich Henrietta an, doch die wollte sie nicht.

Eines Nachts – ich hatte eine halbe Flasche intus und versuchte Henrietta zu erklären, dass ich unbedingt schlafen müsse – kam mir eine tolle Idee. Henrietta hatte mir geholfen, den Burgerman umzubringen, konnte aber wunderbar schlafen. Warum? Weil sie acht Augen hatte und in alle Richtungen sehen konnte.

Also marschierte ich in den nächsten Tattoo-Shop. Henrietta saß auf meiner Schulter und spielte mit meinen Haaren. Ich machte dem Typen klar, was ich wollte, und als er bleich wurde und mir die Sache ausreden wollte, knallte ich ihm fünf Riesen auf den Tisch und nahm auf seinem Behandlungsstuhl Platz, mit einer Flasche Tequila in der Hand. Die folgenden fünf Stunden brüllte ich, was das Zeug hielt. Es tat höllisch weh, auch in den Tagen danach. Meine Stirn war geschwollen und brannte wie Feuer.

Als die Schwellung zurückging, konnte ich zum ersten Mal wieder vier Stunden lang durchschlafen. Dafür bedanke ich mich bei Henrietta, und ich wusste jetzt, dass ich überleben würde. Ich war auf der Siegerstraße. Henrietta hatte mich gerettet.

Eines Tages sah ich ihn. Er spielte Basketball im Park. War ein bisschen klein geraten, aber drahtig. Ein magerer kleiner Junge, der seine mangelnde Größe durch Schnelligkeit wettmachte. Er versuchte einen Korbleger, wobei ich ihn aus den Augenwinkeln beobachtete, mit einem Déjà-vu-Gefühl, das so stark war, dass mir der Atem stockte.

Der Junge sah genauso aus wie ich. Vor zwanzig Jahren. Als ich noch einen Namen gehabt hatte. Eine Familie und eine Zukunft.

Mir war sofort klar, was ich zu tun hatte.

Du glaubst, in Sicherheit zu sein, in deiner Vorstadt unter Mittelschichtlern, mit einem schicken Auto vor der Garage und einem netten Eigenheim. Du glaubst, nur anderen passieren schlimme Sachen, den armen Schweinen in den Trailer-Parks vielleicht, wo es vor Pädophilen nur so wimmelt.

Aber dir wird so was nie passieren, nie im Leben. Dafür bist du viel zu gut.

Hast du einen Computer? Wenn ja, bin ich im Schlafzimmer deines Kindes.

Bist du bei Facebook? Wenn ja, kenne ich den Namen deines Kindes, seine Hobbys und euer Haustier.

Hast du eine Webcam? Wenn ja, werde ich jetzt dein Kind überreden, dass es sich für fünfzig Mäuse auszieht. Nur das Hemd. Was ist schon dabei? Na los, für fünf zig Mäuse.

Du kannst mir glauben. Ich bin der Burgerman.

Und ich werde kommen, um dich zu holen.

Kapitel 40

»Portia-Spinnen sind wahre Kannibalen. Sie schleichen sich in ein fremdes Netz und zupfen an den Fäden, um die Netzbesitzerin anzulocken, die glaubt, es habe sich ein Insekt darin verfangen. Dann greift der Jäger an, tötet und frisst die überraschte Beutespinne.«

Christine Morley: *Freaky Facts About Spiders*

Erst auf den zweiten Blick sah Kimberly eine Gestalt, vom Wind bewegt, hoch oben im Wipfel einer Kiefer schwingen, den Umrissen nach wie ein Zapfen, nur sehr viel größer.

»Rachel! Harold!«, rief sie aufgeregt. »Seht mal nach oben! Die Leichen hängen in den Bäumen!«

Die anderen rannten herbei und schnappten nach Luft, als sie ihrem Blick folgten. Sie sahen ein längliches Etwas, eingepackt in grün-braun geschecktes Tuch. Es lief nach unten hin konisch zu und sah aus wie eine ägyptische Mumie, für die Ewigkeit verschnürt.

Der Wind brachte sie wieder zum Schaukeln, und es war so gespenstisch still, dass alle eine Gänsehaut bekamen.

»Ich glaub's nicht«, flüsterte Sal, der neben Kimberly stand. Und von hinten kamen ähnliche Kommentare zu der makaberen Szene über ihren Köpfen.

»Sie wissen doch, er hält sich für eine Spinne«, murmelte Kimberly. »Er hat die Leichen in einen Kokon gewickelt und in sein Netz gehängt. Mein Gott, kein Wunder, dass sie nicht gefunden wurden. Wer hätte sie da oben vermutet?«

»Seide«, sagte Quincy. »Alte Armeefallschirme, wenn ich richtig sehe, und in Tarnfarben.«

»Nylon«, korrigierte Kimberly. »Das weiß ich von Aaron. Ist praktischer und stabiler als Seide, die sich in absehbarer Zeit auflösen würde. Ich habe mich schlaugemacht. Eines der haltbarsten Materialien überhaupt.«

Ihr Vater bedachte sie mit einem kleinen Lächeln. »Gute Arbeit, Kollegin.«

»Jetzt stellt sich allerdings die Frage, wie wir da rankommen sollen.«

Harold und Rachel waren auf die Lichtung zurückgekehrt. Kimberly und Sal gesellten sich zu ihnen und bildeten eine Art Powwow, um sich zu besprechen, während die Deputys und Mitglieder der Spurensicherung die Suche in den Wipfeln der Bäume fortsetzten.

»Wir haben schon zehn Säcke gezählt«, meldete Harold. »Ich werde die einzelnen Bäume markieren, auf der Seite, wo die Leiche hängt.«

»Wir brauchen ein Tachymeter«, meinte Rachel, die wieder an ihrer Unterlippe kaute und in Gedanken die nächsten notwendigen Schritte einleitete. »Nur so können wir den Fundort vermessen, der ja im wahrsten Sinne des Wortes in der Luft hängt. Ich werde gleich Jorge und Louise anrufen und herkommen lassen. Harold, stell doch mal fest, ob es hier in der Nähe einen trigonometrischen Punkt gibt, auf den wir uns beziehen können.«

»Mal sehen, ob in meiner USGS-Karte welche einge-
zeichnet sind. Wenn nicht, kann ich in der Leitstelle nachfragen.«

»Okay. Und wir lassen die Totalstation kommen, visie-
ren unseren Bezugspunkt an und vermessen erst einmal
das ganze Gelände hier und dann die einzelnen Fundstel-
len. Wir brauchen jede Menge Pergamentpapier, Leichen-
säcke, Beweismitteltüten und Tragen, um die Toten ins Tal
zu bringen. Außerdem sollten wir die Rechtsmedizin informieren, damit sie den Transport organisiert. Was brauchen wir noch? Einen Generator, Flutlicht. Ob es ein
Green Gator über den Pfad schafft, den wir hochgestiegen
sind?«

»Keine Chance«, antwortete Harold.

»Gibt es eine andere Strecke?«

»Nein.«

»Mist.« Rachel kaute wieder an der Unterlippe. »Dann
werde ich Verstärkung anfordern. Wenn wir alles zu Fuß
machen müssen, brauchen wir mehr Träger –«

»Hey!«, brüllte jemand aus dem Wald. »Da bewegt sich
was. Ich schwör's. Da lebt noch einer!«

»Gütiger Himmel!«, platzte es aus Rachel heraus, und
alle rannten los.

»Wir brauchen eine Leiter«, sagte einer der Deputys.

»Ich könnte ihn runterschießen«, meinte ein anderer.

Rachel schob sich zwischen zwei uniformierte Kollegen
hindurch, die vor einer hohen Tanne standen. »Zurücktreten. Leichen sind meine Sache.«

Die Deputys gehorchten.

Die Hände in die Hüften gestemmt, studierte Rachel die eingepackte Gestalt hoch oben in der Luft. Wie ihre Chefin nahm auch Kimberly eine Bewegung am unteren Ende und ein leichtes Zittern weiter oben wahr.

Ihr lief es eiskalt über den Rücken, und der Ausdruck auf Rachels Gesicht verriet ihr, dass sie zu demselben Schluss kam wie sie: Was da in die tarnfarbene Hülle gewickelt war, lebte nicht.

»Harold?«, fragte Rachel ruhig. »Was hältst du davon?«

»Ich weiß nicht«, antwortete er in einem Tonfall, den Kimberly noch nie von ihm gehört hatte.

»Wir müssen nachsehen«, murmelte Rachel. »Für alle Fälle. Man kann nie wissen.« Sie klang alles andere als glücklich.

Die Teamleiterin holte tief Luft. »Breiten wir eine Plane aus, genau dort.« Sie zeigte auf die Stelle am Boden direkt unter dem hängenden Kokon. »Darauf legen wir den Kokon ab und packen sie vorsichtig aus. Harold?«

Er war vor den Baumstamm getreten und untersuchte die Rinde mit den Fingerspitzen. »Seht ihr diese Löcher? In regelmäßigen Abständen? Ich glaube, unser Mann hat Steigeisen getragen. Er ist damit auf den Baum geklettert, um das Seil über die höheren Äste zu werfen. Dann ist er wieder runter und hat die Säcke nach oben gezogen. Vielleicht mit einer Art Flaschenzug. Oder er hatte Hilfe ...«

»Kannst du erkennen, was für ein Seil das ist?«, wollte Rachel wissen.

»Mal sehen.« Harold setzte sich ein Fernglas vor die Augen und stellte es scharf. »Scheint aus Nylon zu sein. O Mann! Das ganze Ding fängt an zu tanzen. Rachel, ich glaube nicht ...«

»Ich weiß, ich weiß. Aber wir müssen uns vergewissern.«

Harold atmete tief durch. »Ich klettere nach oben.« Er prüfte mehrere Äste mit der Hand. »Vielleicht komme ich hoch genug, um an das Seil ranzukommen. Wenn ich oben bin, schauen wir weiter.«

Harold zog schwere Lederhandschuhe an, stieg in den Baum und kletterte vorsichtig Ast für Ast hinauf.

Sal stellte sich neben Kimberly, die ihrem Teamkollegen zusah. »Wie holt man eine Leiche aus einem Baum?«, fragte er.

»Keine Ahnung«, murmelte sie. »Das hat man uns in der Ausbildung nicht beigebracht.«

»Sie glauben doch nicht etwa, dass das Opfer noch lebt, oder?«

»Das bezweifle ich.«

»Aber warum bewegt sich dann der Sack?«

»Wir werden es herausfinden.«

Harold war jetzt auf Höhe des herabhängenden Sacks und hangelte sich an einem Ast darauf zu, der unter seinem Gewicht bedenklich nachgab. Harold stieß einen nervösen Pfiff aus.

»Er hat sich tatsächlich ... was ausgedacht«, rief er von oben herunter. Wie ich vermutet habe: eine Art Flaschenzug. Das Seil ist um mehrere Äste geschlungen. Ich könnte versuchen, eine der Schlingen von hier aus zu kappen, um ein loses Ende in die Hand zu bekommen und den Sack dann abzulassen. Die Länge wird zwar nicht ganz reichen, aber fast. Für das letzte Stück könnten wir eine Leiter gebrauchen. O Gott ...!«

Der Sack bewegte sich wieder. Unter der Verschnürung

425

schien die Nylonhülle zu pulsieren, was allerdings nicht so aussah, als versuchten sich Arme und Beine zu befreien. Es sah vielmehr so aus, als drängte etwas Außerirdisches ins Freie.

»Rachel?«, rief Harold angestrengt.

»Tu, was du für richtig hältst. Aber sieh zu, dass die Knoten heil bleiben.«

»Was du nicht sagst, Sherlock«, stöhnte Harold.

Unten hörte man ihn jetzt mit dem Messer am Seil sägen, dann arbeitete er sich weiter nach oben stieg zu den Windungen des Flaschenzugs.

Der Ast, an dem er sich hochhievte, war noch dünner und neigte sich bedrohlich weit herab. Und plötzlich passierte mehreres gleichzeitig.

Das Seil riss an der angeschnittenen Stelle und peitschte nach oben. Harold schrie und schnappte danach mit der behandschuhten Hand, während der Sack an die zwei Meter tief absackte, ehe sich das Seil wieder ruckartig verfing.

»Um Himmels willen ...«, schrie Harold. »Ich schaffe es nicht ... Es rutscht mir ... *Verdammt!*«

Das Seil glitt ihm aus der Hand, der Sack sackte zwei weitere Meter ab. Harold fackelte nicht lange. Unter einer grünen Lawine aus Tannennadeln rutschte er den Stamm entlang auf einen der unteren Äste und packte entschlossen zu, um das Seil zu sichern.

»Und jetzt das letzte Stück!« Er löste das Seil. Der Sack schwebte herab und wurde von zwei Deputys vorsichtig auf der Plane abgelegt.

Aus der Nähe war nun deutlich eine mit braunem Seil fest verschnürte menschliche Gestalt in der tarnfarbenen

Hülle zu erkennen, unter der es zu brodeln schien. Mit einem spitzen Aufschrei sprang einer der Polizisten zurück.

»Nun gut«, sagte Rachel, ganz Herrin der Lage. Harold war wieder auf sicherem Boden und stellte sich in den Kreis, der die zuckende Gestalt umringte. »Alles zurücktreten. Wir müssen jetzt kontrolliert und vorsichtig vorgehen.« Sie stieg in Einwegüberschuhe, streifte eine Papiermütze über den Kopf und legte eine Gesichtsmaske und Latex-Handschuhe an.

»Ich mach's«, volontierte Harold und griff nach dem Messer, das Rachel in der Hand hielt.

»Lass nur. Schließlich verdiene ich mehr.«

Rachel machte sich vorsichtig ans Werk. Zum ersten Mal nahm Kimberly jetzt Verwesungsgeruch wahr, der zwar nicht besonders ausgeprägt war, aber durchdringend.

Harold ging am Rand der blauen Plane in die Hocke. Kimberly rückte nah an ihn heran. Aufmerksam beobachteten sie ihre Teamleiterin, die die Verschnürung des Pakets untersuchte, vom Fuß- bis zum Kopfende. Sie fand den ersten Knoten über den Fußgelenken, setzte das Messer zwei Fingerbreit daneben an und schnitt das Nylonseil durch. Sie zog es vorsichtig unter der Hülle hervor und begann, es weiter abzuwickeln.

Aus der bewegten Hülle schien ein Seufzen zu dringen. Rachel hielt kurz inne, machte dann aber weiter. Sie kauerte jetzt auf Höhe des Kopfes und schien sich auf einen möglichst schnellen Rückzug vorzubereiten.

Die Falten der Nylonhülle zogen sich immer weiter auseinander, während sie eine Seilschlinge nach der anderen löste.

»Ich decke die Plane jetzt in der Mitte auf«, sagte Rachel ruhig. »Alle mal herschauen.«

Sie stand auf, beugte sich über den Kokon und lupfte den Saum an.

Der Kokon platzte. *Wie ein Popcornpaket,* dachte Kimberly. Die Hülle flog auseinander und entließ eine Flut von Spinnen, schwarzen und braunen, großen und kleinen, achtbeinigen Ungeheuern, die ihrem Gefängnis entflohen, während Rachel mit entsetztem Schrei zurückwich. Harold sprang auf und rief: »Oh Mann, seht euch das an!«

In diesem Moment krachte ein Schuss. Auf Harolds Schulter blühte ein roter Fleck, und wieder rief er: »Oh Mann!«

Harold ging zu Boden.

»In Deckung!«, brüllte Rachel, und alles verzog sich hinter die Büsche, bis auf Sal, der auf Harold zulief, um ihn in Sicherheit zu bringen. Kimberly huschte hinter einen großen Felsbrocken, wo Rainie und Quincy kauerten.

Und sie sollten alle erfahren, was der Burgerman am besten konnte.

Kapitel 41

>Experimente haben nachgewiesen, dass braune Geigenspinnen, sowohl Männchen als auch Weibchen, mit ihrem Gift auch Säugetieren schwere Schäden zufügen können.«
Julia Maxine Hite, William J. Gladney, J.L. Lancaster, Jr. und W.H. Whitcomb: *Biology of the Brown Recluse Spider*

Der Regen hatte aufgehört. Für einen kurzen Moment leuchtete die Sonne auf, um sogleich wieder von grauen Wolken verhüllt zu werden. In stummer Übereinkunft zwischen Rita und dem Jungen blieben die Lampen ausgeschaltet. Im Schatten der Küche hielten sie weiter Wache, stärkten sich an Käse und Keksen und tranken hin und wieder einen Schluck Orangensaft.

Mit vereinten Kräften hatten sie einen alten Kleiderschrank durchs Haus gewuchtet und vor die Hintertür gestellt, die Schwachstelle des Hauses, wie Rita befand. Als Nächstes hatte sie Leintücher geholt, die der Junge vor die Fenster im Erdgeschoss tackerte, um zu verhindern, dass der Mann von außen hereinschauen und sehen konnte, wie sie sich auf seinen Angriff vorbereiteten. Wenn er die Scheibe einschlüge, würde er sich hoffentlich in den alten Tüchern verheddern und Zeit verlieren, vielleicht ein, zwei Minuten, die sie dann nutzen konnten. Sie ging mit dem Jungen noch einmal durchs ganze Haus, von Zimmer zu Zimmer, inspizierte alle hastig aufgebauten Schutzvorrichtungen und musste erkennen, dass sie mit ihrer Verteidigung auch eine Falle für sich selbst gestellt hatten.

Doch das sagte sie dem Jungen nicht. Er hatte sein Messer mit einem Tuchstreifen, abgerissen von einem alten Kissenbezug, an seinen Oberschenkel gebunden und war, wie sie vermutete, mit eigenen Gedanken beschäftigt.

Sie verzichtete darauf, 911 zu wählen oder den Sheriff zu rufen, weil ihr klar war, dass der Junge eher Reißaus nehmen würde, als mit Männern in Uniform zu sprechen. Und was hätte sie auch sagen sollen? Sie und der Junge befanden sich im Krieg. Sie kannten ihren Feind. Sie wussten, dass dieser Kampf ausgetragen werden musste.

Sie kannte den Mann nicht, der in dem alten viktorianischen Haus lebte, hatte noch nie ein Wort mit ihm gewechselt oder ihm in die Augen geschaut. Jetzt stand zu befürchten, dass der erste Blick auf ihn auch schon ihr letzter sein würde. Aber sie war gewappnet, sie hatte ihren Colt. Noch glaubte sie daran, dass sie und der Junge gewappnet waren.

Gegen fünf, als sich die Sonne senkte und die Schatten länger wurden, fühlte sie eine tiefe Müdigkeit über sich kommen. Der Tag war lang gewesen, und sie hatte in der Nacht zuvor kaum geschlafen. Die Versuchung, sich im Wohnzimmer auf dem Sofa auszustrecken, war groß.

Sie vereinbarten, abwechselnd zu schlafen. So machten es doch auch richtige Wachsoldaten, nicht wahr? Rita wünschte, Josephs Geist könnte zu ihr sprechen, denn sie selbst hatte noch nie Krieg geführt und würde seinen Rat gut gebrauchen können.

Der Junge musterte sie und schien sich zu fragen, was sie als Nächstes zu tun gedachte.

Sie sagte: »Ich schlage vor, du hältst jetzt ein Nickerchen. Bis Mitternacht. Dann müssen wir beide fit sein.«

»Ich bin hellwach.«

»Unsinn, mein Junge. Auch Soldaten müssen ausruhen. Wie würde es uns morgen ergehen, wenn keiner von uns geschlafen hätte?«

»Er wird kommen.«

»Aber er ist noch nicht hier. Also schlaf, mein Kind. Solange du es kannst.«

Er verzog das Gesicht, schien aber ihre Worte auf sich wirken zu lassen; vielleicht war er auch müder, als sie angenommen hatte. Jedenfalls nickte er widerwillig und schleppte sich die Treppe hinauf.

»Ich stelle den Wecker«, rief sie ihm nach. »In sechs Stunden musst du wieder auf den Beinen sein.«

»In drei«, widersprach er trotzig. »Dann bist du an der Reihe.«

»Sechs. In meinem Alter kommt man mit weniger Schlaf aus. Der Körper scheint zu ahnen, dass er bald auf ewig ruhen kann.«

Der Junge erwiderte nichts darauf. Sie fand, dass er die Schultern noch mehr hängen ließ als sonst, dass er sich so schwerfällig bewegte wie eine wandelnde Leiche. Wahrscheinlich, dachte sie, rechnete er mit dem Schlimmsten. Für ihn war es wohl schon lange nicht mehr selbstverständlich, dass er, wenn er ins Bett ging, am nächsten Morgen auch wieder aufwachen würde.

Und was, wenn doch, würde ihm der nächste Tag bedeuten?

Sie wünschte, sie wäre jünger, denn dann hätte sie weiß

Gott den Kleinen als ihr Kind angenommen, ihn fest an sich gedrückt und gestreichelt, wenn er mitten in der Nacht schreiend aufgewacht wäre, ihn in schlechten Tagen an die Hand genommen, wenn er von seinen dunklen Erinnerungen heimgesucht wurde und vergaß, dass er unschuldig war, liebenswert und gut. Dass die schlimmen Dinge, die passierten, nicht seine Schuld waren. Dass es Menschen wie sie gab, die sich darüber freuten, ihn zu kennen.

Von Gebeten hielt Rita nicht viel. In ihrer Welt versuchte man, sich seine Wünsche selbst zu erfüllen. Jetzt aber betete sie. Denn es wurde Nacht, und sie liebte dieses Kind. Und sie wusste tief in ihrem Herzen, dass eine fast neunzig Jahre alte Frau keine Chance hatte gegen den Mann, der auf dem Hügel wohnte.

Das Schicksal nahm seinen Lauf. Sie betete, stark zu sein und vor allem darum, dass der Junge gerettet würde.

Rita nickte ein. Eigentlich hatte sie wach bleiben wollen, aber sie musste wohl weggedöst sein, denn sie schreckte auf, als die Türglocke läutete, und fiel fast vom Küchenstuhl, auf dem sie saß.

Dann klopfte es an der Tür. Rita legte beide Hände auf den Küchentisch und stemmte sich in die Höhe. Es war vor allem Neugier, die sie in die Diele lockte, den Colt hinterm Bund von Josephs alter Hose, versteckt unter seinem weiten grünen Flanellhemd.

Würde dieser schlechte Mensch so frech sein, einfach an die Tür zu klopfen? Vielleicht hatte sie bei aller Vorsorge das Wichtigste vergessen, dass nämlich der Junge nicht zu ihr gehörte. Wenn der Mann mit der Polizei aufkreuzte und ihn zurückverlangte, wäre sie machtlos.

Mit diesen Gedanken ging sie zur Haustür und schob vorsichtig die Gardine des Seitenfensters ein Stück zur Seite, um hinauszuspähen. Aber da war kein Mann, der Angst machte. Nur das Mädchen, das weiter unten an der Straße wohnte. Es kaute Kaugummi und hielt den großen schwarzen Kater des Nachbarn im Nacken gepackt.

Midnight, so der Name des Katers, hatte wohl irgendetwas angestellt, vielleicht ein paar Geschenke im Garten vergraben oder das Lieblingseichhörnchen des Mädchens gefressen. Rita konnte sich nicht erklären, mit welcher Beschwerde das Mädchen gekommen sein könnte, denn es wohnte in einer Doppelhaushälfte und der Vorgarten bestand hauptsächlich aus Fingerhirse. Rita hatte noch nie mit der jungen Frau gesprochen und kannte sie nur vom Sehen, wenn sie zu nachtschlafender Zeit die Straße entlangging. Wahrscheinlich arbeitete sie in einer Bar oder Gott weiß wo.

Wieder klopfte das Mädchen, ungeduldig diesmal. Also schob Rita den Riegel beiseite.

Sie hatte die Tür kaum geöffnet, als das Mädchen mit der Katze hereinstürmte. Der Kater maunzte. Das Mädchen schüttelte ihn wütend.

»Ist das Ihrer?«

»Das ist Midnight. Er gehört nach nebenan.«

»Warum hat er dann auf Ihrer Veranda gesessen? Scheint sich ja sehr wohl bei Ihnen zu fühlen.«

»Midnight ist ein Kater, der sich überall wohlfühlt.«

Das Mädchen runzelte die Stirn und schien ihr nicht zu

433

glauben. Es setzte einen Schritt weiter vor, die Katze immer noch im Klammergriff.

»Ich habe genug von dem verdammten Biest, das sage ich Ihnen. Wenn Sie an ihm hängen, halten Sie es gefälligst unter Verschluss, denn wenn es das nächste Mal in meinem Garten auftaucht, brenn ich ihm eine Ladung Schrot auf den Pelz.«

»Zum letzten Mal –«

»Rita.«

Die Stimme hinter ihr war kaum zu hören, so leise. Rita drehte sich um. Als sie den Jungen erblickte und sein Gesicht sah, war ihr sofort klar, dass sie einen Fehler gemacht hatte, einen schrecklichen Fehler.

»Hey, Scott«, sagte das Mädchen. »Der Burgerman lässt schön grüßen.«

Das Mädchen schleuderte den Kater auf Rita zu. Rita schreckte zurück und stolperte. Als sie auf dem Boden aufschlug, krachte ihre alte morsche Hüfte. Midnight zerkratzte ihr mit seinen Krallen den Oberarm und sprang durch die Diele.

»Lauf!«, rief sie mit dünner Stimme dem Jungen zu. »Lauf!«

Der Junge nahm Reißaus. Das Mädchen schlug Rita ins Gesicht und zog eine Handvoll Kabelbinder aus der Tasche.

»Den knöpf ich mir später vor.« Ohne mit der Wimper zu zucken, fesselte es Ritas dünne Handgelenke. »Damit du nicht auf dumme Gedanken kommst, Oma.«

Dann schlug das Mädchen die Haustür zu und jagte hinter dem Jungen her.

Rita blieb auf dem Boden liegen. Die Schmerzen strahlten von der gebrochenen Hüfte über den ganzen Körper aus. Das eine Bein konnte sie gar nicht mehr bewegen. Schon der ersten Konfrontation mit dem Bösen hatte sie keine Minute lang standhalten können.

Ihre Augen brannten. Sie fürchtete, in Tränen auszubrechen, was sie so sehr ärgerte, dass sie sich auf den Bauch wälzte und mit fest zusammengebissenen Zähnen und ungeachtet ihrer Schmerzen zu kriechen anfing.

»Joseph«, flüsterte sie. »Hab Geduld mit mir, lieber Bruder. Und hilf mir in dieser Nacht. Ein letztes Mal. Dann werde ich bald bei dir sein.«

Kapitel 42

>**Die Evolution der Spinne hat enorm mörderische Ergebnisse hervorgebracht.**«
Burkhard Bilger: *Spider Woman*

Gewehrschüsse. In alle Richtungen.

Alle hatten sie ihre Waffen gezogen und feuerten wie wild auf die Bäume, um Sal Feuerschutz zu geben, der Harold von der Lichtung weg auf den Felsblock zuschleppte, hinter dem Kimberly, Rainie und Quincy Deckung gesucht hatten.

Zehn Schritte weit entfernt kauerte Rachel Childs hinter einem Baum, ihre Glock in der einen, das Funkgerät in der anderen Hand. Sie brüllte aus voller Kehle: »Officer down! Officer down! Wir werden beschossen. Ich wiederhole, wir brauchen dringend Verstärkung und ärztliche Betreuung. Schickt Hubschrauber, die SWAT, Nationalgarde ... Ist mir scheißegal. Ich will einen Hubschrauber. Der verletzte Kollege muss sofort ins Krankenhaus gebracht werden. Wir sind auf dem Blood Mountain. Wir brauchen Hilfe, *sofort!*«

Auch Kimberly hatte ihre Glock gezogen. Im Geiste trieb sie Sal zur Eile an und spähte in den Wald auf der Suche nach Hinweisen auf den Schützen. Sal schaffte zwei Schritte. Drei. Wieder krachte Gewehrfeuer aus der Ferne. Sal ließ sich auf Harold fallen und schirmte den Kopf des Kollegen mit den Armen ab, als am Baum neben ihm die Rinde explodierte.

»Da«, rief Quincy. »Da drüben. Links.«

Er zeigte mit dem Finger in die Richtung, die Kimberly sofort unter Beschuss nahm, worauf Sal wieder aufsprang, Harold unter die Armbeugen griff und weiterschleppte. Es sah allerdings nicht danach aus, dass er es schaffen würde, Harolds träge Masse von über achtzig Kilo in Sicherheit zu bringen. Der Weg war zu weit. Jemand musste ihm helfen.

Unwillkürlich setzte Kimberly zum Sprung an, doch dann ...

Sie hielt inne.

Es kam gar nicht in Frage, dass sie die Deckung verließ. Sie durfte es nicht.

Sie war schwanger. Sich selbst mochte sie in Gefahr bringen, doch sie hatte nicht das Recht, das Leben ihres Kindes zu riskieren. Oh Gott, sie wurde Mutter, und eine ihrer ersten Pflichten, die sie nun zu erfüllen hatte, war hinter diesem verdammten Felsen zu bleiben und zuzusehen, wie auf einen ihrer Teamgefährten geschossen wurde.

Wieder krachte ein Schuss in der Ferne mit Auswirkungen in unmittelbarer Nähe. Sal ging zu Boden. Kimberly und die anderen erwiderten das Feuer in dem verzweifelten Versuch, einen Feind aufzuhalten, der nicht zu sehen war.

Neben ihr schnappte Quincy nach Luft. Er hatte Rainie den einen Arm um die Schulter gelegt, den anderen um die seiner Tochter und blickte angestrengt in Richtung Wald.

»Kimberly«, sagte er.

»Geh«, stieß sie zwischen zusammengebissenen Zähnen hervor. »Hilf ihm, verdammt noch mal. Jemand muss ihm doch helfen.«

Quincy rannte los. Kimberly gab im Feuerschutz und spürte, wie Rainie neben ihr den Atem anhielt. Tränen liefen ihr über die Wangen.

Wieder krachte es aus der Distanz, als Quincy Sal erreichte. Der GBI-Agent zuckte zusammen, blieb aber auf den Beinen. Quincy packte Harold am rechten Arm, Sal zog am linken. Sie fingen zu laufen an und schleiften Harolds schlaffe Gestalt über unebenes Gelände hinter sich her.

Kimberly atmete schon auf und sah die Heldentat belohnt, als ein weiterer Schuss krachte und Sal auf die linke Seite stürzte.

Nur am Rande nahm sie wahr, dass Sheriff Duffy hinter einem Baum hervortrat, den Gewehrkolben an die Schulter gedrückt, ein Ziel in der Ferne anvisierte und abdrückte. Der Rückschlag der Waffe brachte sogar seinen massigen Körper für einen kurzen Moment aus dem Gleichgewicht.

Inzwischen hatte Quincy Harold in Deckung gebracht. Rainie half Sal, der ihr den Arm über die Schultern gelegt hatte, hinter den Felsen.

Duff verschwand wieder hinter dem Baum.

Im Wald kehrte gespenstische Stille ein.

Harold hatte es schlimm an der Schulter erwischt. Kimberly riss ihm das Hemd auf und versuchte, die Schusswunde von Schmutz und Splittern zu säubern. Sein Herz schlug unregelmäßig, die Augen waren zurückgerollt. Er brauchte sofort medizinische Versorgung, sonst hatte er keine Chance.

Sal lehnte gekrümmt am Felsen. Rainie hatte ihm das Unterhemd hochgezogen und eine blutende Furche am linken Rippenbogen freigelegt. Er hatte offenbar starke Schmerzen, schien aber nicht ernstlich gefährdet zu sein.

»Wir brauchen Verbandszeug«, drängte Kimberly. »Kochsalzlösung und was zum Desinfizieren. Ist alles in den Rucksäcken.«

»Wo sind die Rucksäcke?«, fragte Quincy.

Kimberly zeigte auf die andere Seite des Felsens.

»Das wird nicht leicht«, meinte ihr Vater. Die meisten Rucksäcke standen mitten auf der Lichtung, gut zwanzig Schritte entfernt.

»Wir müssen sie holen. Harolds Zustand verschlimmert sich, und auf die Rettung werden wir wohl noch warten müssen.«

»Ich tu's«, sagte Sal und mühte sich auf.

»Sie bleiben sitzen. Für heute haben Sie schon genug Lorbeeren geerntet.«

Sal versuchte sich an einem beleidigten Gesichtsausdruck, war aber offenbar dankbar, wieder Platz nehmen zu dürfen. »Sie werden hoffentlich nicht ...«

Kimberly schüttelte den Kopf. »Nein, ich werde als Florence Nightingale hierbleiben. Das heißt, die Rolle von John Wayne übernimmt Dad oder Rainie.«

»Wir gehen beide«, entschied Rainie. »Wenn wir Glück haben, zögert der Schütze, weil er nicht weiß, auf wen er zuerst schießen soll.«

Kimberly krauste die Stirn, widersprach aber nicht. Sie rollte ihren Regenumhang zusammen, schob ihn unter Harolds Kopf und stieß dann auf zwei Fingern einen Pfiff aus. Rachel lugte hinter einem Baum hervor, worauf Kimberly ihr per Zeichensprache erklärte, was sie vorhatte. Rachel nickte und reichte die Stille Post weiter.

Als sie wieder ihren Kopf zeigte, zählte Kimberly die fünf Finger ihrer rechten Hand ab und ballte sie schließlich zur Faust. Im selben Augenblick sprinteten Quincy und Rainie los, während die hinter Bäumen versteckten Agenten das Feuer eröffneten.

Fünf sechs, sieben, acht. Die beiden hatten die Rucksäcke erreicht. Jeder schnappte sich zwei. *Zehn, elf, zwölf, dreizehn* – sie hasteten geduckt zurück zum Felsen –

Vierzehn, fünf zehn, sechzehn ...

Rainie und Quincy warfen sich dahinter auf den Boden, und es wurde wieder still.

Kimberly atmete tief durch, bemerkte nun aber, dass Sal die Besinnung verloren hatte. Mit zitternden Händen kramte sie den Erste-Hilfe-Koffer hervor, riss ein aseptisches Feuchttuch aus seiner Verpackung und legte es Sal auf die blutende Wunde.

Sal wachte mit einem Schrei auf, und in der Ferne glaubte Kimberly, einen Mann lachen zu hören.

»Ich muss mich bewegen«, stöhnte Sal immer wieder. »Ich muss runter ins Tal. Das bin ich meiner Mutter schuldig. Es wäre nicht fair, wenn ich ...«

Rachel war zu ihnen hinter den Felsen gekommen. Sie kümmerte sich jetzt um Harold, betupfte die Schussverletzung mit Kochsalzlösung und umwickelte die Schulter mit einem sterilen Druckverband. Als sie einen Blick auf Sals schweißnasses Gesicht warf, zog sie die Stirn in Falten.

»Schock?«, flüsterte sie an Kimberlys Adresse.

»Nein«, antwortete Sal und winselte. »Ich denke ... praktisch. Es war schlimm genug für sie, einen Sohn zu verlieren.«

»Halten Sie still!«, herrschte Kimberly ihn leise an. »Sie sind ein schrecklicher Patient.«

»Ist er ... noch in der Nähe?«

»Keine Sorge: Die Kavallerie wir gleich hier sein ...«

Sie sprach in einem heiteren Tonfall, der nicht so recht zu ihrer Miene passte, mit der sie ihre Chefin betrachtete. Rachel hatte das Funkgerät leise gedreht, um den Schützen nicht nervös zu machen. Seit zehn Minuten war von ihm nichts mehr zu hören, was aber nicht unbedingt als gutes Zeichen gedeutet werden konnte. Vielleicht hatte er aufgegeben; möglich aber auch, dass er den Standort wechselte, um sie von hinten ins Visier zu nehmen.

Quincy hatte Kimberlys Glock an sich genommen und hielt mit Rainie Wache. Allen war klar, wie prekär die Situation war. Sie befanden sich auf dem Spielfeld des Täters und waren eindeutig im Nachteil.

Weiter hinten auf der ausgebreiteten Plane war der verwesende Leichnam zur Ruhe gekommen. Selbst die Spinnen hatten das Weite gesucht, und zurückgeblieben war nur die Leiche als stumme Erinnerung an das, was Dinchara zuzutrauen war.

Kimberly widmete sich wieder Sal und führte eine Wasserflasche an seine Lippen. Er sah schlimmer aus, als es die Wunde vermuten ließ. Vielleicht hatte Rachel recht, und er stand unter Schock.

»Lebt Ihre Mutter noch?«, fragte sie ihn und betupfte seine Stirn mit einem Taschentuch.

»Ja«, antwortete er und stöhnte auf, als sie seiner Wunde an der Seite zu nahe kam. »Hey –«

»Entschuldigung, war nur ein Grasfitzelchen, das ich wegmachen musste. Und Ihr Vater?« Sie wollte ihn am Reden halten.

»Ich weiß ... nicht.« Sie entfernte ein paar weitere Schmutzpartikel von der Wunde. Er presste die Lippen aufeinander. »Sie hat ihn rausgeschmissen ... vor Jahren schon. Zu Recht, denn es war nicht ihre Schuld.«

»Von welcher Schuld sprechen Sie?«

»Dass mein Bruder verschwunden ist.«

»Ist er durchgebrannt?«

Sal schüttelte den Kopf. »Er wurde entführt. Er war erst neun, viel zu jung, um auf der Straße zu leben.«

Kimberly musterte ihn. Sie erinnerte sich vage, dass Sal schon einmal von seiner Familie gesprochen hatte. »Wenn ich richtig verstanden habe, hatte Ihr Vater eine ziemlich lockere Hand«, sagte sie leise.

Sal schüttelte wieder den Kopf und drehte sich unter Schmerzen zur Seite. »Es wurde schlimmer ... hinterher. Der alte Mann konnte seinen Sohn nicht finden ... und trank wie nie zuvor.«

»Tut mir leid.«

»Tja, so was soll vorkommen. Liegt schon Jahre zurück. Es bleiben Narben, und an die Wunden darunter denkt man nicht mehr. Aber eine falsche Bewegung, es braucht nur einen leichten Stich, und sie reißen wieder auf. Ist eine Zeile aus einem Film. Bei mir war's das Foto von einem Jungen auf einem alten Huffy-Bike. Das verdammte Foto von Aaron Johnson in Ginnys Portemonnaie.«

»Wie darf ich das verstehen?«

»Liegt doch auf der Hand. Es stammt wahrscheinlich aus einem Familienalbum, meinen Sie nicht?«

Kimberly zuckte mit den Achseln. Sie hatte sich über das Foto noch keine Gedanken gemacht. Auf dem Bild, das sich ihr ins Gehirn gebrannt hatte, lag Aaron Johnson tot auf dem Boden ihres Hotelzimmers.

»Ich will Ihnen was verraten«, sagte Sal, dem wieder ein wenig Farbe ins Gesicht gekommen war. »Die Entführung meines Bruders war der eigentliche Grund, warum ich Cop geworden bin. Ron Mercer, der Detective, der damals ermittelt hat, war mein Vorbild, ein beeindruckender Typ. Cool, ruhig und konzentriert. Ich dachte, wenn ich so wäre wie er, könnte mir nichts Schlimmes mehr passieren.« Er lächelte und winselte vor Schmerzen.

Quincy war neben ihm in die Hocke gegangen und betrachtete ihn mit ernster Miene. »Und Sie wissen wirklich nicht, was mit Ihrem Bruder passiert ist?«

»Inzwischen schon, nach dreißig Jahren. Meine Mutter und ich sind uns ziemlich sicher.«

»Nein«, entgegnete Quincy ruhig. »Ich glaube, Sie wissen nichts.«

Dann, endlich, war Motorengeräusch zu hören, als der erste Hubschrauber über dem Gipfel von Blood Mountain aufstieg.

Es ging alles sehr schnell. Aus dem SWAT-Chopper wurde eine Trage abgeworfen. Dann seilten sich mehrere bewaffnete Männer ab. Duff und die anderen standen Wache und behielten den ganzen Umkreis im Blick. Aber der Schütze rührte sich nicht.

Harold wurde auf die Trage geschnallt und durch die Luft abtransportiert. Es dauerte dreißig Minuten, bevor der zweite Hubschrauber mit einer Trage für Sal kam, der sich nur widerwillig festschnallen ließ. Aus Rücksicht auf ihre Schwangerschaft wurde Kimberly mit ihm ausgeflogen, was ihr ein schlechtes Gewissen machte.

Ihr Vater und Rainie bestiegen den dritten Hubschrauber. Es dauerte nicht lange, und sie erreichten den Stützpunkt, wo nach und nach auch die anderen Agenten und Officers eintrafen.

Kimberly sah Mac auf den ersten Blick. Er stand hinter der Absperrung und machte einen besorgten Eindruck. Aber als er sie dann entdeckte, strahlte er übers ganze Gesicht, und obwohl dreißig Meter von ihm entfernt, spürte Kimberly die Wirkung seines Lächelns tief im Herzen.

Sie schaute auf Sal herab, der noch angeschnallt auf der Trage lag und die Hand zum Abschiedsgruß erhob.

»Gehen Sie«, hauchte er.

Und das tat sie. Sie lief los und warf sich ihrem Mann um den Hals, spürte, wie er seine Arme um sie und ihr gemeinsames Baby schloss, und hörte ihn in ihr Ohr flüstern, dass er sie liebte. Und das reichte für diesen Moment voll und ganz.

Es war dunkel geworden. In der Ferne heulte die Sirene des Krankenwagens, der Harold abholen würde.

Rita schaffte es bis in die Küche. Sie hechelte wie der Hund, den sie einmal dabei beobachtet hatte, wie er sich, von einem Lastwagen angefahren, von der Straße zu schleppen versuchte. Das Tier war nur drei Meter weit gekommen und dann tot in sich zusammengesunken.

Sie hatte noch zwei Meter vor sich.

Bis zum Telefon. Sie würde einen Einbruch melden, Folter, Vergewaltigung – egal was. Vorausgesetzt, sie schaffte es, das Telefon von der Konsole zu zerren und 911 zu wählen. Sie war eine alte Frau. Man würde kommen, um ihr zu helfen.

Und vielleicht war auch der Junge noch zu retten.

Im Obergeschoss knarrte manchmal einen Dielenbrett unter vorsichtigen Schritten. Das Mädchen suchte, wie Rita glaubte, schleichend nach dem Jungen, der sich irgendwo versteckt hatte. Hoffentlich gut, dachte Rita. Vielleicht war so wertvolle Zeit zu gewinnen.

Unter Schmerzen rutschte sie auf dem Bauch Zentimeter um Zentimeter weiter, wobei sie nur das gesunde Bein einsetzen konnte; das andere war nicht mehr zu gebrauchen. Sie spürte den Colt auf ihren Schenkel drücken. Einen Moment lang dachte sie daran, die Waffe am Ende nur noch gegen sich selbst richten zu können. Aber das Mädchen hatte die Kabelbinder so fest zugezogen, dass ihr die Hände blau angelaufen waren und mit einer Pistole nichts mehr anfangen konnten.

Sie wand und schleppte sich Stück für Stück weiter, den Blick auf das Ziel gerichtet.

Sie hatte die Konsole, auf dem das Telefon stand, fast erreicht. Wenn sie jetzt einen Stuhl herbeiziehen und sich mit dem Ellbogen darauf abstützen könnte, wäre es vielleicht möglich, das Telefon mit den gefesselten Händen herunterzuschlagen ...

»Was soll der Unfug?«, meldete sich eine Männerstimme hinter ihr.

Erschrocken drehte Rita den Kopf herum. Sie wollte glauben, dass einer der Nachbarn gekommen sei, um ihr zu helfen. Aber mit so viel Glück rechnete sie nicht wirklich.

Der Mann hinter ihr hatte eine Taschenlampe in der Hand. Als er den Schirm seiner roten Baseballkappe anhob und seine Stirn entblößte, entdeckte sie darauf eine Reihe glühender gelber Augen.

Kapitel 43

>Soziale Spinnen bauen in Gemeinschaftsarbeit enorme Spin-
nenstädte und fressen auch in Gruppen, das heißt, sie teilen
sich ihre Beute.«
Christine Morley: *Freaky Facts About Spiders*

»Sie standen neben Harold, als der erste Schuss fiel«, sagte
Quincy zu Sal. »Wäre er nicht aufgesprungen, hätte es Sie
erwischt, nicht ihn.«

Sal saß im Heck des Krankentransporters und hielt sein
Hemd hoch, während ein Arzt die Wunde versorgte. Er
hatte sich geweigert, ins Krankenhaus zu fahren. Quincy,
Rainie, Kimberly und Mac warteten mit ihm auf den Befund des Arztes, der mit einer Pinzette zu Werke ging.

»Au!«

»Im Krankenhaus wäre es für uns beide einfacher«,
meinte der Arzt. Er zupfte winzige Faserreste aus der
Wunde.

»Ginny sagte, Dinchara wollte, dass die Führerscheine
gezielt Ihnen zukommen, Sal. Warum?«

»Ich interessiere mich für Vermisstenfälle ... Ist mein
Hobby. Das habe ich doch bereits erwähnt.«

Kimberly musterte den GBI-Agenten mit kritischer Miene.
»Wegen Ihres Hobbys nimmt Dinchara Sie ins Visier?«

»Er wollte mich ködern. Zugegeben, das hätte er auch
einfacher haben können, aber was weiß ich, wie dieser Typ
tickt?«

»So viel ist sicher«, erwiderte Quincy, »Serienkiller handeln jedenfalls nicht aus Zweckmäßigkeitsgründen. Sie inszenieren ihre Rituale aus einem bestimmten Bedürfnis heraus und sind dabei oft recht erfinderisch. In unserem Fall haben wir es mit einem Mann zu tun, der sich in seinem Alltagsleben hilflos fühlt. In seinen Phantasien lebt er deshalb Machtvorstellungen aus. Es treibt ihn zu Heimlichkeiten und Manipulationen. Er ist die Spinne, die ein Netz webt, um Beute einzufangen. Dass er Sie mit diesen Führerscheinen angelockt hat, entspricht genau diesem Bedürfnis und seinem Selbstbild als Raubtier, auch wenn es aus anderem Blickwinkel betrachtet ganz und gar nicht praktisch erscheint. Wenn Sie die Motive verstehen, können Sie den Killer überführen.«

»*Du musst töten, was du lieb hast*«, murmelte Kimberly. Sie richtete ihren Blick zurück auf Sal. »Nach all den Jahren liebt er Sie vielleicht immer noch, und vielleicht will er immer noch seine Reifeprüfung ablegen.«

Sal schien vergessen zu haben, dass er verarztet wurde, denn er war ganz still. »Mein Bruder ist tot«, entgegnete er harsch, doch seine Stimme ließ anklingen, dass er sich dessen nicht mehr sicher war.

Als über den Bergen die Nacht hereingebrochen war, erklärte Rachel den Leichenfundort zum Sperrgebiet. Sie würden ihn erst dann wieder aufsuchen, wenn eine taktische Einheit mit Scharfschützen zu ihrem Schutz zur Stelle wäre. Man könne sich jetzt zur Ruhe begeben. Sie selbst werde ins Krankenhaus fahren und sich melden, sobald es Neues über Harold zu berichten gebe.

Quincy und Rainie machten sich auf den Weg zurück ins Hotel. Mac und Kimberly boten Sal an, ihn in ihrem Auto mitzunehmen. Er setzte sich hinter Kimberly auf die Rückbank. Die Streifschusswunde war verbunden, das blutbefleckte Hemd hing ihm aus der Hose.

Im ganzen Distrikt waren inzwischen sämtliche Agenten der Strafverfolgung auf Dinchara angesetzt worden. Seine Taten hatten ihn in die Top-10-Liste der meistgesuchten Verbrecher katapultiert, und zurzeit bereitete man eine entsprechende Presseerklärung für alle größeren Fernseh- und Rundfunkanstalten vor.

Am nächsten Morgen wurde in Dahlonega und Umgebung ein Großaufgebot von Polizei und Nationalgarde erwartet. Der Horrorfilm des heutigen Tages würde morgen zu einem Zirkus mutieren. Kimberly konnte nur hoffen, dass niemand verletzt wurde.

Sie persönlich zweifelte daran, dass Dinchara versuchen würde, das Land zu verlassen. Für sie war er ein Mann vom Schlag eines Eric Rudolph – jenes Bombenlegers von Atlanta, der sich fünf Jahre lang in den Great Smoky Mountains versteckt gehalten und von wilden Tieren und Bucheckern ernährt hatte. Auch Dinchara schien ein Einzelgänger und in der Wildnis zu Hause zu sein.

Außerdem waren da noch Ginny Jones und der verschwundene Junge. Was sie darauf brachte …

Ihr Handy klingelte. Sie schaute auf das Display, erkannte an der Vorwahl, dass der Anruf aus der Nähe kam, und meldete sich mit »Special Agent Quincy«.

»Deputy Roy hier. Wir haben uns über dieses Jones-Mädchen unterhalten.«

»Ah, ja. Das Sie wieder auf freien Fuß gelassen haben, obwohl es der Mittäterschaft eines Mordversuchs verdächtigt wird. Ich erinnere mich.«

Roy lachte. »Dachte ich mir. Theoretisch wäre es allerdings richtiger, wenn Sie sich darüber beim Richter beklagen.«

»Das werde ich, sobald ich Gelegenheit dazu finde.«

»Zweifelsohne. Hören Sie, wir, Rick und ich, finden es ziemlich mies, was da abgegangen ist, ganz zu schweigen von der Schießerei am Blood Mountain.«

»Schweigen wir darüber.«

»Wir haben uns ein paar Gedanken gemacht, und Rick ist wieder eingefallen, dass er gesehen hat, wie Ginny Jones draußen auf dem Parkplatz diesen Mann umarmt hat. Also ist er heute Nachmittag noch einmal zum Gericht und hat das Videoband der Überwachungskamera geholt, die auf den Parkplatz gerichtet ist.«

»Und?«

»Ich fasse mich mal kurz: Der Mann machte sich zu Fuß vom Acker, aber Ginny stieg in den Wagen, einen blauen Nissan Hatchback mit einem Georgia-Kennzeichen und der Nummer ...«

Kimberly griff nach einem Stift und schrieb mit. »Gute Arbeit, Officer.«

»Wir geben das natürlich noch zu Protokoll, dachten aber, dass Sie vielleicht vorab informiert werden wollen. Wir hier sind nicht ausschließlich damit beschäftigt, frittierte Okraschoten zu essen und auf Beutelratten zu schießen, müssen Sie wissen.«

»Sie schießen auf Beutelratten?«

»War nur ein Scherz.«

»Vielen Dank, Officer. Und schöne Grüße an Rick.«

Kimberly klappte ihr Handy zu. Sie warf einen Blick auf Mac und dann über den Rückspiegel auf Sal.

»Hey«, sagte sie. »Ich habe eine Idee.«

»Wir gehen davon aus, dass das jüngere Kind Dinchara und Aaron auf deren Wanderungen nicht begleitet hat«, erklärte Kimberly, als sie Mac zum abgebrannten Haus von Dinchara lotste. »Die Kellnerin im Smith House kann sich nur daran erinnern, Dinchara in Begleitung eines Teenagers gesehen zu haben. Außerdem hätte der kleine Junge die beiden auf dem steilen Anstieg nur aufgehalten.«

»Verstehe«, sagte Mac, obwohl ihm die Zusammenhänge noch fremd blieben.

»Was, wenn sie den Jungen allein im Haus zurückgelassen haben? Hat Dinchara vielleicht einen Babysitter engagiert, um auf ihn aufzupassen? Jemanden, dem er vertrauen konnte?«

»Zum Beispiel Ginny Jones«, schaltete sich Sal von der Rückbank ein.

»Exakt. Vielleicht hat er deshalb die zehn Riesen Kaution für sie springen lassen. Er wollte Jagd auf uns machen – oder richtiger: auf Sie, Sal – und brauchte jemanden, der auf den Jungen aufpasst.«

»Sind wir noch auf Kurs?«, fragte Mac. Sie hatten die alte Nachbarschaft Dincharas erreicht.

»Wir sind gleich da«, antwortete Kimberly. »Wir müssen nur noch den Hügel dort hinauf.«

»Aus der Ruine steigt immer noch Rauch auf«, bemerkte Mac. »Als das Haus niederbrannte, kann der Junge dort nicht gewesen sein.«

»Ginny Jones ebenso wenig. Von den Nachbarn hat sie niemand gesehen, also war sie wahrscheinlich die ganze Zeit mit Aaron und Dinchara zusammen. Darum frage ich mich, ob sie nicht womöglich ebenfalls hier in der Nähe wohnt.«

»Aber sie schafft doch in Sandy Springs an«, gab Sal zu bedenken. »Wir waren dort in ihrem Apartment.«

»Ein billiges Einzimmerapartment«, präzisierte Kimberly. »Eine praktische Zweitwohnung für die Nächte, in denen sie als Prostituierte arbeitet. Aber erinnern Sie sich an das, was Ginny sagte – Dinchara macht auch Pornogeschäfte und wickelt sie übers Internet ab. Sie und Aaron haben Filme für ihn gedreht. Sie muss also hier oben bei ihm gewesen sein und ihm assistiert haben. Warum ist sie dann den Nachbarn nicht zu Gesicht gekommen? Wir wissen, dass sie mit Aaron zusammen war, und ich wette, sie hat auch auf den Kleinen aufgepasst. Sie muss hier irgendwo gewohnt haben, und zwar ganz in der Nähe, sodass Dinchara sie im Auge behalten konnte. Hier zum Beispiel ... STOPP. Nein, fahr noch ein Stück. Vor der nächsten Einfahrt hältst du an.«

Mac brachte den Wagen nach zweihundert Metern zum Stehen. »Wonach suchen wir?«

»Nach einem blauen Nissan mit Fließheck. Wie dem unter dem Vordach des Hauses weiter hinten. Meine Damen und Herren, ich glaube, wir haben Ginny Jones gefunden.«

452

Es wurde verabredet, dass Kimberly im Wagen blieb und Verstärkung anforderte. Mac und Sal sollten allein vorgehen. Dass Kimberly sofort einverstanden war, machte Mac argwöhnisch. Er gab ihr einen Kuss, den sie stürmisch erwiderte.

Sal wandte sich ab.

Anschließend öffnete Mac den Kofferraum, wo er in einem abschließbaren Fach seine Ausrüstung aufbewahrte: kugelsichere Westen, eine Dienstwaffe und Munition.

Kimberly meldete sich über Funk in der Zentrale und erklärte, dass sie das zur Fahndung ausgeschriebene Fahrzeug entdeckt hätten und nun die Halterin festzunehmen versuchten. Sie bat um Unterstützung. Aber diskret, ohne Blaulicht und Sirene. Im günstigen Fall würden Mac und Sal Ginny nach draußen locken, sie verhaften und den kleinen Jungen retten. Ein glückliches Ende hatten alle nach diesem Tag verdient.

Die beiden Männer gingen auf der Straße zurück und verloren sich schon bald in der Dunkelheit.

Der Mann wälzte Rita auf den Rücken. Sie schrie vor Schmerzen in der Hüfte. Zu allem Überfluss schlug er sie noch. Ein brutaler Kerl. Brutaler noch als das Mädchen. Er begrabschte sie am ganzen Körper, hatte bald den Colt gefunden und zerrte ihn unter dem Bund der weiten Hose hervor.

Er richtete sich auf. Seine Zähne schimmerten weiß im Dunkeln. »Vor wem wolltest du dich mit der Knarre schützen? Vor mir und dem Jungen? Ich wette, du ahnst nicht, wie viel Ärger dieses Bürschchen macht. Was der schon alles angestellt hat ...«

Er kicherte, als hätte er einen Witz gemacht, dessen Pointe nur er verstand. Dann hob er sie vom Boden auf und setzte sie auf einen der Küchenstühle. Diesmal biss sie die Zähne zusammen, um nicht laut aufzuschreien. Die Schmerzen waren so schlimm, dass ihr schwindlig wurde. Sie fürchtete, die Besinnung zu verlieren.

Er glaubte offenbar schon, sie sei in Ohnmacht gefallen, denn er schlug ihr ins Gesicht, um sie aufzuwecken. Ihr war, als bewegte sich hinter ihm etwas. Ein Schatten huschte an der Wand entlang.

Joseph, betete sie im Stillen. Bitte, *Joseph, wenn es jemals einen Grund gab, Aufsehen zu erregen ...*

Der Schatten nahm Gestalt an. Das Mädchen kam die Treppe herunter und zerrte den Jungen hinter sich her.

»Wurde auch höchste Zeit, dass du aufkreuzt«, sagte das Mädchen und stieß den Jungen nach vorn. Er stolperte und fiel dem Mann vor die Füße. Sein Gesicht war voll roter Flecken, an einigen Stellen blutverschmiert, wie es schien.

Er hatte sich offenbar gewehrt, denn die Arme des Mädchens waren zerkratzt. Aber sein Messer hielt sie nun in der Hand.

»Das blöde Stück Scheiße war auf dem Speicher«, berichtete das Mädchen.

Der Mann packte dem Jungen in die Haare, riss seinen Kopf in die Höhe und zwang ihn, ihm in die Augen zu sehen.

»Was habe ich dir gesagt? Weglaufen ist nicht drin. Du gehörst mir.«

Der Junge sagte nichts. Sein Gesicht war wie versteinert. Rita sah, dass er sich tief in sein Inneres zurückgezogen hatte. Dahin, wo er einen Rest von sich schützen konnte.

Das schien auch der Mann zu wissen. »Nun, du weißt, was jetzt passiert.«

Der Junge rührte sich nicht.

»Wer nicht hören will, muss fühlen.«

»Soll ich es ihn fühlen lassen?«, fragte das Mädchen sofort.

»Halt's Maul. Du bist mir heute schon genug auf den Wecker gefallen.«

Das Mädchen schwieg.

Der Mann taxierte den Jungen. Rita machte sich darauf gefasst, dass er mit der Faust zuschlagen oder den Jungen treten würde. Aber stattdessen schaute er sich in der Küche um, bis schließlich sein Blick auf den Colt fiel, der auf dem Küchentisch lag.

Er nahm ihn zur Hand. »Söhnchen«, sagte er. »Komm her.«

Der Junge stand gehorsam auf und trat vor ihn hin.

Der Mann zeigte auf Rita, die gefesselt und mit schmerzverzerrtem Gesicht auf dem harten Holzstuhl saß.

»Die hast du ins Spiel gebracht, Kleiner. Dabei habe ich dir gesagt, dass wir mit anderen nichts zu tun haben wollen. Und du weißt auch, was dir blüht, wenn du andere um Hilfe bittest. Erinnerst du dich noch an meine Worte?«

Der Junge senkte den Blick. Es klatschte laut, als der Mann ihm ins Gesicht schlug. »Sieh mich an, wenn ich mit dir rede! Erinnerst du dich an meine Worte? Raus mit der Sprache!«

»Ja, Sir«, flüsterte der Junge.

»Und das war nicht gelogen, Kleiner. Ich lüge nie.« Dann drehte sich der Mann um und zielte mit der Pistole auf Ritas Stirn.

»Verabschiede dich von ihr.«

»Goodbye«, flüsterte der Junge.

Rita schloss die Augen. Sie machte sich schon auf den Schuss gefasst, als sie plötzlich ein Klatschen hörte. Sie riss die Augen auf und sah den Jungen am Boden liegen.

»Glaubst du, dass ich es dir so leicht mache? Hältst du mich für gnädig? Oder für dumm?«

»Nein, nein, nein«, winselte der Junge.

»Hoch mit dir!«

Der Junge stand auf.

»Nimm die Pistole!«

Der Junge tat, was ihm befohlen wurde.

»Und jetzt knall die Alte ab!«

Der Junge richtete die Waffe auf Rita.

Diesmal schloss sie nicht die Augen. Sie wollte dem Jungen zeigen, dass sie ihm verzieh.

Plötzlich öffnete sich hinter ihm eine Schranktür.

Der Mann wirbelte herum. »Was war das?«

Joseph, betete Rita. Bitte, *Joseph.*

Eine Schublade rappelte und rutschte aus der Führung.

»Was zum Teufel ...«

Im Hängeschrank rasselten Töpfe. Der Teekessel rutschte über den Herd. Aus dem Wasserhahn sprudelte Wasser. Der Mann stand mitten in der Küche und brüllte: »Was zum Teufel geht hier vor?«

Vielleicht erinnerte sie sich an das, was das Mädchen gesagt hatte, oder vielleicht soufflierte ihr auch Joseph die Worte ins Ohr. Sie sagte: »Der Burgerman lässt grüßen.«

Der Mann fing zu toben an.

Der Junge drückte ab.

Mac und Sal schlichen die Verandastufen hinauf. Tief geduckt näherten sie sich der Haustür. Mit dem Rücken zur Wand gingen sie rechts und links der kleinen Seitenfenster in Position.

»Die Fenster sind verhängt«, flüsterte Mac.

Sal nickte. »Ginny will offenbar nicht gesehen werden.«

Mac streckte den Arm aus, legte die Hand auf den Türknauf und stellte fest, dass er sich drehen ließ.

»Offen«, formulierte er mit den Lippen.

Sal krauste die Stirn. Mit so viel Glück hatte er nicht gerechnet. »Versuchen wir's.«

Mac öffnete die Tür, als im Inneren des Hauses ein wütender Schrei gellte, unmittelbar gefolgt von einem Schuss.

Sal hatte bereits sein Funkgerät zur Hand und gab die Adresse durch. »Schießerei. Wir brauchen sofort Verstärkung. So viel wie möglich ...«

Geduckt eilten er und Mac durch die Diele.

»Polizei! Lassen Sie die Waffen fallen!«

Kimberly hatte sich gerade nach vorn gebeugt, um die Lautstärke des Funkgerätes zu regeln, als es an der Seitenscheibe klopfte. Sie schrak auf und griff blitzschnell nach ihrem Schulterholster. Aber dann erkannte sie die Lockenwickler tragende Nachbarin wieder, mit der sie und Sal gesprochen hatten, als Dincharas Haus niederbrannte.

Kimberly öffnete die Tür und stieg aus.

»Sie sind von der Polizei, nicht wahr?«, fragte die Frau merklich nervös.

»Kann ich Ihnen helfen?«

»Im Haus nebenan stimmt was nicht. Ich habe soeben zufällig von meinem Schlafzimmer aus gesehen, dass auf dem Speicher Licht brennt, und jemand hat was auf eine der Fensterscheiben geschrieben. Sieht aus wie 911.«

Kimberly fuhr mit dem Kopf herum und blickte in die angezeigte Richtung. »Das Haus, in dem die junge Frau wohnt?«

Die Nachbarin runzelte die Stirn. »Junge Frau? Rita ist an die neunzig. Ihrer Familie gehört das Haus seit Generationen.«

»Ich dachte, Sie meinten das Haus nebenan ...«, sagte Kimberly verwirrt, »das mit der rundum verlaufenden Veranda ...«

»Davon spreche ich doch.«

»Und darin wohnt keine junge Frau?«

»Nicht dass ich wüsste.«

»Kommt denn manchmal eine junge Frau zu Besuch?«

»Nein. Wäre mir aufgefallen. Aber vor ungefähr zwanzig Minuten tauchte ein Mann auf. Mit einer roten Baseballkappe.«

Zuerst spürte der Mann einen Schmerz. Was ihn überraschte. Sein Körper hatte schon lange nichts mehr empfunden, die Nervenenden schienen verödet, abgestorben

458

zu sein. Die Haut war zu einer Art Panzer mutiert, und das gefiel ihm so.

Aber jetzt schien es, als stünde seine Seite in Flammen. Als er danach griff, nahm der Schmerz noch zu, und dann ertastete er zu seinem Entsetzen die Nässe seines eigenen Blutes.

Er wandte sich dem Jungen zu. Der drückte ein weiteres Mal ab.

Die Kugel schlug diesmal höher ein, in der Schulter. Es riss ihn herum. Noch stand er auf den Beinen, als er es wieder krachen hörte und an anderer Stelle ein Schmerz aufflammte. Nun krachte es zweimal hintereinander.

Seine Beine gaben nach. Langsam ging er zu Boden und starrte unter den grauen Schleier der Zimmerdecke. War es Einbildung oder bewegten sich tatsächlich Schatten darüber? Er glaubte das Gesicht des Burgermans zu sehen und wimmerte.

Das Mädchen schrie. Warum schrie das dumme Luder, wenn doch auf ihn geschossen worden war? Er wünschte, es würde einfach verschwinden. Alles würde verschwinden. Das Mädchen, die Pistole und die schrecklichen Schmerzen, die bis in den Kopf ausstrahlten.

Und dann hörte er weitere Rufe, in tiefer Stimmlage diesmal und voller Autorität. »Polizei. Waffe fallen lassen, Hände hoch.«

Das Mädchen schrie wieder auf. Die alte Frau sagte zu dem Jungen: »Leg sie weg, Kind. Es ist alles gut. Leg sie weg.«

Der Mann spürte sein Blut strömen und sah es zwischen den Dielenbrettern versickern. Er ahnte, dass es mit ihm zu Ende ging, und machte sich nichts vor. Schließlich hatte er oft genug andere sterben sehen. Das erste Mal vor vielen Jahren im Fall dieses jungen Burschen, der einfach in sich zusammengesackt war. Und die Mädchen, eins nach dem anderen, wenn deren Blut durch den Badewannenausguss rann. Er hatte fasziniert zugesehen, bis der letzte Tropfen abgelaufen war, nur noch eine schlaffe Puppe zurückblieb und er sich wie ein allmächtiges Riesenkind vorkam, das mit übergroßem Spielzeug spielte. Und damit gar nicht mehr aufhören konnte.

Das Mädchen hatte jetzt die Pistole. Er wusste das, weil die Polizei brüllte, es solle die Waffe fallen lassen, und die alte Frau rief dem Jungen zu, *duck dich, duck dich.* Das Mädchen machte Ärger. So kannte er sie. Deshalb hatte er es am Leben lassen. Weil es Ärger machte, weshalb er umso mehr Spaß daran gehabt hatte, sie einzuspuren.

Vielleicht würde es auch auf ihn schießen. Das würde dem Gör gefallen.

Er fragte sich, was aus dem Kind werden würde. Seinem? Aarons? Dem eines anderen Mannes? Und in diesen letzten Sekunden, die ihm blieben, dachte er, dass es gut war zu sterben. Bevor er das Baby sähe. Bevor er dessen Leben ruinieren konnte.

Plötzlich splitterte die Scheibe des Küchenfensters. Aus den Augenwinkeln sah er, wie das Mädchen herumwirbelte, um sich einem weiteren Angriff zu stellen. Ein Schatten flog herbei und riss das Mädchen zu Boden.

Wenig später richtete sich ein blutverschmierter Detective vor ihm auf, den Colt in der Hand.

»Bruder«, flüsterte der Mann.

Und Sal schaute ihm endlich in die Augen.

Kimberly schaffte es nicht durch das Fenster. Sie musste warten, bis Mac den Kleiderschrank weggerückt hatte und die Hintertür öffnete. Sie war um das Haus herumgelaufen, hatte den Strahl der Taschenlampe in der Küche gesehen und genug gehört, um zu wissen, was dort vor sich ging. Sie hatte einen faustgroßen Stein in Ginnys Richtung geschleudert in der Hoffnung, sie abzulenken, sodass Sal und Mac eingreifen konnten.

Als Mac nun die Deckenlampe einschaltete, sah sie eine alte Frau vornübergebeugt und vor Schmerzen keuchend auf einem Küchenstuhl sitzen, während ein Junge mit leerem Gesichtsausdruck vor ihren Füßen kniete. Zwei Schritte daneben lag Ginny Jones, an Händen und Füßen gefesselt, bäuchlings auf dem Boden.

Und Sal beugte sich über einen in einer Blutlache ausgestreckten Mann.

»Vincent«, murmelte Sal. »Vinny.«

Mit den Fingerspitzen berührte er das Gesicht des Mannes, so sanft, dass es weh tat hinzusehen.

»Es tut mir leid«, flüsterte Sal. »Es tut mir so leid.«

»Hab dich ... heute ... gesehen.«

»Es tut mir leid.«

»Wollte ... Mom wiedersehen. Nach ... Hause kommen.«

»Psst, quäl dich nicht.«

»Guter ... Sohn. In Uniform. Im Unterschied ... zu mir. Du hattest recht ... mit dem Burgerman. Er dreht böse Jungs ... durch den Fleischwolf.«

»Psst, psst.«

»Nicht so stark ... wie du. Verletzt, müde. Sehr müde.«

461

»Ich bin bei dir, Vinny.«

»Azaleenstrauch. Du musst ... ihn finden.«

»Das werde ich. Es wird alles gut.«

»Ich wünschte es«, hauchte der Mann.

Der Mann starb. Sal wiegte den Leichnam seines Bruders in den Armen und weinte.

Epilog

Es dauerte acht Tage, bis alle Leichen vom Blood Mountain geborgen werden konnten. Jeder Leichnam wurde vorsichtig auf eine saubere Plane gesenkt, eingewickelt und auf einer eigens vorbereiteten Trage ins Tal gebracht. Im Bezirksleichenschauhaus fand sich ein Team von Pathologen zusammen, die staunend den vortrefflichen Zustand der mumifizierten Überreste kommentierten. Es war auch für sie das erste Mal, Leichen zu obduzieren, die so lange in freier Luft gehangen hatten. Das Potenzial für Fallstudien verschiedenster Art war überwältigend.

Die Familien der vermissten Frauen wurden verständigt und um DNA-Proben gebeten, für die man eine eigene Datenbank einrichtete. Erste Untersuchungen wurden in Angriff genommen; Ergebnisse waren frühestens in sechs bis neun Monaten zu erwarten.

Ginny Jones gab ebenfalls eine DNA-Probe ab. Sie behauptete, ihre Mutter identifizieren zu wollen, woran Kimberly jedoch zweifelte. Deren Ermordung hatte die junge Frau nicht daran gehindert, mit einem gestörten Mann eine gestörte Beziehung einzugehen.

Der Staatsanwalt legte Ginny die Mittäterschaft an sechs Tötungsdelikten zur Last und hoffte nachweisen zu können, dass sie Prostituierte vorsätzlich in den Tod gelockt hatte. Ferner musste sie sich verantworten für Mithilfe und Begünstigung im Entführungsfall des siebenjährigen Joshua Ferris alias Scott.

Ginny zog die Opferkarte und gab an, von Dinchara gekidnappt, vergewaltigt, gefoltert und einer Hirnwäsche unterzogen worden zu sein, bis sie ihm schließlich geholfen hatte, um zu überleben. Man höre sich bloß die Tonbänder an, diese endlosen Aufzeichnungen seiner Scheußlichkeiten, nicht zuletzt den Mord an ihrer Mutter.

Seltsamerweise war aber nur die Aufnahme erhalten geblieben, die Aaron Kimberly bei seinem ersten anonymen Anruf zugespielt hatte. Alles andere schien mit Dincharas Haus in Flammen aufgegangen zu sein. Was blieb, waren ausgemergelte, mumifizierte menschliche Überreste, die eindringlicher als alle Worte Zeugnis davon ablegten, wozu dieser Mann fähig gewesen war.

Sal hatte sich vom Dienst beurlauben lassen. Kimberly hatte ihn zweimal anzurufen versucht, vergeblich. Er antwortete nicht. Über Umwege hatte sie erfahren, dass er viel Zeit mit seiner Mutter verbrachte. Der öffentliche Aufschrei war anfangs so groß gewesen, die Schlagzeilen so reißerisch, dass er sich mit seiner Mutter versteckt hielt.

Gerüchten zufolge hatte er darauf gedrängt, den Vater von Ginnys Baby durch einen Vaterschaftstest ermitteln zu lassen. Falls Dinchara sein Erzeuger war, wollten Sal und seine Mutter das alleinige Sorgerecht erwirken.

Kimberly fragte sich, ob ihnen das ausreichen würde, um nicht Nacht für Nacht wach zu liegen und zu bangen, dass etwas Schreckliches passierte.

Das Leben ging weiter. Harold erholte sich von seinen Schussverletzungen, wurde vom Gouverneur mit einer Medaille ausgezeichnet und kehrte, gewissermaßen unter Fanfarenstößen, an seinen Arbeitsplatz zurück. Als Kimberly ihm im Auftrag ihres Teams ein Paar maßangefertigter Limmer-Boots schenkte, errötete er wie ein Schuljunge. Rachel umarmte ihn so herzlich, dass bereits Wetten auf einen Hochzeitstermin abgegeben wurden.

Derweil wurde Kimberly so dick, dass sie ihre Füße nicht mehr sehen konnte. Wie vorhergesehen, musste ihr Mac bald die Schuhe schnüren, was allerdings nicht so häufig vorkam, da sie ihren Schwangerschaftsurlaub angetreten hatte. In zwei Wochen, so der ausgerechnete Termin, würde das Baby zur Welt kommen, und sie musste noch in dem jüngst bezogenen Apartment in Savannah ein Kinderzimmer einrichten, während Mac in seiner neuen Position Überstunden klopfte, um sich eingearbeitet zu haben, wenn das Baby da sein würde.

Kimberly zerbrach sich den Kopf über gerüschte Bordüren, Teddybärschablonen und all das, was sie bislang für Unsinn gehalten hatte, aber nun in den Mittelpunkt ihres Daseins rücken ließ. Sie bügelte Vorhänge, wischte Staub von den Ventilatoren unter der Decke und machte insgesamt gründlich sauber. Dann kaufte sie ein Arzneischränkchen und verlangte von Mac, dass er es noch am selben Abend aufhängte, denn sie wollte auf keinen Fall gebären, solange die kleine Sammlung an Pharmazeutika, die sie in ihrem Haushalt bevorrateten, in der für Kleinkinder leicht zugänglichen Schublade im Badezimmer aufbewahrt wurde.

Manchmal, wenn sie gerade nicht mit der hektischen Zwanghaftigkeit einer im neunten Monat schwangeren Frau ihr Nest einrichtete, schlichen sich unschöne Erinnerungen ein. Entdeckte sie zufällig eine Spinne im Garten, ging ihr für die nächste Stunde Dinchara durch den Kopf, der Junge, der er einst gewesen, und was aus ihm geworden war. Und dann dachte sie an Aaron und jenen letzten Blick seiner Augen, bevor er abgedrückt hatte.

Aaron wurde als Randy Cooper identifiziert. Er war vor zehn Jahren in Decatur auf seinem Heimweg von der Schule entführt worden. Seine Familie hatte seinen Leichnam überführen lassen, und zu seiner Beerdigung war auch seine einundzwanzigjährige Schwester Sarah aus Boston angereist, die an der Harvard-Universität Jura studierte. Sarah hatte im Namen ihrer Eltern der kleinen Trauergemeinde aus Nachbarn und Polizisten gegenüber zum Ausdruck gebracht, wie dankbar sie für das Ende jahrelanger Ungewissheit seien. Ihnen sei bewusst, dass vielen anderen Eltern verschwundener Kinder dieses Glück im Unglück nicht gewährt werde. Sie würden heute und an allen kommenden Tagen Randy als lachenden, fröhlichen Jungen, der er gewesen war, in Erinnerung behalten und nicht als Opfer eines Verbrechens.

Kimberly fragte sich, wie Sal mit dem Gedenken an seinen Bruder umgehen würde. Heute und an allen kommenden Tagen.

Kimberly ließ jedes Schlafzimmerfenster zusätzlich sichern und eine Alarmanlage installieren. Sie kaufte Kamera und Bildschirm, um jederzeit einen Blick ins Kinderzimmer werfen zu können.

Diese Vorkehrungen waren natürlich übertrieben und wahrscheinlich einer mehr oder weniger ausgeprägten Neurose oder Paranoia zuzuschreiben. Aber wer mochte sie einer Frau verdenken, die für die Strafverfolgung arbeitete und schon zwei Familienmitglieder verloren hatte? Mac ließ sie gewähren und stellte keine Fragen, würde aber aufmerksam zuhören, wenn sie über ihre beklemmenden Ängste und zaghaften Hoffnungen zu reden bereit wäre.

Eine Woche vor der Zeit setzten die Wehen ein. Im Beisein von Mac – Rainie und Quincy saßen noch im Flieger – brachte sie ein kleines Mädchen zur Welt. Elizabeth Amanda McCormack.

Drei Tage später brachten sie und Mac ihre Tochter nach Hause. Mac nahm sich zwei Wochen frei, und sie verbrachten eine glückliche Zeit miteinander, unglaublich kleine Windeln wechselnd und voller Bewunderung für zehn perfekte Finger und zehn perfekte Zehen. Nach langem Hin und Her einigten sie sich darauf, dass Eliza Macs dunkle Haare hatte, aber Kimberlys spitz zulaufendes Gesicht. Ganz offensichtlich besaß sie die Intelligenz der Mutter und die Kraft des Vaters. Für die Wutausbrüche der Kleinen machten beide Elternteile die Gene des jeweils anderen verantwortlich.

Mac kehrte zur Arbeit zurück. Kimberly blieb zu Hause und fand ... sich damit ab. Säuglingspflege war nicht das befürchtete Todesurteil, sondern im Gegenteil eine ganz neue Herausforderung. Die wollte sie für eine Weile annehmen. Für sechs Monate, dachte sie. Vielleicht auch ein Jahr. Überschaubar.

Sie ließ sich Zeit. Sie genoss die Nähe zu ihrer Tochter. Sie fuhr sie im Park spazieren. Nachts stand sie alle drei Stunden auf und wiegte ihr Kind.

Während der ersten Monate lag Klein Eliza an ihrer

Brust. Auch wenn das Leben nicht durchgängig perfekt war, fand Kimberly, dass es annähernd perfekte Momente gab.

»Ich liebe dich, Eliza«, sagte sie lächelnd und lauschte dem Schnarchen ihrer kleinen Tochter.

Am liebsten mag ich Eis mit Erdbeergeschmack.

Das sagte meine Mom, als ich das erste Mal nach Hause kam und sie mir ein Erdbeereis auftischte. Ich nickte und tat so, als erinnerte ich mich, löffelte die ganze Schale leer und wünschte, es wäre Schokoeis.

Das Leben wird sich wieder normalisieren. Das sagen alle. Ich hatte Glück, aber ich bin noch am Leben. Schreckliches ist passiert, doch jetzt wird sich das Leben wieder normalisieren.

Ich bin wie Pinocchio, der darauf wartet, eines Morgens aufzustehen und festzustellen, ein richtiger Junge zu sein.

In der Zwischenzeit stelle ich mich schlafend, bin aber immer auf der Hut und behalte die Tür im Auge. Ich tue so, als bemerkte ich nicht, dass mich meine Eltern nie mit meiner kleinen Schwester allein lassen. Ich tue so, als hörte ich meine Mutter nicht jede Nacht weinen.

Das Leben wird sich wieder normalisieren.

Im Unterschied zu mir, fürchte ich.

An manchen Tagen, wenn es richtig schlimm wird, fährt mich mein Vater zu Ritas Haus, das zwei Stunden entfernt ist. Ich hacke Holz, jäte Unkraut und mähe den Rasen. Sie kann sich wegen ihrer Hüfte kaum noch auf den Beinen halten und ist deshalb froh über jede Hilfe. Nicht dass sie mich freundlich bitten würde. Sie schnauzt mich an, ich solle mich gefälligst bewegen. Typisch Rita, aber vielleicht ist sie auch nicht normal, und das gefällt mir.

Manchmal, zum Beispiel wenn ich Löwenzahn aussteche, ertappe ich mich dabei, dass ich mit mir selbst rede. Es sprudelt einfach so aus mir heraus. Dann arbeite ich wie wild und rede immer schneller, und Rita schenkt mir Limonade ein. Es ist gut, Rita in der Nähe zu wissen. Wenn ich bei Rita bin, fühle ich mich sicher.

Es kommt vor, dass mein Vater wieder aufkreuzt, während ich noch vor mich hin zetere. Dann hilft er beim Holzhacken, Unkrautjäten oder Anstreichen. Ich würde sagen, Rita hat inzwischen das hübscheste Haus in der ganzen Nachbarschaft. Verdientermaßen, wenn Sie mich fragen. Ich wünschte, ich könnte für immer bei ihr bleiben.

Aber früher oder später geht's zurück. Das Leben wird sich wieder normalisieren.

Ich schlafe nicht. Hinter geschlossenen Lidern sehe ich Dinge, die andere wohl nicht sehen. Ich kenne vieles, wovon andere keine Ahnung haben. In die Schule zu gehen, kann ich mir nicht vorstellen. Ich kann mir auch nicht vorstellen, mit meinen alten Freunden Spaß zu haben.

Ich spiele mit meiner kleinen Schwester und deren Puppen. Ich tue alles, was sie mir sagt. Zur Übung. Früher oder später werde ich so sein wie ein sechsjähriges Mädchen, was ich viel schöner fände, als in meiner Haut zu stecken.

Meine Mom geht mit mir zur Therapie. Ich male Bilder von Regenbögen und Blumen. Der Therapeut ist enttäuscht von mir. Also male ich Vögelchen und kleine Katzen. Goldfische und Einhörner. Später erzähle ich Rita davon, und sie lacht, obwohl mir klar ist, dass sie sich Sorgen macht.

An ganz schlimmen Tagen sitzen wir einfach nur auf unseren Schaukelstühlen draußen auf der Veranda, und sie hält meine Hand.

»Du bist stark, mein Kind«, sagt sie. »Zäh und gescheit und tüchtig. Lass nicht zu, dass er dir das wegnimmt. Gib es ihm nicht.«

Ich verspreche es ihr, und dass wir beide lügen, nehmen wir uns nicht krumm.

Rita wurde fünfundneunzig Jahre alt. Sie starb im Januar. Es war an einem Samstag. Ich fand sie im Wohnzimmer auf dem Sofa. Ein Arm von ihr steckte in dem alten Mantel ihrer Mutter. Neben ihr saß Joseph. Ich sah ihn zum ersten Mal. Als ich die Tür öffnete, blickte er mich an, lächelte und verschwand.

Als sie beerdigt wurde, habe ich nicht geweint. Rita ist friedlich gestorben, was mir ein bisschen Hoffnung macht. So werde ich auch einmal sterben, auf meinem Sofa, darauf wartend, dass sich die Tür öffnet.

Ich stelle mir vor, dass Rita jetzt mit Joseph um den alten Apfelbaum herumtanzt. Es gefällt mir zu glauben, dass sie auf mich aufpasst.

Die Sache mit der normalen Schule lief nicht gut. Ich habe versucht, ein richtiger Junge zu sein, aber das bin ich nun mal nicht. Die anderen Jungs haben mich ständig gehänselt. Ich wäre ein Schwanzlutscher, sagte einer und gab immer schmatzende Geräusche von sich, wenn ich an ihm vorbeikam.

Der Junge war groß und stämmig, mir kräftemäßig weit überlegen, und das wusste er.

Ich habe meinem Vater davon erzählt, der daraufhin einen Riesenaufstand machte. Der Junge musste fünf Tage zu Hause bleiben. Von ihm blieb ich in dieser Zeit verschont, aber die anderen triezten mich umso mehr. Bald machte die ganze Schule diese schmatzenden Geräusche, sobald ich in die Cafeteria kam.

Man kann mich nicht leiden. Das weiß ich. Alle fragen sich, was mit mir passiert ist und ob ihnen dasselbe passieren könnte.

Ich mache wohl allen Angst. Daran wird kein Erwachsener etwas ändern können.

Ich besuche jetzt eine Privatschule. Kleine Klassen. Viele strenge Lehrer, die für Ordnung sorgen. Dass ich keine Freunde habe, ist mir egal. Ich möchte einfach nur den Tag überstehen. Und darin bin ich gut: im Überstehen.

Meine Schwester liebt mich. Sie ist die Einzige, die mich, ohne zu zögern, in den Arm nimmt. Sie wirft sich mir an den Hals und ruft: »Joshi. Joshi ist da!« Manchmal glaube ich, dass ich nur überlebt habe, um das zu hören.

Es gibt so Momente. Nicht oft, aber es gibt sie. Manchmal finde ich es fast okay, ich zu sein. Daran halte ich fest, denn man muss sich an irgendetwas festhalten. Sonst hätte er, wie Rita richtig sagte, gewonnen; selbst aus seinem Grab heraus hätte er noch Macht über mich. Und das will ich nicht.

Ich habe ihn getötet, und er soll verdammt noch mal tot bleiben.

Eines Nachts hatte ich so etwas wie eine Offenbarung. Ich konnte wieder nicht schlafen. Meine Gedanken liefen Amok. Ich hasste meine Sachen, mein Zimmer und den Teppich unter meinen Füßen. Ich hasste alle vier Wände und das Fenster, das mich wie ein blindes Auge anstarrte.

Ich hasste meine Mom und meinen Dad, die mich ständig beäugten und immer alles richtig machen wollten, damit solche Momente nicht vorkämen und ich doch wieder der Alte sein würde.

Ich ging in die Küche, um Streichhölzer zu besorgen. Aber als ich am Wohnzimmer vorbeikam, sah ich ihn. Den Computer.

Ich erinnerte mich. An alles das, was ich der Polizei nie gesagt habe.

Ich setzte mich an das Gerät.

Es dauerte nicht lang, und ich fand sie. Genauer gesagt ließ ich sie glauben, dass sie mich gefunden hätten. Drei Stunden lang hing ich über der Tastatur und gab meinen Senf dazu. Ich weiß, wie diese Männer ticken.

Gegen fünf in der Früh hörte ich meinen Vater aufs Klo gehen. Ich schaltete den Computer aus, schlich in mein Zimmer zurück und warf mich aufs Bett. Als ich aufwachte, wusste ich, was ich zu tun hatte.

Ich machte mich schlau, recherchierte ein bisschen, und alles andere läuft wie von selbst.

Dreimal in der Woche bin ich unterwegs, immer nach Mitternacht.

Ich bin auf der Jagd.

Special Agent Salvatore Martignetti. Er ist wieder beim GBI und arbeitet jetzt für die Drogenfahndung. Ich lese von jüngsten Verhaftungen und Erfolgen und sehe Bilder von ihm. Manchmal, je nach Kamerawinkel, sieht er mit seinem spitzen Gesicht und den tief liegenden Augen Dinchara verblüffend ähnlich. Dann würde ich am liebsten mit der Faust auf den Bildschirm einschlagen. Aber das tue ich natürlich nicht.

Special Agent Kimberly Quincy. Auch sie arbeitet wieder, aber was genau, ist schwer herauszubekommen. Das FBI versteht sich besser auf Geheimhaltung. Immerhin fand ich heraus, dass sie eine Tochter hat. Eliza Quincy McCormack, angemeldet auf einer Montessori-Vorschule. Der Stundenplan ist online einzusehen, eigentlich nur für Eltern, aber ich brauchte bloß drei Versuche, um das richtige Passwort zu finden: die Initialen der Schulleiterin. Erstaunlich, wie viele Institutionen glauben, geschützt zu sein, während Typen wie ich darüber nur lachen können.

Ginny Jones. Sie sitzt im Staatsgefängnis den Rest ihrer zwölfjährigen Haftstrafe ab. Geschworene werden windelweich, wenn es um junge, schwangere Opfer geht. Sie haben sie nur der Mithilfe in diversen Entführungsdelikten für schuldig befunden. Wo ihr Baby abgeblieben ist, weiß ich nicht, aber das werde ich auch noch herausfinden. Ginny hat Zugriff auf einen Computer im Austausch für kleine Gefälligkeiten gegenüber geilen Schließern. Ich bin seit neuestem ihr jüngster E-Mail-Buddy. Sie kann es kaum erwarten, mich wiederzusehen. Und glauben Sie mir, mir geht es ähnlich.

Ich übe Geduld, bin vorsichtig und achtsam.

Eine Spinne an der Wand, die langsam ihr Netz webt.

Nach meinen Erkundigungen, was die genannten Personen angeht, besuche ich die einschlägigen Sites, Blogs und Chatrooms. Ich mache neue »Freunde« und lasse sie an meinem Wissen, wie was zu tun ist, teilhaben. Ich verspreche ihnen, in Aktion zu treten, stelle ihnen selbst gedrehte Filmchen in Aussicht und frage ein paar Infos ab. Sobald ich die habe, schlage ich zu.

Ich räume ihre Konten leer, schröpfe ihre Kreditkarten bis ans Limit und leihe mir ihre Namen zur Einrichtung eigener E-Bank-Konten mit großzügigem Kreditrahmen. Ich werde einer von ihnen, ein Identitätsdieb, wenn auch nur im virtuellen Raum. Das ganze Geld lasse ich dem Center for Missing and Exploited Children zukommen. Hunderttausende von Dollars. Ich nehme, was ich kriegen kann. Sie haben es verdient.

Die Geschädigten könnten natürlich klagen. Sie brauchen nur ihre Finanzen offenzulegen und ihren Frauen, Geschäftspartnern und der Polizei zu erklären, was sie online so alles treiben.

Ich frage mich, wie ihnen zumute ist, wenn sie feststellen, dass die Belastungen ihrer Kreditkarten keine Fehler und die von PayPal geschickten Warn-Mails durchaus ernst zu nehmen sind. Dass ihre Konten tatsächlich leer und die Kreditlinien überzogen sind.

Ich frage mich, wie ihnen zumute ist, wenn sie einsehen müssen, dass sie rein gar nichts dagegen unternehmen können. Dass ihr Haus unter den Hammer kommt und ihr nagelneues Auto abgeschleppt wird. Dass ihre Konten eingefroren, ihre Kreditkarten eingezogen werden und selbst online nichts mehr für sie zu holen ist ... Hey, ein armer Schlucker wird doch wohl keinen Kiddy-Porn runterladen wollen.

Ich frage mich, wie ihnen zumute ist, wenn sie sich am Ende sehen, ausgezogen, pleite. Wenn sie erkennen, dass sie den Rest ihres Lebens als Sammlerstück fristen werden.

Danksagung

Ein Buch zu schreiben bedarf der Mithilfe vieler. Da wäre zunächst meine süße, anbetungswürdige Tochter. Meine Inspiration zu diesem Buch ging zum Teil auf sie und ihre Begeisterung für Spinnen zurück. Ihr Interesse an ihnen wurde von unseren Nachbarinnen Pam und Glenda geweckt, die ihr eine Girlande bunter Lichter in Form von Spinnen schenkten, und geschürt von Paul und Lynda, von denen sie eine Vogelspinne in der Größe eines kleinen Terriers bekam. Meine Tochter erklärte sie spontan zur Mommy-Spinne und richtete ihr in unserem Wohnzimmer ein Zuhause ein.

Wenn man mit einer hundegroßen Vogelspinne zusammenlebt, entsteht daraus unweigerlich eine Schauergeschichte.

Als meine Schriftstellerkollegin Sheila Connolly hörte, dass ich an einem Buch arbeitete, in dem Spinnen vorkamen, empfahl sie mir ihren Ehemann, einen Entomologen, als Spezialisten. Dave Williams hatte selbst einmal eine Schwarze Witwe als Haustier gehalten und war mir in vielerlei Hinsicht eine große Hilfe. Er versorgte mich nicht nur mit Fotos von Bissverletzungen, die von Geigenspinnen hervorgerufen werden, sondern suchte auch einen hervorragenden Artikel für mich heraus, der die Verwesung von frei in der Luft hängenden Leichnamen beschreibt. Nicht jedermanns Sache, aber ich lernte eine Menge. Danke, Dave!

Mein guter Freund Don Taylor war von dem Hobby meiner Tochter so angetan, dass er ihr etliche Bilderbücher zum Thema schickte. Wir beide lieben die darin erzählten Geschichten, doch nach der Lektüre von Doreen Cronins *Diary of a Spider* beschäftigt sich meine Tochter nunmehr verstärkt mit Fliegen und Würmern. Danke, Don!

Als Nächstes möchte ich mich bei meiner guten Freundin Lisa Mac bedanken. Eines Abends ging ich im Internet der spannenden Frage nach, wie man auf möglichst ungewöhnliche Weise Leichen verschwinden lässt, kam aber nicht weiter (Anmerkung: Der Suchbegriff »good ways to dispose of bodies« führt geradewegs in einige schaurige Chatrooms). Als ich Lisa anrief, um ihr zu sagen, dass mir die Zeit davonlaufe, brüllte sie geradezu durch den Hörer: »Stopp, ich habe eine prima Idee. Bin gleich bei dir.« Wie recht du doch hattest, Lisa.

Dann muss ich mich bedanken bei meinem langjährigen Freund und Partner Dr. Greg Moffatt. Als ich ihm erklärte, ich käme nach Georgia, um für einen Roman zu recherchieren, rollten er und seine Familie den roten Teppich für mich aus. Nun, für gewöhnlich lassen es sich gute Gastgeber nicht nehmen, ihrem Besuch die Stadt zu zeigen. Aber wer würde mit seinem Gast auch Verbrechensschauplätze am Blood Mountain auskundschaften? Greg, du warst mir mehr als gefällig. Danke für eine wundervolle, wenngleich etwas andere Tour durch Georgia.

Bedanken muss ich mich auch bei Supervisory Special Agent Stephen Emmett, der mich mit der FBI-Dienststelle in Atlanta bekannt gemacht hat; bei Special Agent Paul Delacourt, der mich auf den neuesten Stand der Arbeit nach 9/11 gebracht hat und, besser noch, mich darauf brachte, dass Spurensicherung die perfekte Beschäftigung für Kimberly sein könnte; und schließlich bei Special Agent Roslyn B. Harris, der Leiterin der Spurensicherung beim FBI Atlanta, und Supervisory Special Agent Rob Coble, der großzügigerweise auf meine unzähligen Fragen zur Spurensicherung und zum Einsatz einer Totalstation antwortete. Wenn ich Fehler gemacht habe, gehen die natürlich ganz allein auf meine Kappe.

Lee Jantz, Rechtsmediziner an der renommierten Body Farm der Universität von Tennessee, war so freundlich, mir die Grundlagen der Suche und Bergung von Leichen beizubringen. Vielen Dank, Lee, nicht zuletzt auch für Ihre Kenntnisse in Sachen Gewebeverrottung und anderer Details, von denen ich hoffe, dass sie zur Schaffung einer gruseligen Atmosphäre beigetragen haben. Wiederum, wenn mir Fehler unterlaufen sind – dichterische Freiheiten –, bin allein ich dafür verantwortlich.

Denen, die uns Autoren unter ihre Fittiche nehmen und füttern: Dank meiner vortrefflichen Lektorin Kate Miciak und allen ihren Mitarbeitern bei Bantam – sie haben Wunder bewirkt. Dank an Meg Ruley und das gesamte Team der Jane Rotrosen Agency – sie haben echtes Verständnis für neurotische Autoren und ermöglichen uns durch ihre eigene harte Arbeit eine kurze Verschnaufpause von unseren Neurosen; an Michael Carr, meinen ersten Leser, dessen analytischer Scharfblick auf meinen Originalentwurf mir schwer auf den Magen geschlagen ist, aber sehr geholfen hat, einen besseren Text zu schaffen (als Gegenleistung nehme ich mit seiner Frau ein Wellness-Aus und lasse ihn mit den vier Kindern allein. Ha!); an Kevin Breenky und den netten Kollegen von Jif für ihre Verpflegungspakete, freundlichen Worte und lächelnden Mienen; an John und Genn vom J-Town Deli, deren tägliche Versorgung mit Himbeer-Leckereien mich bis spätnachmittags in Schwung gehalten hat; an Larry und Leslie vom Thompson House Eatery, die mir und dem Fotografen ihr Zuhause für die Aufnahmen für den Buchumschlag zur Verfügung gestellt und, besser noch, uns ein leckeres Mittagessen serviert haben; und an Brandi und Sarah, die selbst am besten wissen, wofür.

Herzlichen Dank schulde ich schließlich meinem Mann. Seit Jahren beglückwünsche ich mich für die köstlichen Pralinen, die er auf mich herabregnen lässt, wenn der Abgabetermin näher rückt. Diesmal setzte mein Mann noch eins drauf: Er besorgte mir ein Büro außer Haus. Ich sagte ihm, das sei doch nicht nötig. Schließlich könne man überall arbeiten. Aber ich bin glücklich, berichten zu dürfen, dass dieses Büro einen entscheidenden Unterschied machte. Hier also, mein Liebster, die drei Worte, die jeder Mann gern gedruckt sieht: Du hattest recht!

Abschließend möchte ich den vorliegenden Roman Jackie Sparks und allen anderen Mitarbeitern von Children Unlimited, Inc. widmen. Von allen Büchern, die ich bislang geschrieben habe, ist dies das mit Abstand brutalste, und, ja, es zu schreiben fiel mir schwer. Ich würde gern behaupten, dass der Burgerman nur eine Spukgestalt ist und seine Gräueltaten nur meiner verdrehten Phantasie entsprungen sind. Doch leider haben die meisten Szenen in diesem

Buch einen wahren Hintergrund. Es gibt diese Burgermen tatsächlich, und der Schaden, den sie anrichten, ist unerträglich.

Umso dankbarer bin ich den alltäglichen Helden unter uns, Menschen wie Jackie, die durch frühe Interventionsdienste, Anwaltschaften für Kinder und andere Programme Betroffenen helfen. Zu deren Genesung bieten sie vielfältige Unterstützung und Therapien an. Sie geben Kindern, die über ihre Ängste häufig nicht sprechen können, eine Stimme.

Vielen Dank, Jackie, dass Sie diesen guten Kampf aufgenommen haben. Und Dank an alle, die ähnliche Initiativen auf den Weg gebracht haben und es ernst damit meinen, dass sich jedes Kind geschützt, wertgeschätzt und geliebt fühlen sollte.

Hochachtungsvoll, Lisa Gardner

Postskriptum
30. Januar 2008

Mit den Recherchen zu diesem Krimi habe ich im Herbst 2006 begonnen; fertig war das Manuskript im August 2007. Wie die meisten Autoren war ich froh, nach einem so langwierigen Projekt die gesammelten Unterlagen wegschließen und auch mental ablegen zu können. Es entsetzte mich, in der ersten Januarwoche 2008 in den Nachrichten zu hören, dass eine junge Frau mit Namen Meredith Emerson von einer Wanderung am Blood Mountain nicht zurückkehrte. Nach Tagen wurde ihre Leiche entdeckt. Ein vielversprechendes Leben endete auf tragische Weise. Ich hoffe, meine Leser werden verstehen, dass ich mit meinen Beschreibungen nie die Absicht hatte, die wirkliche Welt der Gewaltverbrechen zu parodieren, geschweige denn eine echte Tragödie auszuschlachten. Ich bin in Gedanken bei Meredith Emersons Familie, ihren Angehörigen und Freunden, die nun mit diesem Schicksalsschlag zurechtkommen müssen.